U0163952

中華章法學會主編

辭章章法學體系建構叢書　第三冊

# 多二一(〇)螺旋結構論

——以哲學、文學、美學爲研究範圍

陳滿銘　著

萬卷樓圖書股份有限公司出版

# 《辭章章法學體系建構叢書》

## 編輯委員會

# 目次

# 原序

整體而論，「層次邏輯系統」乃等同於「『多』、『二』、『一（0）』螺旋結構」，它們是有著「二而一」、「一而二」之關係的。不過，如單著眼於其詞面來看，則前者意指的是事物形成「本末先後」之「形式性」系列順序；而後者所凸顯的，卻是事物形成「本末先後」之「本質性」內容組織；再加上後者特別標出「螺旋」一詞，在「邏輯」之外，又多了「（二元）互動、循環、提升」的意涵，使得它更能體現宇宙創生、含容萬物，使生命生生不息的「進化」規律。這也就是本論著之所以不用「層次邏輯系統」，而取「『多』、『二』、『一（0）』螺旋結構」為名的原因。

或許是從小即習慣流連於「思考」的小天地裡吧？凡和數理或邏輯推理甚至神秘經驗有關的種種資訊，就吸收得比較快速而容易，而且也常常不知天高地厚地，有一探宇宙、天文的強烈衝動。因此，小學畢業後，就先考入省立新竹工業職業學校初工部，再以優異成績直升高工部，然後考入省立臺灣師範大學理化系。這樣一路走來，原以為「前途」就如此「定型」了，沒想到卻因為生病休學，使得自己的生涯也隨著作了「轉進」的規劃，於是經父母同意後，毅然轉至國文系就讀。這在一生中可說是最大之轉捩點，非常幸運地在此找到了另一成長與發展的極大空間。

等上了國文研究所，研究的重心置於詞學；而後來受聘回母系服務，則因課程之需要，關注的領域也隨之擴大到哲學與辭章學（含國文教學）。而這兩個領域，看似分歧，卻一樣在形象思維之外，要用到邏輯思維作「求異」、「求同」之分析、歸納，而又由於「本性難移」，因此就由各領域「推本還原」，逐漸會歸到最基本之「本末先後」的邏輯層次或結構上，進行「一以貫之」的梳理。這樣，久而久之，終於「殊途同歸」，走上了歸本於「多」、「二」、「一（0）」螺旋結構，亦即「層次邏輯系統」來統合的一條大路。

走上這條路，是漸進的，而且是頗為崎嶇的，主要由哲學（含《周易》、《論語》、《中庸》等）的義理邏輯與辭章學（含散文、詩、詞）的章法結構兩個角度導入，而由哲學（《中庸》）先發現「螺旋」，再由辭章學（章法）發現「多」、「二」、「一（0）」結構；然後統合為「多」、「二」、「一（0）」螺旋結構，而將哲學、文學（辭章）與美學「一以貫之」。

先以哲學（以儒學為主）而言，最需要理清的是研討對象之思想體系。在開始上「學庸」課時，對「自誠明」（天）與「自明誠」（人）間「本末先後」之邏輯即特別關注，思考再思考，終於找出兩者「互動、循環而提升」的「螺旋」關係，而在一九七六年寫了〈淺談「自誠明」與「自明誠」的關係〉之論文，發表於《孔孟月刊》15 卷 1 期。當時為了便於讀者了解，曾畫一簡圖表示「自誠明」與「自明誠」之間天人互動、循環，由「偏」提升至「全」的螺旋關係，那就是：

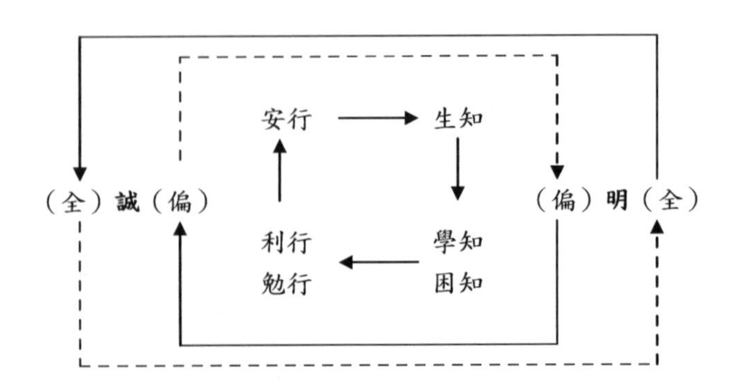

這個圖的虛線代表天賦——「性」（自誠明），實線代表人為——「教」（自明誠）。外圈指「全」，屬聖人；內圈指「偏」，屬學者。藉此可辨明「誠」與「明」、天賦與人為的交互關係。人就這樣在交互作用之下，自明而誠，自誠而明，互動而循環、提升，形成不斷往復之「螺旋結構」，使自己的知（智）性與仁性，由偏而全地逐漸發揮它們的功能，最後臻於「至誠」（仁且智）的最高境界。至此，「誠」（仁）和「明」（智）便融合為一了，統於「至誠」了；這就是「人皆可以為堯舜」（《孟子・告子下》）的理論依據。不過，當時卻還沒有直接用「螺旋」一詞予以說明。

此後類似這樣用「螺旋結構」或結合「多」、「二」、「一（0）」加以梳理的論文，就陸續完成。其中發表於學報、學術研討會會專書而較重要者，如：

1 〈學庸的價值、要旨及其實踐工夫〉，臺灣師大《中國學術年刊》2 期，1978 年 6 月，頁 62-85。
2 〈從偏全的觀點試解讀《四書》所引生的一些糾葛〉，臺灣師大《中國學術年刊》13 期，1992 年 4 月，頁 11-22，。
3 〈論恕與《大學》之道〉，臺灣師大《中國學術年刊》20 期，1999 年 3 月，頁 73-89。
4 〈《中庸》的性善觀〉，臺灣師大《國文學報》28 期，1999 年 6 月，頁 1-16。
5 〈論博文約禮〉，臺灣師大《中國學術年刊》21 期，2000 年 3 月，頁 69-88。
6 〈談儒家思想體系中的螺旋結構〉，臺灣師大《國文學報》29 期，2000 年 6 月，頁 1-34。
7 〈《孟子・養氣》章的篇章結構〉，《慶祝莆田黃錦鋐教授八秩嵩壽論文集》，臺北：文史哲出版社，2001 年 6 月，頁 251-274。

8 〈朱王格致說新辨〉，《孔孟學報》80 期，2002 年 9 月，頁 149-163。

9 〈《論語》「天生德於予」辨析〉，臺灣師大《師大學報．人文與社會類》47 卷 2 期，2002 年 10 月，頁 87-104。

10 〈「志道」、「據德」、「依仁」、「游藝」臆解〉，臺灣師大《中國學術年刊》24 期，2003 年 6 月，頁 39-76。

11 〈論「多」、「二」、「一（0）」的螺旋結構——以《周易》與《老子》為考察重心〉，臺灣師大《師大學報．人文與社會類》48 卷 1 期，2003 年 7 月，頁 1-20。

12 〈《中庸》「多」、「二」、「一（0）」螺旋結構論〉，《第三屆中國經學國際學術研討會論文集》，臺灣師大國文系，2003 年 11 月，頁 214-265。

而發表於一般刊物而較重要者，如：

1 〈從修學的過程看智仁勇的關係（上）〉，《孔孟月刊》17 卷 12 期，1979 年 8 月，頁 33-35。

2 〈從修學的過程看智仁勇的關係（下）〉，《孔孟月刊》18 卷 1 期，1979 年 9 月，頁 34-35。

3 〈談孔子的四教——文、行、忠、信〉，《孔孟月刊》23 卷 1 期，1984 年 9 月，頁 3-11。

4 〈孔子的仁智觀〉，《國文天地》12 卷 4 期，1996 年 9 月，頁 8-15。

5 〈談《中庸》的思想體系（上）〉，《國文天地》12 卷 8 期，1997 年 1 月，頁 11-17。

6 〈談《中庸》的思想體系（下）〉，《國文天地》12 卷 9 期，1997

年2月，頁14-20。

7〈談《論語》中的義〉，《高中教育》6期，1999年6月，頁44-49。

8〈談《中庸》的一篇體要（上）〉，《國文天地》16卷1期，2000年6月，頁24-29。

9〈談《中庸》的一篇體要（下）〉，《國文天地》16卷2期，2000年7月，頁11-14。

10〈微觀古本與今本《大學》〉，《國文天地》16卷6期，2000年11月，頁42-49。

11〈論《論語》中的「直」〉，《孔孟月刊》41卷1期，2002年9月，頁12-15。

12〈《孟子》義利之辨與《論語》、《大學》（上）——從義理的邏輯結構切入〉，《孔孟月刊》41卷7期，2003年3月，頁10-12。

13〈《孟子》義利之辨與《論語》、《大學》（中）——從義理的邏輯結構切入〉，《孔孟月刊》41卷8期，2003年4月，頁6-10。

14〈《孟子》義利之辨與《論語》、《大學》（下）——從義理的邏輯結構切入〉，《孔孟月刊》41卷9期，2003年5月，頁13-16。

15〈《中庸》「至誠無息」章的邏輯結構〉，《孔孟月刊》42卷9期，2004年5月，頁6-12。

16〈論二元對待與層次邏輯——以《周易》與《老子》為考察重心〉，《孔孟月刊》43卷5、6期，2005年2月，頁10-15。

17〈論「多」、「二」、「一0」螺旋結構與層次邏輯——以《周易》與《老子》為考察重心〉，《孔孟月刊》43卷7、8期，2005年5月，頁3-8。

18〈論「移位」、「轉位」與層次邏輯——以《周易》與《老子》為考察重心〉，《孔孟月刊》43卷9、10期，2005年6月，頁12-18。

從這些論文的題目上可約略地推知：是先尋出「螺旋」（1976）義理邏輯，再正式提出「螺旋」一語（2000），然後才突出「多」、「二」、「一0」（2003），而融合成「多」、「二」、「一 0」螺旋結構（2003），以完整呈現「層次邏輯系統」（2005）的。這也可從兩篇序文裡看出端倪，其一寫於二〇〇二年一月：

> 孔門的學說，以「仁且智」的聖人境界為其最高理想，而這種理想，必須透過「好學」，「由智而仁」（自明誠）地以人為之努力，激發「由仁而智」（自誠明）的天然潛能，使「仁」（成己）與「智」（成物）兩者產生互動、循環而提升的作用，逐漸由「偏」（局部）而「全」（整體）地增進不已，最後臻於「仁且智」的聖人境界。如此合天（天之道）、人（人之道）為一，是使人無限往上自覺的康莊大道，這種思想在《論語》一書裡，可以找到它的源頭、脈絡，而以《中庸》一書，發展得最為成熟而完整；至於《孟子》與《大學》，則前者較側重於「由仁而智」（自誠明）的「天之道」，後者較側重於「由智而仁」（自明誠）的「人之道」，兩者雖各有所偏重，而其歸趨卻一致。（《學庸義理別裁．序》）

這顯然是著眼於「螺旋」加以說明的。其二寫於二〇〇三年八月：

> 宇宙人生觀，各家雖各有所見，但只求其同而不求其異，則總括起來說，都可以從「（0）一、二、多」（順）與「多、二、一（0）」（逆）的互動、循環而提升的螺旋關係上加以統合。就以《論語》來說，各種德行是「多」、「仁」與「智」是「二」，而「仁且智」的聖域或其原動力（太極、至誠），則為「一〔太極〕（0）〔至誠〕」。這樣來看待孔子的人道思想（「多、二、一（0）」），既

最能掌握要領，就是來探討其天道思想（「（0）一、二、多」），也一樣暢通無阻，直達源頭。（《論孟義理別裁・序》）

由此看來，「多」、「二」、「一（0）」螺旋結構，似乎是晚至二〇〇三年才完整提出的。其實，在二〇〇二年七月暑假某日，因頭一天晚上忽地靈光閃了又閃，特別對這一結構先作了「本末先後」的思考，而且也和導生仇小屏討論過，於是一大早剛到研究室，經過整理，便描繪出較完整之面貌：不但融合了「多樣的統一」（「多」與「一」）與「對立的統一」（「二」與「一」），而且也用「螺旋」關係來統合順、逆結構，凸顯其循環、提升的作用。記得當時在加拿大多倫多的女兒相君正打電話來，因為她也正在研讀《易經》、《老子》，就順便和她談起這種結構，她毫不遲疑地說：「『一』的上面應該還有個『0』吧！」一語驚醒夢中人，這不就是「道生一」之「道」或「太極本無極」之「無極」嗎？就這樣，使「多」、「二」、「一（0）」螺旋結構趨於完整，也因而先後寫成了〈論「多」、「二」、「一（0）」的螺旋結構——以《周易》與《老子》為考察重心〉與〈論辭章章法的「多、二、一0」結構〉二文，投臺灣首屈一指之學術機構尋求發表，卻因前者被指「缺乏創見」、後者被指「割裂的拆解」而未果，使得這兩篇論文之發表便延後了一段相當長的時間。

其次以辭章學（以章法學為主）而言，早在三十幾年前，為了講授「國文教材教法」這門課程之需要，不得不接觸「章法」；而由於「章法」所研討的乃「篇章內容的邏輯結構」，因此對後來「多」、「二」、「一0」螺旋結構之發現，就有直接之關係。開始時，先以捕捉到的有限「章法」，切入各類文章，作一檢視；再就所發現的「章（篇）法」現象，加以分析、統整，以求得其通則。這樣一路走來，才逐漸地集樹而成林，深入了「章法」的領域，確認了「章法」是「客觀存在」，而「語文（含章法）能力」是來自「先天」的事實，而成為一個新學科。數一數近三十年來所發表的有關「章法」的文章，共有百餘篇。其中最早涉及「章法類型」的是〈常見於稼軒詞裡的幾種詞章作法〉（原題〈稼軒詞作法舉隅〉）一文，一九七四年六月發表於臺灣師大國文系《文風》25 期，所涉及的章（篇）法有「今昔」、「遠近」、「大小」、「虛實」（情、景）、對照（「正反」）、演繹（「先凡後目」）、歸納（「先目後凡」）等，結合縱、橫向作說明，這可算是「清醒、自覺」的初步嘗試。

就在這樣尋找「章法類型」的同時，也沒有忽略「章法規律」。而最早以「章法規律」來梳理的是〈章法教學〉一文，一九八三年十二月發表於《中等教育》33 卷 5、6 期。它首度以「秩序」、「聯貫」、「統一」等三大規律來規範「章法類型」，而所涉及的章（篇）法，除「遠近」、「大小」、「今昔」、「本末」、「輕重」、「虛實」、「凡目」外，還兼及詞句、節段的聯貫與主旨的安置（篇首、篇腹、篇末、篇外）等，結合教學進行探討。這對章法學之研究而言，雖可算是向前推動了一大步，但將「變化律」併入「秩序律」裡，是仍有缺憾的。

這種缺憾，一直到一九九四年，由臺灣師大國文研究所第一個以「章法」為研究主題的碩士班導生仇小屏加入研究行列，才作了彌補。她在指導下以「中國辭章章法析論」為題，第一次用「秩序」、「變化」、「聯貫」、「統一」四大律來統合三十二種章法，並從古今文評點論著中去爬羅剔抉，尋出它們的理論依據與批評實例，首度呈現了「章法」的大致範圍與內容。這篇論文完成於一九九六年，長達六、七十萬字，而於一九九八年精簡過半，改名《文章章法論》，由萬卷樓圖書公司出版；獲得廣泛好評。她得此鼓勵，又於博一升博二那年（1999）的暑假，撰寫《篇章結構類型論》，在「進一層的指導與催促下，將原有章法的內容加以充實，由二十幾種增至三十五種，並針對它所形成的結構類型，一一舉實例，附以結構分析表，作相當完整的論述；此外，也顧到各種章法間的分界，並涉及其心理基礎與美感效果，予以扼要的說明。這對文章篇章結構的研究與分析而言，無疑地提供了一把精緻實用的鑰匙。」（見陳滿銘〈《篇章結構類型論》序，2000）這些成果，對一個研究生而言，是十分難能可貴的，南京大學王希杰教授就讚譽說：「如果說，陳教授提出了四大規律，那麼應當說，仇博士（生）把這四大規律具體化，以四大規律為基礎建立了一個章法學的體系。這一著作的出現，可以說是中國章法學科學化的一個標誌。」（見〈讀仇小屏博士的《文章章法論》〉，《國文天地》16 卷 4 期，2000 年 9 月）這種肯定對章法學的研究是有相當大之推動力的。

單獨摸索了多年後，多了夥伴一起研究，速度當然就加快了一些。在這過程中，關於二元「移位」與「轉位」、「調和」與「對比」理論之提出，對「多」、「二」、「一（0）」螺旋結構的確認，是佔有相當重要地位的。而這個問題也在指導下，由仇小屏博士處理，先後發表了〈論章法的對比與調和之美〉（臺北：《第四屆中國修辭學國際學術研討會論文集》，2002 年 5 月）與〈論章法的移位、轉位及其美感〉（《辭章學論文集》上冊，福州：海潮攝影藝術出版社，2002 年 12 月）兩篇論文；而且又在其博士論文《古典詩詞時空設計之研究》（2001，後改名《古典詩詞時空設計美學》，由文津出版社出版，2002）與升等為副教授之論著《篇章意象論》（2005）中作了相當深化與拓展之論述。這對於由「二」徹下以統合「多」、徹上以歸根於「一（0）」，從而掌握「章法結構」陰陽的流動與力度的變化，甚而試圖破天荒地作辭章剛柔成分之量化，無疑地提供了有力的切入點。

多了助力，攻堅的努力自然就更為加緊，以專著之出版而言，於二〇〇一年出版《章法學新裁》、於二〇〇二年出版《章法學論粹》，又於二〇〇三年以「陰陽二元對待」為基礎，貫通「章法哲學」、「章法結構」、「章法美學」、「比較章法」等內容，先出版《章法學綜論》，再於二〇〇五年出版《篇章結構學》，嚴密地為辭章章法學建構了一個完整的體系。不但以「多」、「二」、「一（0）」的螺旋結構將哲學、文學（章法、意象）與美學「一以貫之」，也運用此結構，理清了辭章與章法、內容與章法、章法與主旨、意象、韻律（節奏）和風格之間的關係，以證明章法規律、結構與自然規律的一體性，並由此進一步地扣緊與風格關係至為密切之「二」（陰陽、剛柔）與「（0）」，先就「移位」（順、逆）與「轉位」（拗），探討章法風格之形成因素，對整體結構之陽剛與陰柔的成分試予以量化，推算出其比例，以見章法風格之梗概。雖然在目前，對各種結構所引生「陰柔」或「陽剛」之「勢」數（倍）的推斷，還十分粗糙；但畢竟已試著從「無」生「有」地跨出一大步，作了一些探討，對一篇辭章之剛柔成分，已初步推定其量化之準則與公式，從而計算出其比例。如此冒著招來「走火入魔」之譏的危險，作此嘗試，就是希望藉此拋磚引玉，能使辭章風格學，甚至整個辭章學之研究，加緊腳步邁向科學化，在「直覺」、「直觀」之外，拓展出「有理可說」的無限空間。

除了出版專著之外，近幾年（2001-2005）也寫了不少相關論文，單以發表於兩岸學報或研討會者而言，重要的就有：

1 〈談篇章的縱向結構〉，臺灣師大《中國學術年刊》22 期，2001 年 5 月，頁 259-300。

2 〈論時空交錯的虛實複合結構——以蘇辛詞為例〉，臺灣師大《中國學術年刊》23 期，2002 年 6 月，頁 357-379。

3 〈論幾種特殊的章法〉，臺灣師大《國文學報》31 期，2002 年 6 月，頁175-204。

4 〈論章法的哲學基礎〉，臺灣師大《國文學報》32 期，2002 年 12 月，頁87-126。

5〈論章法結構的節奏與韻律〉，《阜陽師範學院學報》92 期，2003 年 3 月，頁 8-14。

6〈論章法「多、二、一（0）」結構的節奏與韻律〉，臺灣師大《國文學報》33 期，2003 年 6 月，頁 81-124。

7〈辭章章法「多、二、一（0）」的核心結構〉，《平頂山師專學報》18 卷 3 期，2003 年 6 月，頁 58-63。

8〈辭章深究與章法結構〉，《南通紡織職業技術學院學報》2003 年 3 期（總 8 期），2003 年 9 月，頁 12-19。

9〈論辭章的章法風格〉，第五屆中國修辭學國際學術研討會，臺北：《第五屆中國修辭學國際學術研討會論文集》（《修辭論叢》5 輯），2003 年 11 月，頁 1-51。

10〈論章法規律與思考邏輯〉，《畢節師範高等專科學校學報》21 卷 4 期，2003 年 12 月，頁 1-9。

11〈論章法「多、二、一（0）」的核心結構〉，臺灣師大《師大學報·人文與社會類》48 卷 2 期，2003 年 12 月，頁 71-94。

12〈章法四律與邏輯思維〉，臺灣師大《國文學報》34 期，2003 年 12 月，頁 87-118。

13〈辭章章法「多、二、一（0）」結構的理論基礎〉，《唐山學院學報》16 卷 4 期（總 73），2003 年 12 月，頁 19-24。

14〈論意象與辭章〉，《畢節師範高等專科學校學報》2004 年第 1 期（總 76 期），2004 年 3 月，頁 5-13。

15〈章法「多、二、一（0）」結構論〉，臺灣師大《中國學術年刊》25 期（春季號），2004 年 3 月，頁 129-172。

16〈章法結構及其哲學義涵〉，《浙江師範大學學報·社會科學版》29 卷 2 期，2004 年 4 月，頁 8-14。

17〈論篇章辭章學〉，臺灣師大《國文學報》35 期，2004 年 6 月，頁 35-68。

18〈論東坡清俊詞中剛柔成分之量化〉，《貴州畢節師範高等專科學校學報》22 卷 1 期，2004 年 9 月，頁 11-18。

19〈論東坡清俊詞的章法風格〉，成功大學《宋代文學研究叢刊》9 期，2004 年 7 月，頁 311-344。

20〈章法的「移位」、「轉位」結構論〉，臺灣師大《師大學報．人文與社會類》49 卷 2 期，2004 年 10 月，頁 1-22。

21〈論語文能力與辭章研究——以「多」、「二」、「一（0）」螺旋結構作考察〉，臺灣師大《國文學報》36 期，2004 年 12 月，頁 67-102。

22〈論「真」、「善」、「美」的螺旋結構——以章法「多」、「二」、「一（0）」結構作對應考察〉，臺灣師大《中國學術年刊》27 期（春季號），2005 年 3 月，頁 151-188。

23〈論二元與層次邏輯〉，上海：《修辭學習》2005 年第 3 期（總 129 期），2005 年 5 月，頁 36-39。

24〈「真、善、美」螺旋結構論——以章法「多」、「二」、「一（0）」螺旋結構作對應考察〉（10000 字），《閩江學院學報》2005 年第 3 期（總 89 期），2005 年 6 月，頁 96-101。

25〈論讀、寫互動〉，《貴州畢節師範高等專科學校學報》23 卷 2 期（總 81 期），2005 年 6 月，頁 1-8。

26〈論層次邏輯——以哲學與文學作對應考察〉，臺灣師大《國文學報》37 期，2005 年 6 月，頁 91-135。

27〈論章法結構與意象系統之疊合——以「多」、「二」、「一（0）」螺旋結構切入作考察〉，《南平師範高等專科學校學報》2005 年第 3 期，2005 年 7 月，頁 5-8。

28〈章法風格論——以「多、二、一（0）」結構作考察〉，《成大中文學報》12 期，2005 年 7 月，頁 147-164。

29〈論章法結構與意象系統——以「多」、「二」、「一（0）」螺旋結構切入作考察〉，《江南大學學報．人文社會科學版》4 卷 4 期，2005 年 8 月，頁 70-77。

30〈層次邏輯系統論——以哲學與章法作對應考察〉，《渤海大學學報．哲學社會科學版》27 卷 6 期，2005 年 11 月，頁 1-7。

由以上論文題目上可推知：「多」、「二」、「一（0）」螺旋結構是到二〇〇三年始完整提出，而層次邏輯系統，則晚至二〇〇五年才正式呈現；這與哲學（以儒學為主）之研究兩相對照，就看出兩者之互動是多麼密切了。

這樣在兼顧理論與應用所作的持續努力下，終於陸續獲得難得的鼓勵與肯定，先是學者鄭韶風〈漢語辭章學四十年述評〉（2001）一文中說：

> 四十年前，著名語言學家呂淑湘和張志公先生，都極力呼籲要建立和與詞章學這門富有民族特點的新學科。四十年來，我國學者不斷醞釀積蓄，形成了三支頗具實力的研究隊伍。……一支隊伍，活動中心在北京，而影響遍及全國。它由呂淑湘、張志公先生帶領，骨幹有王本華等北京師院中文系的研究生。……一支隊伍活動中心在福州，由福建省修辭學會、全國文學語言研究中心志同道合的學者組成，會長鄭頤壽先生。主要骨幹有張惠貞、祝敏青、林大礎、李蘇鳴、李鶚鳴、鄭娟榕等。……一支隊伍，活動中心在臺北，由博導陳滿銘教授及其研究生仇小屏博士、夏薇薇、陳佳君、黃淑貞為主幹，推出了漢語辭章學的論著，開了「章法」論的專門辭章學先河。此類論著，從其研究的深度與廣

> 度、科學性與實用性來講，雖非「覺後」，實屬「空前」。（《國文天地》17 卷 2 期，頁 93-97）

其次是福建師大鄭頤壽教授先後在福州、蘇州所舉辦之海峽兩岸文化學術研討會上，特以臺灣辭章章法學之研究為主題，發表論文廣予宣揚，大力地替臺灣辭章章法學之研究打氣，認為臺灣辭章章（篇）法學之研究成果，是「豐碩的」、「空前」的。他在二〇〇一年十一月於廈門舉行的「海峽兩岸閩南文化學術研討會」上發表〈臺灣辭章學研究述評〉一文，以重點方式加以評述，認為臺灣之章（篇）法學研究具有「哲學思辨」、「多科融合」、「（讀寫）雙向兼顧」、「體系完整」、「重點突出」、「行知相成」等六大特點，並且指出：

> 臺灣學者陳滿銘教授，在研究（章法學）這一方面具有突出的成就，雖非絕後，實屬空前。……從辭章章法理論研究方面，由前人「見樹不見林，語焉而不詳」的狀況，發展到對章法的範圍、原則與內容等多視角的切入，形成一個體系。（《首居海峽兩岸閩南文化學術研討會論文集》，頁 1-15）

又在二〇〇二年五月於蘇州「海峽兩岸中華傳統文化與現代化研討會」上，發表〈中華文化沃土，辭章學圃奇葩——讀陳滿銘的《章法學新裁》及其相關著作〉一文，以為：

> 一門新學科的建立，必須有自己的理論體系，這個「理論」必須是高屋建瓴的能夠統帥、籠罩學科的所有內容，正如網之有綱，綱舉而目張。這就是辭章章法的辯證法，是一種居高臨下的哲學思辨。陳教授為中心的辭章學隊伍的作品，這一特點十分突出。

（《海峽兩岸中華傳統文化與現代化研討會論文集》，頁 131-139）

接著是南京大學王希杰教授在〈章法學門外閑談〉（2002）一文也指出：

「章法」一詞是多義的。「章法」，是文章之法，但是，有兩種「章法」：一種是客觀存在的「章法」，它顯然是與文章同時出現的。有文章就有章法，不同的文章有不同的章法，但是沒有完全沒有章法的文章，不過是章法的好和壞罷了。另一種「章法」是研究者的認識和主張，是知識和理論，是文章的研究者的辛勤勞動的成果，它當然是文章出現之後的事情。後一種「章法」，即對章法的研究也是早就有了的，中國古人對章法的論述很多。但是「章法學」的誕生是比較晚的事情。章法學作為一門學問，不是有關部門章法的個別的知識，而是章法知識的總和，是一種概念的系統。章法學是一門實用性很強的學問，也有極高的學術價值。它同文章學、修辭學、語用學、文藝學、美學、邏輯學等都具有密切關係。章法學已經初步形成了一門科學。陳滿銘教授初步建立了科學的章法學體系。……陳滿銘教授創建了章法學的四大律，……這是陳教授及其弟子的章法學大廈的四根支柱。這是滿銘教授對章法學的貢獻。中國傳統的章法研究已經是很豐富的了，文論、詩話、詞話、曲話、藝概中就有許多關於章法的言論。劉勰的《文心雕龍》中對章法的研究已經是很像樣的了，有一些非常精彩的觀點。但是像陳教授這樣一來以四大規律來建立章法學理論大廈，這還是第一次。如果說唐鉞、王易、陳望道等人轉變了中國修辭學，建立了學科的中國現代修辭學，我們也可以說，陳滿銘及其弟子轉變了中國章法學的研究大方向，建立了

科學的章法學，把漢語章法學的研究轉向科學的道路。（《國文天地》18 卷 15 期，頁 92-101）

再來是林大礎、鄭娟榕兩位學者在〈當代漢語辭章學的三個時期與主要標誌〉（2004）一文中指出：

> 陳滿銘先生從一九九一年至今又持續發表了辭章章法學論文六十多篇，並出版了《文章結構分析》（1999）、《詞林散步——唐宋詞結構分析》（2000）、《章法學新裁》（2001）、《章法學論粹》（2002）與《章法學綜論》（2003）等辭章章法學專著。其中，《章法學新裁》、《章法學論粹》與《章法學綜論》是陳先生幾十年來研究辭章章法學的代表作，體現了陳先生對辭章章法學研究的最新、最高的成就。至此，辭章章法學的體系，已經比較完整了。其主要成就：一是把「章法」由原來的二十多種擴充至約四十種，更加趨於全面、完備。二是把「章法三大原則」擴充並提升為「章法四大律」（秩序、聯貫、變化、統一），使其更趨高級、周全、完善。三是奠定了辭章章法學的哲學基礎。以《周易》、《老子》等古代哲學典籍為根源，以對立統一規律為辭章章法學理論體系的基礎 ，在「陰陽二元對待」基礎之上，總結出「多、二、一（0）」（順向結構）與「（0）一、二、多」（逆向結構）兩種邏輯結構，以統合各章法結構，對應於「章法四大律」。四是發揮辭章學所具有的融合性的特點，把哲學、心理學、美學、文學、藝術、邏輯學、修辭學、風格學、文章學等多學科的相關理論與章法學融為一體，進一步提高了辭章章法學的科學性和實用性。四是首創對辭章作品進行定量分析的研究方法。陳先生已按自己的設想，嘗試對辭章作品進行定量分析，並

用定性分析的結果來驗證其定量分析的結果的正確性。(參見陳滿銘論文〈論章法風格中剛柔成份之量化〉)這是陳先生的又一大膽而空前的突破!它對辭章章法學的發展,必將具有十分重要而特殊的意義。五是以章法學理論促進教學實踐的發展與提高。陳先生不僅在專著中特意設置「教學篇」以指導語文教學,而且從一九九三年起,把辭章章法學納入了指導博(碩)士研究生撰寫學位論文的主題範圍。二〇〇一年起,在臺灣師範大學國研所開設「章法學研討」課程,作為博(碩)士生選修課。二〇〇二年起,在臺南成功大學中文系開設《章法學》課程,由大學部與進修部的學生選修。這不僅是兩岸之首創,而且由此而指導其高足發表了一批又一批高水準的章法學論文與專著。其中,仇小屏《文章章法論》(1998)、《篇章結構類型論(上、下)》(2000)、《章法新視野》(2001)、《詩從何處來——新詩習作教學指導》(2002)……等書較有影響,受到兩岸辭章學專家的高度好評。……陳滿銘教授及其弟子所創立的辭章章法學,是目前的當代漢語辭章學所有分支學科中,最系統、最全面、最完整、規模最大、成就最突出的一個專門學科。它是當代漢語辭章學分支學科的建立與發展的極為重要的標誌。(《國文天地》20 卷 4 期,頁 101-103)

又其次是學者張慧貞在其〈兩岸辭章學研究和語文教學隅談〉(2004)文中認為:

辭章章法學植根於中華文化沃土之中,以先秦以來辯證法的思想和歷代總結的「章法」理論為基礎,再結合語文教學實踐進行總結、歸納、昇華,建構了章法的哲學基礎,總結了其規律、方

> 法。陳滿銘教授及其高足仇小屏等博士這方面做出了開拓性的貢獻。他們從《易經》、《老子》等相關理論中吸取哲學的營養，用於辭章的研究。他們認為文章的寫作沿著「（0）一」、「二」、「多」的結構發展；而文章的解讀卻是從「多」、「二」、「一（0）」的結構發展。這兩個方向，體現了哲學思辯，是由結構到組合與由組合到結構的雙向發展並把結構與組合結合起來，這從哲學上對寫說與讀聽做了指導。（《大學辭章學》第十九章，頁369）

再其次是肇慶學院孟建安教授在其〈陳滿銘與漢語辭章章法學研究〉（2005）文中指出：

> 陳滿銘先生通過三十餘年的深入研究和精心打造已經為我們建構了一個獨具特色的漢語辭章章法學體系。……在陳先生所建構的漢語辭章章法學體系中，章法原理系統主要討論了漢語辭章章法學的學科屬性、內涵、研究對象、研究內容和研究範圍；章法類型和規律系統中主要總結並歸納了辭章章法的四十種基本類型和四種基本規律；章法結構系統主要梳理並探索了章法結構的內容結構成分和內容結構類型、章法結構的呈現，以及章法的「多、二、一（0）」結構；章法方法論系統主要是引入了相關的方法論原則與研究方法；章法美學系統主要闡釋了章法的美感效應等；章法實例分析系統主要是運用章法理論對古代名篇佳作進行示範性分析；章法教學指導系統主要是探討章法教學的相關問題，並把有關理論運用於章法教學。為了簡潔和明晰起見，現把由三個層級組成的章法學體系圖示於下：

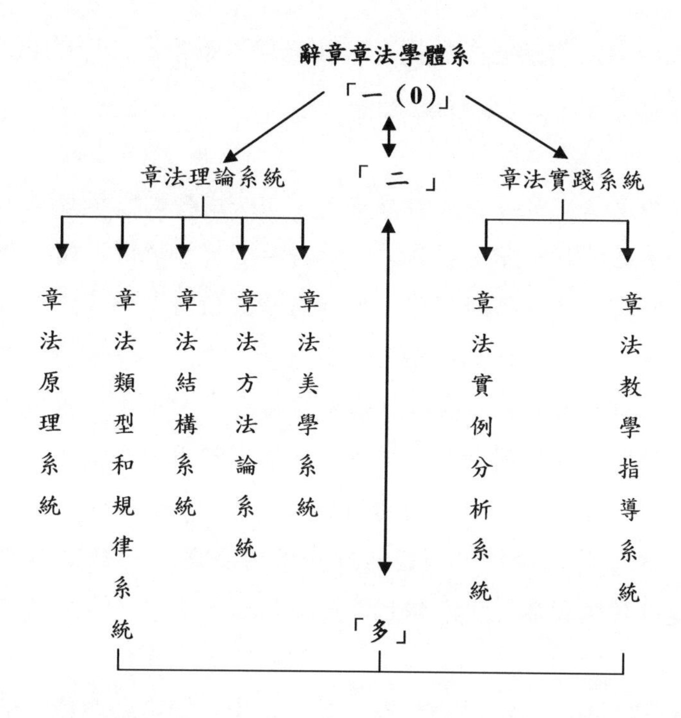


這個章法學體系圖告訴我們，陳先生所建構的漢語辭章章法學體系是一個邏輯嚴密的多層級的理論體系。每一層都有不同的構成要素，而且這些構成要素之間又相互聯繫相互制約，最終統一於一級層次，即漢語辭章章法體系。而按照陳先生的辭章章法理論，正合了「多、二、一（0）」和「一（0）、二、多」的螺旋邏輯結構。三、四、五等每個層級上的要素都為「多」，第二層級上的要素為「二」，最後統一於第一層級，即達到「一（0）」。還需說明的是，體系圖中所給出的「章法實踐系統」主要是指運用章法理論來指導辭章章法分析和辭章章法教學，因此雖然說是實踐系統，但依然具有較強的理論性。這裡筆者取「章法實踐系統」是為了與「章法理論系統」相對應，以統一於漢語辭章章法學體系。（《陳滿銘教授七秩榮退誌慶論文集》，頁 114-115）

再來是廣東暨南大學黎運漢教授在〈陳滿銘對辭章章法學的貢獻〉（2005）一文中說：

> 漢語修辭和章法中都有很多對立統一、相映成趣的言語現象，陳滿銘教授很善於針對章法現象的這一特點，靈活地運用樸素辯證的方法去研究章法技巧和規律。例如對章法類型：今昔法、久暫法、遠近法……，章法四大規律：秩序與變化（靜與動）、聯貫與統一（局部與整體），篇章結構內容與形式，章法「多、二、一（0）」的順、逆邏輯結構等的分析和表述都用了辯證的方法。章法技巧和規律是辯證統一的語用現象，作者用辯證統一的方法去研究它揭示其規律性，無疑具有科學的品格。（《陳滿銘教授七秩榮退誌慶論文集》，頁444）

然後是鄭頤壽教授在〈從「章法辭章學」登上「篇章辭章學」的寶座——讀陳滿銘教授的《篇章辭章學》（書論）〉（2005）一文中以為：

> 所謂「順」，是「（0）一、二、多」的順向結構；所謂「逆」，是「多、二、一（0）」的逆向結構。這是一種哲學的思辨，是「章法辭章學」和「篇章辭章學」的理論綱領。……這一綱領性理論，是從中華原典文化的《易經》、《老子》的辯證的哲學思想引申出來的，用《易經》之八卦、六十四卦、陰爻、陽爻的變化原理，用《老子》之「道」所講的「有」、「無」以及「有無相生」的理論來解釋篇章辭章學之「四大律」以及約四十種章法結構和篇章的風格、韻律、氣象、境界等，解決了篇章辭章學中宏觀、中觀、微觀的諸多理論問題。它做到融合儒道、貫通古今，交流兩岸哲學、文學、美學的研究成果，使「篇章辭章學」真正可以

> 成「學」，而陳教授也真正建構了「一家之言」，成為「篇章辭章學」的「大家」。它富有中華風，民族味。也正由於最富民族性，也才具有世界性。而不亦步亦趨地演繹「舶來品」。（《陳滿銘教授七秩榮退誌慶論文集》，頁 435）

這些肯定與鼓勵，主要聚焦於辭章章法之上；能牢籠哲學與辭章學（含國文教學）加以論述的是王希杰教授，他在〈陳滿銘教授和章法學〉（2005）一文中認為：

> 臺灣師範大學國文系陳滿銘教授是「四書」學家、詩詞學家、章法學家和語文教育家。但是他首先是章法學家。四書學是他的為人、治學的基礎。詩詞學研究是他的章法學的材料來源，也是章法學規則的核對總和運用。語文教學是他的章法研究的出發點，他的章法學理論服務於語文教學。……陳滿銘教授對中國傳統文化是很有研究的，是四書學家。他的研究不是照搬洋教條，而是傳統文化的繼承和發展。從這點上說，他是把四書學和章法學很成功地結合起來了。二十世紀裡，中國人文科學總的趨勢是販賣洋學問，運用洋教條來套中國的事情。我不滿這種做法，也就更喜歡陳滿銘教授的治學道路了。在方法論原則上，他和弟子們繼承了《周易》的二元互補和轉化的傳統。這也是對中國古代章法研究傳統的繼承。例如劉熙載在《藝概．詞曲概》中說：「詞之章法，不外相摩相蕩，如奇正、空實、開合、工易、寬緊之類是也。」滿銘教授合弟子們的章法體系基本上是建立在二元對立、互補、轉化之上的。（《陳滿銘教授七秩榮退誌慶論文集》，頁 28-40）

諸如此類，不一而足。

而與此同時，也受到國內外其他學術界與出版團體之重視，先以〈章法「多、二、一（0）」結構的節奏與韻律〉一文，被評定「在科技發展理論探索方面取得傑出成就與卓越貢獻」，編入《中國科技發展精典文庫》第二輯（2003）。次以〈論辭章章法的「多、二、一（0）結構〉一文，榮獲「國際優秀論文獎」（2003），編入《當代中國科教文集》（2004）；業績入編《世界優秀專家人才名典》（2003）、《中國專家人名辭典》（2003）、《中國當代創新人才》（2004）。然後以〈論意象與辭章「多」、「二」、「一（0）」結構〉一文，編入《中華名人文論大全》（2004）、《中國改革發展理論文集》（2004），獲「優秀徵文壹等獎」（2004），業績入編《中華名人大典》（2004）、《中國改革擷英》（2004）及英文版《世界專業人才名典》（美國 ABI，2006）、《二十一世紀 2000 世界傑出思想家》（英國 IBC，2006），並獲頒「中國文學研究專業人才證書」（ABI-2006）、「2006 年度風雲人物證書」（ABI-2006）與「二十一世紀 2000 世界傑出思想家（中國文學與哲學領域）證書」（IBC-2006）。

回顧一下，確認「多」、「二」、「一（0）」螺旋結構的過程，是漫長而辛苦的，而所獲得的肯定與鼓勵，則是令人銘感在心的。所謂「卻顧所來徑，蒼蒼橫翠微」（李白〈下終南山過斛斯山人宿置酒〉），真是令人諸多感觸。而值此本書出版前夕，面對著由層層疊疊之「多」、「二」、「一（0）」螺旋結構所組織而成的「生生不已」之無垠宇宙、芸芸眾生，又倍覺卑微渺小。於此，特以這份「銘感」與「卑微渺小」之心，祈請各領域的專家學者不吝指正！

序於臺灣師大國文系 835 研究室

二〇〇六年四月十七日

# 第一章
# 緒論

這本書以「多」、「二」、「一（0）」螺旋結構為軸心進行，對相關之「螺旋結構與『多』、『二』、『一（0）』」與「『多』、『二』、『一（0）』與層次邏輯系統」的重要問題，分兩節略予說明，以作為導引。

## 第一節　螺旋結構與「多」、「二」、「一（0）」

大體說來，對於任何思想體系之形成，關涉得最密切的，莫過於「本末」問題。就以中國哲學中的「理」與「氣」、「有」與「無」、「道」與「器」、「體」與「用」、「動」與「靜」、「一」與「兩」、「知」與「行」、「性」與「情」、「天」與「人」……等「陰陽二元」之範疇[1] 而言，即有本有末。它們無論是「由本而末」或「由末而本」，均可形成「順」或「逆」的單向本末結構。而一般學者也都習慣以此單向來看待它們，卻往往忽略了它們所形成之「互動、循環而提升」的螺旋結構。

而所謂「螺旋」，本用於教育課程之理論上，早在十七世紀，即由捷克教育家夸美紐斯所提出，《教育大辭典》解釋說：

> 螺旋式課程（spiral curriculum）圓周式教材排列的發展，十七世紀由捷克教育家夸美紐斯提出，教材排列採用圓周式，以適應不

---

1　萬榮晉：《中國哲學範疇導論》（臺北市：萬卷樓圖書公司，1993 年 4 月初版一刷），頁 1-650。

> 同年齡階段的兒童學習。但這種提法，不能表達教材逐步擴大和加深的含義，故用螺旋式的排列代替。二十世紀六〇年代，美國心理學家布魯納也主張這樣設計分科教材：按照正在成長中的兒童的思想方法，以不太精確然而較為直觀的材料，儘早向學生介紹各科基本原理，使之在以後各年級有關學科的教材中螺旋式地擴展和加深。[2]

所謂「圓周」、「逐步擴大和加深」，指的正是「循環、往復、螺旋式提高」，《簡明國際教育百科全書》即指出：

> 螺旋式循環原則（Principle of Spiral Circulation）排列德育內容原則之一，即根據不同年齡階段（或年級），遵循由淺入深，由簡單到複雜，由具體而抽象的順序，用循環、往復螺旋式提高的方法排列德育內容。螺旋式亦稱圓周式」。[3]

可見「螺旋」就是「互動、循環而提升」的意思。這種螺旋作用，可用下列簡圖來表示：

二元 → 互動 → 循環 → 提升

這是著眼於「陰陽二元」，即「二」來說的，若以此「二」為基礎，徹上於「一（0）」、徹下於「多」，則成為「多」、「二」、「一（0）」之

2 顧明遠主編：《教育大辭典》（上海市：上海教育出版社，1990 年 6 月一版一刷），頁 276。

3 許建鉞編譯：《簡明國際教育百科全書》（北京市：新華書局北京發行所，1991 年 6 月一版一刷），頁 611。

系統。而這種系統可從《周易》（含《易傳》）與《老子》等古籍中獲知梗概，它們不但由「有象」而「無象」，找出「多、二、一（0）」之逆向結構；也由「無象」而「有象」，尋得「（0）一、二、多」之順向結構；並且透過《老子》「反者道之動」（四十章）、「凡物芸芸，各復歸其根」（十六章）與《周易·序卦》「既濟」而「未濟」之說，將順、逆向結構不僅前後連接在一起，更形成循環不息的「多」、「二」、「一（0）」螺旋結構，以呈現中國宇宙人生觀之精微奧妙[4]。

如此照應「多」、「二」、「一（0）」整體，則「螺旋結構」之體系可用下圖來表示：

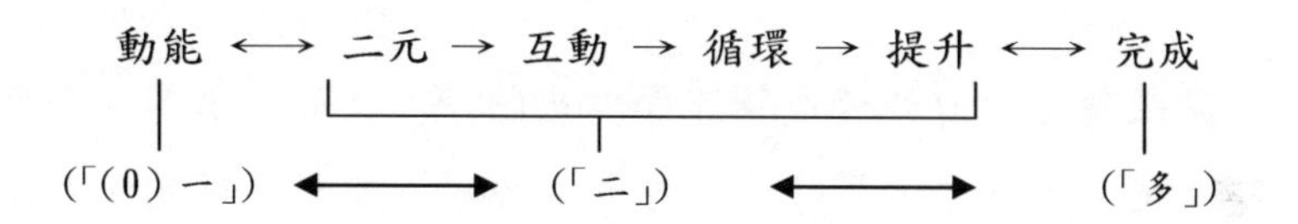


又如果再依其順逆向，將「多」、「二」、「一（0）」加以拆解，則可呈現如下列兩式：

一、順向：「（0）一」→「二」→「多」
二、逆向：「多」→「二」→「一（0）」

而這兩式是可以不斷地彼此循環而銜接而提升，而形成層層螺旋結構，以體現宇宙人生生生不息之生命力的。

很值得注意的是：相對於人文，近年科技界亦發現生命之「基因」

4　陳滿銘：〈論「多」、「二」、「一（0）」的螺旋結構——以《周易》與《老子》為考察重心〉，臺灣師大《師大學報·人文與社會類》48卷1期（2003年7月），頁1-20。

和「DNA」等都呈現雙螺旋結構，約翰·格里賓著、方玉珍等譯《雙螺旋探密——量子物理學與生命》以為：

> 生命分子是雙螺旋這一發現為分子生物學揭開了新的一頁，而不是標誌著它的結束。但在我們以雙螺旋發現為基礎去進一步理解世界之前，如果能有實驗證明雙螺旋複製的本質，那麼關於雙螺旋的故事就會更加完美了。[5]

對這種「雙螺旋結構」，歐陽周、顧建華、宋凡聖編著的《美學新編》也作解釋說：

> 從微觀看，由於近代物理學與生物學、化學、數學、醫學等的相互交叉和滲透，對分子、原子和各種基本粒子的研究更加深入，並取得一系列的成果。……特別要指出的是，DNA 分子的雙螺旋結構模式，體現了自然美的規律：兩條互補的細長的核苷酸鏈，彼此以一定的空間距離，在同一軸上互相盤旋起來，很像一個扭曲起來的梯子。由於每條核苷酸鏈的內側是扁平的盤狀碱基，當兩個相連的互補碱基 A 連著 P，G 連著 C 時，宛若一級一級的梯子橫檔，排列整齊而美觀，十分奇妙。[6]

這樣，對應於「多」、「二」、「一（0）」螺旋結構來看，所謂「宛若一級一級的梯子橫檔」，該是「二」產生作用的整個歷程與結果，亦即

---

5 約翰·格里賓著、方玉珍等譯：《雙螺旋探密——量子物理學與生命》（上海市：上海科技教育出版社，2001 年 7 月），頁 225。

6 歐陽周、顧建華、宋凡聖編著：《美學新編》（杭州市：浙江大學出版社，2001 年 5 月一版九刷），頁 303。

「多」；所謂「當兩個相連的互補碱基 A 連著 P，G 連著 C」，該是「二」；而 DNA 本身的質性與動力，則該為「一（0）」。至於所謂「兩條互補的細長的核苷酸鏈，彼此以一定的空間距離，在同一軸上互相盤旋起來」，該是一順一逆、一陰一陽的螺旋結構。如果這種解釋合理，那麼，從極「微觀」（小到最小）到極「宏觀」（大到最大），都可由一順一逆的「多」、「二」、「一（0）」雙螺旋結構加以層層組織，以體現自然「真、善、美」之規律。

可見人文與科技雖然各自「求異」，而有不同之內容，但所謂「萬變不離其宗」，在「求同」上，不無「殊途同歸」的可能。如果是這樣，則「多」、「二」、「一（0）」螺旋結構之「原始性」與「普遍性」，就值得大家共同重視了。

## 第二節　「多」、「二」、「一（0）」與層次邏輯系統

層次邏輯有別於「傳統邏輯」的邏輯形式。「傳統邏輯」的邏輯形式，主要是經由求「同」（歸納）求「異」（演繹），以確定其真偽、是非為目的；而「層次邏輯」，則主要在求「同」（歸納）求「異」（演繹）過程中，呈現其時、空或內蘊之層次為內容。這種邏輯層次，通常都由多樣的「陰陽二元對待」為基礎，而經「移位與轉位」之過程與「『多』、『二』、『一（0）』螺旋結構」之終極統合，形成其完整系統[7]。

說得簡單一點，這種層次邏輯系統，是由萬事萬物產生的層層「本末先後」之次序所形成的。《禮記．大學》一開篇就說：

物有本末，事有終始，知所先後，則近道矣。

---

7　陳滿銘：〈論層次邏輯——以哲學與文學作對應考察〉，臺灣師大《國文學報》37 期（2005 年 6 月），頁 91-135。

這所謂「本始所先，末終所後」[8]，正是層次邏輯形成其系統之基礎。如果著眼於「事」而又將「物」含於其中，配合「起點→過程→終點」的層次邏輯，並與「多」、「二」、「一（0）」作對應，則其系統或結構是這樣的：

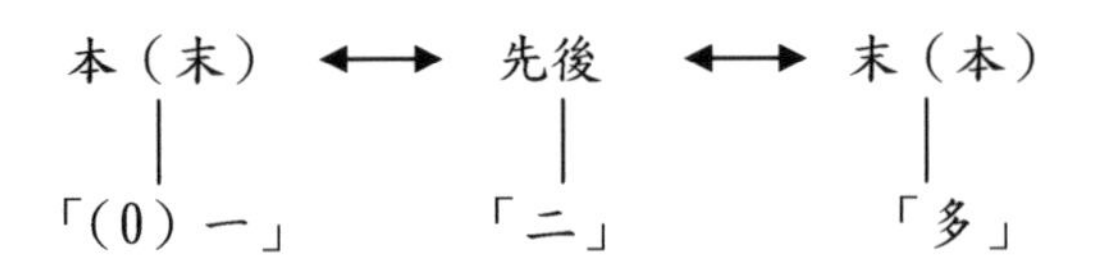


因此把「本末先後」，視為形成層次邏輯系統之基礎，是相當合理的。

而這所謂「本末」，就兩者關係言，就是「因果」。眾所周知，「因果」在哲學上，雖只看成是範疇之一，卻與「諸範疇」息息相關。張立文在《中國哲學邏輯結構論》中說：

> 就彼此相聯繫的範疇而言，中國佛教哲學中的「因」這個範疇，它自身包含著兩個事物或現象的聯繫，這種特定的聯繫，各以對方的存在為自己存在的前提或條件。其內在衝突的伸展，使「因」作為一方與「果」作為另一方構成相對相關的聯繫。範疇這種衝突性格，使自身或與諸範疇都處於相互聯繫、相互轉化之中，並在這種普遍的有機聯繫中，再現客觀世界的衝突及其發展的全進程。[9]

既然「因果」這一範疇能產生「普遍的有機聯繫」，其重要性就可想而知。也就難怪在邏輯學中，會那樣受到普遍的重視，而視之為

8 朱熹：《四書集注》（臺北市：學海出版社，1984 年 9 月初版），頁 3。
9 張立文：《中國哲學邏輯結構論》（北京市：中國社會科學出版社，2002 年 1 月一版一刷），頁 11。

「律」了。

從另一角度看，「因果律」涉及的是假設性之「演繹」與科學性之「歸納」，而假設性之「演繹」所形成的是「先果後因」的邏輯層次；與科學性之「歸納」所形成的是「先因後果」的邏輯關係，正好可以對應地發揮證明或檢驗的功能。陳波在其《邏輯學是什麼》一書中說：

> 因果聯繫是世界萬物之間普遍聯繫的一個方面，也許是其中最重要的方面。一個(或一些)現象的產生會引起或影響到另一個(或一些)現象的產生。前者是後者的原因，後者就是前者的結果。科學的一個重要任務就是要把握事物之間的因果聯繫，以便掌握事物發生、發展的規律。[10]

可見「因果」邏輯關係的重要。而這種「因果」邏輯，雖然一度受到羅素（B. Russell, 1872-1970）偏執之影響，使研究沉寂了半個世紀；但到了二十世紀三〇年代後卻有了新的發展。如美國當代哲學家、計算機理論家勃克斯（A. W. Burks），就提出了「因果陳述邏輯」，任曉明、桂起權介紹說：

> 作為一種證明或檢驗的邏輯，因果陳述邏輯在科學理論創新中能否起重要作用呢？答案是肯定的。第一，因果陳述邏輯對於解釋或預見事實有重要意義。就如同假說演繹法所起的作用一樣，因果陳述邏輯可以從理論命題推演出事實命題，或是解釋已知的事實，或是預見未知的事實。這種推演的基本步驟是以一個或多個

---

10 陳波：《邏輯學是什麼》（北京市：北京大學出版社，2002 年 1 月一版一刷），頁 167。

> 普遍陳述，如定律、定理、公理、假說等作為理論前提，再加上某些初次條件的陳述，逐步推導出一個描述事實的命題來。這種情形就如同上一節所舉的「開普勒和火星軌道」的例子一樣。第二，因果陳述邏輯對於探求科學陳述之間的因果聯繫，進而對科學理論做出因果可能性的推斷有著重要作用。勃克斯所創建的這種邏輯對科學理論創新的貢獻在於：通過對科學推理的細緻分析，發現經典邏輯的實質蘊涵、嚴格蘊涵都不適於用來刻畫因果模態陳述的前後關係。於是，他提出了一種「因果蘊涵」，進而建立一個公理系統，為科學理論中因果聯繫的探索奠定了邏輯上的基礎。[11]

勃克斯這樣以「因果蘊涵」作為「因果陳述邏輯」的核心概念，而建立了一個「公理系統」，「從具有邏輯必然性的規律或理論陳述中推導出具有因果必然性的因果律陳述，進而推導出事實陳述。這種推導過程，不僅能解釋已知的事實，而且能預見未知的事實。」[12] 這在科學理論方面，是有相當大的創新功能的。

這樣看來，相應於「本末先後」的「因果聯繫」，適應面極廣，如此自然可以建立層次邏輯系統，而形成「多」、「二」、「一（0）」之螺旋結構。而這種螺旋結構，不但可在哲學上，理出它的根本原理；也可在文學上，透過辭章章法規律與結構檢驗它的表現成果；甚且可在美學上尋得比「多樣的統一」更完整的審美體系。如此「一以貫之」，希望藉此可以凸顯「多」、「二」、「一（0）」螺旋結構之原始性與普遍性。

---

11 黃順基、蘇越、黃展驥主編：《邏輯與知識創新》（北京市：中國人民大學出版社，2002 年 4 月一版一刷），頁 328-329。

12 黃順基、蘇越、黃展驥主編：《邏輯與知識創新》，頁 332。

# 第二章
# 哲學的「多」、「二」、「一（0）」螺旋結構

我們的祖先，生活在廣大「時空」之中，整天面對紛紜萬狀之現象界，為了探其源頭，確認其原動力，以尋得其種種變化的規律，孜孜不倦，日積月累，先後留下了不少寶貴的智慧結晶；而層次邏輯就是其中重要之一環。因為這種層次邏輯系統的完成，就一個層面、歷程而言，首先由「二元」之「對待」（含「對比與調和」）與「包孕」啟動，為「初程」；再由「移位與轉位」推動，為「中程」；然後終於形成「多」、「二」、「一（0）」螺旋結構；為「終程」。所以本章即以此為綱，試著從《周易》、《老子》、《中庸》等典籍的中的哲學理論，以見層次邏輯之系統性與普遍性。

## 第一節　層次邏輯之初程與「多」、「二」、「一（0）」螺旋結構

層次邏輯系統之初程，主要由「陰陽二元」之「對待」（含「對比與調和」）與「包孕」產生作用而形成。茲分述如次：

### 一　就陰陽二元之對待作探討

在哲學上，對「對立的統一」之概念，都非常重視，一向被目為自然中最重要的變化規律。而這所謂的「對立」，指的雖是對比性的「二元對待」，但也涵蓋了調和性的「二元對待」，因為兩者往往是互為包

孕的，亦即對比中有調和、調和中有對比；不過，其中仍有主從。因此底下就分開來探討。

在我國的哲學古籍裡，很容易尋出頗多含「二元對待」觀念的論述，其中以《周易》（含《易傳》）與《老子》二書，最為明顯。

以《周易》（《易傳》）來看，它以陰陽為其一對基本概念，是由此陰陽二爻而衍為四象，再由四象而衍為八卦、六十四卦的。而八卦之取象，是兩相對待的，即乾（天）為「三連」而坤（地）為「六斷」、震（雷）為「仰盂」而艮（山）為「覆碗」、離（火）為「中虛」而坎（水）為「中滿」、兌（澤）為「上缺」而巽（風）為「下斷」，而所謂「三連」與「六斷」、「仰盂」與「覆碗」、「中虛」與「中滿」、「上缺」與「下斷」，正好形成四組兩相對待之關係，以呈現其簡單的「二元對待」之邏輯結構。後來將此八卦重疊，推演為六十四卦，雖更趨複雜，卻依然存有這種「二元對待」的關係，以象徵或反映宇宙人生之種種，也為人生行為找出準則，來適應宇宙自然之規律[1]。

以六十四卦而言，所形成之「二元對待」關係是這樣子的：

屯（坎上震下）和解（震上坎下）　蒙（艮上坎下）和蹇（坎上艮下）
需（坎上乾下）和訟（乾上坎下）　師（坤上坎下）和比（坎上坤下）
小畜（巽上乾下）和姤（乾上巽下）　履（乾上兌下）和夬（兌上乾下）
泰（坤上乾下）和否（乾上坤下）　同仁（乾上離下）和大有（離上乾下）
謙（坤上艮下）和剝（艮上坤下）　豫（震上坤下）和複（坤上震下）
隨（兌上震下）和歸妹（震上兌下）　蠱（艮上巽下）和漸（巽上艮下）

1　徐復觀：「古人大概是以這六十四卦，三百八十四爻的相互衍變，來象徵甚至反映宇宙人生的變化；在這種變化中，找出一種規律，以成立吉凶悔吝的判斷，因而漸漸找出人生行為的規律。」見《中國人性論史．先秦篇》（臺北市：臺灣商務印書館，1978 年 10 月四版），頁 202。

臨（坤上兌下）和萃（兌上坤下）　　觀（巽上坤下）和升（坤上巽下）
噬嗑（離上震下）和豐（震上離下）　　賁（艮上離下）和旅（離上艮下）
無妄（乾上震下）和大壯（震上乾下）　　大畜（艮上乾下）和遯（乾上艮下）
頤（艮上震下）和小過（震上艮下）　　大過（兌上巽下）和中孚（巽上兌下）
咸（兌上艮下）和損（艮上兌下）　　恆（震上巽下）和益（巽上震下）
晉（離上坤下）和明夷（坤上離下）　　家人（巽上離下）和鼎（離上巽下）
睽（離上兌下）和革（兌上離下）　　困（兌上坎下）和節（坎上兌下）
井（坎上巽下）和渙（巽上坎下）　　既濟（坎上離下）和未濟（離上坎下）

這些卦都是二二相偶的，如「坎上震下」（屯）與「震上坎下」（解）、「艮上巽下」（蠱）與「巽上艮下」（漸）、「乾上兌下」（履）與「兌上乾下」（夬）、「離上坤下」（晉）與「坤上離下」（明夷）……等，都很明顯地形成了二元對待的關係。此外，〈雜卦〉又云：

> 乾，剛；坤，柔。比，樂；師，憂。臨、觀之意，或與或求。……震，起也；艮，止也。損、益，衰盛之始也。大畜，時也；無妄，災也。萃，聚，而升，不來也。謙，輕；而豫，怡也。……兌，見；而巽，伏也。隨，無故也；蠱，則飭也。剝，爛也；複，反也。晉，晝也，明夷，誅也。井，通；而困，相遇也。咸，速也；恒，久也。渙，離也；節，止也。解，緩也；蹇，難也。睽，外也；家人，內也。否、泰，反其類也。……革，去故也；鼎，取新也。小過，過也；中孚，信也。豐，多故也；親寡，旅也。離，上；而坎，下也。……大過，顛也；頤，養正也。既濟，定也；未濟，男之窮也。姤，遇也，柔遇剛也；……夬，決也；剛決柔也。君子道長，小人道憂也。

這些卦的要義或特性，都兩兩相待，如剛和柔、樂與憂、與和求、起和止、衰和盛、時和災、見和伏、速和久、離和止、外和內、否和泰、去故和取新、多故和親寡、上和下……等等，都可輕易從字面上看出其對待關係來，這可稱之為「異類相應的聯繫」[2]，而這種「異類相應的聯繫」，說的就是「對比」。

相對於「異類相應的聯繫」，當然也有「同類相從的聯繫」。這種「同類相從的聯繫」，說的就是「調和」，是由史伯、晏嬰「同」的觀念發展出來的。原來的「同」，指「同一物的加多或重複」，到了《周易》、《老子》，則指同類事物的「相從」；這類「相從」，乃著眼於「調和性」，與「相應」的「對比性」，又形成「二元對待」的關係。以《周易》而言，它有六十四卦，每卦在形成「秩序」與「變化」之同時，也使卦卦「聯繫」在一起，成為一個「統一」的整體。而形成「聯繫」，最明顯的，是使兩相對待者以「對比」（正反）或「調和」（正正、反反）方式聯結在一起。如見於〈雜卦〉的剛和柔、樂與憂、與和求、起和止。衰和盛、時和災、見和伏、速和久、離和止、外和內、否和泰、去故和取新、多故和親寡、上和下……等等，其中除了起和止、速和久、外和內、上和下等，未必形成「對比」而有「調和」可能性外，其餘的都比較偏向於「對比」，而都產生「聯繫」的作用。

由此可知在六十四卦的排序與變化裡，可看出「異類相應」（對比）和「同類相從」（調和）兩種聯繫，也凸顯了由互相「聯繫」而形成「統一」的整體結構。其中「同類相從的聯繫」，在《周易》裡，也是頗值得注意的。譬如它的八卦：

---

2 戴璉璋：「以上各卦所標示的特性或要義：剛和柔、樂和憂、與和求、起和止、盛和衰等等，都是異類相應的聯繫。」見《易傳之形成及其思想》（臺北市：文津出版社，1988 年 11 月臺灣初版），頁 196。

乾（乾上乾下）、坤（坤上坤下）　坎（坎上坎下）、離（離上離下）
震（震上震下）、艮（艮上艮下）　巽（巽上巽下）、兌（兌上兌下）

這是以乾與乾、坤與坤、坎與坎、離與離、震與震、艮與艮、巽與巽、兌與兌等的重疊而形成了「同類相從的聯繫」，亦即調和性的「二元對待」。除此之外，〈雜卦〉云：

> 屯，見而不失其居；蒙，雜而著。……大壯，則止；遯，則退也。大有，眾也；同人，親也。……小畜，寡也；履，不處也。需，不進也；訟，不親也。……歸妹，女之終也；漸，女歸待男行也。

這是以「止」和「退」、「眾」和「親」、「寡」和「不處」、「不進」和「不親」、「女之終」和「女歸待男行」等的相類而形成「同類相從的聯繫」（調和）。關於這點，戴璉璋在《易傳之形成及其思想》中說：

> 依〈序卦傳〉，屯與蒙都是代表事物始生、幼稚時期的情況，〈雜卦傳〉作者用「見而不失其居」、「雜而著」來描述屯、蒙兩卦的特性，也都是就始生的事物而言。此外引大壯以下各卦的「止」和「退」、「眾」和「親」、就始生的事物而言。此外引大壯以下各卦的「止」和「退」、「眾」和「親」、「寡」和「不處」、「不進」和「不親」、「女之終」和「女歸待男行」，都是同類相從的聯繫。[3]

---

3 《易傳之形成及其思想》，頁 195。

他把這種調和性的二元「聯繫」，說明得極清楚。

而這兩種二元「聯繫」，無論「對比」或「調和」，在《老子》中也處處可見。先拿「異類相應的聯繫」（對比）而言，兩相對待者，如：

> 天下皆知美之為美，斯惡已；皆知善之為善，斯不善已。故有無相生，難易相成，長短相較，高下相傾，音聲相和，前後相隨。（二章）
>
> 曲則全，枉則直，窪則盈，敝則新，少則得、多則惑，是以聖人抱一，為天下式。（二十二章）
>
> 知其雄，守其雌，為天下溪；常德不離，復歸於嬰兒。知其白，守其黑，為天下式；為天下式，常德不忒，復歸於無極。知其榮，守其辱，為天下穀；為天下谷，常德乃足，復歸於樸。（二十八章）
>
> 將欲歙之，必固張之；將欲弱之，必固強之；將欲廢之，必固興之；將欲奪之，必固與之；是謂微明。（三十六章）
>
> 故貴以賤為本，高以下為基，是以侯王自謂孤寡不轂，此非以賤為本耶？（三十九章）
>
> 明道若昧，進道若退，夷道若纇。（四十一章）
>
> 大直若曲，大巧若拙，大辯若訥。躁勝寒，靜勝熱，清靜為天下正。（四十六章）
>
> 禍兮福之所倚，福兮禍知所伏。（五十八章）
>
> 正言若反。（七十八章）

如上所引，「美」（喜）與「惡」（怒）、「善」（是）與「不善」（非）[4]、

---

4　王弼注二章：「美者，人心之所進樂也；惡者，人心之所惡疾也。美、惡，猶喜、怒

「有」與「無」、「難」與「易」、「長」與「短」、「高」(上)與「下」、「前」與「後」、「曲」(偏)與「全」、「枉」(曲)與「直」、「窪」與「盈」、「敝」與「新」、「少」與「多」、「重」與「輕」、「靜」與「躁」、「雄」與「雌」、「白」與「黑」、「左」與「右」、「歙」與「張」、「弱」(柔)與「強」(剛)、「廢」與「興」、「奪」與「與」、「貴」與「賤」、「明」與「昧」、「進」與「退」、「夷」(平)與「纇」(不平)、「巧」與「拙」、「辯」與「訥」、「寒」與「熱」、「禍」與「福」、「正」與「反」……等，都兩相對待，藉由「運動」而「互相轉化」，而形成「異類相應的聯繫」(對比)。

次由「同類相從的聯繫」(調和)來看，如：

> 道可道，非常道；名可名，非常名。(一章)
>
> 是以聖人處無為之事，行不言之教；萬物作焉而不辭，生而不有；為而不恃，功成而不居。夫唯弗居，是以不去。(二章)
>
> 不尚賢，使民不爭；不貴難得之貨，使民不為盜；不見可欲，使民心不亂。(三章)
>
> 居善地，心善淵，與善仁，言善信，正善治，事善能，動善時；夫唯不爭，故無尤。(八章)
>
> 金玉滿堂，莫之能守；富貴而驕，自遺其咎。(九章)
>
> 五色，令人目盲；五音，令人耳聾；五味，令人口爽；馳騁畋獵，令人心發狂；難得之貨，令人行妨。是以聖人為腹不為目，故去彼取此。(十二章)

---

也；善、不善，猶是、非也。喜、怒同根，是、非同門；故不得而偏舉也。此六者，皆陳自然不可偏舉之名數。」見《老子王弼注》(臺北市：河洛圖書出版社，1974 年 10 月臺景印初版)，頁 3。

以上都是呈現「同類相從的聯繫」的例子，如一章的「常道」與「常名」，二章的「無為之事」與「不言之教」、「作焉」與「生焉」、「不辭」與「不有」與「不恃」與「弗居」，三章的「不尚賢」與「不貴難得之貨」與「不見可欲」、「不爭」與「不為盜」與「心不亂」……等，皆以「同類相從」而聯繫在一起。此類例子，在《老子》一書裡，是不勝枚舉的。

一般而論，所謂「調和」，是對應於「陰」與「柔」來說的；而所謂「對比」，是對應於「陽」與「剛」而言的[5]。如說得徹底一點，即一切「調和」與「對比」，都是由於陰（柔）陽（剛）相對、相交、相和的結果。《易傳》云：

> 一陰一陽之謂道。（〈繫辭上〉）
>
> 剛柔者，立本者也；變通者，趣時者也。（〈繫辭下〉）
>
> 剛柔相推而生變化。……變化者，進退之象也；剛柔者，晝夜之象也。（〈繫辭上〉）
>
> 窮則變，變則通，通則久。（〈繫辭上〉）
>
> 乾坤其易之門邪！乾，陽物也；坤，陰物也。陰陽合德而剛柔有體，以體天地之撰，以通神明之德。（〈繫辭下〉）
>
> 天地絪緼，萬物化醇，男女構精，萬物化生。（〈繫辭下〉）
>
> 天尊地卑，乾坤定矣；卑高以陳，貴賤位矣；動靜有常，剛柔斷矣。（〈繫辭上〉）

《周易》（含《易傳》）的作者，就在前人「有象而無象」、「無象而有象」之努力基礎下，終於確認陰陽乃一切變化，形成多樣對待之根源。就拿

---

5　歐陽周、顧建華、宋凡聖編著：《美學新編》（杭州市：浙江大學出版社，2001 年 5 月一版九刷），頁 81。又，仇小屏：《古典詩詞時空設計美學》（臺北市：文津出版社，2002 年 11 月初版一刷），頁 332。

八卦與由八卦重疊而成的六十四卦來說，即全由陰陽二爻所構成，以象徵並概括宇宙人生的各種變化，〈說卦〉說的「觀變於陰陽而立卦」，就是這個意思。他以為宇宙之源，就在這種陰陽的相對、相交、相和之作用下，變而通之，通而久之，於是創造了天地萬物（含人類），達於「統一」（和諧）的境地[6]。而這種「統一」（和諧），可說是剛柔（陰陽）之統一，是剛柔（陰陽）相濟的，如以上引的天地（乾坤）、晝夜、高低、男女、尊卑、進退、貴賤、動靜而言，天（乾）、晝、高、男、尊、進、貴、動等為剛，地（坤）、夜、低、女、卑、退、賤、靜等為柔，它們是相應地相對而為一的。

而《老子》直接談到「陰陽」或「剛柔」的地方雖不多，卻有幾處是值得注意的：

萬物負陰而抱陽。（四十二章）
柔弱勝剛強。（三十六章）
弱者，道之用。天下萬物生於有，有生於無。（四十章）
堅強者，死之徒；柔弱者，生之徒。（七十六章）
強大處下，柔弱處上。（七十六章）
弱之勝強，柔之勝剛，天下莫不知、莫能行。（七十八章）

老子談到陰陽的，僅一見，在此，他雖然只落到「萬物」（多）上來說，卻該推源到「一生二」以尋其根。而談到「剛柔」的，則往往牽「強」牽「弱」，也落到「多」（萬物）上加以發揮，但「剛」為「陽」、「柔」為「陰」，是同樣該歸根於「一生二」予以確認的；因為這是老子觀察

---

6 陳望衡：「《周易》中的陰陽理論強調的不是相反事物的對立，而是相反事物的相交、相和。……因此，陰陽相交、相合的規律就是創造的規律。」見《中國古典美學史》（長沙市：湖南教育出版社，1998 年 8 月一版一刷），頁 182。

自然現象（萬物）時，從現象（萬物）中所抽離出來的二元對待之基本範疇；而所謂「弱者，道之用」，是以「道」（無）為「體」，而以「弱上剛下」（「強大處下，柔弱處上」），針對著「有生於無」之「有」，來說其「用」的[7]。可見老子的「二」，就「同」的觀點而言，是彼此相容的。

這種剛柔（陰陽）之互相包孕，必趨於「統一」，而此「統一」，好像只能容許剛柔（陰陽）各半以相濟，達於絕對「適中」，亦即「大統一」（「中和」）的地步，但是天地之運，一刻不息，以致剛柔（陰陽）隨時都在互相滲透，互相轉化之中，所謂「陽卦多陰，陰卦多陽」（〈繫辭下〉）、「剛柔相推而生變化」（〈繫辭上〉）、「剛柔相易」（〈繫辭下〉），這樣往往就產生「剛中寓柔」（偏剛、剛中）或「柔中寓剛」（偏柔、柔中）的「小統一」情況；而「剛中寓柔」所造成的是「對比式統一」，《周易》（含《易傳》）的主張即偏於此；「柔中寓剛」所造成的是「調和式統一」[8]，《老子》的主張即偏於此。這樣的「統一」思想，不但對中國哲學有影響，就是對文學、美學，也影響極深遠[9]。

## 二　就陰陽二元之包孕作探討

經由上述，可知所謂的「二」，即「兩儀」，也就是「陰陽」。而此「陰陽」，不僅是互相對待而且是互相統一、互相含融的。《老子》所謂「萬物負陰而抱陽，沖氣以為和」，就是這個意思。而在《周易》六十

---

7　陳鼓應：《老子今注今譯及評介》（臺北市：臺灣商務印書館，1985 年 2 月修訂十版），頁 155。

8　夏放：「『多樣的統一』包括兩種基本類型：一種是多種非對立因素相互聯繫的統一，形成一種不太顯著的變化，謂之『調和式統一』；一種是各種對立因素之間的相反相成，造成和諧，形成『對立式統一』。」見《美學——苦惱的追求》（福州市：海峽文藝出版社，1988 年 5 月一版一刷），頁 108。

9　《中國古典美學史》，頁 186-187。

四卦中，除「乾」、「坤」兩卦，一為陽之元，一為陰之元外，其他的六十二卦，全是陰陽互相對待而含融而統一的。《周易．繫辭下》說：

陽卦多陰，陰卦多陽。其故何也？陽卦奇，陰卦偶。

清焦循注云：

陽卦之中多陰，則陰卦之中多陽。兩相孚合捊多益寡之義也。如〈革〉陽卦也，而有四陰，是陰多於陽，則以〈大畜〉孚之。〈大有〉陰卦也，而有五陽，是陽多於陰，則以〈比〉孚之。設陽卦多陽，則陰卦必多陰，以旁通之；如〈姤〉與〈復〉、〈遯〉與〈臨〉是也。聖人之辭，每舉一隅而已。……奇偶指五，奇在五則為陽卦，宜變通於陰；偶在五則為陰卦，宜進為陽。[10]

可見《周易》六十四卦，有陽卦與陰卦之分，而要分辨陽卦與陰卦，照焦循的意思，是要看「奇在五」或「偶在五」來決定，意即每卦以第五爻分陰陽，如是陽爻則為陽卦，如為陰爻則是陰卦[11]。用這種分法，《周易》六十四卦剛好陰陽各半，屬於陽卦的是：

乾（下乾上乾）　屯（下震上坎）　需（下乾上坎）　訟（下坎上乾）
比（下坤上坎）　小畜（下乾上巽）履（下兑上乾）　否（下坤上乾）
同人（下離上乾）隨（下震上兑）　觀（下坤上巽）　無妄（下震上乾）

10 陳居淵：《易章句導讀》（濟南市：齊魯書社，2002 年 12 月一版一刷），頁 209。
11 陽卦與陰卦之分，或以為要看每一卦之爻畫線段的總數來決定，如為奇數屬陽，如是偶數則為陰。見鄧球柏：《帛書周易校釋》（長沙市：湖南人民出版社，2002 年 6 月三版一刷），頁 536。

大過（下巽上兌）習（下坎上坎）　咸（下艮上兌）　遯（下艮上乾）
家人（下離上巽）蹇（下艮上坎）　益（下震上巽）　夬（下乾上兌）
姤（下巽上乾）　萃（下坤上兌）　困（下坎上兌）　井（下巽上坎）
革（下離上兌）　漸（下艮上巽）　巽（下巽上巽）　兌（下兌上兌）
渙（下坎上巽）　節（下兌上坎）　中孚（下兌上巽）既濟（下離上坎）

在此三十二卦中，除〈乾〉卦是「全陽」外，屬「多陰」而形成「陽中陰」的包孕式結構的，有六卦，即：

〈屯〉、〈比〉、〈觀〉、〈習〉、〈蹇〉、〈萃〉。

屬「多陽」而形成「陽中陽」的包孕式結構的，有十五卦，即：

〈需〉、〈訟〉、〈小畜〉、〈履〉、〈同人〉、〈無妄〉、〈大過〉、〈遯〉、〈家人〉、〈夬〉、〈姤〉、〈革〉、〈巽〉、〈兌〉、〈中孚〉。

屬「陰陽多寡相當」而形成「並列」關係的包孕式結構的，有十卦，即：

〈否〉、〈隨〉、〈咸〉、〈益〉、〈困〉、〈井〉、〈漸〉、〈渙〉、〈節〉、〈既濟〉。

據此，可依序用下圖來表示三種不同的包孕式結構：

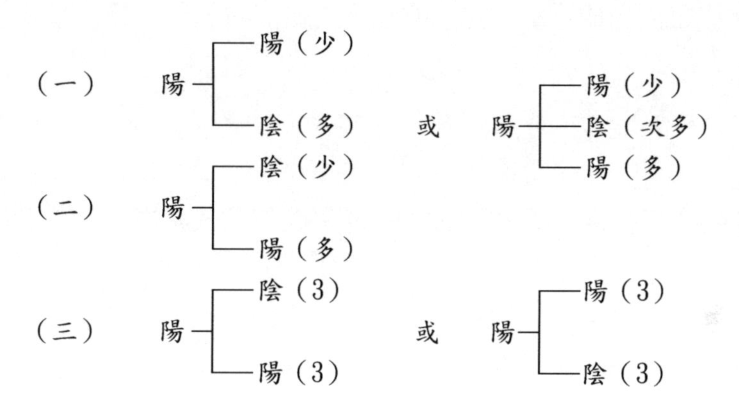


其中（一）、（二）兩種，除與（三）一樣各可形成「移位」結構外，又可合而形成「轉位」結構。屬於陰卦的是：

坤（坤下坤上）　蒙（下坎上艮）　師（下坎上坤）　泰（下乾上坤）
大有（下乾上離）謙（下艮上坤）　豫（下坤上震）　蠱（下巽上艮）
臨（下兌上坤）　噬嗑（下震上離）　賁（下離上艮）　剝（下坤上艮）
復（下震上坤）　大畜（下乾上艮）　頤（下震上艮）　離（下離上離）
恆（下巽上震）　大壯（下乾上震）　晉（下坤上離）　明夷（下離上坤）
睽（下兌上離）　解（下坎上震）　損（下兌上艮）　升（下巽上坤）
鼎（下巽上離）　震（下震上震）　艮（下艮上艮）　歸妹（下兌上震）
豐（下離上震）　旅（下艮上離）　小過（下艮上震）未濟（下坎上離）

在此三十二卦中，除〈坤〉卦是「全陰」外，屬「多陰」而形成「陰中陰」的包孕式結構的，有十五卦，即：

〈蒙〉、〈師〉、〈謙〉、〈豫〉、〈臨〉、〈剝〉、〈復〉、〈頤〉、〈晉〉、〈明夷〉、〈解〉、〈升〉、〈震〉、〈艮〉、〈小過〉。

屬「多陽」而形成「陰中陽」的包孕式結構的，有六卦，即：

〈大有〉、〈大畜〉、〈離〉、〈大壯〉、〈睽〉、〈鼎〉。

屬「陰陽多寡相當」而形成「並列」關係的包孕式結構的，有十卦，即：

〈泰〉、〈蠱〉、〈噬嗑〉、〈賁〉、〈恆〉、〈損〉、〈歸妹〉、〈豐〉、〈旅〉、〈未濟〉。

據此，可依序用下圖來表示三種不同的包孕式結構：

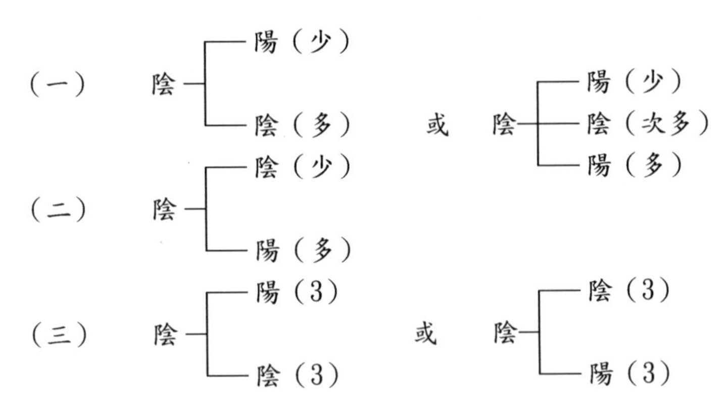


其中（一）、（二）兩種，除與（三）一樣各可形成「移位」結構外，又可合而形成「轉位」結構。

而這些「陽卦」與「陰卦」，是可兩兩相對待，而「捊多益寡」或「旁通」，以達於統一的。它們是：

| | | | | |
|---|---|---|---|---|
| 乾和坤 | 屯和鼎 | 蒙和革 | 需和晉 | 訟和明夷 |
| 師和同人 | 比和大有 | 小畜和豫 | 履和謙 | 泰和否 |
| 隨和蠱 | 臨和遯 | 觀和大壯 | 噬嗑和井 | 賁和困 |

| | | | | |
|---|---|---|---|---|
| 剝和夬 | 復和姤 | 無妄和升 | 大畜和萃 | 頤和大過 |
| 習和離 | 咸和損 | 恆和益 | 家人和解 | 睽和蹇 |
| 震和巽 | 艮和兑 | 漸和歸妹 | 豐和渙 | 旅和節 |
| 中孚和小過 | 既濟和未濟 | | | |

可見「陰」和「陽」雖兩相對待，卻可以彼此含融而形成統一。

因此，「陰陽二元」之對待與包孕，是形成層次邏輯系統（「多」、「二」、「一（0）」）的基礎。

## 第二節　層次邏輯之中程與「多」、「二」、「一（0）」螺旋結構

「移位」與「轉位」是使結構形成秩序與變化的主要因素。它們與剛柔之互動有關，可對應於哲學，在古代的哲學典籍裡，找到它們的動力來源。

《周易・繫辭上》說：「剛柔相推而生變化。」而宋胡瑗《周易口義》釋云：「夫天地既判，剛柔二氣互相推蕩，以成變化。如乾之初九交於坤之初六，其卦為震。」故陽推陰，陰極而變為陽；柔推剛，則剛又化為柔。陰陽相推，剛柔相蕩，相推相蕩則變，變則化，而生發種種的運動變化；然後在運動變化的歷程中，形成「移位」與「轉位」的現象。茲分別探討如下：

### 一　就二元移位作探討

陰陽兩種動力在對待往來中起伏消息、迭相推蕩而產生「移位」，因為事物發展過程是統一物分裂為兩相對待，而相互作用的過程。關於對待面的相互作用，《易傳》中以相互推移（剛柔相推）、相互摩擦（剛

柔相摩）、與相互衝擊（八卦相蕩）等各種表現形式[12]，為順向移位與逆向移位，提出了最精微的論證。

而乾、坤兩卦，作為天地陰陽的矛盾統一體，以六爻的變化，反映這個矛盾統一體的發展過程。從乾坤這個側面，通過六爻的發展變化，研究運動變化的開展[13]，可以揭示出陰陽如何向對待面轉化與推移。以乾卦六爻的變化為例：

> 初九，潛龍勿用。
> 〈象〉曰：潛龍勿用，陽在下也。
>
> 九二，見龍在田，利見大人。
> 〈象〉曰：見龍在田，德施普也。
>
> 九三，君子終日乾乾，夕惕若，厲無咎。
> 〈象〉曰：終日乾乾，反復道也。
>
> 九四，或躍在淵，無咎。
> 〈象〉曰：或躍在淵，進無咎也。
>
> 九五，飛龍在天，利見大人。
> 〈象〉曰：飛龍在天，大人造也。

---

12 馮友蘭：《中國哲學史新編》二（臺北市：藍燈文化公司，1991 年 12 月初版），頁 376。

13 徐志鋭：《周易陰陽八卦說解》（臺北市：里仁書局，2000 年 3 月初版四刷），頁 127-134。

上九，亢龍有悔。

〈象〉曰：亢龍有悔，盈不可久也。

《周易》講爻的變化，常依爻在卦中的「位」解釋。位，是空間，有上下，有內外，有陰陽。爻位由下而上，依序排列，而有初、二、三、四、五、上等不同稱謂。它是一個發展的序列，每一個位，即代表事物發展的每一個階段。因此，爻位的變換可以導致卦的變化，爻位的升降也同時象徵著事物的發展[14]。因此，「卦象」含蘊著一個上升的發展過程與「物極必反」的思想。

故乾卦，由初九的「潛龍，勿用」，移向九二的「見龍在田，利見大人」，移向九三的「君子終日乾乾，夕惕若。厲，無咎」，再移向九四的「或躍在淵，無咎」，復移向九五的「飛龍在天，利見大人」，形成一連串的順向位移。上九，則因已到達了極限、頂點，會由吉變凶，漸次形成逆向移位，開始向對待面轉化，造成另一種轉位，故說是「亢龍有悔」了。

六爻之能夠用以模擬事物的運動變化，是因「六位」能體現「道」的陰陽對立統一規律性。連鬥山《周易辨畫》卷三十七解釋：

獨而無對，天不生，地亦不成，人亦混而不分。必須兼三才而兩之，天地人各有一陰一陽，然後遂始全而不偏，故《易》於三畫卦重而為六也。

「六位」原則一確立，整個自然界與人類社會的基本規律全都反映了，

14 戴璉璋以為在《彖傳》中所見的「爻位」觀念，大致可區分為：上中下位、剛柔位、同位、反轉位、比鄰位、內外位等六種。見《易傳之形成及其思想》，頁 80-86。

故《說卦傳》將其概括為「分陰分陽」，「六位而成章」，正因「六位」體現著哲學原理。「六爻」體現著事物在一定規律支配下的發展運動過程，從時間性上可畫分為潛在的與暴露出來兩大階段，以一卦的卦象去體現，它的動變化即可以清楚了解與掌握[15]。因此，內外卦之間可以相互往來升降，六個爻畫之間也可以相互往來升降；通過這種往來升降的相互作用，就產生了種種的變化和運動，就產生了一連串的順向移位與逆向移位。

《周易》哲學發展了一個開放的序列，這一序列不僅體現在《乾》、《坤》兩卦，更為其他六十二卦發其通例。因此，不僅每一卦中的六爻，由初→二→三→四→五→上，存有著「移位」現象[16]。甚而，由〈乾〉→〈坤〉→〈屯〉→〈蒙〉→〈需〉→〈訟〉→〈師〉→〈比〉→〈小畜〉→〈履〉→〈泰〉→〈否〉→〈同人〉→〈大有〉→〈謙〉→〈豫〉→〈隨〉→〈蠱〉→〈臨〉→〈觀〉→〈噬嗑〉→〈賁〉→〈剝〉→〈復〉→〈無妄〉→〈大畜〉→〈頤〉→〈大過〉→〈坎〉→〈離〉→〈咸〉→〈恆〉→〈遯〉→〈大壯〉→〈晉〉→〈明夷〉→〈家人〉→〈睽〉→〈蹇〉→〈解〉→〈損〉→〈益〉→〈夬〉→〈姤〉→〈萃〉→〈升〉→〈困〉→〈井〉→〈革〉→〈鼎〉→〈震〉→〈艮〉→〈漸〉→〈歸妹〉→〈豐〉→〈旅〉→〈巽〉→〈兌〉→〈渙〉→〈節〉→〈中孚〉→〈小過〉→〈既濟〉，卦與卦之間，也因「移位」，而產生相反相生的有秩序的變化歷程[17]。到了〈未濟〉，形成大反轉，則又是一個全新的變化歷程的開始。

而在《老子》書中，也可以找到諸多相應的說法。《老子》一書以

---

15《周易陰陽八卦說解》，頁 60-73。

16 白金銑：〈《周易》「位移性格」哲學初詮〉，臺灣師大《中國學術年刊》23 期（2002 年 6 月），頁 7。

17 此六十四卦的卦序，乃是依《序卦傳》的順序。

「反」字為中心，所謂「反者道之動」（四十章），老子就這樣構建起他對立面相互依賴、相互轉化的思想。他認為天地萬物的產生、運動與變化，不是來自外力的推動，是內動力的驅使。由於「萬物將自化」的「反」的作用，在運動、變化中，對待雙方相反而相成，恆各向其對立面轉化[18]。

惟「反」為道之動，故「禍兮福之所倚，福兮禍之所伏」、「正復為奇，善復為妖」（五十八章）。惟其如此，故「曲則全，枉則直，窪則盈，敝則新，少則得，多則惑」（二十二章）。惟其如此，故「飄風不終朝，驟雨不終日」（二十三章）。惟其如此，故「以道佐人主者，不以兵強天下，其示好還」（三十章）。惟其如此，故「天之道其猶張弓與，高者抑之，下者舉之；有餘者損之，不足者補之」（七十七章）。惟其如此，故「天下之至柔，馳騁天下之至堅」（四十三章）、「天下莫柔弱於水，而攻堅，強者莫之能勝」（七十八章）。惟其如此，故「物或損而益之，或益之而損」（四十二章）。馮友蘭以為「凡此皆事物變化自然之通則，老子特發現而敍述之，並非故為奇論異說」[19]。

因事物發展至極點，必一變而為其反面。故在向其對待面轉化的階段過程中，「有無」可以「相生」，「難易」可以「相成」，「長短」可以「相較」，「高下」可以相傾，「音聲」可以相和，「前後」可以「相隨」，相反而相成，相轉而相生[20]；故產生了由「美」而「惡」或「惡」而「美」、由「善」而「不善」或由「不善」而「善」、由「有」而「無」或由「無」而「有」、由「難」而「易」或「易」而「難」、由「長」

---

18 姜國柱：《中國歷代思想史．先秦卷》（臺北市：文津出版社，1993 年 12 月初版一刷），頁 60。

19 馮友蘭：《馮友蘭選集》上（北京市：北京大學出版社，2000 年 7 月一版一刷），頁 88。

20「相生」，為「順向移位」；「相轉」，為「逆向移位」；這是就階段性歷程而言。若合整個歷程來看，則是一個大「轉位」。

而「短」或由「短」而「長」、由「上」而「下」或由「下」而「上」、由「前」而「後」或由「後」而「前」、由「曲」而「全」或由「全」而「曲」、由「枉」而「直」或由「直」而「枉」、由「窪」而「盈」或由「盈」而「窪」、由「敝」而「新」或由「新」而「敝」、由「少」而「多」或由「多」而「少」、由「靜」而「躁」或由「躁」而「靜」、由「雄」而「雌」或由「雌」而「雄」、由「白」而「黑」或由「黑」而「白」、由「左」而「右」或由「右」而「左」、由「歙」而「張」或由「張」而「歙」、由「弱」（柔）而「強」（剛）或由「強」（剛）而「弱」（柔）、由「廢」而「興」或由「興」而「廢」、由「奪」而「與」或由「與」而「奪」、由「貴」而「賤」或由「賤」而「貴」、由「明」而「昧」或由「昧」而「明」、由「進」而「退」或由「退」而「進」、由「夷」（平）而「纇」（不平）、或由「纇」（不平）而「夷」（平）、由「巧」而「拙」或由「拙」而「巧」、由「辯」而「訥」或由「訥」而「辯」、由「寒」而「熱」或由「熱」而「寒」、由「禍」而「福」或由「福」而「禍」、由「正」而「反」或由「反」而「正」[21]等等的順向移位或逆向移位。這都是由於「反」的作用，使一方向另一方推移產生「移位」的緣故[22]。

總之，事物之所以能不斷地運動變化而產生「移位」，是由於陰陽兩種對立趨勢的相互作用，促使事物運動不息，變化不止。

## 二　就二元轉位作探討

由於剛性質的力與柔性質的力相摩，陰陽相索，八卦相蕩，觸類以

21 這一部分的《老子》原文，可參見上文。

22 方立天引用恩格斯的說法來解釋「運動」，見《中國古代問題發展史》（臺北市：洪葉文化事業公司，1995 年 4 月初版一刷），頁 183。

長，終合成《周易》六十四卦物物對待、事事交感的旁通系統[23]。如上文所提，作為天地陰陽對立統一體的乾、坤兩卦，以六爻的變化，反映一序列的變化發展過程，產生了位移的情形。若再按陰陽的兩個側面來看，乾主「統」，居於剛健主導的地位；坤主「承」，居於含容順從的地位。通過六爻運動變化的展開，又可以揭示出陰陽如何漸次向對立方轉化而互相「移位」、並形成「轉位」的歷程。

《周易》六十四卦，每卦設六個爻位。唯有乾坤二卦，於六爻之上，又特設「用九」、「用六」兩爻，用來論述陰陽向對立面互相轉位之理。如乾卦：

> 用九，見群龍無首，吉。(〈爻辭〉)
> 〈象〉曰：用九，天德不可為首也。

又如坤卦：

> 用六，利永貞。
> 〈象〉曰：用六「永貞」，以大終也。

乾陽發展到上九，已成「亢龍」而「盈不可久」。只有發揮九變六的作用[24]，才可「見群龍無首」[25]。因為數變，爻必變；爻變，卦亦變。六

---

23「旁通」，形成了異類相應，也形成了位移。見曾春海：《儒家哲學論集》(臺北市：文津出版社，1989 年 5 月出版)，頁 438。

24《周易陰陽八卦說解》，第二章《說解著》一文，頁 15-36；又，王新華：《周易繫辭研究》收《演蓍策之法》一文（臺北市：文津出版社，1998 年 4 月一刷初版），頁 142-150。

25 見，現也；首，終也。《象傳》解「見群龍無首」說：「天德不可為首也。」下文有關用九、用六的說明部分，大都參考徐志銳的說法。《周易陰陽八卦說解》，頁 127-138。

爻的六個九變成六個六，乾卦就變成了坤卦。與此同時，坤卦則變成了乾卦。因乾坤互調其位，故乾卦「六龍」仍能繼續存在，故言「見群龍無首」。因此，「天德不可為首」，天道循環沒有終了之時。

因為「用九」而發揮九變六的作用，乾卦變成了坤卦；同時，坤卦又變成了乾卦，則出現了「群龍無所終」，天道運行自是無終無了。這即是九、六互變，陰陽對轉，乾坤易位的內在思想邏輯關係。而且，乾陽就在由初九 → 九二 → 九三 → 九四 → 九五，一序列的順向移位中，漸次向對立面轉化；然後九六互變，在整個變動歷程中，完成了「轉位」。於是陰陽對轉，乾坤易位，乾卦變成了坤卦。

再看坤卦的「用六」。六之大用，在於可變為九。坤卦六爻的六個六皆變為九，坤卦變成了乾卦，所以「利永貞」。由於乾、坤兩卦發展到上爻，乾為「亢龍」而「盈不可久」，坤又與「龍戰」而「其道窮」。因此，對立統一體既不正固又不能長久。唯有「用六」發揮六變九的作用，六、九互變，乾變坤，坤變乾，乾坤易位，再重新組成一個對立統一體，才有利於正固而長久。所以〈象傳〉解釋「用六」爻辭：「『用六永貞』，以大終也」。「以大終」，說的即是「坤卦之終終以乾」。唯有坤卦之終終以乾，才能「群龍無所終」；唯「群龍無所終」，才有利於對立統一體的正固而長久。而在九、六互變，乾變坤，坤變乾，再重新組成了一個對立統一體的變動歷程中，也漸次由順向移位轉為逆向移位，最後完成了乾坤互「轉位」。

《周易》通過乾坤二卦的六爻與用九、用六，論述了陰陽的對待轉化，揭示了萬事萬物的存在，其自身都有一個發生、發展、衰亡、與轉化的過程。此一事物的終結，也就是另一事物的開始、發展，形成無限的變化。〈繫辭傳〉將這一無限變化概括為：「易，窮則變，變則通，通則久」。又說：「天地之大德曰生」、「生生之謂易」。這幾句話，正是《周易》陰陽變化學說的總結。

由於陰陽相易、生生而一，《周易》哲學發展了一個開放的序列。這一序列正體現在乾、坤兩卦的「用九」、「用六」上。因此，「用九」、「用六」並不侷限於乾、坤兩卦，而是為六十四卦發其通例[26]，然後每一卦位在九、六互變中，均可一一尋出因「移位」而造成「轉位」的變動歷程。

因此，勞思光在論「《易經》中的『宇宙秩序』觀念」時便說，六十四重卦，以「既濟」、「未濟」二者為終，「既濟」是「完成」之意，「未濟」則指「未完成」。由乾、坤開始，描述宇宙生成運動過程，至「既濟」而止；然而，宇宙的生滅變化永不停止，故最後又加一「未濟」，以表宇宙變動過程本身的無窮盡[27]。由乾、坤，而至既濟、未濟，〈序卦〉不但說明了由運動變化而形成秩序的無窮盡歷程，也表示了宇宙萬物由六十四卦的位位互移，運動變化到達極點時，即會形成大反轉，反本而回復其根，形成另一個循環。這一個大反轉，就是一個「大轉位」。

約言之，由於陰陽剛柔的相摩相推，太儀而兩儀，兩儀而四象，四象而八卦，八卦而六十四卦；再由六十四卦的位位互移，運動變化到達極點，形成大反轉，反本而回復其根，使萬物生生而無窮。因此，《周易》講「生生之德」的「生生」，即不絕之意，也深具新陳代謝之意[28]。說明了陰陽變轉，宇宙萬物在一次又一次的「移位」、「轉位」中[29]，循環反覆，永無止境。

---

26《周易陰陽八卦說解》，頁 127-138。

27 勞思光：《新編中國哲學史》一（臺北市：三民書局，1984 年 1 月增訂修版），頁 85-86。

28 楊政河：《中國哲學之精髓與創化》（臺北市：文津出版社，1982 年 5 月出版），頁 157。

29 唐君毅：《中國哲學原論．原道篇》卷二（臺北市：學生書局，1976 年 8 月修訂再版〔臺初版〕），頁 335。

而《老子》也有相應的說法，所謂「反者道之動」（四十章），簡要地概括了《老子》「道」的主要內容：在運動中相反相成的對立項相互轉化[30]。換言之，即一切事物的發展都要向它的反面變化，而這種變化即是「道」的運動。「反」的觀念，肯定了對立面轉化是普遍規律，也肯定了事物向自己的反面轉化，合乎規律的變化[31]。因此，《老子》再三申明「相反相成」與「每一事物或性質皆可變至其反面」之理[32]。

而「反」，也包含「返本歸根」、「循環交變」之義。因為萬有變逝無常，唯「道」為「常」：

> 致虛極，守靜篤，萬物並作，吾以觀復。凡物芸芸，各復歸其根。歸根曰靜，是謂復命；復命曰常，知常曰明。不知常，妄作凶。（十六章）
>
> 有物混成，先天地生，寂兮寥兮，獨立不改，周行而不殆，可以為天下母。吾不知其名，字之曰道，強為之名曰大，大曰逝，逝曰遠，遠曰反」（二十五章）
>
> 常德乃足，復歸於樸。（二十八章）

萬物運動變化的形式，是一個循環往復的無窮發展過程。但萬變不離其宗，事物都要復歸於自己的根本。變的結果，還是要「復歸其根」[33]。

因為「道」的動，既以「反」為原則，周而復始，自化不息，生一，生二，生三，生萬物。發展到極端、窮途，必會發生轉化，這轉化在現

30 李澤厚：《中國古代思想史論》（臺北市：三民書局，1996 年 9 月初版），頁 93。
31《中國古代問題發展史》，頁 177。
32《新編中國哲學史》一，頁 186。
33《新編中國哲學史》一，頁 186。

象上好像是走向反面，實質上是向更高的境界前進，呈現出否定之否定的螺旋式上升的進程[34]。於是，萬物再復歸於「道」、復歸於「一」，然後再二再三再萬物。這樣循環的變化，常久而不息，以混成始，亦以混成終[35]。而這一個由「無 → 有 → 無」的整個變動歷程[36]，正形成了所謂的「大轉位」。

至於當事物的運動變化，由「難 → 易 → 難」或由「易 → 難 → 易」、由「長 → 短 → 長」或由「短 → 長 → 短」、由「高 → 下 → 高」或由「下 → 高 → 下」、由「音 → 聲 → 音」或由「聲 → 音 → 聲」、由「前 → 後 → 前」或由「後 → 前 → 後」、由「曲 → 全 → 曲」或由「全 → 曲 → 全」、由「枉 → 直 → 枉」或由「直 → 枉 → 直」、由「窪 → 盈 → 窪」或由「盈 → 窪 → 盈」、由「敝 → 新 → 敝」或由「新 → 敝 → 新」、由「少 → 多 → 少」或由「多 → 少 → 多」、由「歙 → 張 → 歙」或由「張 → 歙 → 張」、由「弱 → 強 → 弱」或由「強 → 弱 → 強」、由「廢 → 興 → 廢」或由「興 → 廢 → 興」、由「奪 → 與 → 奪」或由「與 → 奪 → 與」、由「損 → 益 → 損」或由「益 → 損 → 益」、由「直 → 屈 → 直」或由「屈 → 直 → 屈」、由「巧 → 拙 → 巧」或由「拙 → 巧 → 拙」、由「辯 → 訥 → 辯」或由「訥 → 辯 → 訥」等形成變化，講的也都是「轉化」條件[37]。

這樣，一切事物在「反」的作用下，相反又相依，變化到了頂點與極限，便會向對待的一方轉化與發展。由此《老子》得出「物壯則老」、

---

34《中國古典美學史》，頁 190；又，羅光：《中國哲學大綱》(臺北市：臺灣商務印書館，1999 年 11 月二次修訂版第一次印刷)，頁 286-287。

35 唐君毅：《中國哲學原論．導論篇》(臺北市：學生書局，1993 年 2 月校訂版第二刷)，頁 417。

36《中國哲學大綱》，頁 283-284。

37 張立文：《中國哲學範疇導論》(臺北市：萬卷樓圖書公司，1993 年 4 月初版一刷)，頁 245。

「兵強則滅，木強則折」、「甚愛必大費，多藏必厚亡」、「物極必反」的觀點。而且在整個運動變化的歷程中，由於順向移位與逆向移位的交互作用，便形成了「轉位」。

因此，整個運動變化的歷程是由「陰陽二元」所推動之「移位」與「轉位」而形成的[38]。這是層次邏輯系統（「多」、「二」、「一（0）」）由「初程」走向「終程」之必經階段。

## 第三節　層次邏輯之終程與「多」、「二」、「一（0）」螺旋結構

古代的聖賢，探討宇宙萬物創生、含容的歷程，結果用「多」、「二」、「一（0）」的螺旋結構來呈現。大致說來，他們是先由「有象」（現象界）以探知「無象」（本體界），逐漸形成「多、二、一（0）」的逆向結構；再由「無象」（本體界）以解釋「有象」（現象界），逐漸形成「（0）一、二、多」的順向結構的。就這樣一順一逆，往復探求、驗證，久而久之，終於形成了他們圓融的宇宙人生觀。而這種宇宙人生觀，各家雖各有所見，但若只求其同而不其求異，則總括起來說，都可以從「（0）一、二、多」（順）與「多、二、一（0）」（逆）的互動、循環而提升的螺旋關係[39] 上加以統合。茲以《周易》、《老子》與《禮

38 以上「移位」與「轉位」之論述資料，乃由臺灣師大國研所博三導生黃淑貞所提供。

39 凡「二元對待」之兩方，都會產生互動、循環而提升的作用，而形成「多」、「二」、「一（0）」的螺旋結構。參見拙作〈論「多」、「二」、「一（0）」的螺旋結構——以《周易》與《老子》為考察重心〉，臺灣師大《師大學報．人文與社會類》48 卷 1 期（2003 年 7 月），頁 1-20。而所謂「螺旋」，本用於教育課程之理論上，早在十七世紀，即由捷克教育家夸美紐思所提出，見《簡明國際教育百科全書》（北京市：新華書局北京發行所，1991 年 6 月一版一刷），頁 611。又，相對於人文，科技界亦發現生命之「基因」和「DNA」等都呈現螺旋結構。參見約翰．格里賓著、方玉珍等譯：《雙螺旋探密——量子物理學與生命》（上海市：上海科技教育出版社，2001 年 7 月），頁 271-318。

記．中庸》為例，分別加以探討：

## 一　就《周易》與《老子》作探討

在《周易》的〈序卦傳〉裡，對這種「多」、「二」、「一（0）」結構形成之過程，就曾約略地加以交代，雖然它們或許「因卦之次，託以明義」[40]，但由於卦、爻，均為象徵之性質，乃一種概念性符號，即一般所說的「象」，象徵著宇宙人生之變化與各種物類、事類。就以《周易》（含《易傳》）而言，它的六十四卦，從其排列次序看，就粗具這種特點[41]。而各種物類、事類在「變化」中，循「由天（天道）而人（人事）」來說，所呈現的是「（一）二、多」的結構，這可說是〈序卦傳〉上篇的主要內容；而循「由人（人事）而天（天道）」來說，則所呈現的是「多、二（一）」的結構了，這可說是〈序卦傳〉下篇的主要內容。其中「（一）」指「太極」，「二」指「天地」或「陰陽」、「剛柔」，「多」指「萬物」（包括人事）。雖然「太極」（「道」）與「陰陽」（「剛柔」）等觀念與作用，在〈序卦傳〉裡，未明確指出，卻皆含蘊其中，不然「天地」失去了「太極」（「道」）與「陰陽」（「剛柔」）等作用，便不可能不斷地「生萬物」（包括人事）了。再看《易傳》：

> 乾知大始，坤作成物。（《周易．繫辭上》）
> 一陰一陽之謂道，繼之者善也，成之者性也。……生生之謂易，成象之謂乾，效法之謂坤。（同上）
> 是故易有太極，是生兩儀，兩儀生四象，四象生八卦。（同上）

---

40《易傳之形成及其思想》，頁 186-187。
41《中國人性論史．先秦篇》，頁 202。又，《馮友蘭選集》上卷，頁 394。

在這些話裡，《易傳》的作者用「易」、「道」或「太極」來統括「陰」（坤）與「陽」（乾），作為萬物生生不已的根源。而此根源，就其「生生」這一含意來說，即「易」，所以說「生生之謂易」；就其「初始」這一象數而言，是「太極」，所以《說文解字》於「一」篆下說「惟初太極，道立於一，造分天地，化成萬物」[42]；就其「陰陽」這一原理來說，就是「道」，所以說「一陰一陽之謂道」。分開來說是如此，若合起來看，則三者可融而為一。關於此點，馮友蘭分「宇宙」與「象數」加以說明云：

> 《易傳》中講的話有兩套：一套是講宇宙及其中的具體事物，另一套是講《易》自身的抽象的象數系統。〈繫辭傳上〉說：「易有太極，是生兩儀，兩儀生四象，四象生八卦。」這個說法後來雖然成為新儒家的形上學、宇宙論的基礎，然而它說的並不是實際宇宙，而是《易》象的系統。可是照《易傳》的說法：「易與天地準」（同上），這些象和公式在宇宙中都有其準確的對應物。所以這兩套講法實際上可以互換。「一陰一陽之謂道」這句話固然是講的宇宙，可是它可以與「易有太極，是生兩儀」這句話互換。「道」等於「太極」，「陰」、「陽」相當於「兩儀」。〈繫辭傳下〉說：「天地之大德曰生。」〈繫辭傳上〉說：「生生之謂易。」這又是兩套說法。前者指宇宙，後者指易。可是兩者又是同時可以互換的。[43]

他從實（宇宙）虛（象數）之對應來解釋，很能凸顯《周易》這本書的

---

42 黃慶萱：《周易縱橫談》（臺北市：三民書局，1995 年 3 月初版），頁 33-34。
43《馮友蘭選集》上卷，頁 286。

特色。這樣，其順向歷程就可用「一、二、多」的結構來呈現，其中「一」指「太極」、「道」、「易」，「二」指「陰陽」、「乾坤」（天地），「多」指「萬物」（含人事）。如果對應於〈序卦傳〉由天而人、由人而天，亦即「既濟」而「未濟」之的循環來看，則此「一、二、多」，就可以緊密地和逆向歷程之「多、二、一」接軌，形成其螺旋結構[44]。

就這樣，《周易》先由爻與爻的「相生相反」的變化[45]，以形成小循環；再擴及這種變化到卦，由卦與卦「相生相反」的變化，以形成大循環。而大、小循環又互動、循環不已，形成層層上升之螺旋結構。關於這點，黃慶萱說：

> 《周易》的周，……有周流的意思。《周易》每卦六爻，始於初，分於二，通於三，革於四，盛於五，終於上。代表事物的小周流。再看六十四卦，始於〈乾卦〉的行健自強；到了六十三卦的「既濟」，形成了一個和諧安定的局面；接著的卻是「未濟」，代表終而復始，必須作再一次的行健自強。物質的構成，時間的演進，人士的努力，總循著一定的周期而流動前進，於是生命進化了，文明日益發展。[46]

所謂「周流」、「終而復始」、「周期而流動前進」，說的就是《周易》變化不已的螺旋式結構。而這種結構，如對應於「三易」（《易緯·乾鑿度》）而言，則「多」說的是「變易」、「二」說的是「簡易」，而「一」

---

44 陳滿銘：〈論「多」、「二」、「一（0）」的螺旋結構——以《周易》與《老子》為考察重心〉，臺灣師大《師大學報·人文與社會類》48 卷 1 期（2003 年 7 月），頁 1-24。

45 勞思光：「爻辭論各爻之吉凶時，常有「物極必反」的觀念。具體地說，即是卦象吉者，最後一爻多半反而不吉；卦象凶者，最後一爻有時反而吉。」見《新編中國哲學史》〔一〕，頁 85-86。

46《周易縱橫談》，頁 236。

說的是「不易」。因此「三易」不但可概括《周易》之內容與特色，也可以呈現「多」、「二」、「一」的螺旋結構。

這種螺旋結構，在《老子》一書中，不但可以找到，而且更完整：

> 道可道，非常道；名可名，非常名。無，名天地之始；有，名萬物之母。（一章）
>
> 致虛極，守靜篤，萬物並作，吾以觀復。凡物芸芸，各復歸其根。歸根曰靜，是謂復命，復命曰常。知常曰明。（十六章）
>
> 道之為物，惟恍惟惚。惚兮恍兮，其中有象。恍兮惚兮，其中有物。窈兮冥兮，其中又精。其精甚真，其中有信。（二十一章）
>
> 有物混成，先天地生，寂兮寞兮，獨立不改，周行而不殆，可以為天下母，吾不知其名，字之曰道，強為之名曰大。大曰逝，逝曰遠，遠曰反。（二十五章）
>
> 知其雄，守其雌，為天下谿；常德不離，復歸於嬰兒。知其白，守其黑，為天下式；為天下式，常德不忒，復歸於無極。知其榮，守其辱，為天下谷；為天下谷，常德乃足，復歸於樸。（二十八章）
>
> 反者道之動，弱者道之用。天下萬物，生於有，有生於無。（四十章）
>
> 道生一，一生二，二生三，三生萬物。萬物負陰而抱陽，沖氣以為和。（四十二章）

從上引各章裡，不難看出老子這種由「無」而「有」而「無」的主張。所謂「道可道非常道」、「道之為物，惟恍惟惚」、「道生一，一生二，二生三，三生萬物」、「有生於無」、「有物混成，先天地生，……可以為天下母」等，都是就「由無而有」的順向過程來說的。而所謂「反者道之動」、「復歸於無極」、「復歸於樸」，是就「有」而「無」的逆向過程來說的。而這個「道」，乃「創生宇宙萬物的一種基本動力」，如就本末整體而言，是「無」與「有」的統一體；如單就「本」（根源）而言，則因為它「不可得聞見」（《韓非子．解老》），「所以老子用一個『無』字來作為他所說的道的特性」[47]。而「由無而有」，所說的就是「由一而多」之宇宙萬物創生的過程，所以宗白華說：

> 道的作用是自然的動力、母力，非人為的，非有目的及意志的。「萬物生於有，有生於無」這個素樸混沌一團的道體，運轉不已，化分而成萬有。故曰：「大道氾兮，其可左右。」（三十四章）「周行而不殆。」（二十五章）「反者道之動。」（四十章）「樸，則散為器。聖人用之，則為官長。」（二十八章）道體化分而成萬有的過程是由一而多，由無形而有形。[48]

而徐復觀也說：

> 宇宙萬物創生的過程，乃表明道由無形無質以落向有形有質的過程。但道是全，是一。道的創生，應當是由全而分，由一而多的過程。[49]

如就「有」而「無」，亦即「多而一」來看，老子在此是以「反」作橋樑加以說明的。而這個「反」，除了「相反」、「返回」之外，還有「循

---

47《中國人性論史．先秦篇》，頁 329。

48 林同華主編：《宗白華全集》2（合肥市：安徽教育出版社，1994 年 12 月一版二刷），頁 810。

49《中國人性論史．先秦篇》，頁 337。

環」的意思。勞思光闡釋「反者道之用」說：

> 「動」即「運行」，「反」則包含循環交變之義。「反」即「道」之內容。就循環交變之義而言，「反」以狀「道」，故老子在《道德經》中再三說明「相反相成」與「每一事物或性質皆可變至其反面」之理。[50]

而姜國柱也說：

> 「道」的運動是周行不殆，循環往復的圓圈運動。運動的最終結果是返回其根：「復歸其根」、「復歸於樸」。這裡所說的「根」、「樸」都是指「道」而言。「道」產生、變化成萬物，萬物經過周而復始的循環運動，又返回、復歸於「道」。老子的這個思想帶有循環論的色彩。[51]

這強調的是「循環」，乃結合「相反」之義來加以說明的。

如此「相反相成」、循環不已，說的就是「變化」，而「變化」的結果，就是「返回」至「道」的本身，這可說是變化中有秩序、秩序中有變化之一個循環歷程。

這樣，結合《周易》和《老子》來看，它們所主張的「道」，如僅著眼於其「同」，則它們主要透過「相反相成」、「返本復初」而循環不已的作用，不但將「一、多」的順向歷程與「多、一」的逆向歷程前後銜接起來，更使它們層層推展，循環不已，而形成了螺旋式結構，以呈

---

50《新編中國哲學史》，頁 240。

51《中國歷代思想史》（壹、先秦卷），頁 63。

現宇宙創生、含容萬物之原始規律。

就在這「由一而多」（順）、「多而一」（逆）的過程中，是有「二」介於中間，以產生承「一」啟「多」的作用的。而這個「二」，從「道生一，一生二，二生三，三生萬物」等句來看，該就是「一生二，二生三」的「二」。雖然對這個「二」，歷代學者有不同的說法，大致說來，有認為只是「數字」而無特殊意思的，如蔣錫昌、任繼愈等便是；有認為是「天地」的，如奚侗、高亨等便是，有認為是「陰陽」的，如河上公、吳澄、朱謙之、大田晴軒等便是。其中以最後一種說法，似較合於原意，因為老子既說「萬物負陰而抱陽」，看來指的雖僅僅是「萬物的屬性」，但萬物既有此屬性，則所謂有其「委」（末）就有其「源」（本），作為創生源頭之「一」或「道」，也該有此屬性才對，所差的只是，老子沒有明確說出而已。所以陳鼓應解釋「道生一」章說：

> 本章為老子宇宙生成論。這裡所說的「一」、「二」、「三」乃是指『道』創生萬物時的活動歷程。「混而為一」的『道』，對於雜多的現象來說，它是獨立無偶，絕對對待的，老子用「一」來形容『道』向下落實一層的未分狀態。渾淪不分的『道』，實已稟賦陰陽兩氣；《易經》所說「一陰一陽之謂『道』」；「二」就是指『道』所稟賦的陰陽兩氣，而這陰陽兩氣便是構成萬物最基本的原質。『道』再向下落漸趨於分化，則陰陽兩氣的活動亦漸趨於頻繁。「三」應是指陰陽兩氣互相激盪而形成的均適狀態，每個新的和諧體就在這種狀態中產生出來。[52]

---

[52]《老子今注今譯及評介》，頁 106。

而黃釗也說：

> 愚意以為「一」指元氣（從朱謙之說），「二」指陰陽二氣（從大田晴軒說），「三」即「叁」，「參」也。若木《薊下漫筆》「陰陽三合」為「陰陽參合」。「三生萬物」即陰陽二氣參合產生萬物。[53]

他們對「一」與「三」（多）的說法雖有一些不同，但都以為「二」是指「陰陽二（兩）氣」。而這種「陰陽二氣」的說法，其實也照樣可包含「天地」在內，因為「天」為「乾」為「陽」，而「地」則為「坤」為「陰」；所不同的，「天地」說的是偏於時空之形式，用於持載萬物[54]；而「陰陽」指的則是偏於「二氣之良能」（朱熹《中庸章句》），用於創生萬物。這樣看來，老子的「一」該等同於《易傳》之「太極」、「二」該等同於《易傳》之「兩儀」（陰陽），因此所呈現的，和《周易》（含《易傳》）一樣，是「一、二、多」與「多、二、一」之原始結構。不過，值得一提的是：（一）即使這「一」、「二」、「多」之內容，和《周易》（含《易傳》）有所不同，也無損於這種結構的存在。（二）「道生一」的「道」，既是「創生宇宙萬物的一種基本動力」，而它「本身又體現了『無』」[55]，那麼正如王弼所注「欲言無耶，而物由以成；欲言有耶，而不見其形」[56]，老子的「道」可以說是「無」，卻不等於實際之「無」

---

53 以上諸家之說與引證，見黃釗：《帛書老子校注析》（臺北市：學生書局，1991 年 10 月初版），頁 231。

54《中國人性論史．先秦篇》，頁 335。

55 林啟彥：「『道』既是宇宙及自然的規律法則，『道』又是構成宇宙萬物的終極元素，『道』本身又體現了『無』。」見《中國學術思想史》（臺北市：書林書局，1999 年 9 月一版四刷），頁 34。

56《老子王弼注》，頁 16。

（實零）[57]，而是「恍惚」的「無」（虛零），以指在「一」之前的「虛理」[58]。這種「虛理」，如勉強以「數」來表示，則可以是「（0）」。這樣，順、逆向的結構，就可調整為「（0）一、二、多」（順）與「多、二、一（0）」（逆），以補《周易》（含《易傳》）之不足，這就使得宇宙萬物創生、含容的順、逆向歷程，更趨於完整而周延了。

## 二　就《禮記》的〈中庸〉作探討

《禮記·中庸》的思想，是受到《周易》與《老子》之影響的。其「多」、「二」、「一（0）」之螺旋結構，可分「順向」、「逆向」與「往復」等三層加以觀察。

### （一）從順向結構觀察

〈中庸〉「（0）一、二、多」順向結構之形成，在它的一段文字（第二十六章，依朱熹《章句》，下併同）可找到線索：

> 故至誠無息，不息則久，久則徵，徵則悠遠，悠遠則博厚，博厚則高明。博厚，所以載物也；高明，所以覆物也；悠久，所以成物也。博厚配地，高明配天，悠久無疆；如此者，不見而章，不動而變，無為而成。天地之道，可一言而盡也：其為物不貳，則其生物不測。

---

57 馮友蘭：「謂道即是無。不過此『無』乃對於具體事物之『有』而言的，非即是零。道乃天地萬物所以生之總原理，豈可謂為等於零之『無』。」見《馮友蘭選集》上卷，頁 84。

58 唐君毅：「所謂萬物之共同之理，可為實理，亦可為一虛理。然今此所謂第一義之共同之理之道，應指虛理，非指實理。所謂虛理之虛，乃表狀此理之自身，無單獨之存在性，雖為事物之所依循、所表現，或所是所然，而並不可視同於一存在的實體。」見《中國哲學原論·導論篇》，頁 350-351。

這一段話，大致可當作是〈中庸〉的宇宙觀來看待。它直接認定了「至誠」是創生、含容天地萬物的一種粹然至善、真實無妄的動能，所謂「既無虛假，自無間斷」，自然就能形成「久」、「徵」、「悠遠」、「博厚」、「高明」等「外驗」。對這一段話，朱熹首先注「至誠無息」云：

> 既無虛假，自無間斷。

其次注「不息則久」二句云：

> 久，常於中也；徵，驗於外也。

又其次注「徵則悠遠」三句云：

> 此皆以其驗於外者言之。鄭氏所謂「至誠之德，著於四方」者是也。存諸中者既久，則驗於外者益悠遠而無窮矣。悠遠，故其積也廣博而深厚；博厚，故其發也高大而光明。

再其次注「博厚，所以載物也」六句云：

> 悠久，即悠遠，兼內外而言之也。本以悠遠致高厚，而高厚又悠久也。此言聖人與天地同用。

接著注「博厚配地」七句云：

> 見，音現。見，猶示也。不見而章，以配地而言也。不動而變，以配天而言也。無為而成，以無疆而言也。

最後注「天地之道」四句云：

> 此以下，復以天地明至誠無息之功用。天地之道，可一言而盡，不過曰誠而已。不貳，所以誠也。誠故不息，而生物之多，有莫知其所以然者。[59]

針對〈中庸〉這段文字，參考朱熹這幾則注釋，可分如下幾方面來探討：

1. 朱熹所謂「此言聖人與天地同用」，雖然看來重點落在「人」（聖人）來說，但〈中庸〉的作者是以「人」來證「天」，而又由「天」來驗「人」的，因此「天」和「人」是互動的，是一體的。關於此點，蕭兵在其《中庸的文化省察》中就闡釋說：

> 「博」且「厚」是地的品性，「高」而「明」是天的特徵。「博厚」才能夠負載起萬物，「高明」便可以覆罩著大千。這似乎只是自然的物質本性，然而這又是人類的品徵。……兩者都關係著「誠」。「故至誠無息，不息則久，久則徵，徵則悠遠，悠遠則博厚，博厚則高明。」人心誠，天心亦誠。如上說，這是一種擬人性的譬喻，是文學式的語言；但它又是一種雙關性的陳述，陳述著自然的本性。我們可以將它翻譯為（或復原為）非譬喻性的「科學語言」：天道以其永恆的規律性運作表現它中正庸直的本性（此所謂天或天道之「誠」）。這種規律性的運動是永恆的，不間斷的（無息），是真正的久遠。[60]

---

59 以上幾則注，見《四書集注》（臺北市：學海書局，1984 年 9 月初版），頁 42-43。

60 蕭兵：《中庸的文化省察》（武漢市：湖北人民出版社，1997 年 9 月一版一刷），頁 1041-1042。

如此將「人類的品徵」和「自然的本性」上下結合為一體，而同匯歸之於「至誠」，可看出〈中庸〉天人合一思想的特色。這樣，把〈中庸〉這段文字所述，看成是〈中庸〉之宇宙觀，該是不會太勉強的。

其實，透過〈中庸〉對「性」的主張，也可窺出這種看法，是有依據的。因為〈中庸〉的作者「即誠言性」，其範圍不僅是「人」（成己、成人）而已，也兼顧了「物」（成物），這可說是〈中庸〉性善觀的第一大特色。對於這一點，朱熹在《中庸章句》裡就以「陰陽五行，化育萬物」來釋「天命之謂性」之「性」，他說：

> 命，猶令也。性，即理也。天以陰陽五行化生萬物，氣以成形，而理亦賦焉，猶命令也。於是人物之生，因各得其所賦之理，以為健順五常之德，所謂性也。[61]

顯然以為「性」，除了「人」性之外，還包括了「物」性，而陳氏（淳）更申釋云：

> 天固是上天之天，要之即理是也。然天如何而命於人，蓋藉陰陽五行之氣，流行變化，以生萬物。理不外乎氣，氣以成形，而理亦賦焉，便是上天命令之也。……本只是一氣，分來有陰陽；又分來有五個氣，二與五只管分合運行去，萬古生生不息不止，是箇氣必有主宰之者，曰理是也。理在其中，為之樞紐。故大化流行，生生未嘗止息。命即流行而賦予物者。[62]

---

61《四書集注》，頁 21。

62 趙順孫：《四書纂疏．中庸纂疏》（臺北市：文史哲出版社，1986 年 10 月再版），頁 264。

這種說法，雖受到相當多人的肯定，卻有一些學者持反對的意見，以為這樣無法貫徹性善之說，而且也講不通「率性之謂道」這句話，如王船山便說：

> 天命之謂性，乃程子備〈中庸〉以論道，須如此說。若子思本旨，則止說人性，何曾說到物性上；物之性卻無父子、君臣等五倫，可謂之天生，不可謂之天命。至於率性之謂道，亦兼物說，尤為不可，牛率牛性，馬率馬性，豈是道？若說牛耕馬乘，則是人拿著他做，與猴子演戲一般，牛馬之性何嘗要耕要乘，此人為也，非天命也。此二句斷不可兼物說。[63]

其實，所謂「率性之謂道」，說的確是「人」，而且是聖人之事，如王陽明所說：

> 眾亦率性也，但率性在聖人分上較多，故「率性之謂道」屬聖人事；聖人亦修道也，但修道在賢人分上多，故「修道之謂道」屬賢人事。[64]

卻也不一定要固執地把「性」規範在「人」的身上，因為〈中庸〉在很多地方談「成物」之事，如：

> 天地位焉，萬物育焉。（第一章）
> 誠者，物之始終，不誠無物。（第二十五章）

---

63　王船山：《四書箋解》（臺北市：廣文書局，1977 年 1 月初版），頁 40-41。

64　王守仁：《王陽明全集》上（上海市：上海古籍出版社，1997 年 8 月一版三刷），頁 97-98。

> 天地之道，可一言而盡也：其為物不貳，則其生物不測。（第二十六章）
> 發育萬物，峻極於天。（第二十七章）
> 唯天下至誠，為能經綸天下之大經，立天下之大本，知天地之化育，夫焉有所倚。（第三十二章）

又有一段文字第二十二章明白說：

> 唯天下至誠，為能盡其性；能盡其性，則能盡人之性；能盡人之性，則能盡物之性；能盡物之性，則可以贊天地之化育；可以贊天地之化育，則可以與天地參矣。

這裡所謂「盡其性」之「其」，指的是自身（我）；而「盡人之性」之「人」，指的是他人，即家人、國人，以至於全天下的人；至於「物」，則當然指真正之物，即物質而言，而非一般人所指的「家」、「國」、「天下」。所以朱熹說：

> 人、物之性，亦我之性，但以所賦形氣不同，而有異耳。[65]

唯其「人、物之性，亦我之性」，故至誠之聖人才有可能「仁且智」[66]地填補人我、物我的鴻溝，逐步「盡己之性」、「盡人之性」、「盡物之性」，而臻於「與天地參」的最高境界。因此唐君毅說：

---

65《四書集注》，頁 40。

66《孟子．公孫丑上》：「昔者，子貢問於孔子曰：『夫子聖矣乎？』孔子曰：『聖，則吾不能。我學不厭，而教不倦也。』子貢曰：『學不厭、智也；教不倦，仁也。仁且智，夫子既聖矣！』」（《四書集注》），頁 237。

〈中庸〉之歸於言人能盡其性，則能盡人性、盡物性，正見〈中庸〉亦以天命遍降於物，以成人、物之性之思想。[67]

而徐復觀也說：

「天命之謂性」，絕非僅只於是把已經失墜了的古代宗教的天人關係，在道德基礎之上，與以重建；更重要的是：使人感覺到，自己的性，是由天所命，與天有內在的關連；因而人與天，乃至萬物與天，是同質的，因而也是平等的。……「誠者天之道也」（二十章）、「天地之道，可一言而盡也，其為物不貳」（二十六章），天只是誠。「誠者物之終始，不成無物」（二十五章），萬物也是誠。由此可見天、人、物，皆共此一誠。[68]

這樣看來，在〈中庸〉一文裡，是可以找到它以「一誠流貫」的宇宙觀的。

2. 在此，朱熹對所謂「至誠」，雖沒有直接解釋，但在二十四章「至誠如神」下卻以「誠之至極」來釋「至誠」，意即「誠之極致」。而單一個「誠」，則在十六章「誠之不可揜如此夫」下注云：

誠者，真實無妄之謂。[69]

這個注釋，受到眾多學者的注意與肯定。如果稍加尋繹，便可發現這與《老子》與《周易》脫不了關係。《老子》說：

---

67《中國哲學原論．導論篇》，頁 537-538。
68《中國人性論史．先秦篇》，頁 117-152。
69《四書集注》，頁 31。

道之為物，惟恍惟惚。惚兮恍兮，其中有象。恍兮惚兮，其中有物。窈兮冥兮，其中又精。其精甚真，其中有信。（二十一章）

此所謂「真信」，即「真實」，因為《說文》就說：「信，實也」。而此「真實」，指的就是《老子》「無，名天地之始」（一章）、「有生於无」（四十章）之「無」[70]，亦即「無極」。馮有蘭說：

「恍」、「惚」言其非具體之有；「有象」、「有物」、「有精」，言其非等於零之無。第十四章「無狀之狀，無物之象」，王弼注云：「欲言無耶，而物由以成；欲言有耶，而不見其形」，即此意。[71]

因此朱熹以「真實」釋「誠」，該與老子「無」之說有關，而且加上「無妄」兩字，取義於《周易．無妄》，表示這種「真實而不是虛無（零）」的特性；看來是該有周敦頤「太極本無極」之義理邏輯在內的。這樣，「至誠」也因此可看作是「先天地而自生的道體」[72]了。

「至誠」既然可以「先天地而自生的道體」，亦即「無極」來看待，那麼在〈中庸〉這段文字裡，相應於「太極」來說的，究竟是什麼呢？這就要看「徵」這個字了。所謂的「徵」，朱熹解作「外驗」，指「至誠」在「無息」與「久」之作用下「形之於外」的效驗，也就是「由無而有」之初始徵驗。蕭兵說：

---

70 宗白華即引《老子》二十一章云：「道是無名，素樸，混沌。這個先天地而自生的道體，它本身雖是具體的，然尚未形成任何有形的事物，所以不能有名字。它是素樸混沌，不可視聽與感觸。正是『道常無名樸』（三十二章）。」見《宗白華全集》2，頁 810。

71《馮有蘭選集》上卷，頁 85。

72《宗白華全集》2，頁 810。

> 「徵」舊說是「徵而有驗」，是至誠不息而久遠的事實證明。語云：規律是現象的不斷重複，此「徵」之所謂也。「徵」是證實，「重複」和「積累」才能證實。……這樣，「不息—悠久—徵實」，便可能逐次推論出：「悠遠則博厚，博厚則高明。博厚，所以載物也；高明，所以覆物也；悠久，所以成物也。」[73]

由此說來，〈中庸〉「至誠無息，不息則久，久則徵」這三句話，對應於「（0）一、二、多」結構來看，將它視為其中之「（0）一」，是相當合理的。

3.「至誠」作用不已，先經過「久」的時間歷程，而有所徵驗，成為「（0）一」；再由時間帶出空間，經過「悠遠」的時空歷程，終於形成「博厚」之「地」與「高明」之「天」。而此「天」為「乾元」、「地」為「坤元」，《周易》云：

> 大哉乾元，萬物資始，乃統天。雲行雨施，品物流行。大明終始，六位時成，時乘六龍以御天。乾道變化，各正性命。保合大和，乃利貞。首出庶物，萬國咸寧。（〈乾彖〉）
>
> 至哉坤元，萬物資生，乃順承天。坤厚載物，德合無疆。含弘光大，品物咸亨。（〈坤彖〉）
>
> 乾坤其易之門邪！乾，陽物也；坤，陰物也。（〈繫辭下〉）

據知萬物之所以生、所以成的首要依據，有兩種：即乾元與坤元。由於「元」乃「氣之始」[74]，因此對應於「乾，陽物也；坤，陰物也」的說法，

---

73《中庸的文化省察》，頁 1046。

74 李鼎祚：「《九家易》曰：『陽稱大，六爻純陽，故曰大。乾者純陽，眾卦所生，天之象也。觀乾之始，以之天德，惟天為大，惟乾則之，故曰大哉。元者，氣之始也。』」

可知「乾元」，指陽氣之始，是「一種剛健的創生功能」；「坤元」，指陰氣之始，為「一種柔順的含容功能」，而萬物就在這兩種功能之作用下生成、變化。對此，戴璉璋闡釋說：

> 乾元由一種剛健的創生功能來證實。所謂「剛健」，是由「變化不已」來規定，而「變化不已」，又由「各正性命」、「保合大和」來規定。這就是說：乾元的作用，在使萬物變化不已；而這不已的變化，並非盲目的、機械的，它有所指歸，它使萬物充分地、正常地實現自我，以達到高度的和諧境界。換句話說，萬物盡其本性實現自我、以獲致高度和諧境界的過程中，種種變化、健動的功能，都屬於乾元的作用。……坤元由一種柔順的含容功能來證實。所謂「柔順」，由「含弘光大」來規定，而「含弘光大」又由「品物咸亨」、「德合無疆」來規定。這就是說：坤元的作用，在使萬物蓄積富厚，而這種富厚的蓄積，並非雜亂的、僵硬的，它有所簡別，有所融通，而簡別、融通的指歸，則在順承乾元的創生功能，使萬物調適暢遂地完成自我。換句話說，萬物盡其本性完成自我的過程中，種種蓄積、順承的功能都屬於坤元的作用。[75]

如此先由「乾元」創生，再由「坤元」含容，萬物就不斷地盡其本性而實現、完成自我，以趨於和諧之境界，所呈現的就是「一（元）、二（乾、坤）、多（萬物）」的過程。

---

見《周易集解》卷一（臺北市：世界書局，1963 年 5 月初版），頁 4。又，戴璉璋：「在先秦，『元』是『首』意思，指頭部。由此引申，乃有『首出』、『首要』、『開始』、『根源』等意義。」見《易傳之形成及其思想》，頁 92。

75《易傳之形成及其思想》，頁 93。

由此看來，〈中庸〉所說「博厚，所以載物也；高明，所以覆物也；悠久，所以成物也。博厚配地，高明配天，悠久無疆」這幾句話，和《周易》「乾元」、「坤元」的道理是相通的。因此在這裡把「天」(陽)、「地」(陰)，對應於「(0)一、二、多」的結構，看成是「二」(陰陽)，該不會太牽強才對。

4. 既然「天地」可視為「二」，而它們是「為物不貳」的，所以能「無息」地創生、含容萬物，經過「悠久」之時空歷程，所謂「不見而章，不動而變，無為而成」，自然就達於「生物不測」的地步。如何「生物不測」呢？〈中庸〉的作者作了如下的描述：

> 天地之道，博也，厚也，高也，明也，悠也，久也。今夫天，斯昭昭之多，及其無窮也，日月星辰繫焉，萬物覆焉；今夫地，一撮土之多，及其廣厚，戴華嶽而不重，振河海而不洩，萬物載焉；今夫山，一卷石之多，及其廣大，草木生之，禽獸居之，寶藏興焉；今夫水，一勺之多，及其不測，黿鼉蛟龍魚鱉生焉，貨財殖焉。

在這段話裡，〈中庸〉的作者首先告訴我們：天地之道是可以用一句話來概括的，那就是「其為物不貳，則其生物不測」，這所謂的「為物」，猶言「為體」，指的是天地「運行化育之本體」[76]；而「不貳」，義同「無息」、「不已」，乃「誠」的作用[77]。這是〈中庸〉的作者透過「內在的

---

76 王船山：「其為物，物字，猶言其體，乃以運行化育之本體，既有體，則可名之曰物。」見《讀四書大全說》卷三（臺北市：河洛圖書出版社，1974 年 5 月初版），頁 299-300。

77 王船山：「無息也，不貳也，也已也，其義一也。章句云：『誠故不息』，明以不息代不貳。蔡節齋為引申之，尤極分曉；陳氏不察，乃混不貳與誠為一，而以一與不貳作對，則甚矣其惑也。」《讀四書大全說》卷三，頁 312。

遙契」、「通過有象者以證無象」所獲致的結果[78]。了解了這點，那就無怪他在說明了天道之「為物不貳」後，要接著用聖人「至誠無息」之外驗來上貫於天地，而直接說「博厚」、「高明」、「悠久」就是「天地之道」，以生發下文了。很明顯地，這所謂「高明」指的就是下文「日月星辰繫焉，萬物覆焉」的天德；所謂「博厚」，總括來說，指的就是「載華嶽而不重（山），振河海而不洩（水），萬物載焉（山和水）的地德；分開來說，指的乃是「草木生之，禽獸居之，寶藏興焉」的山德與「黿鼉蛟龍魚鱉生焉，貨財殖焉」的水德；而「悠久」，指的則是天光及於「無窮」(高明)、地土及於「博厚、山石及於「廣大」、水量及於「不測」（博厚）的時、空歷程。《中庸》的作者透過此種天的「高明」與「地」（包括山、水）的「博厚」，經由「悠久」一路追溯上去，到了時、空的源頭，便尋得「斯昭昭」、「一撮土」、「一卷石」、「一勺水」等天地的初體，以致終於洞悟出天地會由最初的「昭昭」或「一」而「多」而「無窮」、「不測」，以至於「博厚」、「高明」，及是至誠在無息地作用所形成的規律性「外驗」，也就是「生物不測」的結果。可見這段話所

78 牟宗三在〈由仁、智、聖遙契性、天之雙重意義〉一文中，曾引《中庸》「肫肫其仁」一章，對「內在的遙契」做過如下之說明：「內在的遙契，不是把天命、天道推遠，而是一方把它收進來做為自己的性，一方又把它轉化而為形上的實體，這種思想，是自然地發展而來的。……首先《中庸》對於『至誠』之人做了一個生動美妙的描繪。『肫肫』是誠懇篤實之貌。至誠的人有誠意，有『肫肫』的樣子，便可有如淵的深度，而且有深度才可有廣度。如此，天下至誠者的生命，外表看來既是誠篤，而且有如淵之深的深度，有如天浩大的廣度。生命如此篤實深廣，自然可與天打成一片，洋然無間了。如果生命不能保持聰明聖智，而上達天德的境界，又豈能與天打成一片，從而了解天道化育的道理呢？當然，能夠至誠以上達天德，便是聖人了。」見《中國哲學的特質》(臺北市：學生書局，1976 年 10 月四版)，頁 35。又，唐君毅：「中國先哲，初唯由『人之用物，而物在人前亦呈其功用』、『物之感人、而人亦感物』之種種事實上，進以觀天地間之一切萬物之相互感通，相互呈其功用，以生生不已，變化無窮上，見天道與天德。而此亦即孔子之所以在川上嘆『逝者之如斯，不舍晝夜』，而以『四時行，百物生』，為天之無言之盛德也。」見《哲學概論》(上)(臺北市：學生書局，1985 年全集校訂版)，頁 108-109。

呈現的是「二而多」的邏輯結構。

如此由「至誠」而「徵」(「(0)」一)，「徵」而「博厚」(地)、「高明」（天）（「二」），「博厚」〔地〕、「高明」（天）而「生物不測」（「多」），形成的正是「（0）一、二、多」的順向結構。

## （二）從逆向結構觀察

本來「（0）一、二、多」的順向結構，是可以分「天」與「人」兩層加以考察的，但為保留於「人」之範圍內往復（順和逆）結構的完整，以凸顯《中庸》置重於「人」之特點，因此在上個部分暫時略而不提。在此，則因主要著眼於學者或人為來說的「多、二、一（0）」之逆向結構，必須用主要著眼於聖人或天然來說的「（0）一、二、多」之順向結構為基礎，所以略作交代，以帶出「多、二、一（0）」的逆向結構來。

而要交代主要著眼於聖人或天然來說的「（0）一、二、多」之順向結構，必須處理〈中庸〉開篇的三句話：

> 天命之謂性，率性之謂道，修道之謂教。

「這三句話『一氣相承』，乃〈中庸〉一文之綱領所在。作者在此，很有次序地，先由首句點明人性與天道的關係，用『性』字把天道無息之『誠』下貫為人類天賦『至誠』(包括『誠』與『明』) 的隔閡衝破；再由次句點明人道與人性的關係，用『道』字把人類（聖人）天賦之『誠』通往天賦之『明』(自誠明) 的過道打通，而與人類人為之『誠』與『明』套成一環；然後由末句點明教化與人道的關係，用『教』字把人類（學者）人為之『明』邁向人為之『誠』（自明誠）的大門敲開，而與人類天賦之『誠』與『明』融為一體。這樣由上而下地逐層遞敘，既為人類天賦之『誠』、『明』尋得了源頭，也為人為之『誠』、『明』找到了歸宿。」[79]

如此，對應於「（0）一、二、多」順向結構來說，「天命」為「（0）一」、「率性」之「道」與「修道」之「教」，都屬於「多」。而「天命」之「性」則是「二」，因為「性」之內含有二，即「知」（智）與「仁」。〈中庸〉第二十五章說：

> 誠者，非自成己而已也，所以成物也。成己，仁也；成物，知也；性之德也，合外內之道也。

朱熹釋此云：

> 誠雖所以成己，然既有以自成，則自然及物，而道亦行於彼矣。仁者，體之存；知者，用之發；是皆吾性之固有，而無內外之殊。[80]

在此，朱熹以為「仁」和「知」（智），雖有體用之分，卻皆屬「吾性之固有」，是沒有什麼內外之別的。關於這點，王夫之在其《讀四書大全說》裡，也作了如下的闡釋：

> 有其誠，則非但成己，而亦以成物矣；以此誠也者，足以成己，而無不足於成物，則誠之而底於成，其必成物審矣。成己者，仁之體也；成物者，知之用也；天命之性、固有之德也。而能成己

---

79 陳滿銘：〈學庸導讀〉，《國學導讀》（臺北市：三民書局，1994 年 9 月初版），頁 509-510。

80《四書集注》，頁 42。

> 焉，則仁之體立也；能成物焉，則知之用行也；仁知咸得，則是復其性之德也。統乎一誠而已，物胥成焉，則同此一道，而外內固合焉。[81]

可見「仁」和「知」(智)，都是「性」的真實內容，而「誠」則「是人性的全體顯露，即是仁與知（智)的全體顯露」[82]。如此說來，在〈中庸〉作者的眼中，「性」顯然包含了兩種能互動、循環而提升的精神潛能：一是屬「仁」的，即仁性，乃人類與生俱來的一種成己（成德）力量；一是屬「知」的，即知性，為人類生生不已的一種成物（認知）動能。《周易．說卦傳》說：

> 昔者聖人之作《易》也，將以順性命之理，是以立天之道曰陰與陽，立地之道曰剛與柔，立人之道曰仁與義，兼三才而兩之。

很明顯地，這所謂的「仁與義」就相當於〈中庸〉的「仁與知（智）」，因為「義」是偏於「知」(智)來說的[83]，可見「仁與知（智）」有著「陰與陽」、「剛與柔」的關係，其中「仁」性屬陰柔、「知(智)」性屬陽剛，正是徹上以承「（0）一」、徹下以統「多」之「二」，居於關鍵地位。

因此，〈中庸〉開篇三句所呈現的是由「天命」(「（0)一」)而「率

81《讀四書大全說》，頁 299-300。

82 徐復觀：「誠是實有其仁；『誠則明矣』(二十一章)，是仁必涵攝有知；因為明即是知。『明則誠矣』(同上)，是知則必歸於仁。誠明的不可分，實係仁與知的不可分。仁知的不可分，因為仁知皆是性的真實內容，即是性的實體。誠是人性的全體顯露，即是仁與知的全體顯露。因仁與知，同具備於天所命的人性、物性之中；順著仁與知所發出的，即成為具有普遍妥當性的中庸之德之行；而此中庸之德之行，所以成己，同時即所以成物，合天人物我於尋常生活行為之中。」見《中國人性論史．先秦篇》，頁 156。

83 陳滿銘：〈談《論語》中的「義」〉，《高中教育》6 期（1999 年 6 月），頁 44-49。

性」（「二」）而「修道」〔教〕（「多」）之「（0）一、二、多」的順向結構，而聖人即順此發揮「天命」之性能（知性與仁性），凝「道」設「教」，使學者透過人為的「修道」（教）努力，由偏而全地豁醒「天命」之性能（知性與仁性），而這種人為努力的歷程所形成的，正是「多、二、一（0）」的逆向結構。

這種順、逆向的結構，是可用一個「誠」字來貫通的。其中「（0）一、二、多」的順向結構，是屬「誠者」，為「天之道」；而「多、二、一（0）」的逆向結構，是屬「誠之者」，為「人之道」。所以〈中庸〉第二十章說：

> 誠者，天之道也；誠之者，人之道也。誠者，不勉而中，不思而得，從容中道，聖人也；誠之者，擇善而固執之者也。

朱熹注此云：

> 誠者，真實無妄之謂，天理之本然也。誠之者，未能真實無妄，而欲其真實無妄之謂，人事之當然也。聖人之德，渾然天理，真實無妄，不待思勉而從容中道，則亦天之道也。未至於聖，則不能無人欲之私，而其為德不可見能皆實。故未能不思而得，則必擇善，然後可以明善；未能不勉而中，則必固執，然後可以誠身，此則所謂人之道也。不思而得，生知也。不勉而中，安行也。擇善，學知以下之事。固執，利行以下之事也。[84]

可見「聖人」是偏於「生知」、「安行」的，而一般常人或學者則是偏

---

84《四書集注》，頁 39。

於「學知」（含困知）、「利行」（含勉強行）的。對此，王陽明闡釋說：

> 聖人只是保全，無些障蔽，兢兢業業，亹亹翼翼，自然不息，便也是學，只是生的分數多，所以謂之「生知、安行」。眾人自孩提之童，莫不完具此知，只是障蔽多，然本體之知自難泯息，雖問學克治也只憑他，只是學的分數多，所以謂之「學知、利行」。[85]

這樣，若從「仁」與「知」（智）切入來看，則「生知」、「學知」（含困知），說的是「知」（智）；「安行」、「利行」（含勉強行），說的是「仁」。因此〈中庸〉所謂「不勉而中」、「擇善」，是「仁」；「不思而得」、「固執之」，是「知」（智）。而聖人由「仁」（不勉而中）而「知（智）」（不思而得），使一舉一動都合乎「道」的要求，循的就是「（0）一、二、多」的順向結構。至於學者（常人）由「知（智）」（擇善）而「仁」（固執之），以實踐各種德行，循的則是「多、二、一（0）」的逆向結構。因此要辨別順、逆向，可從「仁」與「知」（智）產生互動之歷程來看出，亦即其歷程是由「仁」而「知」（智），以發揮天然（「性」）功能的，為順向；由「知」（智）而「仁」，以發揮人為（「教」）作用的，為逆向。〈中庸〉第二十一章說：

> 自誠明，謂之性；自明誠，謂之教。

在此，「誠」即「仁」、「明」即「知（智）」，而「性」、「教」是「所性」、「所教」，也就是「性的功能」、「教的作用」的意思。因此認定「自

---

85《傳習錄》下，《王陽明全集》上，頁95。

誠明」為順向，所呈現的是由「性」而設「教」（修道）之歷程；而「自明誠」則為逆向，所呈現的乃由「教」（修道）而復「性」（率性）之歷程。前者為「天之道」，後者為「人之道」。所以朱熹注云：

> 聖人之德，所性而有者也，天道也。先明乎善，而後能實其善者，賢人之學，由教而入者也，人道也。[86]

顯然朱熹是就「全」的角度，亦即由道的本原與踐行上來看待「自誠明」與「自明誠」的，因此他斷然的把它們上下明顯的割開，以為「自誠明」全是聖人之事、「自明誠」全是賢人之事。其實，若換個角度，由「偏」的一面，亦即就人的天賦與人為上來看，學（賢）者又何嘗不能動用天賦的部分力量，使自己由「誠」而「明」呢？因為「性」，無論是「知性」或「仁性」，都是人人所生具的精神動能，固然一般人不能像聖人那樣，完全的把它們發揮出來，但若因而認定他們絕對無法由局部「仁性」（誠）的發揮，而發揮局部的「知性」（明），那也是不十分合理的。〈中庸〉的作者特別強調：「自誠明，謂之性。」、「誠者（自誠明），不勉而中（行），不思而得（知）。」就是要告訴我們：「自誠明」乃出自天然力量的作用，是不假一絲一毫人力的。假如有這麼一個人，能自然的發揮自己全部的「仁性」與「知性」，時時都「從容中道」的，那自然是「聖人也」；至於「日月至焉而已」、「告諸往而知來者」，只能自然的發揮自己局部的「知性」與「仁性」的，則是賢（常）人了。也幸好人人都能局部的發揮這種天然的力量：「誠」，才有進一步認知（明）的可能，不然「自明誠」的努力，便將是空中樓閣，虛而不實了。因此，我們人，無疑的，都可藉後天教育之功（自明誠——人為）來誘發

86《四書集注》，頁 40。

先天的精神潛能，再由先天潛能的提發（自誠明——天賦）來促進後天修學的效果，在人為與天賦的交互作用下，由偏而全的把「知性」與「仁性」發揮出來，最後臻於「從心所欲不踰矩」（《論語·為政》篇）的「至誠」（也是「至明」）境界。[87]

既然學者（常人）是循這這種逆向之結構來努力提升的，就必須從「擇善而固執之」打好基礎，〈中庸〉第二十章在講「誠之者，擇善而固執之者也」之後，緊接著說：

> 博學之，審問之，慎思之，明辨之，篤行之。有弗學，學之弗能弗措也；有弗問，問之弗知弗措也；有弗思，思之弗得弗措也；有弗辨，辨之弗明弗措也；有弗行，行之弗篤弗措也；人一能之己百之，人十能之己千之。果能此道矣，雖愚必明，雖柔必強。

在此，〈中庸〉的作者，首先以「博學之」五句，說明「誠之」的條目，其中「博學之」四句，說的是「擇善」，為「知」（智）之事；「篤行之」一句，說的是「固執之」，為「仁」之事；這是針對著「修道」來說的。朱熹注此云：

> 此誠之之目也。學、問、思、辨，所以擇善而為知，學而知也。篤行，所以固執而為仁，利而行也。程子（頤）曰：「五者廢其一，非學也。」

他指出「擇善」是「知」（智）、「固執之」為「仁」，而程子（頤）以

---

87 陳滿銘：《學庸義理別裁》（臺北市：萬卷樓圖書公司，200 年 1 月初版），頁 317-318。

為都屬於「學」之事，顯然此所謂「學」，是合「知」與「行」（仁）來說的。王陽明說：

> 夫問、思、辨、行，皆所以為學，未有學而不行者也。如言學孝，則必服勞奉養，躬行孝道，然後謂之學；豈徒懸空口耳傳說，而遂可以謂之學孝乎？學射則必張弓挾矢，引滿中的；學書則必伸紙執筆，操觚染翰；盡天下之學，無有不行而可以言學者；則學之始固已即是行矣。篤者，敦實篤厚之意。已行矣，而敦篤其行，不息其功之謂爾。蓋學之不能以無疑，則有問，問即學也，即行也；又不能無疑，則有思，思即學也，即行也；又不能無疑，則有辨，辨即學也，即行也，辨既明矣，思既慎矣，問既審矣，學既能矣，又從而不息其功焉，斯之謂篤行。非謂學問思辨之後，而始措之於行也。[88]

可見「知」與「行」（仁）是二而一、一而二的關係。如此，「仁」（行）與「知」（智），如就此外在之表現而言，即是「多」；而就其內在之性能而言，則為「二」了。〈中庸〉第二十章說：

> 在下位不獲乎上，民不可得而治矣；獲乎上有道：不信乎朋友，不獲乎上矣；信乎朋友有道：不順乎親，不信乎朋友矣；順乎親有道：反諸身不誠，不順乎親矣；誠身有道：不明乎善，不誠乎身矣。

這裡所謂的「治民」、「獲上」、「信友」、「順親」、「誠身」（「固執之」：

---

88《傳習錄》中，《王陽明全集》上，頁 45-46。

「篤行」），說的便是「仁性」的發揮（行），即「誠」；所謂的「明善」（「擇善」：「博學、審問、慎思、明辨」），指的則是「知性」的發揮（知），即「明」。〈中庸〉的作者要人由「擇善」而「固執之」，換句話說，就是要人由「明善」而「誠身」、「順親」、「信友」、「獲上」、「治民」，循的正是「自明誠」的路，這與《大學》八條目所開示的為學次第，可以說是大致相同的。人果能由此循序漸進，透過後天為的力量——「教」（自明誠），來激發先天不息的動能——「性」（自誠明），那麼「從心所欲不踰矩」的「至誠」境界是能有到達的一天的。

既然聖人設教，要從「明善」、「擇善」著手，以期有一天達於「至誠」的目標，那麼，這所謂的「善」，為了收到使「知性」與「仁性」復其初的一致效果，便必須要有一個具體而客觀的依據與標準，這個依據與標準，就是「道」。「道」，抽象一點說，是日用事物之間當行之路[89]；具體一點說，則包含了一切的禮樂制度與行為規範。而這些制度與規範，由於關係著個人、家國，甚至整個天下的安危，影響極其遠大，因此對它們的制作，自然就不能不格外的慎重，〈中庸〉第二十八章說：

> 雖有其位，苟無其德，不敢作禮樂焉；雖有其德，苟無其位，亦不敢作禮樂焉。

又第二十七章說：

> 大哉！聖人之道，洋洋乎發育萬物，峻極於天。優優大哉！禮儀（大儀則）三百，威儀（小儀則）三千，待其人而後行，故曰：

89 見《中庸》首章「修道之謂教」句下朱注，《四書集注》，頁21。

苟不至德，至道（指禮儀與威儀）不凝焉。

從這兩節文字裡，很容易讀出這份慎重來。而且在這世上，也的確唯有身具「至德」的聖人，才有至高的睿智來凝就通天人而為一的「至道」，並且有效地把它們推行出來。因為只有身具「至德」（誠）的聖人，才能由「誠」而「明」，完全地發揮自已的知性（明），做到「大仁」（誠）、「大智」（明）的地步。自然地，以此「大仁」、「大智」（「率性」）來凝道設教（「修道」），也就不難使人由「明善」而「誠身」（「順親」、「信友」、「獲上」、「治民」）〔「多」〕，做到「孝」、「悌」、「敬」、「信」[90]……的地步，以「盡性（仁、智）」〔「二」〕、「復命」〔一（0）〕了。

因此，常人或學者作「誠之」（「擇善而固執之」）之不斷努力，循的是「由知（智）而仁」（自明誠）之歷程，而所呈現的就是「多、二、

90《中庸》（第十章）說：「忠恕違道不遠，施諸己而不願，亦勿施於人。君子之道四，丘未能一焉：所求乎子以事父，未能也；所求乎臣以事君，未能也；所求乎弟以事兄，未能也；所求乎朋友，先施之，未能也。」從這段話裡，我們曉得「恕」可以分為兩類：一為消極性的，那就是「施諸己而不願，亦勿施於人」；一是積極性的，那就是「所求乎子以事父」、「所求乎臣以事君」、「所求乎弟以事兄」、「所求乎朋友先施之」。這兩種「恕」，兼顧了「施」與「勿施」，周密而完備，可以說是群德的一個總匯，因為所謂的「所求乎子以事父」，是「恕」，也是「孝」；所謂的「所求乎臣以事君」，是「恕」，也是「敬」（《大學》第三章說：「為人臣，止於敬。」）；所謂的「所求乎弟以事兄」，是「恕」，也是「悌」；所謂的「所求乎朋友先施之」，是「恕」，也是「信」。而「施諸己而不願，亦勿施於『父』」、「施諸己而不願，亦勿施於『君』」、「施諸己而不願，亦勿施於『兄』」、「施諸己而不願，亦勿施於『朋友』」，既是「恕」，又何嘗不是「孝」？不是「敬」？不是「悌」？不是「信」呢？可見同樣的一個「恕」「藏乎身」是可隨著對象的不同而衍生出各種不同的道德行為來的。「恕」所以能如此，追根究柢的說，乃是由於它緊緊的立根於源源不斷的一個力量泉源——「忠」的緣故。「忠」，從字形上看，是「中心」的意思，這與首章「喜怒哀樂之未發」的「中」，同樣是繫於天命之「性」來講的。這樣看來，「恕」是偏於「修道」之「多」來說，而「忠」則偏於「天命之性」之「二、一（0）」來說的。參見《學庸義理別裁》，頁 154。

一（0）」的逆向結構。

### （三）從往復結構觀察

在〈中庸〉一文裡，就「天」而言，雖可以找出「（0）一、二、多」的順向結構，以呈現宇宙創生萬物、含容萬物之歷程，卻找不到「多、二、一（0）」之逆向結構，以直接呈現萬物「歸根」的歷程。而這種萬物「歸根」的歷程，卻間接地透過以「人」為範圍之「多」、「二」、「一（0）」結構的螺旋作用，由「人」（成己）而「天」（成物）地予以呈現。這種由「天」而「人」、由「人」而「天」之歷程，在〈中庸〉開篇（首章），即含藏「多」、「二」、「一（0）」往復結構，將〈中庸〉一篇的要旨，作了精要的說明。朱熹在《中庸章句》裡，將此段文字訂為「第一章」，並且在章後說：

> 右第一章，子思述所傳之意以立言。首明道之本原出於天，而不可易，其實體備於己，而不可離；次言存養省察之要；終言聖神功化之極。蓋欲學者於此，反求諸身而自得之，以去夫外誘之私，而充其本然之善，楊氏所謂一篇之體要是也。

所謂「體要」，就是綱領，亦即要旨。他以「首」、「次」、「終」為序來說明，很能掌握這一章的脈絡與大意。茲依此順序加以探討。

首先看「道之本原出於天」，而「體備於己」的部分，〈中庸〉的作者一開篇就說：

> 天命之謂性，率性之謂道，脩道之謂教。道也者，不可須臾離也；可離，非道也。

這七句話，即朱熹所謂「首」的部分，所含藏的主要是「天」、「人（聖人）」兩層的「（0）一、二、多」順向結構。它的上三句，說明「道之本原出於天而不可易」。而這裡所說的「天」，含藏了「天」的「（0）一、二、多」順向結構，以帶出「人（聖人）」的「（0）一、二、多」順向結構來。而「道」，指人道，是指「日用事物當行之理」（見朱注），如說得具體一點，就是「禮」，〈中庸〉有幾段文字（第二十七、二十八、二十九等章），就是以「禮」來說「道」的，譬如第二十七章說：

> 大哉！聖人之道！洋洋乎，發育萬物，峻極於天。優優大哉！禮儀三百，威儀三千，待其人而後行。故曰：「苟不至德，至道不凝焉。」

其中「發育萬物」，說的是「天之道」（天理）；「禮儀三百，威儀三千」，說的是「人之道」（人情）；而「至道」，指的就是「至善」之「禮」。《論語・季氏》載伯魚引述孔子的話說：

> 不學禮，無以立。

又〈堯曰〉載孔子的話說：

> 不知禮，無以立也。

可見孔子主張學者是要「學禮（道）」以「知禮（道）」的。而這種「禮」，有本有末；就其「本」言，為仁義，是永遠不變的。〈中庸〉第二十章說：

仁者，人也，親親為大；義者，宜也，尊賢為大。親親之殺、尊賢之等，禮所生也。

把「禮」生於「仁義」的意思，說得很明白。如就其「末」言，則指的乃「日用事物當行之理」的形式，是會因時空的不同而改變的。而這種「禮」，無論是本或末，都經由往聖之體悟驗證，載於「文」（《詩》、《書》）之上。《論語．雍也》說：

子曰：「君子博學於文，約之以禮，亦可以弗畔矣夫！」

這裡的「文」，就是指往聖所傳下來的《詩》、《書》，而「《詩》、《書》的具體內容，即是『禮（樂）』」[91]。因此，〈中庸〉所謂的「修道」，就是「學禮」以「知禮」；而教導學者「學禮（道）」以「知禮（道）」，來掌握人情天理（宇宙人生的道理）的，便是「教」。

聖人為什麼能掌握這個「道」（禮）以立教呢？那是由於他能「率性」的緣故。這「率性」二字，孔穎達《禮記正義》引鄭玄注云：

率，循也；循性行之。[92]

而朱熹《中庸章句》則說：

率，循也。……人物各循其性之自然。[93]

---

91 徐復觀：《中國思想史論集》（臺北市：學生書局，1974 年三版），頁 236。
92 孔穎達：《十三經注疏．禮記》（臺北市：藝文印書館，1989 年十一版），頁 879。
93《四書集注》，頁 21。

鄭、朱兩人的說法，除了一純就人，一兼指物來說明外，其餘的都沒有什麼不同。當然，「物」在正常的情況下，能夠循性，也將與人一樣，是「莫不自然各有當行之路」的；惟這裡所謂的「率性」，據下句「修道之謂教」所指的對象來推斷，在〈中庸〉作者的原意裡，當也只是專就「人」來說，而未把「物」包括在內。因此，「率性」兩字，只能當作「順著人性向外發出」來解釋，才算合理；而聖人「順著人性向外發出」[94]，掌握人情天理，以形成種種準則（禮樂），為「群體所共由共守」（見同上）。而此準則，就是所謂的「道」，所以〈中庸〉說：「率性之謂道。」

聖人率性而為道，最關緊要的，就是「性」。這個「性」是怎麼來的呢？〈中庸〉的作者以為來自於「天命」，所以有「天命之謂性」的說法。對此，朱熹在《章句》裡解釋說：

> 命猶令也，性即理也。天以陰陽五行化生萬物，氣以成形，而理亦賦焉，猶命令也；於是人物之生，因各得其所賦之理，以為健順五常之德，所謂性也。[95]

在這段話裡，朱熹首先提出了「性即理」的新觀點，然後以理氣二元論來解釋萬物成形賦理的真象，從而把理、命、健順五常之德和性的關係提明，可說是深入聖域後所體會出來的見解。但〈中庸〉的作者，卻「即誠言性」[96]，特別用「至誠」來貫通性命、物我，指出天道之「至誠」，是透過「命」，而賦予「人」和「物」的。錢穆在其《中庸新義》

---

94《中國人性論史．先秦篇》，頁 119。

95《四書集注》，頁 21。

96 唐君毅：《中國哲學原論．原性篇》（九龍：新亞書院研究所，1968 年 2 月出版），頁 58。

說：

> 性則賦於天，此乃宇宙之至誠。[97]

這是十分合理的解釋。

人、物之性，雖同賦於天，卻有偏全之不同。由於人得其全，所以其內容就不同。〈中庸〉第二十五章說：

> 誠者，非自成己而已也，所以成物也。成己，仁也；成物，知也；性之德也，合外內之道也。

可見「仁」和「知」（智），同是「性之德」，乃「吾性之固有」（見朱注），而「誠」則是「人性的全體顯露，即是仁與知的全體顯露」[98]，是足以成己、成物的。而〈中庸〉第二十一章又說：

> 自誠明，謂之性；自明誠，謂之教。誠則明矣，明則誠矣。

據知統之於「至誠」的仁與知（智），是可經由互動、循環、提升的螺旋作用，而最後融合為一的。也就是說「如果顯現了部分的仁性（誠），就能連帶地顯現部分的知性（明）；同樣地，顯現了部分的知性（明），就能連帶地顯現部分的仁性（誠）。正由於這種相互的作用，有先後偏全之差異，故使人在盡性上也就有了兩條內外、天人銜接的路徑：一是由誠（仁性）而明（知性），這是就先天潛能的提發來說的；

---

97 錢穆：《中國學術思想史論叢》（臺北市：東大圖書公司，1976 年），頁 295。
98《中國人性論史．先秦篇》，頁 156。

一是由明（知性）而誠（仁性），這是就後天修學的努力而言的。而這『天然』（性）與『人為』（教）的兩種作用，如一旦能內外銜接，凝合無間，則所謂『誠則明矣，明則誠矣』，必臻於亦誠亦明的至誠境界。到了此時，仁既必涵攝著智，足以成己，而智亦必本之於仁，足以成物了。」[99] 而這種作用，可用下頁圖來表示：

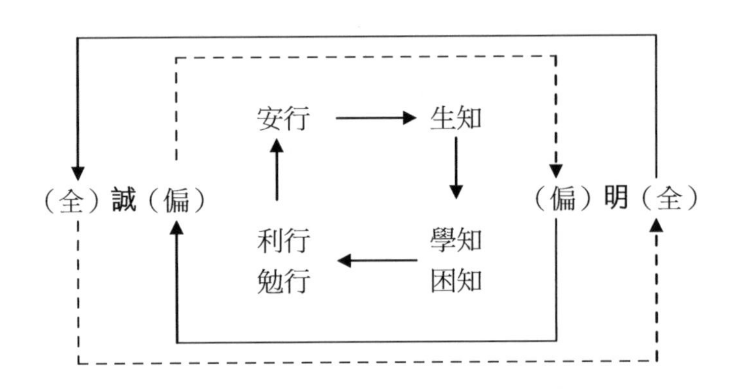


這個表的虛線代表天賦——「性」，實線代表人為——「教」。外圈指「全」，屬聖人；內圈指「偏」，屬學者。藉此可辨明「誠」與「明」、天賦與人為的交互關係。人就這樣在交互作用之下，自明而誠，自誠而明，互動而循環、提升，形成不斷往復之螺旋結構，使自己的知（智）性與仁性，由偏而全地逐漸發揮它們的功能，最後臻於「至誠」（仁且智）的最高境界。至此，「誠」（仁）和「明」（智）便融合為一了。這樣，就為下個部分「學者」之「多」、「二」、「一（0）」的螺旋義理結構，預先搭好了橋樑。

至於「道也者」四句，則說明「體備於己而不可離」的部分。這四句，朱熹在《章句》裡解釋說：

---

99 陳滿銘：《中庸思想研究》（臺北市：文津出版社，1989 年 4 月再版），頁 109。

道者，日用事物當行之理，皆性之德，而具於心，無物不有，無時不然，所以不可須臾離也。若其可離，則豈率性之謂哉？[100]

而徐復觀在《中國人性論史》裡說：

按「道也者不可須臾離也」二句，乃緊承「率性之謂道」而來；人皆有其性，即人皆有是道。道乃內在於人的生命之中，故不可須臾離。不可離，所以必見於日常生活之中，故成為中庸之道。[101]

朱、徐二人都把「道」是「本然」而非「外物」的意思，解釋得很清楚。有了這四句話作橋梁，便很自然地過到「修道」的要領──「慎獨」之上了；也就是說，由「（0一）、二、多」過到「多、二、一（0）」了。

其次看「存養省察之要」的部分，〈中庸〉的作者緊接「可離非道也」句，又說：

是故，君子戒慎乎其所不睹，恐懼乎其所不聞。莫見乎隱，莫顯乎微，故君子慎其獨也。

這五句話，說的是「修道」的要領，也就是「存養省察之要」，由此從聖人之「（0一）、二、多」進入學者「多、二、一（0）」之義理結構。朱熹在《章句》裡闡釋云：

---

100《四書集注》，頁21。

101《中國人性論史．先秦篇》，頁123。

君子之心，常存敬畏，雖不見聞，亦不敢忽，所以存天理之本然，而不使離於須臾之頃也。

又云：

幽暗之中、細微之事，跡雖未形，而幾則已動，人雖不知，而己獨知之，則是天下之事，無有著見明顯，而過於此者；是以君子既常戒懼，而於此尤加謹焉，所以遏人欲於將萌，而不使其潛滋暗長於隱微之中，以至離道之遠也。[102]

把「慎獨」之精義，闡釋得極其簡明。而徐復觀說：

在一般人，天命之性，常常為生理的欲望所壓、所掩。性潛伏在生命的深處，不曾發生作用；發生作用的，只是生理的欲望。一般人只是順著欲望而生活，並不是順著性而生活。要性不為欲望所壓、所掩，並不是如宗教家那樣，對生理欲望加以否定；而是把潛伏的性，解放出來，為欲望作主；這便須有戒慎恐懼的慎獨的工夫。所謂「獨」，實際有如《大學》上所謂誠意的「意」，即是「動機」；動機未現於外，此乃人所不知，而只有自己才知的，所以便稱之為「獨」。「慎」是戒慎謹慎，這是深刻省察、並加以操運時的心理狀態。「慎獨」，是在意念初動的時候，省察其是出於性？抑是出於生理的欲望？出於性的，並非即是否定生理的欲望，而只是使欲望從屬於性；從屬於性的欲望也是道。一個人的行為動機，到底是「率性」？不是率性？一定要通過慎

102 均見《四書集注》，頁22。

> 獨的工夫，才可得到保證的。沒有這種工夫，則人所率的，並不是天命之性，而只是生理的欲望。在這種地方，真是差之毫釐，謬以千里。[103]

他將人之所以要「慎獨」的理由，交代得很充分。

這種「慎獨」之說，又見於《大學》：

> 所謂「誠其意」者，毋自欺也。如惡惡臭，如好好色，此之謂自謙。故君子必慎其獨也。小人閒居為不善，無所不至；見君子，而后厭然，揜其不善而著其善。人之視己，如見其肺肝然，則何益矣？此謂誠於中，形於外。故君子必慎其獨也。

《大學》的作者在此指出：要「誠意」就必須「慎獨」，而能「誠意」，則必然「誠於中，形於外」。這所謂的「誠於中」，就相當於〈中庸〉所說的「戒慎乎其所不睹，恐懼乎其所不聞」；而「形於外」，則相當於〈中庸〉的「莫見乎隱，莫顯乎微」。如此「誠於中，形於外」，正是「修道」的關鍵所在，是合知（明）與行（誠）來說的。當然，從表面上來看，在《大學》裡，「慎獨」是針對「誠意」來說的，但「格物」、「致知」難道就不必「慎獨」了嗎？王陽明將「格物」釋作「正意所在之事」[104]，而「正意所在之事」，說得明白一點，就是「誠意」，所以唐君毅說：

> 《大學》立言次序，要是先格物、次致知、次誠意、次正心。《大

---

103《中國人性論史．先秦篇》，頁 124。

104《王陽明全集》上，頁 5-6。

學》言物格而後知至，知至而後意誠，而未嘗言意誠而後知至，知至而後物格。如依陽明之說，循上所論以觀，實以致「知善知惡，好善惡惡」之知，至於真切處，即意誠，意誠然後方得為知之至。又必意誠而知至處，意念所在之事，得其正，而後可言物格。是乃意誠而後知至，知至而後物格，非《大學》本文之序矣。[105]

這種次序雖不合〈大學〉本文之序，卻合於孔子「行有餘力，則以學文」（《論語・學而》）的意思，更合於〈中庸〉「自誠明」的道理。這是因為「知」（明）與「行」（誠）、「致知」（明）與「誠意」（誠），原是互動、循環、提升而形成螺旋關係的[106]。由此看來，〈中庸〉的「慎獨」，也一樣兼顧了智性（明）與仁性（誠）的開發來說，〈中庸〉第二十章說：

博學之，審問之，慎思之，明辨之，篤行之。

其中「博學之」四句，說的是智性（明）開發之事；「篤行之」，說的是仁性（誠）開發之事，兩者都一定要「慎獨」，不然，在知（明）與行（誠）上就要形成偏差了。《大學》第八章（依朱熹《章句》）說：

人之所親愛而辟（偏私之意）焉，之其所賤惡而辟焉，之其所畏敬而辟焉，之其所哀矜而辟焉，之其所敖惰而辟焉，故好而知其惡，惡而知其美者，天下鮮矣；故諺有之曰：「人莫知其子之

---

105《中國哲學原論・導論篇》，頁 293。

106〈談儒家思想體系中的螺旋結構〉，頁 1-34。

惡，莫知其苗之碩。」

這種因心有所偏、情有所蔽——不仁，而導致認知上的偏差，但見一偏，不見其全——好而不知其惡，惡而不知其美（「莫知其子之惡，莫知其苗之碩」），甚至產生錯覺、顛倒是非，如孟子所謂「安其危，而利其菑，樂其所以亡者」（〈離婁〉上），便是由於存心不誠（仁），無法慎獨的緣故。人患了這種弊病，修身已不可得，更不用說是齊家治國平天下了。如果人再以此種有了偏執或錯誤的「已知」作為依據，去推求那無涯之「未知」，則勢必一偏再偏，一誤再誤，使得知（明）與行（誠）判為兩途，終至形成偏激、邪惡的思想與行為。這樣，不僅將害人害己，且又要為禍社會國家；孟子從前所以要大聲疾呼「我亦欲正人心，息邪說，距言詖行，放淫辭」（〈滕文公〉下），就是看出這種禍害的重大。慎獨之要，由此可見。而學者之「多、二、一（0）」逆向結構，即由此基礎建立。。

最後看「聖神功化之極」的部分，〈中庸〉的作者在談了「慎獨」之後，接著說：

喜怒哀樂之未發，謂之中；發而皆中節，謂之和。中也者，天下之大本也；和也者，天下之達道也。致中和，天地位焉，萬物育焉。

這節文字，用以說明「聖神功化之極」，含三個部分：

頭一部分為「喜怒哀樂之未發」四句，是就「成己」來說「修道」（慎獨）的內在目標。也就是說：人在「修道」的過程中，經由「慎獨」，使智性（明）與仁性（誠）產生互動、循環、提升的螺旋作用，就可以將「性」的功能發揮到相當程度，有力地拉住「情」，以免它泛濫成災，而達於「中和」的境界。這含藏的是學者之「多、二、一（0）」逆向結構。而這所謂的「中」，是就「性」來說的；「和」是就「中節」之「情」來說的。朱熹《章句》注此云：

> 喜怒哀樂，情也；其未發，則性也；無所偏倚，故謂之中。發而皆中節，情之正也；無所乖戾，故謂之和。[107]

而高明在〈中庸辨〉裡也說：

> 就其性而言是「中」，就其情而言是「和」；就其體而言是「中」，就其用而言是「和」；就其靜而言是「中」，就其動而言是「和」。合言之，只是一個「中」；析言之，則有「中」與「和」的分別。[108]

「中」（性）與「和」（情）的關係，可由此了解大概。而「修道」至此，就可以「盡其（己）性」、「盡人之性」（〈中庸〉第二十二章），而使人倫社會得以純化了。

第二部分為「中也者」四句，可以說是由「成己」過到「成物」的橋梁，是合「成己」、「成物」來說「修道」的，所照應的是「人」與「天」之「多、二、一（0）」逆向結構。朱熹在〈中庸或問〉裡說：

> 謂之中者，所以狀性之德，道之體也；以其天地萬物之理，無所不賅，故曰天下之大本。謂之和者，所以著情之正，道之用也；以其古今人物之所共由，故曰天下之達道。蓋天命之性，純粹至

107《四書集注》，頁 22。

108 高明：《高明文輯》上（臺北市：黎明文化事業公司，1978 年 3 月初版），頁 261。

善，而其於人心者，其體用之全本皆如此，不以聖愚而有加損也。然靜而不知所以存之，則天理昧而大本有所不立矣；動而不知所以節之，則人欲肆而達道有所不行矣。[109]

而徐復觀在《中國人性論史》中也說：

中和之「中」，不僅是外在的中的根據，而是「中」與「庸」的共同根據。《廣雅・釋詁》三：「庸，和也」；可見和亦即是庸。但此處中和之「和」，不僅是「庸」的效果，而是中與庸的共同效果。中和之「中」，外發而為中庸，上則通於性與命，所以謂之「大本」。中和之「和」，乃中庸之實效。中庸有「和」的實效，故可為天下之達道。「和也者，天下之達道也」，實際等於是說，「中庸者天下之達道也」。中和的觀念，可以說是「率性之謂道」的闡述，亦即是「中庸」向內通，向上提，因而得以內通於性，上通於命的橋梁。[110]

可見所謂的「大本」、「達道」，已經由「人」而擴及於「物」，由「成己」而推及於「成物」了。

第三部分為「致中和」三句，這是就「成物」來說「修道」（慎獨）的外在目標，以為人天賦之「性」（智性 ↔ 仁性），經「修道」加以發揮，不但可以「成己」（仁），也可「盡物之性」以「成物」（智），而使物質環境得以改善[111]；所含藏的是銜接於「人」的「天」之「多、二、一（0）」逆向結構。朱熹《章句》注此云：

---

109《四書纂疏・中庸》，頁 306。
110《中國人性論史・先秦篇》，頁 127。
111 陳滿銘：〈中庸的性善觀〉，臺灣師大《國文學報》28 期（1999 年 6 月），頁 1-16。

> 自戒懼而約之，以至於至靜之中，無少偏倚，而其守不失，則極其中而天地位矣。自謹獨而精之，以至於應物之處，無所差謬，而無適不然，則極其和而萬物育焉。蓋天地萬物，本吾一體，吾之心正，則天地之心亦正矣；吾之氣順，則天地之氣亦順矣。故其效驗至於如此，此學問之極功，聖人之能事，初非有待於外，而修道之教，亦在其中矣。是其一體一用，雖有動靜之殊，然必其體立，而後用有以行，則其實亦非有兩事也。[112]

所謂「吾之心正」、「吾之氣順」，就是「成己」；而「天地之心亦正」、「天地之氣亦順」，就是「成物」。因此〈中庸〉第二十四章說：「誠者，非自成己而已也，所以成物也。」便可說成：

> 誠者，非自致其中和而已也，所以致物之中和也。

又第二十二章說：「唯天下至誠，為能盡其性；能盡其性，則能盡人之性；能盡人之性，則能盡物之性；能盡物之性，則可以贊天地之化育；可以贊天地之化育，則可以與天地參矣。」也一樣可說成：

> 唯天下至誠，為能致其中和；能致其中和，則能致人之中和；能致人之中和，則能致物之中和；能致物之中和，則可以贊天地之中和；可以贊天地之中和，則可以與天地參矣。

這樣，意思是一點也不變的。

而這所謂的「中和」，是就「狀態」一面來說的；如就「心理」一

112《四書集注》，頁 22。

面來說，就是「忠恕」了。朱熹在《論語·里仁》「夫子之道，忠恕而已矣」章下引程子說：

> 忠者，天道；恕者，人道。忠者，無妄；恕者，所以行乎忠也。忠者，體；恕者，用；大本達道也。……「維天之命，於穆不已」，忠也；「能道變化，各正性命」，恕也。[113]

顧炎武在其《日知錄》中說：

> 夫子之道，忠恕而已矣；忠也者，天下之大本(中)也；恕也者，天下之達道（和）也。[114]

而呂維祺在《伊洛大會語錄》裡也說：

> 天地聖賢夫婦，同此忠恕耳。天地為物不貳，故元氣流行，化育萬物，此天地之忠恕，即天地之貫也；聖人至誠不息，故盡人盡物，贊化育，參天地，此聖人之忠恕，即聖人之貫也；賢人亦此忠恕，但或勉強而行，未免有作輟純雜之不同，故有貫有不貫，而其貫處即與聖人同；即愚夫婦亦此忠恕，但為私欲遮蔽，不能忠恕，即不能貫，或偶一念之時亦貫異，而其實處亦即與聖人同。……忠恕只是一個心，實心為忠，實心之運為恕，即一也。[115]

---

113《四書集注》，頁 77。

114 顧炎武撰、黃汝成集釋：《日知錄集釋》(京都：中文出版社，1978 年)，頁 153。

115 陳孟雷編：《古今圖書集成·學行典（上）》(臺北市：鼎文書局，1977 年)，頁 1257-1258。

可見「忠恕」（心理）與「中和」（狀態），和就「潛能」來說的「性」與「中節」之「情」，指向是一致的，只是落點有所不同而已。它們的關係，可用如下結構簡圖來表示：

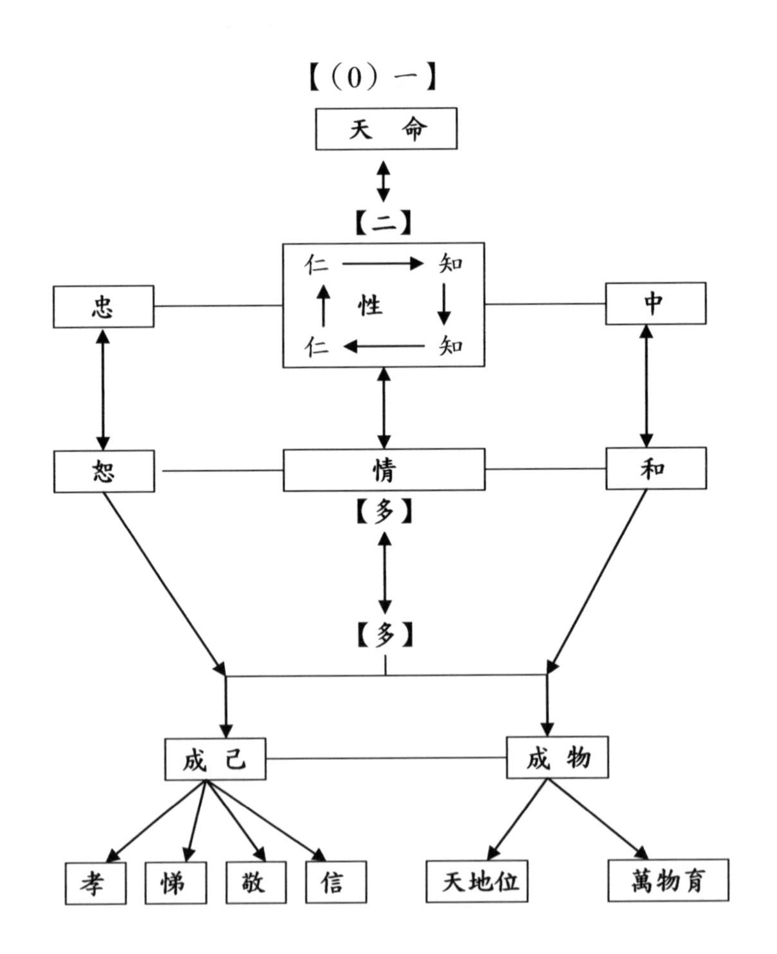


其中「中」、「性」與「忠」，指的是「天之道」，即「大本」；「和」、「情」（中節）與「恕」，指的是「人之道」，即「達道」。而人要達到這種「中和」、「忠恕」的境界，就必須經由「修道」（博學、審問、慎思、明辨、篤行）的工夫，由偏而全地將天賦之性（智性 ↔ 仁性）加以發揮，這

樣才可以「成己」（盡其性、盡人之性）、「成物」（盡物之性），而臻於「贊天地之化育，與天地參」的最高理想；這是學者努力的目標，也是天職。

總結起來看，〈中庸〉義理的「多」、「二」、「一（0）」的螺旋結構，都含藏在這一章，它可用下圖來表示：

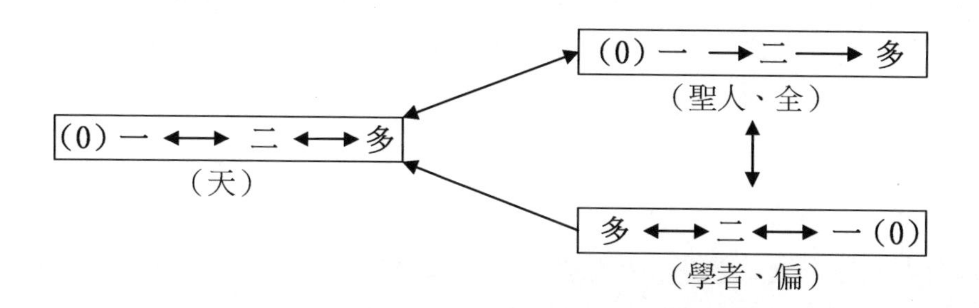


很顯然地，這和《周易》、《老子》全著眼於天道來說的，不但有所不同，而且又將重心落到「人」之上，以確定「人」與「天地參」之地位，為人類「成已」（純化人倫社會）、「成物」（改善物質環境）之永恆努力，鋪成了以「一誠流貫」一條康莊大道；這是〈中庸〉思想的最大特色。因此唐君毅說：

> 人之為物，能窮理盡性，以極其所感通之量，而仁至義盡，亦即與天地之陰陽乾坤之道合德，而達於其性命之原之天命者也。此即〈易傳〉、〈中庸〉之以「大人與天地合其德」，以人盡其性即人盡人性、物性而贊天地之化育，以文王之德之純，比同於天之「於穆不已」之論所由出也。[116]

116《中國哲學原論．導論篇》，頁 539。

而徐復觀也以為：

> （〈中庸〉）說「誠者非自（僅）成己而已也，所以成物也」，因為誠則與己與天合一，因而即與物合一，自然人與物同時完成。所以又說「合外內之道也」。內是己，而外是物。把成就人與物，包含於個人的人格完成之中，個體的生命，與群體的生命，永遠連接在一起，這是中國文化最大的特性。……因為人性中有此要求，所以人便可以向此方向作永恆的努力。而人類的前途，即寄託在這種永恆努力之上。[117]

所謂「人性中有此要求」，所謂「這種永恆的努力」，就奠基於〈中庸〉義理之「多」、「二」、「一（0）」的螺旋結構之上。

總結起來看，〈中庸〉的作者在這篇文章裡，直接承襲孔子的仁、知（智）思想，並間接受到《周易》、《老子》宇宙生成論之影響，而特地將重心由「天」降於「人」的身上，用「天命之性」（含「知〔智〕」性與「仁」性），從內在來貫通天人、物我，為人類「修道」（教）以「成己」（純化人倫社會）、「成物」（改善物質環境）的一條大路，尋得「真實無妄」的源頭——「至誠」與其「悠久無疆」的歸趨——「與天地參」，而在其層次邏輯上，又形成層層天人互動、循環而提升之「多」、「二」、「一（0）」螺旋結構，以呈現「一誠流貫」的完整歷程。這可說是「驚天動地」[118]的一件大事，是值得大家大聲喝采的。

綜上所述，可知「邏輯層次系統」，就同一層面而言，初由多樣的「二元對待」與「包孕」（含對比與調和）帶動陰陽的動力，以建立其

---

117《中國人性論史．先秦篇》，頁 152。

118 徐復觀語，見《中國人性論史．先秦篇》，頁 119。

互動、含容基礎，此為起點；再由「移位與轉位」造成秩序與變化，以推進其循環作用，此為過程；然後由「『多』、『二』、『一（0）』」形成聯貫與統一，以呈現由互動、循環而提升的螺旋結構，這是終點。這種由「起點」而「過程」而「終點」的完整歷程，可由《周易》與《老子》、《禮記．中庸》等哲學典籍中找出它的理論根源，不但可藉以貫通事事物物，也使得「層次邏輯系統」一樣在哲學與文學中產生紐帶的作用。

# 第三章
# 文學的「多」、「二」、「一（0）」螺旋結構（一）——章法

「多」、「二」、「一（0）」螺旋結構在文學上之表現，是多方面的。以下就落在辭章這一環，聚焦於「章法」與「意象」兩方面，分兩章作探討，以見一斑。其中「多」、「二」、「一（0）」螺旋結構在「章法」上，可由「章法規律」與「章法結構」兩層加以探討，以見出其呈現之究竟。茲分述如下：

## 第一節　章法規律與「多」、「二」、「一（0）」螺旋結構

所謂「章法」，探討的是篇章內容的邏輯結構，也就是聯句成節（句群）、聯節成段、聯段成篇的關於內容材料之一種組織。因此對它的注意，是極早的，但集樹而成林，確定它的範圍、內容及原則，形成體系，而成為一個學門，則是晚近之事[1]。到了現在，可以掌握得相當

---

1　鄭頤壽：「臺灣建立了『辭章章法學』的新學科，成果豐碩，代表作是臺灣師大博士生導師陳滿銘教授的《章法學新裁》（以下簡稱『新裁』）及其高足仇小屏、陳佳君等的一系列著作。……臺灣的辭章章法學體系完整、科學，已經具備成『學』的資格。」見〈中華文化沃土，辭章學圃奇葩——讀陳滿銘《章法學新裁》及其相關著作〉，《海峽兩岸中華傳統文化與現代化研討會文集》（蘇州市：「海峽兩岸中華傳統文化與現代化研討會」，2002 年 5 月），頁 131-139。又，王希杰：「『章法』一詞是多義的。『章法』是文章之法，但是，有兩種『章法』。一種是客觀存在的『章法』，它顯然是與文章同時出現的。有文章就有章法，不同的文章有不同的章法，但是沒有完全沒有章法的文章，不過是章法的好和壞罷了。另一種『章法』，是研究者的認

清楚的章法，約有四十種。這些章法，全出自於人類共通的理則，由邏輯思維形成[2]，都具有形成秩序、變化、聯貫，以更進一層達於統一的功能。而這所謂的「秩序」、「變化」（多）、「聯貫」（二）、「統一」（一0），便是章法的四大律。其中「秩序」、「變化」與「聯貫」三者，主要是就材料之運用來說的，重在分析；如與「多」、「二」、「一（0）」螺旋結構對應，乃屬於「多」、「二」。而「統一」，主要是就情意（含風格）之表出來說的，重在通貫；如與「多」、「二」、「一（0）」螺旋結構對應，則屬於「一（0）」。這樣兼顧局部的分析（材料）與整體的通貫（情意、風格），來牢籠各種章法，是十分周全的。

## 一　秩序律與「多」、「二」、「一（0）」螺旋結構

所謂「秩序」，是將材料依序加以整齊安排的意思。任何章法都可依循此律，經由「移位」（順、逆）而形成其先後順序。茲舉較常見的十幾種章法來看，它們可就其先後順序，形成如下結構：

1. 今昔法：「先今後昔」、「先昔後今」。
2. 遠近法：「先近後遠」、「先遠後近」。
3. 大小法：「先大後小」、「先小後大」。
4. 本末法：「先本後末」、「先末後本」。
5. 虛實法：「先虛後實」、「先實後虛」。

---

識或主張，是知識和理論，是文章的研究者的辛勤勞動的成果，它當然是文章出現後的事情。後一種『章法』，即對章法的研究，也是早就有了的，中國古人對章法的論述很多，但是『章法學』的誕生是比較晚的事情。……章法學已經初步形成了一門科學。陳滿銘教授初步建立了科學的章法學體系。」見《章法學門外閑談》，《國文天地》18 卷 5 期（2002 年 10 月），頁 92-95。

2 吳應天：《文章結構學》（北京市：中國人民大學出版社，1989 年 8 月一版三刷），頁 345。

6. 賓主法：「先賓後主」、「先主後賓」。
7. 正反法：「先正後反」、「先反後正」。
8. 敲擊法：「先敲後擊」、「先擊後敲」。
9. 立破法：「先立後破」、「先破後立」。
10. 平側法：「先平後側」、「先側後平」。
11. 凡目法：「先凡後目」、「先目後凡」。
12. 因果法：「先因後果」、「先果後因」。
13. 情景法：「先情後景」、「先景後情」。
14. 論敘法：「先論後敘」、「先敘後論」。
15. 底圖法：「先底後圖」、「先圖後底」。

這些經由「順」或「逆」之「移位」所形成的結構，隨處可見，如孟浩然〈宿桐廬江寄廣陵舊遊〉詩：

山暝聽猿愁，滄江急夜流。風鳴兩岸葉，月照一孤舟。建德非吾土，維揚憶舊遊。還將兩行淚，遙寄海西頭。

據詩題，可知此詩為作者乘舟停泊桐廬江畔時所作，旨在抒發自己對揚州（廣陵）友人的懷念之情與自己的身世之感（愁）[3]，是以「先底後圖」的結構寫成的。「底」（背景）的部分，為「山暝」三句，一面就視覺，將空間推擴，呈現了黃昏時的山色、江流與岸樹；一面又訴諸聽覺，依序寫山上猿啼、江中急流、風吹岸樹的幾種聲音；把作者在舟上所面對的空間，蒙上一片「愁」的況味，為底下「孤舟」上主人翁

3　喻守真：《唐詩三百首詳析》（臺北市：臺灣中華書局，1996 年 4 月臺二十三版五刷），頁 161。

（作者）的抒情，作有力的烘托，十足地發揮了「底」（背景）的作用。而「圖」（焦點）的部分，則為「月照」五句，用「先點後染」順序來寫。其中「孤舟」句，經由「月」之照，將焦點集中在「孤舟」上的作者身上，作為抒發懷念之情的落足點，為「點」的部分。「建德」二句，指此地（桐廬）不是自己的故鄉（賓），以加強對揚州舊遊的懷念（主），所謂「雖信美而非吾土兮，曾何足以少留」（王粲〈登樓賦〉），使「愁」又加深一層；而「還將」二句，則由泛而具，透過凝想，將自己的眼淚遠寄到揚州，大力地深化對揚州舊友的思念之情（愁）；這是「染」的部分。作者就這樣，主要以「先底後圖」（篇）和「先點後染」、「先賓後主」、「先泛後具」（章）的結構，形成「秩序」來寫，寫得「旅況寥落」、「情深語摯」[4]，極為動人。附結構分析表如下：

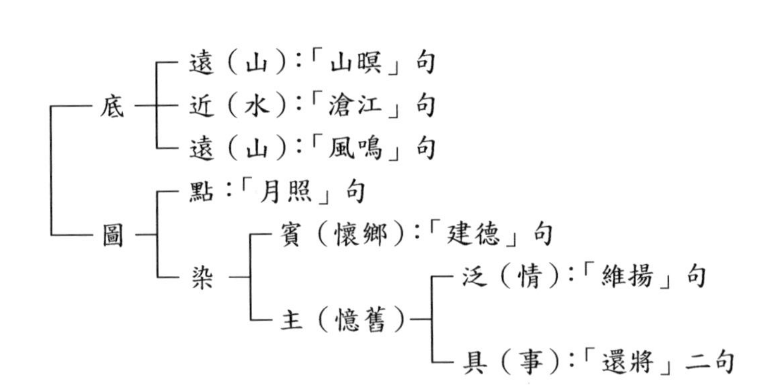


可見此詩，除了用一個「遠、近、遠」的轉位[5]結構外，主要用了「先底後圖」、「先點後染」、「先賓後主」、「先泛後具」等移位結構。也就是說，「秩序」（移位）中雖有「變化」（轉位），但還是以「秩序」（移位）為主，而且全部都是屬於調和性的結構，這對懷舊之情，是有深化

4 高步瀛：《唐宋詩舉要》（臺北市：學海出版社，1973 年 2 月初版），頁 438-439。

5 仇小屏：〈論辭章章法的移位、轉位及其美感〉，《辭章學論文集》上（福州市：海潮攝影藝術出版社，2002 年 12 月一版一刷），頁 98-122。

作用的。其分層簡圖如下：

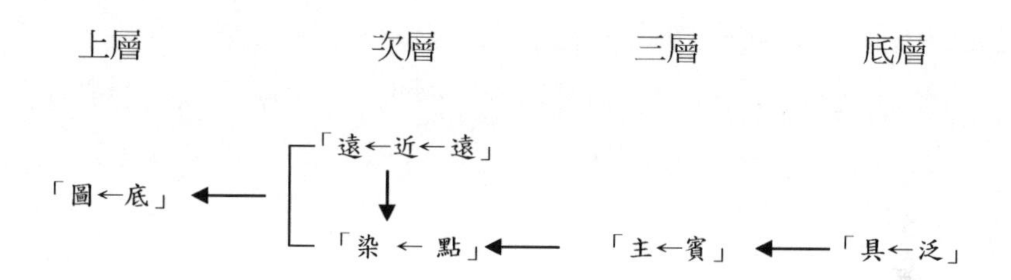


這些，如對應於「多、二、一（0）」，則以「泛具」、「遠近」、「賓主」、「點染」等各一疊所形成之結構與節奏（韻律）為「多」、一疊「圖底」所形成之結構為「二」，即核心結構，藉以徹下徹上；而以懷舊（含思鄉）之情、「清而不寒」[6]之風格與其所串成之一篇韻律，為「一（0）」。

又如王維的〈輞川閑居贈裴秀才迪〉詩：

> 寒山轉蒼翠，秋水日潺湲。倚杖柴門外，臨風聽暮蟬。渡頭餘落日，墟里上孤煙。復值接輿醉，狂歌五柳前。

此詩乃作者與裴迪秀才相酬為樂之作。在一特定時空之下，作者藉自然景物與人物形象之刻畫，以寫自己閒適之情。它一面在首、頸兩聯，具體描繪了「輞川」附近的水陸秋景與暮色，勾勒出一幅有色彩、音響和動靜的和諧畫面；另一面又在頷、末兩聯，於一派悠閒之自然圖案中，很生動地嵌入了作者自己倚杖聽蟬，和裴迪狂歌而至的人事景象；使兩者相映成趣，而形成了物我一體的藝術境界。李浩說此詩「全詩具有時間的特指〔『落日』時分〕和空間位置的具體固定，通過

6　沈家莊評析，見《歷代名篇賞析集成》上（北京市：中國文聯出版公司，1988 年 12 月一版一刷），頁 618。

『〔柴門〕外』、『〔渡〕頭』、『〔墟〕里』、『〔五柳〕前』等方位名詞，勾勒出景物的相互位置關係，景物具有空間開發性，既活潑無礙，又彼此依存，是構成整個畫面諧調的一個部分。讀這樣的詩，應該在一個時間的片刻裡從空間上去理解作品，把握詩人用最高的藝術手腕所凝定下來的富有包孕性的瞬間印象」[7]，這種體會十分深刻。附結構分析表如下：

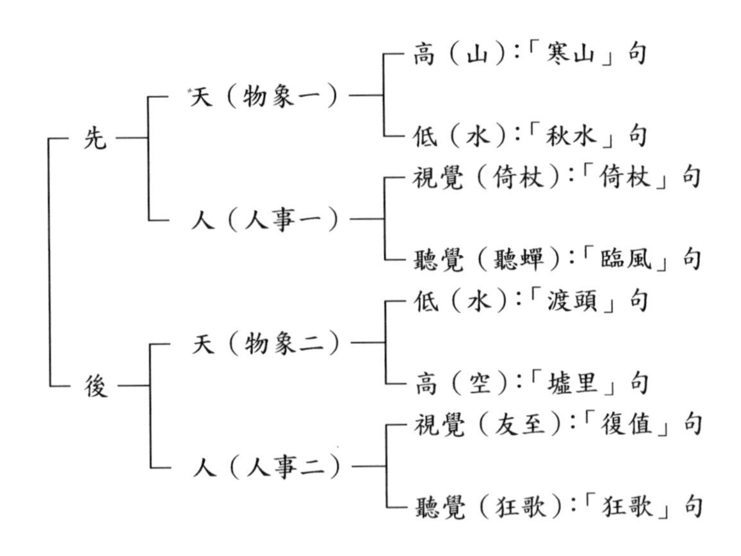


可見此詩主要以「今（後）昔（先）」、「天（物象）人（人事）」、「遠近」、「高低」與「知覺（視、聽）轉換」等章法，形成其移位結構，以「調和」全詩。其中除「今昔」之外，又將「天人」、「高低」、「知覺轉換」組成雙疊的形式，以增添其節奏流轉之美；尤其是天與人對照，將空間拓大，又擴展了氣象；這些都強化了作者閒逸之趣。其分層簡圖如下：

---

7　李浩：《唐詩的美學闡釋》（合肥市：安徽大學出版社，2000 年 4 月一版一刷），頁 255。

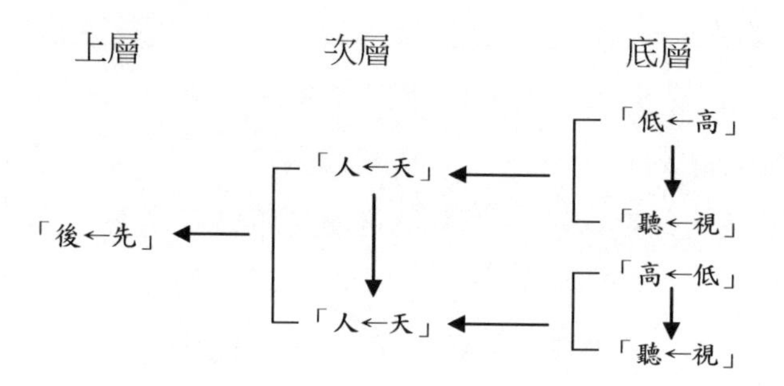


這些，如對應於「多、二、一（0）」，則以「遠近」、「高低」（二疊）與「知覺（視、聽）轉換」（二疊）等章法所形成之移位結構與節奏（韻律），算是「多」；以二疊「天人」（含「今（後）昔（先）」）自為陰陽所形成之移位結構與節奏（韻律），以徹下徹上，算是「二」；以「閒適之趣」之主旨與所形成之飄逸風格、韻律，算是「一（0）」。高步瀛說此詩「自然流轉，而氣象又極闊大」[8]，道出了本詩的特色。

這種合於「秩序」的移位結構，無論順、逆，都是作者將寫作材料，訴諸人類求「秩序」的心理，經過邏輯思維，予以組合而成的。松山正一著、歐陽鍾仁譯的《教師啟發學童思考能力的方法》一書中列有幾種方法，如「有條理地啟發學生的思考」、「藉分析事理啟發學生的思考」、「藉因果關係啟發學生的思考」、「藉知識的結構啟發學生的思考」[9]，都與此有關。而多湖輝所著的《全方位思考方法》一書更針對著逆向思考，提出「站在完全相反的立場來思考」的主張[10]。而這「順」和「逆」的思考，如反映在小學生的作文上，據調查是這樣子的：

---

8 《唐宋詩舉要》，頁 422。

9 松山正一著、歐陽鍾仁譯：《教師啟發學童思考能力的方法》（臺北市：幼獅文化事業公司，1989 年 7 月七版），頁 15-19、85-88、104-107、126-129。

10 多湖輝：《全方位思考法》（臺北市：萬象圖書公司，1994 年 7 月初版一刷），頁 101-106。

> 六年級學生的作文，順敘佔 87.61%，插敘佔 3.54%，倒敘佔 8.85%。小學生基本上只能運用順敘法。據黃仁發等的調查三年級學生只會順敘，五年級會插敘的佔 2.28%，個別學生作文有倒敘的萌芽，即開頭一、二句把後面的事情提前說。[11]

可知「順」的思考，對作者（學生）而言，遠比「逆」者的發展為早、為易。

不過，無論「順」、「逆」，如就圖與底、遠與近、點與染、賓與主、泛與具等相應之陰陽二元來說，它們的結合關係就是「反復」，亦即「齊一」的形式。陳望道說：

> 形式中最簡單的，是反復（Repetition）。反復就是重複，也就是同一事物的層見疊出。如從其它的構成材料而言，其實就是齊一。所以反復的法則同時又可稱為齊一（Uniformity）的法則。這種齊一或反復的法則，原本只是一個極簡單的形式，但頗可以隨處用它，以取得一種簡純的快感。[12]

所謂「形式」，乃指「事物所有的結合關係」[13]，而如所謂「先甲後乙」者，指的就是形成秩序的「甲」與「乙」（同一事物）之結合，由此可見，章法所說的「秩序」，從另一角度說，就是「反復」、「齊一」，這種思考邏輯，是人人都有用的。對這種「反復」或「齊一」，歐陽周、

---

11 朱作仁、祝新華：《小學語文教學心理學導論》（上海市：上海教育出版社，2001 年 5 月一版一刷），頁 195。

12 陳望道：《美學概論》（臺北市：文鏡文化事業公司，1984 年 12 月重排初版），頁 61-62。

13 陳望道：《美學概論》，頁 60。

顧建華、宋凡聖等在其《美學新編》中則稱為「整齊一律」，結合「節奏與秩序」，作了如下說明：

> 又稱單純一致、齊一、整一，是一種最常見、最簡單的形式美。它是單一、純淨、重複的，不包含差異或對立的因素，給人一種秩序感。顏色、形體、聲音的一致或重複，就會形成整齊一律的美。農民插秧，株距相等，橫直成行；建築物採用同樣的規格，長短，高矮相同，門窗排列劃一；在軍事檢閱中，戰士們排成一個個人數相等的方陣，戰士的身材、服裝、步伐、敬禮的動作、歡呼的口號聲完全一致，都表現了一種整齊一律的美。我們常見的二方或多方連續的花邊圖案，在反復中體現出一定的節奏感，也屬於齊一的美。這種形式美給人一種質樸、純淨、明潔和清新的感受。[14]

可見「齊一」或「反復」會形成簡單「節奏」，而「給人一種秩序感」的。這對思考邏輯而言，當然十分有用。由此可見，章法的秩序律與邏輯思維，乃系出一源，其關係自然是十分密切的。

可見「秩序律」在「多」、「二」、「一（0）」螺旋結構中，是藉其「移位」作用而形成「多」或「二」的基礎。

## 二　變化律與「多」、「二」、「一（0）」螺旋結構

所謂「變化」，是把材料的次序加以參差安排的意思。每一章法依循此律，也都可經由「轉位」而造成順、逆交錯的效果。同樣以上舉十

14 歐陽周、顧建華、宋凡聖編著：《美學新編》（杭州市：浙江大學出版社，1993 年 3 月一版九刷），頁 76。

幾種常見章法來看，可形成如下結構：

1. 今昔法：「今、昔、今」、「昔、今、昔」；
2. 遠近法：「遠、近、遠」、「近、遠、近」；
3. 大小法：「大、小、大」、「小、大、小」；
4. 本末法：「本、末、本」、「末、本、末」；
5. 虛實法：「虛、實、虛」、「實、虛、實」；
6. 賓主法：「賓、主、賓」、「主、賓、主」；
7. 正反法：「正、反、正」、「反、正、反」；
8. 抑揚法：「抑、揚、抑」、「揚、抑、揚」；
9. 立破法：「立、破、立」、「破、立、破」；
10. 平側法：「平、側、平」、「側、平、側」；
11. 凡目法：「凡、目、凡」、「目、凡、目」；
12. 因果法：「因、果、因」、「果、因、果」；
13. 情景法：「情、景、情」、「景、情、景」；
14. 論敘法：「論、敘、論」、「敘、論、敘」；
15. 底圖法：「底、圖、底」、「圖、底、圖」。

這些「順」和「逆」交錯的「轉位」結構，也隨處可見。如李白的〈登金陵鳳凰臺〉詩：

> 鳳凰臺上鳳凰遊，鳳去臺空江自流。吳宮花草埋幽徑，晉代衣冠成古邱。三山半落青天外，二水中分白鷺洲。總為浮雲能蔽日，長安不見使人愁。

這首詩藉作者登臺之所見所感，以寫其身世之悲與家國之痛[15]。它首先在起聯，扣緊「金陵鳳凰臺」，突出登臨之地點，用「遊」與「去」寫其盛衰，以寓興亡之感；這是頭一個「圖」的部分，是以對比性結構來呈現的。接著在頷、頸兩聯，前以「吳宮」二句，就近寫今日所見「幽徑」與「古丘」之「衰」景，而用「吳宮花草」與「晉代衣冠」帶入昔日之「盛」況，形成強烈對比，以深化興亡之感，這又是以對比性結構來呈現；後以「三山」二句，將空間拓大，就遠寫今日所見「三山」與「二水」一直延伸到「長安」的山水勝景；這對上敘的「臺」或下敘的「人」〔不見長安之作者〕而言，均有烘托、襯映的作用，是「底」的部分，這是以調和性結構來呈現的。最後在尾聯，聚焦到自己身上，以「浮雲」之「蔽日」，譬眾邪臣之蔽賢，「長安」之「不見」，喻己之謫居在外，既為自己被排擠出京而憤懣，又為唐王朝將重蹈六朝覆轍而憂慮；這是後一個「圖」的部分，這又是以調和性結構來呈現的。附結構分析表：

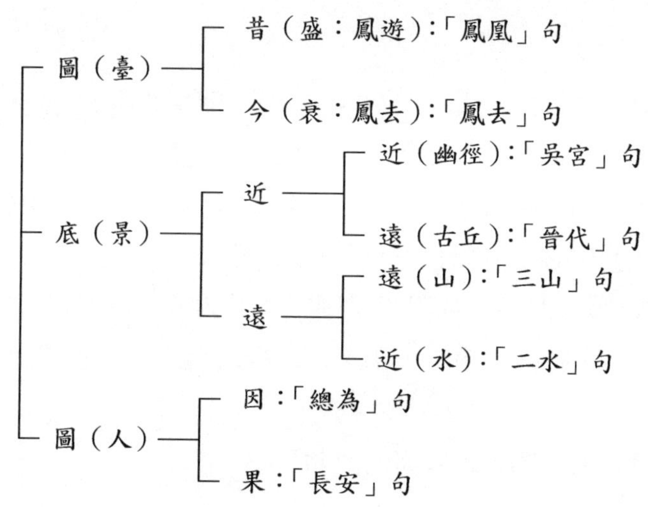


15　袁行霈評析，見《唐詩大觀》（香港：商務印書館香港分館，1986 年 1 月一版二刷），頁 329。

由上述可看出，作者此詩，經過「邏輯思維」，就「篇」而言，以「圖、底、圖」調和中有對比的轉位結構，形成其條理；就「章」而言，以「先昔後今」、「先近後遠」、「先遠後近」與「先因後果」等，融合對比性與調和性兩種移位結構，形成其條理。而且其中「順」和「逆」並用而產生變化的，除「圖、底、圖」外，還有中間兩聯所形成的「近、遠、近」，這又增加了對比的強度。如此一來，在對比、變化中就帶有調和、整齊，而在調和、整齊中又含有對比、變化，其「邏輯思維」之精細，是值得人讚賞的。其分層簡圖如下：

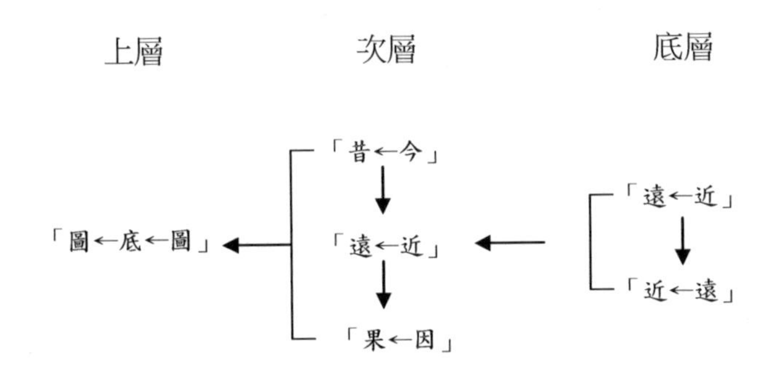


這樣，如對應於「多、二、一（0）」來說，則顯然地，「多」是指以「今昔」（一疊）、「遠近」（三疊）、「因果」（一疊）所形成的兩層移位性調和結構與節奏（韻律），「二」是指以「圖底」自為陰陽徹下徹上所形成的轉位性核心結構與節奏（韻律），而「一（0）」則是指此詩表「身世之悲與家國之痛」的主旨與所形成「柔中寓剛」之風格、韻律。這種「柔中寓剛」之風格、韻律，和李白「豪放飄逸」的整體詩風[16]，是一致的。

又如杜甫的〈聞官軍收河南河北〉詩：

16 周振甫：《文學風格例話》（上海市：上海教育出版社，1989 年 7 月一版一刷），頁 103。

劍外忽傳收薊北，初聞涕淚滿衣裳。卻看妻子愁何在，漫捲詩書喜欲狂。白日放歌須縱酒，青春作伴好還鄉。即從巴峽穿巫峽，便下襄陽向洛陽。

這首詩旨在寫「聞官軍收河南河北」時「喜欲狂」之情，是以「先點後染」的結構寫成的，而「染」又自成「目、凡、目」的結構類型。它「首先在起聯，針對題目，寫『聞官軍收河南河北』時自己喜極而泣的情形，藉『忽傳』、『初聞』寫事出突然，藉『涕淚滿衣裳』具寫喜悅；接著在頷聯，採設問的形式，由自身移至妻子身上，寫妻子聞後狂喜的情狀，很技巧地以『卻看』作接榫，帶出『漫捲詩書』作具體之描寫。以上全用以實寫『喜欲狂』，為『目一』的部分。而緊接著『漫捲詩書』而來的『喜欲狂』三字，正是一篇的主旨所在，為『凡』部分。繼而在頸聯，由實轉虛，以『放歌縱酒』上承『喜欲狂』、『作伴好還鄉』上承『妻子』，寫春日攜手還鄉的打算（時）；最後在結聯，緊接上聯『還鄉』之打算，一口氣虛寫還鄉所準備經過的路程（空）。以上全用以虛寫『喜欲狂』，為『目二』的部分。如此，由『忽傳』而『初聞』、『卻看』而『漫捲』、『即從』而『便下』，以單軌一氣奔注[17]，將自己與妻子『喜欲狂』的心情，描摹得真是生動極了。」[18] 這樣，全詩就維持一致的情意了。附結構分析表如下：

17 趙山林：《詩詞曲藝術論》（杭州市：浙江教育出版社，1998 年 6 月一版一刷），頁 124。

18 陳滿銘：《章法學新裁》（臺北市：萬卷樓圖書公司，2001 年 1 月初版），頁 383。

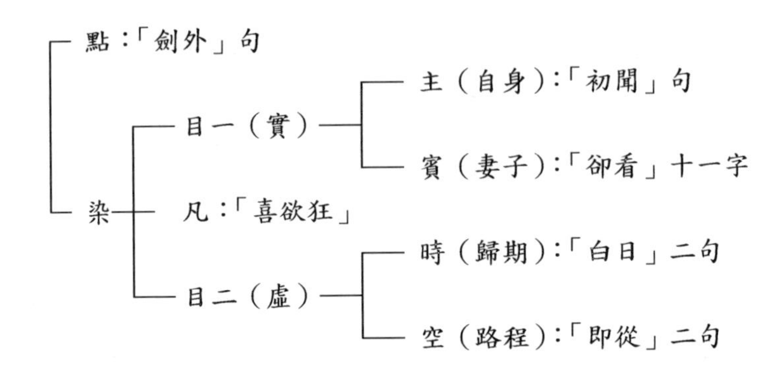


由此看來，此詩結構，主要除了用「目（實）、凡、目（虛）」（篇）的轉位結構外，也用「先點後染」、「先主後賓」、「先時後空」（章）等的移位結構，以組合篇章，使全詩前後呼應，亦即「目」（實）與「目」（虛）、「因」與「果」、「賓」與「主」、「時」與「空」作局部之呼應，而以「凡」（喜欲狂）統攝一「實」一「虛」的兩個「目」，以統一全詩的情意。其分層簡圖如下：

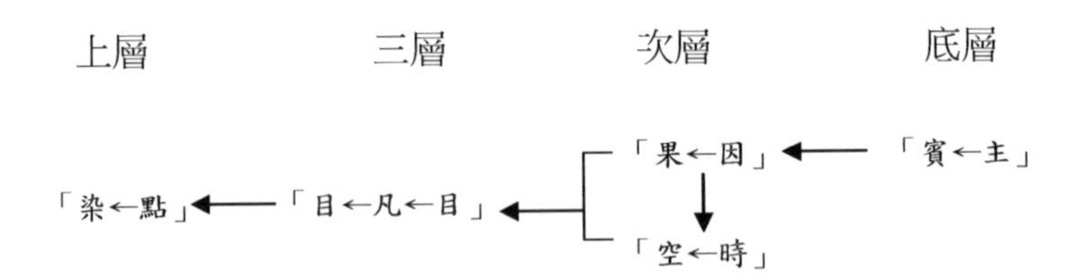


如對應於「多、二、一（0）」來看，則由「因果」、「時空」、「賓主」各一疊所形成之移位性調和結構與節奏（韻律），可視為「多」，由「凡目」自為陰陽徹下徹上所形成之變化（轉位）性結構與節奏（韻律），可視為「二」，而由此呈現的「喜欲狂」之主旨與「酣暢飽滿」[19] 的風格、韻律，則可視為「一（0）」。

19《詩詞曲藝術論》，頁 241。

在此，值得注意的是：「漫卷詩書」的人，通常都以為是杜甫自己[20]，其實，「漫卷詩書」是妻子（賓）的動作，乃「愁何在」這一「問」之「答」，也就是「妻子」愁雲煙消雲散的具體憑據。這和詩人自己（主）「涕淚滿衣裳」的樣子，正好構成了一幅家人「喜欲狂」的畫面。如此以賓（妻子）主（詩人自己）來切入此詩，似乎比較能使前後平衡，而且「一以貫之」，而合於章法之聯貫原理。

這種將「順」和「逆」結合在一起所形成的轉位結構，比起單「順」與單「逆 」者，要來得複雜而有變化。而這種變化，可說源自於人類要求變化的心理，陳望道在其《美學概論》中說：

> 人類心理卻都愛好富於變化的刺激，大抵喚取意識須變化，保持意識的覺醒狀態也是需要變化的。若刺激過於齊一無變化，意識對它便將有了滯鈍、停息的傾向。在意識的這一根本性質上，反復的形式實有顯然的弱點。反復到底不外是同一（縱非嚴格的同一，也是異常的近似）狀態之齊一地刺激著我們的事。反復過度，意識對於本刺激也便逐漸滯鈍停息起來，移向那有變化有起伏的別一刺激去的趨勢。[21]

因此這類富於變化的結構（條理），是完全能切合他（她）們的邏輯思考與心理的。這種求變的思考心理，如反映在小學生的作文上，據調查是這樣子的：

> 張宏熙等發現，不同的題材，學生對結構層次的安排不一樣，寫

20 如史雙元之說，見《中學古詩文鑑賞辭典》（南京市：江蘇古籍出版社，1988 年 7 月一版一刷），頁 68。又如霍松林之說，見《唐詩大觀》，頁 543。

21《美學概論》，頁 63-64。

> 一件事，最喜歡用「一詳一略」來反映的佔 21.6%；任何題材，都喜歡結構多變的佔 58.9%。學生喜歡結構多變的原因，是這種作文內容隨意，不必考慮獨特的開頭，巧妙的結尾，形式隨便。總之，學生作文的結構層次，已從統一固定的模式，向靈活多變的模式過渡。[22]

由「齊一」而求「變化」，是人共通的心理。唯有求變化，才能提升人的思考能力，而使頭腦保持靈活。多湖輝在其《全方位思考方法·序》中，就由個人生活的角度切入說：

> 如何克服生活呆板化，是一般人最困擾的，唯有從「改變生活的空間」、「改變生活的時間」、「改變生活的習慣」著手，隨時隨地多多從各個角度觀看事物，甚至反習慣思考日常生活中理所當然的成規，一旦努力嘗試，養成處處腦力激盪的習慣，這樣自我訓練，就能常保思想靈活，創意便不會枯竭了。[23]

而「變化」比起「秩序」來，是會形成較複雜之「節奏」的，歐陽周、顧建華、宋凡聖等在其《美學新編》中就針對由「變化」所引生的「節奏」，加以解釋說：

> 節奏是一種連續的合規律的週期性變化的運動形式。郭沫若說：「把心臟的鼓動和肺臟的呼吸，認為節奏的起源，我覺得很鞭辟近裡了。」是有道理的。世界上沒有一樣事物是沒有節奏的：日

---

22《教師啟發學童思考能力的方法》。
23《全方位思考方法·序》，頁（序）2。

> 出日沒，月圓月缺，寒往暑來，四時代序，這是時間變化上的節奏；日作夜眠，起居有序，有勞有逸，這是人們日常生活上的節奏；人體的呼吸、脈搏、情緒乃至思維，都像生物鐘一樣，是一種有節奏的生命過程。當外在環境的節奏與人的機體的律動相協調時，人的生理就會感到快適，並引起心理上的喜悅。[24]

可見時空或生活變化，甚至生命過程之變化，都會引起「節奏」，與人之生理律動相協調，產生「心理上的喜悅」。而這種由「變化」、「節奏」所引起的「心理上的喜悅」，說的正是美感效果。這種美感效果，對思考邏輯而言，是有正面的作用的。足見變化性的邏輯思維對人生活的影響之大，而要開啟這扇大門，由章法而掌握其規律，無疑是最好的一把鑰匙。

可見「變化律」在「多」、「二」、「一（0）」螺旋結構中，是藉其「轉位」作用而形成「多」或「二」的基礎。

## 三　聯貫律與「多」、「二」、「一（0）」螺旋結構

「所謂『聯貫』，是就材料先後的銜接或呼應來說的，也稱為『銜接』。無論是哪一種章法，都可以由局部的『調和』與『對比』，形成銜接或呼應，而達到聯貫的效果。在三十幾種章法中，大致說來，除了貴與賤、親與疏、正與反、抑與揚、立與破、眾與寡、詳與略、張與弛……等，比較容易形成『對比』外，其他的，如今與昔，遠與近、大與小、高與低、淺與深、賓與主、虛與實、平與側、凡與目、縱與收、因與果……等，都極易形成『調和』的關係。」[25] 一般說來，辭章裡全

---

24《美學新編》，頁 78-79。

25 陳滿銘：〈論辭章章法的四大律〉，《辭章學論文集》上，頁 68-77。

篇純然形成「對比」者較少，而在「對比」（主）中含有「調和」（輔）者則較常見；至於全篇純然形成「調和」者則較多；而在「調和」（主）中含有「對比」（輔）者，則較少見；這種情形，尤以古典詩詞為然。不過，無論怎樣，都可以收到前後呼應、聯貫為一的效果[26]。如無名氏的〈子夜歌〉：

儂作北辰星，千年無轉移。歡行白日心，朝東暮還西。

這首詩旨在寫怨情，它首先從正面寫，將自己（思婦）的感情譬作「北辰星」；然後由反面寫，將對方的歡行比為「白日」。如此作成「不變」（正）與「變」（反）的強烈對比，以表出強烈怨情[27]。可見此詩主要以正反形成對比，而使前後文聯貫在一起。附結構分析表如下：

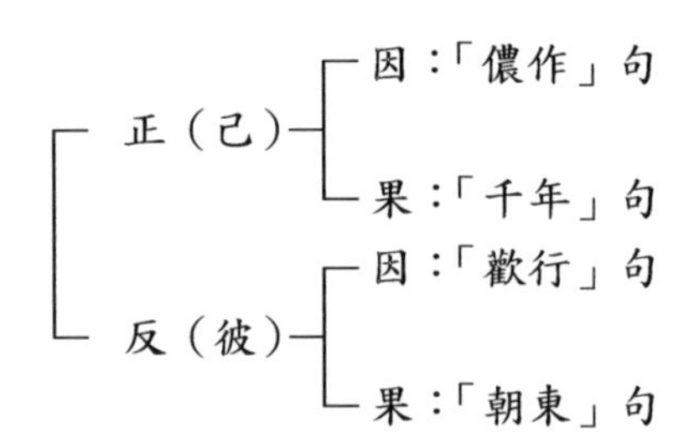


其實，「調和」與「對比」兩者，並非永遠都如此，而固定不變。所謂的「調和」，在某個層面來看，指的乃是「對比」前的一種「統一」；而所謂的「對比」，或稱「對立」，如著眼於進一層面，則形成的又是

26 除此效果外，「對比」與「調和」還可以影響一篇辭章之風格，通常「對比」會使文章趨於陽剛，而「調和」則會使文章趨於陰柔。參見仇小屏：《古典詩詞時空設計美學》（臺北市：文津出版社，2002 年 11 月初版一刷），頁 323-331。

27 樂秀拔、龔曼群分析，見《古詩鑒賞辭典》（北京市：中國婦女出版社，1998 年 12 月一版二刷），頁 1126。

「調和」或「統一」的狀態；兩者可說是一再互動、循環，而形成「螺旋結構」的。其分層簡圖如下：

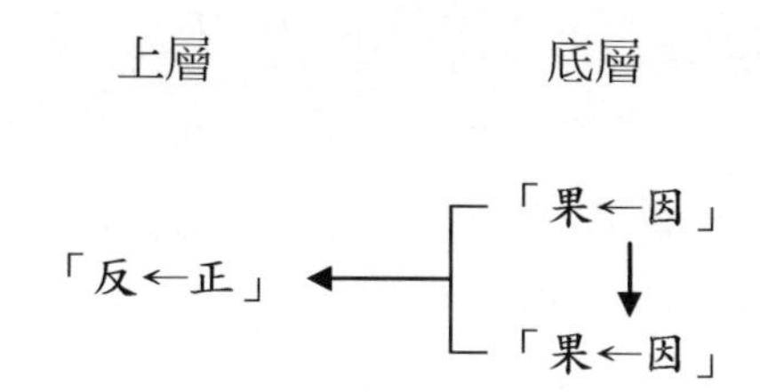


掌握了這個圖，則此詞「多、二、一（0）」之結構，就一清二楚，那就是：「多」指的是用「因果」二疊）所形成的調和性結構與節奏（韻律），「二」指的是「正反」自為陰陽徹下徹上所形成對比性的核心結構與節奏（韻律），「一（0）」指的是「抒發失戀後的痛苦怨恨知情」的主旨與「鮮明生動」[28]之風格、韻律。

又如李文炤的〈儉訓〉：

> 儉，美德也，而流俗顧薄之。
>
> 貧者見富者而羨之，富者見尤富者而羨之。一飯十金，一衣百金，一室千金，奈何不至貧且匱也？每見閭閻之中，其父兄古樸質實，足以自給，而其子弟羞向者之為鄙陋，盡舉其規模而變之，於是累世之藏，盡費於一人之手。況乎用之奢者，取之不得不貪，算及錙銖，欲深谿壑；其究也，諂求詐騙，寡廉鮮恥，無所不至；則何若量入為出，享恆足之利乎？且吾所謂儉者，豈必一切捐之？養生送死之具，吉凶慶弔之需，人道之所不能廢，稱

---

28　王增文評析，見《樂府詩鑑賞辭典》（鄭州市：中州古籍出版社，1992 年 1 月一版 3 刷），頁 219-220。

情以施焉，庶乎其不至於固耳。

此文旨在勉人養成節儉美德，以免因奢侈浪費而寡廉鮮恥，無所不至，是用「先凡後目」的結構寫成的。「凡」的部分為起段，採開門見山的方式，提明「儉」是美德（正），而流俗卻反而輕視它（反），作為全篇總冒，以統攝下文。而「目」的部分，則先從反面論「流俗顧薄之」，即次段；然後回到正面來論「儉美德也」，即末段。就在論「流俗顧薄之」的次段，作者首以「貧者見富者」五句，泛論因奢侈而致「貧且匱」的道理；次以「每見閭閻之中」七句，舉常例來說明因奢侈而致敗家的必然後果；末則依序以「況乎用之」四句，指出「奢者」之慾望無窮，以「其究也」四句，指出這樣的結果是「寡廉鮮恥，無所不至」，以「則何若」二句，由反面轉到正面，勸人節儉以享恆足之利。至於論「儉美德也」的末段，作者特以「且無所謂」二句作一激問，帶出「養生送死」四句的回答，指明「儉」不是要捐棄一切，而是要在「人道」上「稱情以施」，以免流於固陋。附結構分析表如下：

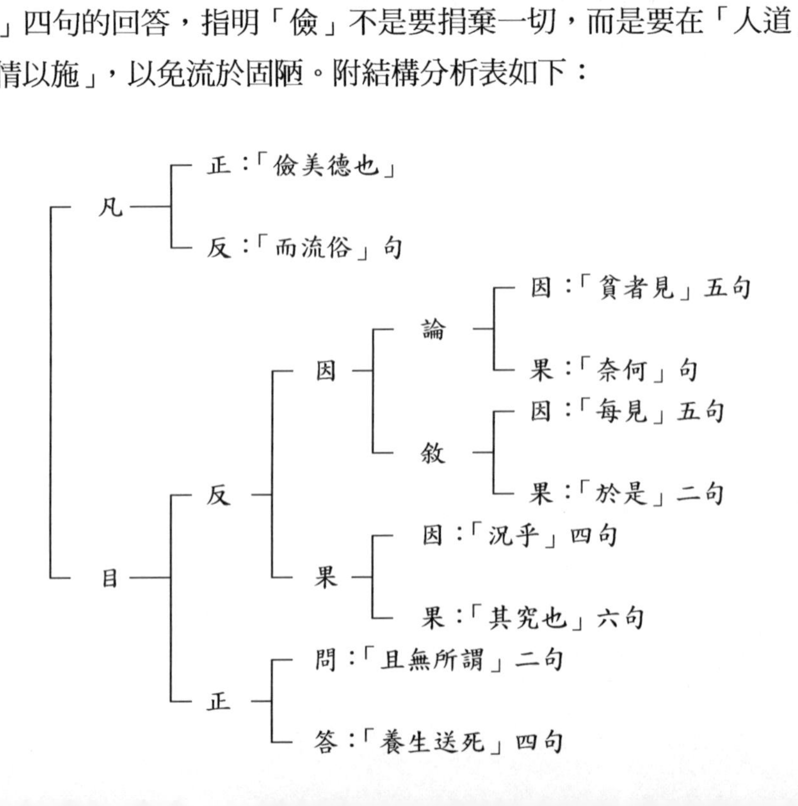

作者就這樣一面以「正」和「反」作成鮮明「對比」，以貫穿「凡」和「目」；一面又以「因」和「果」、「敘」和「論」、「問」和「答」，兩兩呼應，形成「調和」；使得此文在「對比」中帶有「調和」，將全部移位結構聯貫成一個整體，成功地闡發了「儉美德也」的道理。其分層簡圖如下：

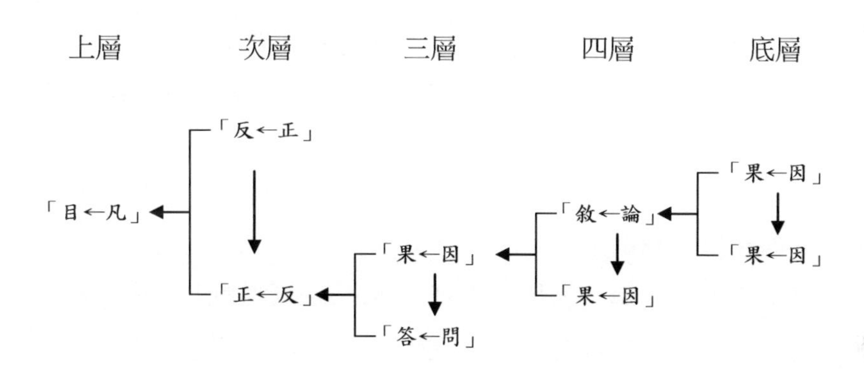


如對應於「多、二、一（0）」來看，以「因果」（四疊）、「敘論」（一疊）、「問答」（一疊）和「正反」（二疊）所形成層層之移位結構與節奏（韻律），是屬於「多」；以「凡目」自成陰陽所形成的核心（移位）結構與節奏（韻律），以徹下徹上，是屬於「二」；以結合形象思維與邏輯思維所凸顯的「儉美德也」的主旨與趨於嚴整雅健之風格、韻律，是屬於「一（0）」。

要使一篇辭章形成「調和」與「對比」，如果僅就局部（章）的組織來說，其思考基礎，和形成「秩序」或「變化」的，沒多大差異；如果落到整體（篇）之聯貫、統一而言，則顯然要複雜、困難多了。這從小學生思考發展的過程，可看出一點端倪。王耘、葉忠根、林崇德在《小學生心理學》中說：

> 在小學生辯證思考的發展中……有一定的順序性，是一個從簡單到複雜，從低級到高級的不斷提高的過程。……小學生對不同內容的辯證判斷的正確率不同。以「主要與次要」方面的正確率最高，接著依次是「內因與外因」方面，「現象與本質」方面，「部分與整體」方面，以「對立與統一」的內容方面最為薄弱。[29]

所謂「主要與次要」、「內因與外因」、「現象與本質」，涉及了「本末」、「深淺」、「內外」等章法；而「部分與整體」，則涉及了「凡目」、「偏全」等章法；至於「對立與統一」，所涉及的，正是「調和」與「對比」；它們依次是「從簡單到複雜的」，換句話說，它們大致是由「秩序」而「變化」而趨於「聯貫」的。

其實，「調和」與「對比」兩者，並非永遠都如此，固定不變。所謂的「調和」，在某個層面來看，指的乃是「對比」前的一種「統一」；而所謂的「對比」，或稱「對立」，如著眼於進一層面，則形成的又是「調和」或「統一」的狀態；兩者可說是一再互動、循環，而形成「螺旋結構」[30]的。所以邱明正在其《審美心理學》中說：

> 對立原則貫穿於整個審美、創造美的心理運動之中，它無處不在，無時不有。但是審美心理運動有矛盾對立的一面，又有矛盾統一的一面。人通過自覺或不自覺的自我調節，協調各種矛盾，可以由矛盾、對立趨於統一，並在主體審美心理上達於統一和

---

29 王耘、葉忠根、林崇德：《小學生心理學》（臺北市：五南圖書公司，1998 年 10 月臺初版二刷），頁 168。

30 兩種對立的事物，往往會產生互動、循環而提升的作用，而形成螺旋結構。參見陳滿銘：〈談儒家思想體系中的螺旋結構〉，臺灣師大《國文學報》29 期（2000 年 6 月），頁 1-34。

諧。例如主體對客體由不適應到適應就是由矛盾趨於統一。即使主體仍然不適應客體，甚至引起反感，但主體心理本身卻處於和諧平衡狀態。這種既對立又統一的原則體現了矛盾的雙方相互對立，互相排斥，又在一定條件下相互轉化，互相統一的矛盾運動法則，是宇宙萬物對立統一的普遍規律、共同法則在審美心理上的反映。[31]

審美是由「末」（辭章）溯「本」（心理—構思）的逆向活動，而創作則正相反，是由「本」（心理—構思）而「末」（辭章）的順向過程；其中的原理法則，是重疊的，是一樣的。一篇作品，假如能透過分析，尋出其篇章條理，以進於審美，則作者寫作這篇作品時的構思線索，亦即思考邏輯，就自然能加以掌握，上述的「秩序」、「變化」的條理，是如此；即以形成「聯貫」的「調和」與「對比」來說，也是如此。

這種「調和」與「對比」之形成，是可以另用「襯托」的一種創作技法來作解釋的，董小玉《文學創作與審美心理》說：

襯托，原係中國繪畫的一種技法，它是只用墨或淡彩在物象的外廓進行渲染，使其明顯、突出。這種技法運用於文學創作，則是指從側面著意描繪或烘托，用一種事物襯托另一種事物，使所要表現的主體在互相映照下，更加生動、鮮明。襯托之所以成為文學創作中一種重要的表現手法，是由於生活中多種事物都是互為襯托而存在的，作為真實地表現生活的文學，也就不能孤立地進行描寫，而必然要在襯托中加以表現。[32]

31 邱明正：《審美心理學》（上海市：復旦大學出版社，1993 年 4 月一版一刷），頁 94-95。

32 董小玉：《文學創作與審美心理》（成都市：四川教育出版社，1992 年 12 月一版一既然「生活中多種事物都是互為襯托而存在」，而「襯托」的主客雙方，所呈現的就是「陰陽二元對待」的現象。這種現象，形成「調和」的，相當於襯托中的「正襯」與「墊襯」；而形成「對比」的，則相當於襯托中的「反襯」。對於「正襯」、「墊襯」與「反襯」，董小玉《文學創作與審美心理》解釋說：

> 襯托可以分為正襯、反襯和墊襯。正襯，是只用相同性質的事物來互相襯托，使之更加生動，更富感染力。也可以說是用美好的景物來襯托歡樂的感情，用淒苦的景物來襯托悲哀的感情。……反襯，是指用對立性質的客體事物來襯托主體，達到服務主體的目的。即用淒苦的景物來襯托歡樂的感情，用美好的景物來襯托悲哀的感情。……襯墊，又叫鋪墊，它是指為主要情節和故事高潮的到來，從各個方面、各個角度所作的準備。它的作用在於「托」或「墊」。[33]

這樣，無論是「正襯」、「墊襯」或「反襯」，亦即無論是「調和」或「對比」，都可以形成「美」，而對「秩序」、「變化」或「統一」，更有結合的作用，並且在顯示出她在形成「秩序」、「變化」與「統一」之「美」時，可充當必要的橋樑。

可見「聯貫律」在「多」、「二」、「一（0）」螺旋結構中，是藉其「對比」與「調和」作用而形成「多」或「二」的基礎。

---

刷），頁 338。

33 董小玉：《文學創作與審美心理》，頁 339-341。

## 四　統一律與「多」、「二」、「一（0）」螺旋結構

所謂的「統一」，是就材料情意的通貫來說的。這裡所說的「統一」，乃側重於內容（包含內在的情理與外在的材料）而言，與前三個原則之側重於形式（條理）者，有所不同。也就是說，這個「統一」，和聯貫律中由「調和」所形成的「統一」，所指非一。因此要達成內容的「統一」，則非訴諸主旨（情意）與綱領（大都為材料的統合）不可。而綱領既有單軌、雙軌或多軌的差別，就是主旨也有置於篇首、篇腹、篇末與篇外的不同[34]。一篇辭章，無論是何種類型，都可以由此「一以貫之」。如王安石的〈讀孟嘗君傳〉一文：

> 世皆稱孟嘗君能得士，士以故歸之，而卒賴其力，以脫於虎豹之秦。
> 嗟呼！孟嘗君特雞鳴狗盜之雄耳，豈足以言得士！不然，擅齊之強，得一士焉，宜可以南面而制秦，尚何取雞鳴狗盜之力哉！
> 雞鳴狗盜之出其門，此士之所以不至也。

這篇翻案文章，一開頭就直接以「世皆稱」四句，先立一個案，採「先因後果」的條理，藉世人之口，對孟嘗君之「能得士」，作一讚美，並從中拈出「卒賴其力，以脫於虎豹之秦」，隱含「雞鳴狗盜」之意，以作為「質的」，以引出下文之「弓矢」。再以「嗟呼」句起至末，在此用「實、虛、實」的條理，針對「立」的部分，以「雞鳴狗盜」扣緊「卒賴其力，以脫於虎豹之秦」，予以攻破。所謂「質的張而弓矢至」，真是一箭而貫紅心，雖文不滿百字，卻有極強的說服力。

---

34 陳滿銘：〈談辭章章法的主要內容〉，《章法學新裁》，頁351-359。

附結構分析表如下：

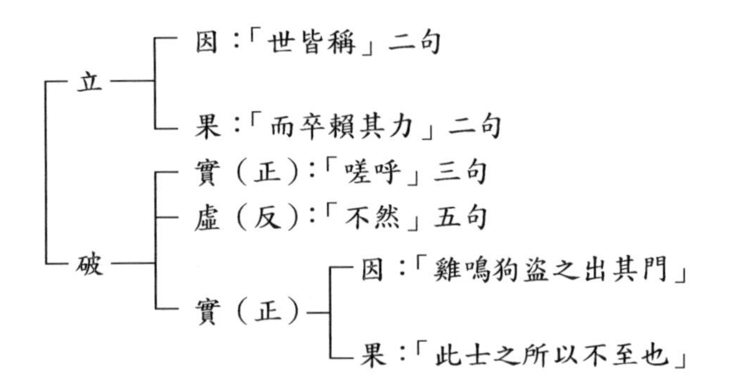


可見此文在「篇」的部分，以「先立後破」的移位性核心結構，形成對比。但一樣的在對比中卻含有調和的成分，因為就「章」而言，在「立」的部分，既以「先因後果」的移位結構形成了調和；在「破」的部分，又先以「實（正）、虛（反）、實（正）」的轉位結構形成對比，再以「先因後果」的移位結構形成調和。這樣以「對比」、「移位」為主、「調和」、「轉位」為輔，其節奏（韻律）、風格自然趨於強烈、陽剛。其分層簡圖如下：

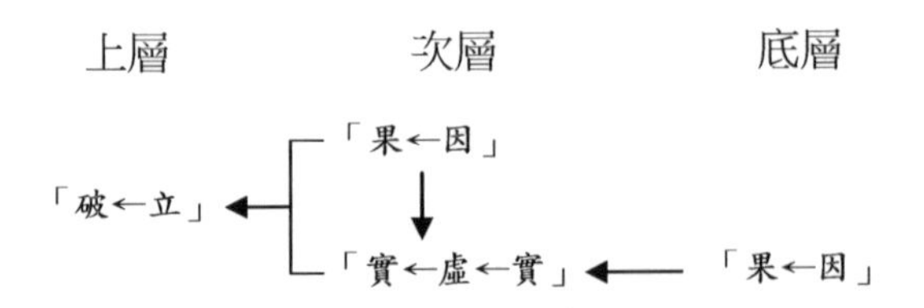


如此由底層而次層而上層，以兩疊「因果」、一疊「虛（反）實（正）」，來支撐一疊「立破」，其結構雖僅有四個，卻十分完整。如對應於「多、二、一（0）」而言，則此文以兩層移位性的「先因後果」與轉位性的「實、虛、實」結構與節奏（韻律），形成了「多」；以「先立後破」

的核心（移位）結構與節奏（韻律），自為陰陽對比，形成了「二」，以徹下徹上；而以孟嘗君「未足以言得士」之主旨與所形成的毗剛風格、韻律，所謂「筆力簡而健」[35]，則形成了「一（0）」。這篇短文之所以有極強之氣勢與說服力，與這種邏輯結構有著密切之關係。

又如袁宏道的〈晚遊六橋待月記〉：

> 西湖最盛，為春為月。一日之盛，為朝煙，為夕嵐。
>
> 今歲春雪甚盛，梅花為寒所勒，與杏桃相次開發，尤為奇觀。石簣數為余言：「傅金吾園中梅，張功甫玉照堂故物也，急往觀之。」余時為桃花所戀，竟不忍去湖上。
>
> 由斷橋至蘇隄一帶，綠煙紅霧，瀰漫二十餘里。歌吹為風，粉汗為雨，羅紈之盛，多於隄畔之草，艷冶極矣。
>
> 然杭人遊湖，止午、未、申三時。其實湖光染翠之工，山嵐設色之妙，皆在朝日始出，夕舂未下，始極其濃媚。月景尤不可言，花態柳情，山容水意，別是一種趣味。此樂留與山僧遊客受用，安可為俗士道哉！

此文旨在藉西湖六橋風光之盛來寫待月之樂。作者首先在起段即以開門見山的方式提明西湖六橋最盛的，是春景、是月景（久），而一日最盛的，是朝煙、夕嵐（暫），這是「凡」的部分；接著以二、三兩段，透過梅、桃、杏之「相次開發」與「歌吹」、「羅紈」之盛來具寫春景，這是「目一」的部分；然後以末段「然杭人遊湖」等七句，取湖光、山色作陪襯，來具寫朝煙和夕嵐，這是「目二」的部分；末了以「月景尤

---

35 郭預衡：《中國散文史》中（上海市：上海古籍出版社，2000 年 3 月一版一刷），頁485。

不可言」等六句，拿花柳、山水作點綴，來具寫月景，以帶出「樂」，這是「目三」的部分。這樣以「春」為一軌、「月」為二軌、「朝煙」和「夕嵐」為三軌，作為一篇綱領，採「先凡後目」的結構來寫，層次極為分明，而全文也由此通貫而為一。附結構分析表如下：

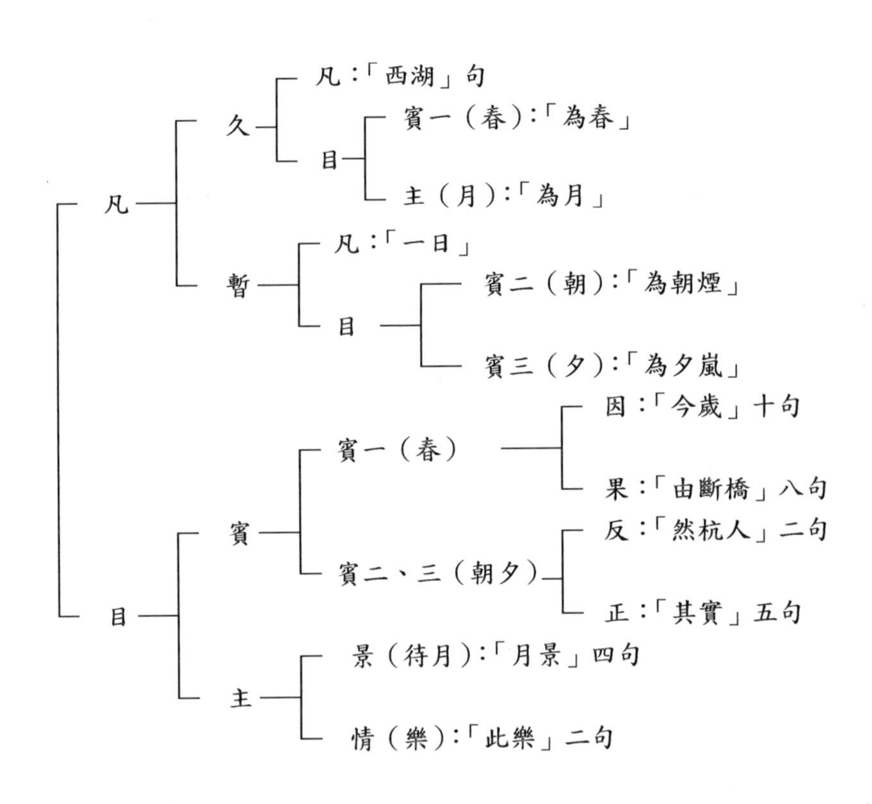


可見此文共用「先凡後目」（三疊）、「先久後暫」（一疊）、「先賓後主」（二疊）、「先景後情」（一疊）、「先因後果」（一疊）、「先反後正」（一疊）與兩疊並列（賓二、三，賓一、二、三）結構形成層層節奏而串聯為一篇之韻律。其中除了「先反後正」呈對比性外，都屬於調和性之移位結構，這對其風格、韻律之趨於「清麗峻快」[36]，是有所關聯的。其

36 王英志評析，見《古文鑑賞辭典》下冊（上海市：上海辭書出版社，1997 年 4 月一

分層簡圖如下：

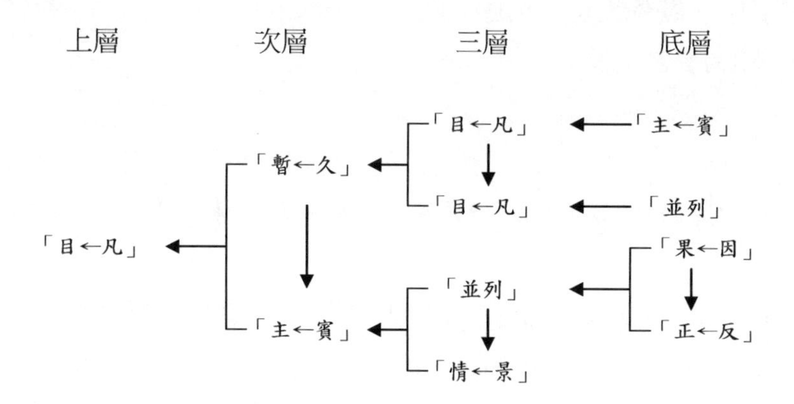


這樣對應於「多、二、一（0）」，上層的「凡目」為核心結構，為關鍵性之「二」，次、三、底層的「久暫」、「賓主」、「凡目」、「並列」、「景情」、「因果」、「反正」等結構，為「多」，而一篇之主旨「待月之樂」與「清麗峻快」之風格、韻律，則為「一（0）」。

一篇辭章，用核心的情、理（主旨）或統合的材料（綱領）來作統一，使全文自始至終維持一致的意思，以突出焦點內容，而呈現其風格、形成韻律，是一篇辭章寫得成功與否的關鍵所在。松山正一著、歐陽鍾仁譯的《教師啟發學童思考能力的方法》一書，將「重視一貫性的思考」列為思考方法之一[37]，即注意於此。朱作仁、祝新華在其所編著的《小學語文教學心理學導論》中說：

> 分析發現，在何處點題，與作文內容、結構及寫法密切相關。[38]

---

版三刷），頁 1705。

37《教師啟發學童思考能力的方法》，頁 145-150。

38《小學語文教學心理學導論》。

所謂「點題」，即立主旨或綱領，以此統一全文，當然和「內容、結構及寫法」，關係密切。吳應天在其《文章結構學》中於論「整體結構的統一和諧」之後說：

> 此外，還有觀點和材料的統一，論點和論據的統一，這都是邏輯思維的問題，但同時顧及和諧的心理因素。[39]

這雖是單就論說文來說，但它的原理，同樣適用於其他文體。而所謂「觀點和材料的統一」，擴大來說，就是主旨或綱領與全篇材料之間的統一，這和章法結構的統一，可說疊合在一起，使得辭章整體能達於最高的和諧。能疊合這種內容與形式使它們達於統一和諧，可說是運用綜合性邏輯思維的結果。所以吳應天又說：

> 積極主動地進行綜合思維，文章的內容和結構形式才能很快地達到高度統一，而且可以達到「知常通變」的目的。[40]

可見章法的統一律和綜合性的邏輯思維，是息息相關的。

而這種「統一」或「和諧」，可以從「形式原理」方面來探討。陳望道在其《美學概論》裡說：

> 所謂形式原理，就是繁多的統一。我們對於美的形式，雖不一定其如此如彼，只是四分五裂、雜亂無章，總覺得是與審美的心情不合的。所以第一，「統一」實為對象所不可不具的一個要質。

---

39《文章結構學》，頁 359。
40《文章結構學》，頁 353。

> 而且它所統一的又該不只是簡單的一、二個要素。如只是一、二個要素，則統一固易成就，卻頗不免使人覺得單調。所以第二，繁多又為對象所不可不具的一個要質。我們覺得美的對象最好一面有著鮮明的統一，同時構成它的要素又是異常的繁多。卻又不是甚麼統一與否定了統一的繁多相並列，而是統一即現在繁多的要素之中的。如此，則所謂有機的統一就成立。能夠「統一為繁多的統一，而繁多又為統一的分化」。既沒有統一的流弊的單調板滯，也沒有繁多的流弊的厭煩與雜亂。所以古來所公認的形式原理，就是所謂繁多的統一（Unity in Variety），或譯為多樣的統一，亦稱變化的統一。[41]

所謂「統一為繁多的統一，而繁多又為統一的分化」，將「秩序」、「變化」（繁多）與「統一」不可分的關係，說得很明白。而這「秩序」、「變化」（繁多）與「統一」，是要靠徹下徹上的「聯貫」（調和與對比）來作橋樑的。對這「繁多的統一」，歐陽周、顧建華、宋凡聖等在其《美學新編》裡，配合「調和」與「對比」，也加以闡釋說：

> 所謂統一，是指各個部分在形式上的某些共同特徵以及它們之間的某種關聯、呼應、襯托、協調的關係，也就是說，各個部分都要服從整體的要求，為整體的和諧、一致服務。有多樣而無統一，就會使人感到支離破碎、雜亂無章、缺乏整體感；有統一而無多樣，又會使人感到刻板、單調和乏味，美感也難以持久。而在多樣與統一中，同中有異，異中求同，寓「多」於「一」，「一」中見「多」，雜而不越，違而不犯；既不為「一」而排斥「多」，

---

41《美學概論》，頁 77-78。

> 也不為「多」而捨棄「一」；而是把兩個對立方面有機結合起來，這樣從也不為「多」而捨棄「一」；而是把兩個對立方面有機結合起來，這樣從多樣中求統一，從統一中見多樣，追求「不齊之齊」、「無秩序之秩序」，就能造成高度的形式美。……多樣與統一，一般表現為兩種基本型態：一是對比，二是調和。……無論對比還是調和，其本身都要要求在統一中有變化，在變化中求統一，把兩者巧妙地結合在一起，就能顯示出多樣與統一的美來。[42]

可見「統一」與「繁多」也形成了「二元對待」，有機地結合在一起。也就是說，「統一」之美，需要奠基在「繁多」之上；而「繁多」之美，也必須仰仗「統一」來整合。在此，最值得注意的是，歐陽周他們特將這種屬於「二元對待」（二）的「調和」（陰）與「對比」（陽），結合「繁多」（多）與「統一」「一（0）」作說明，凸顯出「聯貫」（「調和」（陰）與「對比」（陽））徹下徹上的居間作用。這正是邏輯思維之關鍵所在。對章法結構及其所產生美感方面的認識而言，有相當大的幫助。

可見「統一律」在「多」、「二」、「一（0）」螺旋結構中，是藉其「統合『多』與『二』」的作用，而形成「一（0）」，使結構趨於完整的。

所謂「人同此心，心同此理」，每個作者在寫作時，都會自覺或不自覺地基於這個「心」和「理」，運用邏輯思維來組織各種材料，以表達各種情意；尤其在謀篇布局上，會特別運用分析與綜合性的邏輯思維，對應於自然法則，而形成「秩序」、「變化」（多）、「聯貫」（二）和「統一」（一（0））的篇章規律與「多、二、一（0）」篇章結構。吳應天指出「文章結構規律作為文章本質的關係，恰好跟人類的思維形

42《美學新編》，頁 80-81。

式相對應，而思維形式又是客觀事物本質關係的反映」[43]，便是這個意思。而就以這四大規律而言，前三者，比較偏於分析性的邏輯思維，而後一種，則比較偏於綜合性的邏輯思維。這兩種思維之運用，在作者創作時，無疑地，都一樣重要，不可偏廢。所以藉章法，掌握「秩序」、「變化」、「聯貫」與「統一」的四大規律與「多、二、一（0）」篇章結構，對了解作者的邏輯思維而言，是最為直接而有效的，而且也為章法是「客觀的存在」[44]，提出有力證明。

## 第二節　章法結構與「多」、「二」、「一（0）」螺旋結構

章法是篇章的條理，源自於人類共通之理則，所以很早就受到辭章家的注意，但都只個別看到其中的幾棵「樹」，而一概不見其「林」。一直到晚近，經過努力的探究，才逐漸「集樹成林」，而確定它的原則、範圍和主要內容，形成一個體系。本節從中特就「包孕的章法結構」與「特殊的章法結構」兩角度進行探討，以概見章法結構與「多」、「二」、「一（0）」螺旋結構的關係。

### 一　包孕的章法結構與「多」、「二」、「一（0）」螺旋結構

若與《周易》「陽中陽」、「陽中陰」與「陰中陰」、「陰中陽」與《老子》「負陰抱陽」的義理邏輯兩相對應，則這種「多、二、一（0）」的邏輯結構，往往是會在「多而二」的上下兩層（或兩層以上）部分，由各種章法形成包孕式結構，而其中由同一章法所形成的，是最為突出

43《文章結構學》，頁 9。
44〈章法學門外閒談〉，頁 92-95。

的。

就在這種包孕式結構中，係陽剛屬性的有兩種類型：其一是「陽中陽」的結構類型：這種類型，以凡目法為例，形成的是「目中目」的結構；以圖底法為例，形成的是「底中底」的結構；以因果法為例，形成的是「果中果」的結構。其二是「陽中陰」的結構類型：這種類型，就凡目法而言，形成的是「目中凡」的結構；就圖底法而言，形成的是「底中圖」的結構；就因果法而言，形成的是「果中因」的結構。而這「陽中陽」與「陽中陰」的結構類型，是緊密地結合在一起，不可分割的。茲以「凡目」、「圖底」與「因果」等章法為例，分舉如下：

（一）凡目法：其陽剛屬性的包孕式結構為：

目─┬─目<br>
　　└─凡

或

目─┬─凡<br>
　　└─目

（二）圖底法：其陽剛屬性的包孕式結構為：

底─┬─底<br>
　　└─圖

或

底─┬─圖<br>
　　└─底

（三）因果法：其陽剛屬性的包孕式結構為：

而陰柔屬性的也有兩種：其一是「陰中陰」的結構類型：這種類

型，就凡目法而言，形成的是「凡中凡」的結構；就圖底法而言，形成的是「圖中圖」的結構；就因果法而言，形成的是「因中因」的結構。其二是「陰中陽」的結構類型：這種類型，就凡目法而言，形成的是「凡中目」的結構；就圖底法而言，形成的是「圖中底」的結構；就因果法而言，形成的是「因中果」的結構。而這「陰中陰」與「陰中陽」的結構類型，也一樣是緊密地結合在一起，不可分割的。在此一樣以「凡目」、「圖底」與「因果」等章法為例，分舉如下：

（一）凡目法：其陰柔屬性的包孕式結構為：

凡—┬—凡　　或　　凡—┬—目
　　└—目　　　　　　　└—凡

（二）圖底法：其陰柔屬性的包孕式結構為：

圖—┬—圖　　或　　圖—┬—底
　　└—底　　　　　　　└—圖

（三）因果法：其陽剛屬性的包孕式結構為：

因—┬—因　　或　　因—┬—果
　　└—果　　　　　　　└—因

而其他的章法，也一樣可形成這些類型，而且相當常見。至於由不同章法所形成的包孕式結構，那就更加普遍了。

這種陰柔或陽剛屬性的章法結構類型，是十分常見的。茲單以因果法為例，舉例說明如次：

首先看列子的〈愚公移山〉：

太形、王屋二山，方七百里，高萬仞，本在冀州之南、河陽之北。北山愚公者，年且九十，面山而居。懲北山之塞，出入之迂也，聚室而謀曰：「吾與汝畢力平險，指通豫南，達於漢陰，可乎？」雜然相許。

其妻獻疑曰：「以君之力，曾不能損魁父之丘，如太形、王屋何？且焉置土石？」雜曰：「投諸渤海之尾、隱土之北。」遂率子孫荷擔者三夫，叩石墾壤，箕畚運於渤海之尾；鄰人京城氏之孀妻有遺男，始齔，跳往助之；寒暑易節，始一反焉。

河曲智叟笑而止之曰：「甚矣，汝之不慧！以殘年遺力，曾不能毀山之一毛，其如土石何？」北山愚公長息曰：「汝心之固，固不可徹，曾不若孀妻弱子。雖我之死，有子存焉；子又生孫，孫又生子；子又有子，子又有孫；子子孫孫，無窮匱也。而山不增，何苦而不平？」河曲智叟亡以應。

操蛇之神聞之，懼其不已也，告之於帝，帝感其誠，命夸娥氏二子負二山，一厝朔東，一厝雍南。自此冀之北、漢之陰，無隴斷焉。

這是藉一則寓言故事，以說明有志竟成、人助天助的道理。作者在此，直接以開端四句，交代這個故事發生的地點與原因，屬此文之「引子」，為「因」；而以結尾二句，才應起交代這個故事的結局，乃本文之「收尾」，為「果」。至於「北山愚公者」句起至「一厝雍南」句止，則正式用具體的情節來呈現這件故事發生的經過；這對開端四句的「因」而言，是「果」的部分。這個部分，作者用「先因後果」的順序加以組合：其中「北山愚公者」句起至「河曲智叟亡以應」句止，敘述愚公決意「移山」，贏得家人、鄰居的贊可與幫助，無視於河曲智叟之嘲笑，努力率眾去「移山」的始末，此為「因」；而「操蛇之神聞之」

起至「一厝雍南」句止，敘述愚公的這番努力，終於感動了天帝，而命大力神去助其完成「移山」的最後結果；此為「果」。由這個角度切入，來看它的篇章，則其結構表是這樣子的：

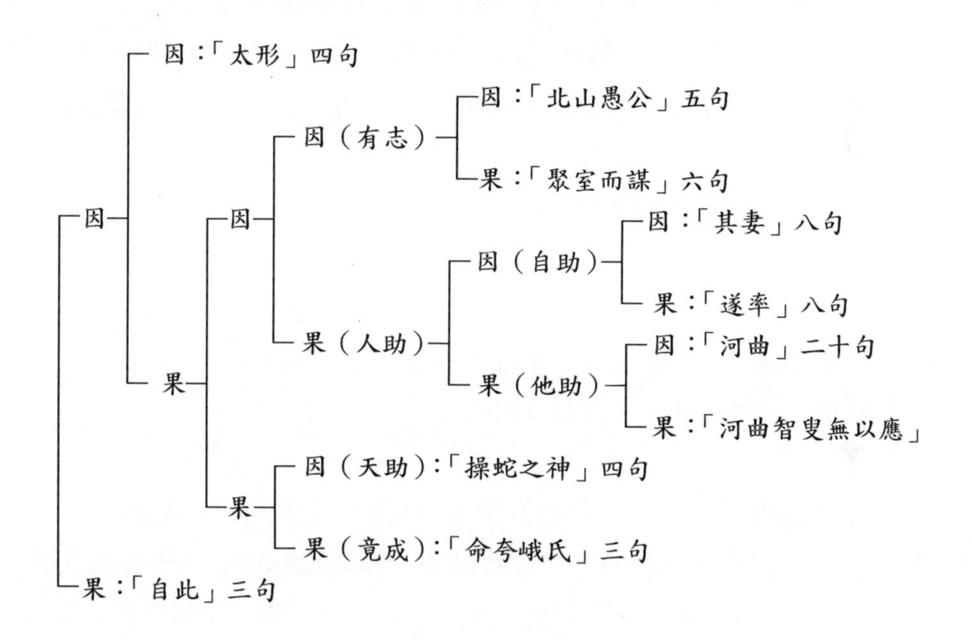


可見此文共用六層「因果」法來組合其篇章結構。如配合其陰陽之流動（移、轉位）來表示，則如下圖：

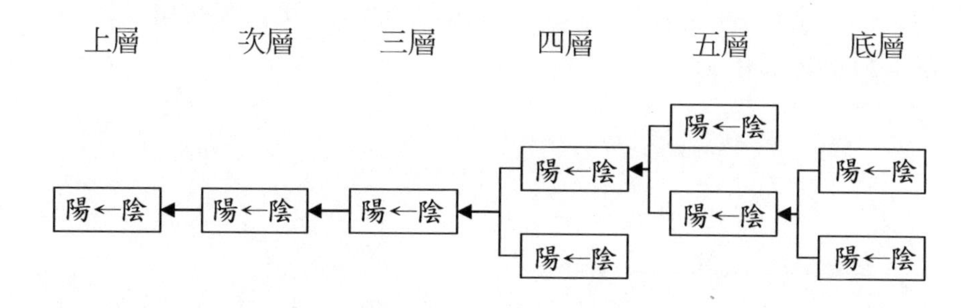

由圖可知此文以包孕式結構而言，共有五層，雖有陰陽屬性之不同，卻一律形成「先陰（因）後陽（果）」之移位結構，此文之所以呈現強烈之陽剛風格，由此可覘得一二。

如對應於「多」、「二」、「一（0）」螺旋結構來看，則「次層」、「三層」、「四層」、「五層」與「底層」所形成之「因果結構」為「多」，由「上層」所形成之「因果結構」為「二」，而「有志竟成、人助天助」之主旨與「曲折多姿、波瀾起伏」[45]之風格為「一（0）」。

然後看蘇軾的〈醉落魄〉詞：

> 分攜如昨。人生到處萍飄泊。偶然相聚還離索。多病多愁，須信從來錯。　　尊前一笑休辭卻。天涯同是傷淪落。故山猶負平生約。西望峨嵋，長羨歸飛鶴。

這首詞也作於宋神宗熙寧七年（1074），題作「席上呈楊元素」。楊元素，即楊繪，時任杭守，和東坡不但是舊識，而且也一樣是失意者。這一次，東坡正要離京口赴密州，和楊元素不得不匆匆作別，很自然地引生了濃烈的淪落之心。因此，蘇軾在此篇之腹，就有「天涯同是傷淪落」之句，這可說是作者傷別離、動歸思的根本原因。而這首詞自篇首起至「須信」句止，主要就是針對「傷別離」來寫；至於「故山」三句，則完全針對「動歸思」來寫。所以便形成「果、因、果」之「篇」結構。附結構分析表：

45 周溶泉、徐應佩評析，見《古文鑑賞辭典》（南京市：江蘇文藝出版社，1987 年 11 月一版一刷），頁 134-136。

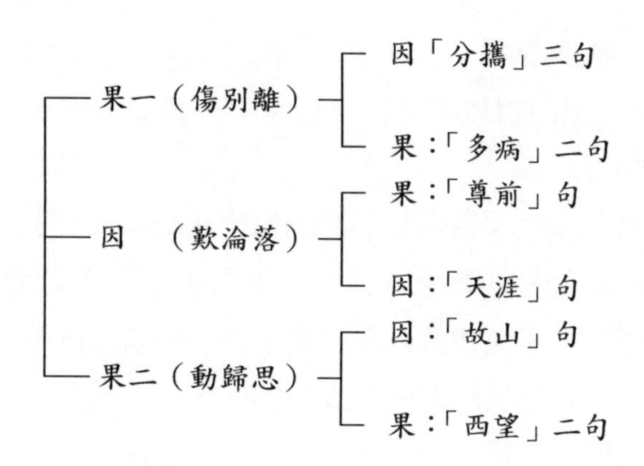


可見作者此詞，結構極簡單，只有兩層，其第二層以兩疊「先因後果」與一疊「先果後因」之移位結構互相呼應而形成，而第一層則呈現「果、因、果」之轉位結構，真是秩序中有變化、變化中有秩序。如配合其陰陽之流動（移、轉位）來表示，則如下圖：

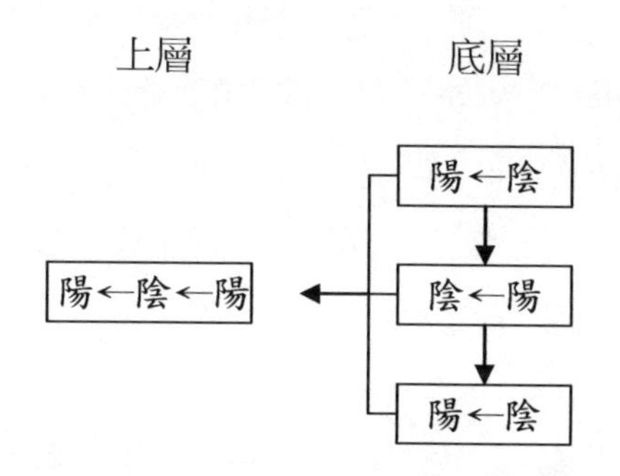


由圖可知此詞以包孕式結構而言，雖僅有一層，卻除了有陰陽屬性之不同外，又形成「先陰（因）後陽（果）」（兩疊）、「先陽（果）後陰（因）」（一疊）之移位結構與「陽（果）、陰（因）、陽（果）」之轉位結構；而其主旨由於由「先陽（果）後陰（因）」的結構加以呈現，因此它所呈現之陽剛風格，比起上一首來，是沒那麼強烈的。

如對應於「多」、「二」、「一（0）」螺旋結構來看，則「底層」所形成之三疊「因果結構」為「多」，由「上層」所形成之「因果結構」為「二」，而「寫歸恨以寓身世之感」之主旨與「剛中寓柔」之疏雋風格為「一（0）」。

以上所舉全篇由因果章法所形成包孕式結構的例子，最能凸顯這種包孕式結構環環相扣的特色。也由此可知無論「篇」或「章」，章法的這種包孕式類型，不僅普遍存在於由不同章法所形成的各層結構，也同樣會出現於由相同章法所形成的某些結構，以造成篇章之間層層相涵的效果。而又由於其陰陽流向有移位與轉位的不同，會影響一篇風格之剛柔強度，而使人獲得不同之美感。這無疑地是形成章法「多」、「二」、「一（0）」螺旋結構的重要基礎。

## 二　特殊的章法結構與「多」、「二」、「一（0）」螺旋結構

目前所能掌握的章法，雖有四十來種，卻依然不夠周遍，以致分析某些詩文時，偶爾也難免會發生切不進去的情況。因此本節特將平日分析辭章時所遇到的幾種特殊「條理」，著眼於「篇」或「章」，分偏全、點染、天〔自然〕人〔人事〕、圖底、敲擊等，舉古典詩詞或散文為例，分別輔以結構分析表作說明，以見其究竟。

### （一）偏全結構與「多」、「二」、「一（0）」螺旋結構

這所謂的「偏」，是指局部或特例；而「全」，是指整體或通則。作者在創作詩文之際，往往會用「局部」與「整體」、「特例」與「通則」的相應條理來組合情意材料。它雖和本末、大小等法，有一點類似，但「本末」比較著眼於事、理的終始，而「大小」則比較著眼於空間的寬窄與知覺的強弱，和「偏全」比較著眼於事、理、時、空的部分與全部、特殊與一般的，有所不同。這種章法和其他章法一樣，可以形成幾

種能產生秩序、變化、聯貫〔呼應〕作用的結構，那就是：「先偏後全」、「先全後偏」、「偏、全、偏」、「全、偏、全」等。「先偏後全」的，如張九齡的〈感遇〉詩：

> 孤鴻海上來，池潢不敢顧。側見雙翠鳥，巢在三株樹。矯矯珍木巔，得無金丸懼。美服患人指，高明逼神惡。今我遊冥冥，弋者何所慕？

在這首詩裡，作者以孤鴻自喻，以雙翠鳥喻李林甫、牛仙客[46]，表達出自己身世之感。首先以「孤鴻」四句，將孤鴻（主）與雙翠鳥（賓）作個對比，寫海上來的孤鴻居然不敢稍顧小小水池，而雙翠鳥卻反而不知危險，築巢在珍貴的樹木之上；這是敘事的部分。其次以「矯矯」四句，承上就「雙翠鳥」〔賓〕此事，用化特例〔偏〕為通則（全）的手法，並暗用揚雄〈解嘲〉「高明之家，鬼瞰其室」的意思，提出議論，以勸告他的政敵；然後以結二句，又落到孤鴻（主）身上，交代「不敢顧」的原因，發出感慨收束；這是說理、抒感的部分。如以「賓主」的條理來裁篇，則其結構表是這樣的：

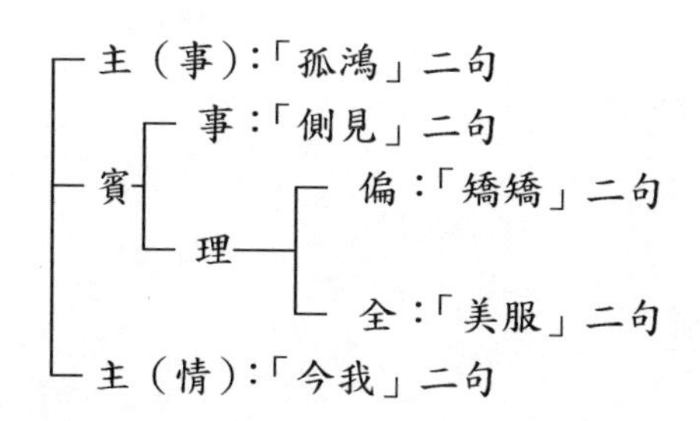


46 陳沆：「公被謫後有〈詠燕〉詩云：『無心與物競，鷹隼莫相猜。』即此旨也。孤鴻自喻，雙翠鳥喻林甫、仙客。」見《唐宋詩舉要》，頁8。

其中「矯矯」四句，是形成「先偏後全」結構的。如就整體，對應於「多」、「二」、「一（0）」螺旋結構來看，則「偏 → 全」、「事 → 理」等結構為「多」、「主 → 賓 → 主」的核心結構為「二」、懷才不遇（身世之感）之主旨與「雅正沖澹」[47]的風格為「一（0）」。

「先全後偏」的，如杜甫的〈八陣圖〉詩：

功蓋三分國，名成八陣圖。江流石不轉，遺恨失吞吳。

此詩作於唐大曆元年（766），杜甫初至夔州時，旨在詠懷諸葛武侯。它在起二句，藉「三分國」、「八陣圖」，從整體性的豐功偉業〔全〕與局部性的軍事貢獻〔偏〕，來歌頌諸葛亮，將諸葛亮一生的功業、貢獻頌讚得極為簡鍊，大力地預為下面的憑弔作鋪墊；這是「揚」的部分。而「江流」句，一方面承「八陣圖」而寫，寫八陣圖中的石堆，在長久大水的沖刷下，至今依然未動、未變，以抒發「物是人非」的感慨；一方面又暗含「我心匪石，不可轉也」(《詩．邶風．柏舟》)之意，寫諸葛亮忠貞不二的心志，既表示對他的崇仰，也對他的齎志而歿有著惋惜的意思。然後以結句，寫出諸葛亮一生最大的憾恨。在這憾恨中，作者那「官應老病休」〔〈旅夜書懷〉詩〕的抑鬱也一併宣洩出來了；這是「抑」的部分。如此以「先揚後抑」的條理裁篇，可用如下結構表來呈現：

47 高彥恢：「張曲江公〈感遇〉等作，雅正沖澹，體合風騷，駸駸乎盛唐矣。」見《唐宋詩舉要》，頁 7。

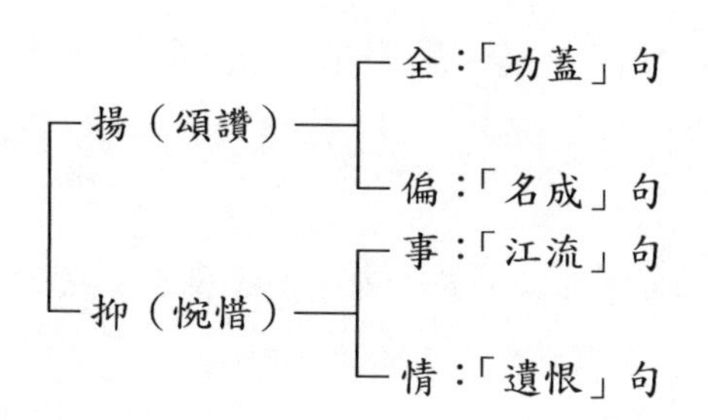


其中「功蓋」二句，是形成「先全後偏」結構的。如就整體，對應於「多」、「二」、「一（0）」螺旋結構來看，則「全→偏」、「事→情」等結構為「多」、「揚→抑」的核心結構為「二」、諸葛武侯「失策在吞吳」[48]的主旨與「悲壯」[49]的風格為「一（0）」。

「偏、全、偏」的，如辛棄疾的〈清平樂〉詞：

> 連雲松竹，萬事從今足。拄杖東家分社肉，白酒床頭初熟。
> 西風梨棗山園，兒童偷把長竿。莫遣旁人驚去，老夫靜處閑看。

此詞題作「檢校山園，書所見」，當作於作者隱居帶湖最初之三數年內，用以寫作者之喜情。其中「萬事從今足」一句，泛就「萬事」（整體）來說，說他從今以後，對什麼事都覺得心滿意足；這是「全」的部分。而首句「連雲松竹」，寫他「檢校山園」之所見，藉以先表出「萬事」中一事之喜悅（一足──例一），這是「偏一」的部分；接著「拄杖」二句，藉他往分社肉、床頭酒熟，來寫「萬事」中另一事之喜悅（二足──例二），這是「偏二」的部分；至於下片「西風」四句，借靜看

48 金性堯編注：《唐詩三百首新注》（香港：中華書局香港分局，1987 年 1 月初版），頁 304-305。

49 劉開揚：「（杜甫）成都時的藝術風格，悲壯與清麗兼而有之。」見《唐詩的風采》（上海市：上海書店出版社，2000 年 6 月第一版），頁 327。

兒童偷偷打棗的動作，寫「萬事」中又一事的喜悅（三足——例三），這是「偏三」的部分。據此，其篇章結構，可呈現如下表：

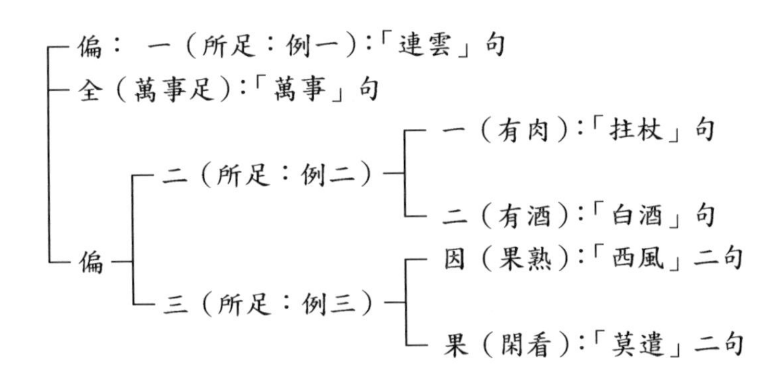


可見這首詞，就「篇」而言，是形成「偏、全、偏」的結構的。如就整體，對應於「多」、「二」、「一（0）」螺旋結構來看，則「並列（一→二、二→三）」（次、底層）、「因→果」等結構為「多」、「偏→全偏」的核心結構為「二」、閑居時「恬適而快樂」的主旨與「簡淡自然」的風格[50]為「一（0）」。

「全、偏、全」的，如文天祥的〈正氣歌〉：

> 天地有正氣，雜然賦流形；下則為河嶽，上則為日星，於人曰浩然，沛乎塞蒼冥。皇路當清夷，含和吐明庭；時窮節乃見，一一垂丹青。在齊太史簡，在晉董狐筆，在秦張良椎，在漢蘇武節；為嚴將軍頭，為嵇侍中血，為張睢陽齒，為顏常山舌；或為遼東帽，清操厲冰雪；或為出師表，鬼神泣壯烈；或為渡江楫，慷慨吞胡羯；或為擊賊笏，逆豎頭破裂。

50　劉坎龍：《辛棄疾詞全集詳注》（烏魯木齊：新疆人民出版社，2000 年 11 月一版一刷），頁 126-127。

是氣所磅礴，凜烈萬古存。當其貫日月，生死安足論？地維賴以立，天柱賴以尊。三綱實繫命，道義為之根。

這是〈正氣歌〉的前三段文字，主要在論正氣在扶持倫常綱紀、延續宇宙生命上的莫大價值。其中首段共十句，首先以「天地」二句，拈出「正氣」（浩然之氣），作一總括，以引出下面的議論；這是「凡」的部分。然後以「下則」八句，採「先平提、後側注」的順序，先平提天、地、人，以正氣之無所不在，說明其重要，再側注到「人」身上，指出它是人類氣節的根源，以見其影響之大；這是前一個「全」的部分。次段共十六句，承上段之「側注」（人），舉出因發揮浩然正氣而「一一垂丹青」之十二件古哲的忠烈節義事蹟，以為例證；這是「偏」的部分。三段共八句，先以「是氣」四句，由十二古哲之正氣擴大到全人類，由時空的當下擴大到無限的時空，依然側注於「人」，肯定「正氣」的存在與作用；次以「地維」四句，推及於「地」、「天」，作進一層的說明；末以「三綱」二句，總括上面六句，指出「正氣」是維繫天、地、人生命的根源力量；這是後一個「全」的部分。依此看，其結構表可畫成這樣：

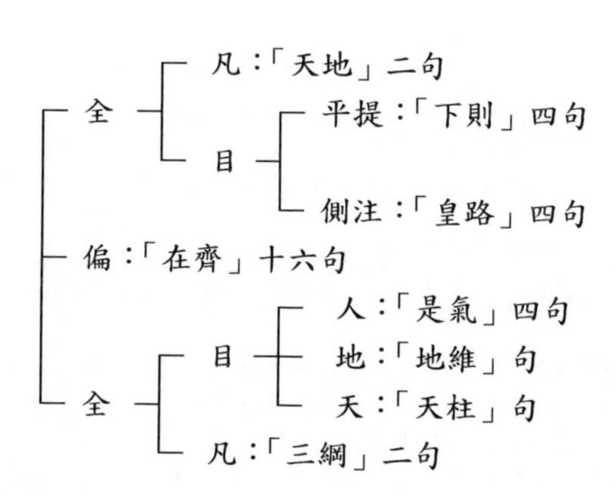

僅就此三段而言，是形成「全、偏、全」的結構的。如就整體，對應於「多」、「二」、「一（0）」螺旋結構來看，則「平→側」、「人→地→天」、「凡→目」、「目→凡」等結構為「多」、「全→偏→全」的核心結構為「二」、「表露大義凜然的民族氣節」之主旨與「慷慨悲壯」的風格[51]為「一（0）」。

## （二）點染結構與「多」、「二」、「一（0）」螺旋結構

「點染」本用於繪畫，指基本技巧[52]。而移用以專稱辭章作法的，則始於清劉熙載[53]。但由於他的所謂的「點染」，指的，乃是「情」（點）與「景」（染），和「虛實」此一章法大家族中的「情景」法，恰巧相重疊，所以就特地借用此「點染」一詞，來稱呼類似畫法的一種章法：其中「點」，指時、空的一個落足點，僅僅用作敘事、寫景、抒情或說理的引子、橋樑或收尾；而「染」，則指真正用來敘事、寫景、抒情或說理的主體。也就是說，「點」只是一個切入或固定點，而「染」則是各種內容本身。這種章法相當常見，也可以形成「先點後染」、「先染後點」、「點、染、點」、「染、點、染」等結構，而產生秩序、變化、聯貫（呼應）之作用。「先點後染」的，如《孟子．離婁》下的一章文字：

> 齊人有一妻一妾而處室者，其良人出，則必饜酒而後反。其妻問所與飲食者，則盡富貴也。其妻告其妾曰：「良人出，則必饜酒肉而後反。問其與飲食者，盡富貴也，而未嘗有顯者來。吾將瞯

51 白鶴評析，見《古文鑑賞大辭典》（杭州市：浙江教育出版社，1998 年 10 月二版四刷），頁 1106-1107。

52《顏氏家訓．雜藝》：「武烈太子偏能寫真，坐上賓客，隨宜點染，即成數人，以問童孺，皆知姓名矣。」見李振興、黃沛榮、賴明德譯：《新譯顏氏家訓》（臺北市：三民書局，1993 年 9 月初版），頁 386。

53 劉熙載：《藝概．詞曲概》，《劉熙載文集》（南京市：江蘇古籍出版社，2000 年 12 月一版一刷）頁 147。

良人之所之也。」

蚤起，施從良人之所之，遍國中無與立談者。卒之東墦間，之祭者乞其餘；不足，又顧而之他。此其為饜足之道也。

其妻歸，告其妾曰：「良人者，所仰望而終身也；今若此！」與其妻訕其良人，而相泣於中庭。而良人未之知也，施施從外來，驕其妻妾。

由此觀之，則人之所以求富貴利達者，其妻妾不羞也而不相泣者，幾希矣。

此章文字凡四段，可分為「敘」與「論」兩截。其中前三段為「敘」，末段為「論」。「敘」一截，先以「齊人有一妻一妾」三句，泛敘齊人常「饜酒肉而後反」以「驕其妻妾」之事，作為故事的引子；這是「點」的部分。再以「其妻問」句起至「驕其妻妾」句止，具體敘述其妻、妾由起疑、跟蹤，以至於發現、哭泣，而齊人卻一無所覺的經過；這是「染」的部分。「論」一截，即末段四句，依據上述的故事，發出感慨，以為人追求富貴利達，很少人不像齊人那樣寡廉鮮恥，很充分地將諷喻的義旨表達出來。依此篇章條理，可將其結構表呈現如下：

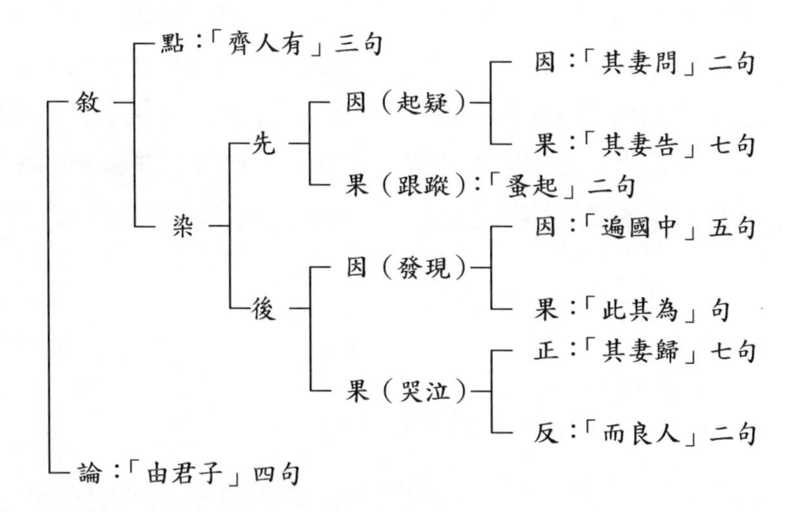

其中「敘」的部分，是形成「先點後染」的結構的。如就整體，對應於「多」、「二」、「一（0）」螺旋結構來看，則「因 → 果」四疊、「正 → 反」、「先 → 後」、「點 → 染」等結構為「多」、「敘 → 論」的核心結構為「二」、「諷刺求富貴利達者」的主旨與「嚴謹而富有波瀾」得風格[54]為「一（0）」。

「先染後點」的，如張可久的〈梧葉兒〉曲：

> 薔薇徑，芍藥闌，鶯燕語間關。小雨紅芳綻，新晴紫陌乾。日長繡窗閒，人立秋千畫板。

這首曲寫的是春日所見的景物，依序是「闌」、「徑」旁的薔薇與芍藥、「語間關」的鶯與燕、小雨後的紅芳與紫陌、閒靜的繡窗和站在秋千畫板上的人。其中「人立秋千畫板」，點出主人翁，將空間予以定位，為「點」；而其他室內外的景物，即由此透過視覺雨聽覺，形成秩序、變化、聯貫與統一，以表出孤單之情來。而這種孤單之情，就由他所見之紅芳（含薔薇與芍藥）、鶯燕與秋千產生「異質同構」之作用而增強感染力。因為花除了象徵美好的時光外，也經常用以象徵所思念之人，而鶯燕，一由於金昌緒的〈春怨〉詩「打起黃鶯兒，莫教枝上啼。啼時驚妾夢，不得到遼西」，與離別有關；一由於往往成雙，最適合用來反襯孤單，所以和離情都脫不了關係。至於秋千，見了自然會想起當年盪此秋千之人，更與人的相思分不開。因此這首曲雖未明說是「懷人」，「懷人」的義蘊卻呼之欲出了。據此，可用下表來表示其結構：

---

54 余藎評析，見《古文鑑賞大辭典》，頁 114-115。

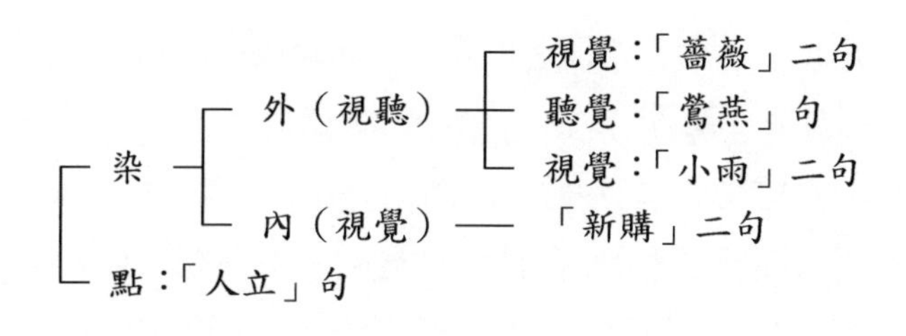


可見此詞就「篇」而言，是形成「先染後點」的結構的。如就整體，對應於「多」、「二」、「一（0）」螺旋結構來看，則「視→聽→視」、「外→內」等結構為「多」、「染→點」的核心結構為「二」、「懷人」的一篇主旨與「清麗而含蓄」的風格為「一（0）」。

「點、染、點」的，如《韓詩外傳》的一則故事：

> 齊景公遊於牛山之上，而北望齊曰：「美哉國乎！鬱鬱泰山，使古而無死者，則寡人將去此而何之？」俯而泣沾襟。
> 國子、高子曰：「然。臣賴君之賜，疏食惡肉，可得而食也，駑馬柴車，可得而乘也。且猶不欲死，況君乎？」俯泣。
> 晏子曰：「樂哉！今日嬰之遊也，見怯君一，而諛臣二。使古而無死者，則太公至今猶存，吾君方將被蓑笠而立乎畎畝之中。惟事之恤，何暇念死乎？」
> 景公慚，而舉觴自罰，因罰二臣。

本則主要在記述晏子譏齊景公貪生畏死的故事。它一開始就提明這個故事的主角與故事發生的地點，從而領出「美哉國乎」五句，以寫齊景公面對大好河山的哀傷，他哀傷的不是國事，而是「使古而無死者，則寡人將去此而何之？」這明顯是畏死的表現；這是整個故事的引子，就「篇」結構而言，為頭一個「點」。《晏子春秋．內篇．諫》上記此事云：「景公遊於牛山，北臨其國城而流涕曰：『若何滂滂去此而死乎！』而《列子．力命》也說：「景公遊於牛山，北臨其國城而流涕曰：『美哉國乎！鬱鬱芊芊，若何滴滴去此國而死乎！』」這兩則記載，在語意上表達得更直接明白。而當時群臣陪侍在旁，見景公如此，本當勸諫才對，而國子和高子卻逢迎君意，不僅說「臣賴君之賜」等七句話，更隨著景公「俯而泣沾襟」而「俯泣」，這明顯是諂諛的表現；這是故事發展的第一過程，就「篇」結構而言，為「染」之一。既然君怯臣諛如此，那麼晏子見了，就不得不進諫了。進諫時，晏子首先以「樂哉！今日嬰之遊也」，用委婉的口氣，從反面打開話頭；再扣緊所見君臣之表現，從正面採「平提」方式，說「見怯君一，而諛臣二」；然後撇開陪襯的國子與高子不談，採「側注」方式，獨對主角景公「使古而無死者」之嘆，用「使古而無死者」八句，間接地指出「太公至今猶存」的後果是「君又安得此位而立者」（《列子．力命》）、「君亦安得此國而哀之」（《晏子春秋外篇》），以感悟景公；這是故事發展過程之二。晏子這番話果然見效，收到了使「景公慚，而舉觴自罰，因罰二臣」的圓滿結句；這是整個故事的結果，就「篇」結構而言，為後一個「點」。晏子這種當機婉言進諫的例子很多，此即其一。據此，可用下表來表示其結構：

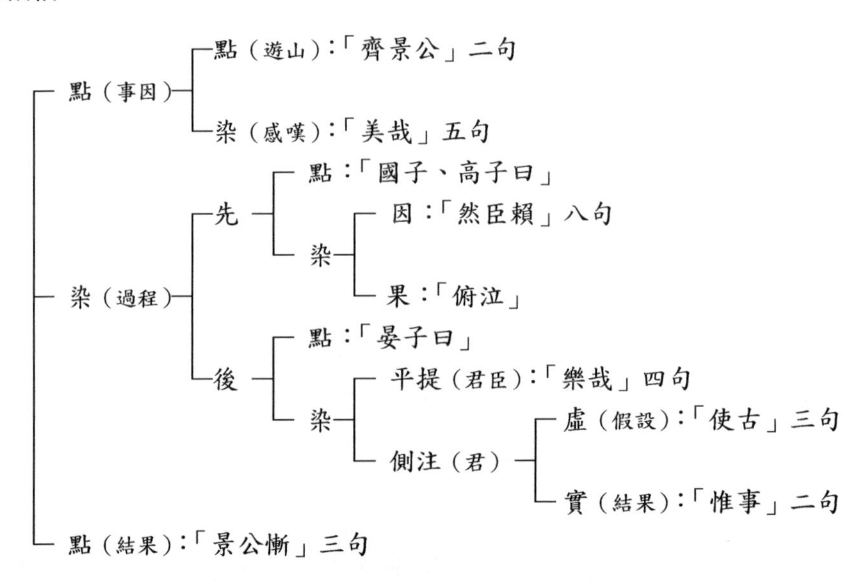

可見此文就「篇」而言，是形成「點、染、點」的結構的。如就整體，對應於「多」、「二」、「一（0）」螺旋結構來看，則「虛 → 實」、「因 → 果」、「平 → 側」、「點 → 染」三疊與「先（昔） → 後（今）」等結構為「多」、「點 → 染 → 點」的核心結構為「二」、「諷諭齊景公怯懦」的一篇主旨與「簡煉委婉」的風格為「一（0）」。

「染、點、染」的，如賀鑄的〈石州慢〉詞：

> 薄雨收寒，斜照弄晴，春意空闊。長亭柳色纔黃，倚馬何人先折？煙橫水漫，映帶幾點歸鴻，平沙銷盡龍荒雪。猶記出關來，恰如今時節。　　將發。畫樓芳酒，紅淚清歌，便成輕別。回首經年，杳杳音塵都絕。欲知方寸，共有幾許新愁？芭蕉不展丁香結。憔悴一天涯，兩厭厭風月。

此詞旨在寫別情。首先以「薄雨」句起至「平沙」句止，具寫自己在關外所見雨後「空闊」之初春景象，藉所見雨霽、柳黃、鴻歸、雪銷等自然景與折柳贈別之人事景，來襯托別情；這是頭一個「染」的部分。其次以「猶記」六句，採「先今後昔」的逆敘方式，交代自己在去年年底與一美人在關內餞別後，即出關而來，以呼應前、後，使自己在此之所見所感，有一明顯的落腳點；這是「點」的部分。然後以「回首」七句，採「先情後景」的順序，先拈出「新愁」，而以丁香、芭蕉作譬喻，再結合空間的虛與實，以景結情[55]；這是後一個「染」的部分。依此分析，可畫成其結構表如下：

55 唐圭璋：「『憔悴』兩句，以景收，寫出兩地相思，視前更進一層。」見《唐宋詞簡釋》（臺北市：木鐸出版社，1982 年 3 月初版），頁 119。

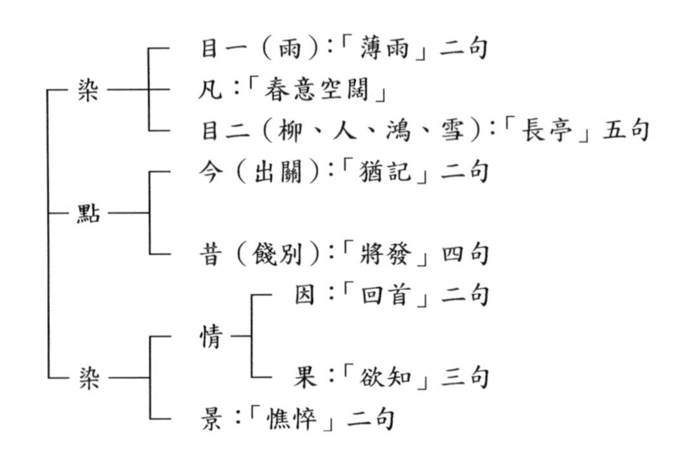


依此看來，它在「篇」這一層，是形成「染、點、染」的結構的。如就整體，對應於「多」、「二」、「一（0）」螺旋結構來看，則「目 → 凡 → 目」、「今 → 昔」、「染 → 點 → 染」等結構為「多」、「情 → 景」的核心結構為「二」、「傷春傷別」的主旨與「雅麗凄秀」的風格[56]為「一（0）」。

## （三）天人結構與「多」、「二」、「一（0）」螺旋結構

所謂「天」，指的是「自然」；所謂「人」，指的是「人事」。通常在寫景或說理的時候，作者往往會涉及「天」與「人」。如就寫景來說，「天」就是自然之景，「人」就是人事之景；若就說理而言，則「天」就屬於天道，「人」就屬於人道。雖然「天人」一詞用於章法，有點格格不入，但由於一時找不到更貼切的語詞來代替，而且「天人」兩個字，在意義上也很明確，所以就勉強用於此，以稱呼這一種章法。而它也同樣可以形成「先天後人」、「先人後天」、「天、人、天」、「人、天、

56 臧恩鈺評注：《宋詞三百首》（北京市：北京古籍出版社，2000 年 4 月一版一刷），頁 164。

人」等結構。茲單就「寫景」一類，分別舉例作個說明，以見一斑。「先天後人」的，如歐陽脩〈采桑子〉詞：

> 春深雨過西湖好，百卉爭妍，蝶亂蜂喧，晴日催花暖欲然。
> 蘭橈畫舸悠悠去，疑是神仙。返照波間，水闊風高颺管絃。

這是作者詠西湖十三調中的一首，旨在詠雨過春深的潁州西湖好景，以襯托作者閒適的心情。作者在此，先以起句「春深雨過西湖好」作一總敘，再先就「天」（自然），以「百卉爭妍」三句，藉花卉、蜂蝶、晴日等自然景物，寫西湖堤上的春深好景；然後主要就「人」（人事），以「蘭橈畫舸悠悠去」四句，藉畫船（視覺）與管絃（聽覺）的人事景物，寫西湖水上的春深好景。敘次由凡而目，將西湖的春深好景，描寫得異常生動。其結構分析表為：

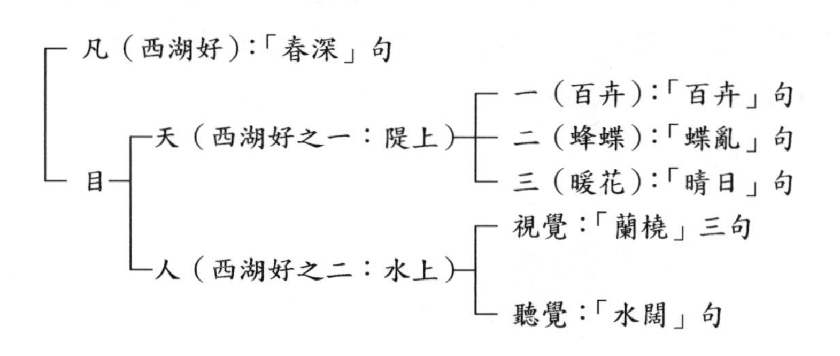


可見在此詞在「目」部分形成了「先天後人」的結構。如就整體，對應於「多」、「二」、「一（0）」螺旋結構來看，則「一 → 二 → 三」與「視→聽」的結構為「多」、「凡→目」的核心結構為「二」、「寫閒適之情」的主旨與「清新活潑」的風格為「一（0）」。

「先人後天」的，如李清照的〈聲聲慢〉詞：

尋尋覓覓，冷冷清清，悽悽慘慘戚戚。乍暖還寒時候，最難將息。三杯兩盞淡酒，怎敵他、晚來風急。雁過也，最傷心，卻是舊時相識。　　滿地黃花堆積。憔悴損、如今有誰堪摘。守著窗兒，獨自怎生得黑。梧桐更兼細雨，到黃昏、點點滴滴。這次第，怎一箇愁字了得。

這闋詞旨在寫「愁」。它就「篇」此一層而言，是用「先因後果」的結構寫成的。「因」的部分，自篇首至「到黃昏」句止，主要採「凡、目、凡」順序來寫：頭一個「目」，指「尋尋」三句，共疊十四個字，寫在秋涼時，因尋覓舊跡，卻物是而人非，故倍感淒涼，無法自已，含有極強之層次邏輯，為下句之「最難將息」預築橋樑；而「凡」，乃指「乍暖」二句，既承上也探下地作一總括，不言哀愁而哀愁自見；至於後一個「目」，則自「三杯」句起至「到黃昏」句止，先以「三杯」句，寫試酒的人事景（人），並以「怎敵他」起至「如今」句止，採「並列」結構，寫風急、雁過、花落等自然景（天）；後以「守著」二句，寫守窗的人事景（人），並以「梧桐」二句，寫雨打梧桐的自然景（天）；針對「最難將息」四字作具體之描寫，為結二句蓄力。「果」的部分，為結二句，用「這次第」總結上面「因」的部分，逼出一個「愁」字，點醒主旨，以融貫全篇，使全詞含著無盡的哀愁。這種結構，可呈現如下表：

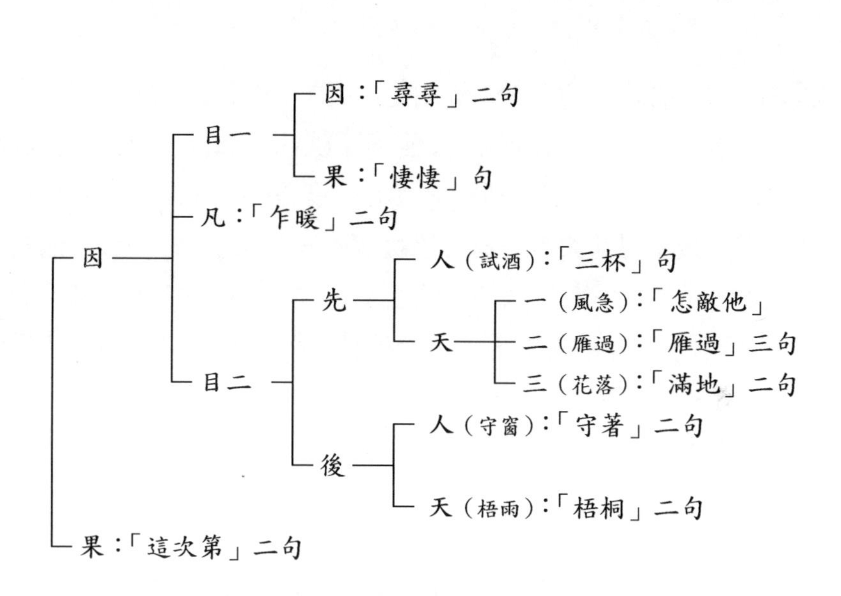


本詞在「目二」的部分，顯然形成了兩疊「先人後天」的結構。如就整體，對應於「多」、「二」、「一（0）」螺旋結構來看，則「一 → 二 → 三」、「人 → 天」二疊、「因 → 果」、「先（昔）→ 後（今）」、「目 → 凡 → 目」等結構為「多」、「因 → 果」的核心結構為「二」、「抒發家國身世之愁」[57]的主旨與「清新自然」[58]的風格為「一（0）」。

「天、人、天」的，如吳文英的〈浣溪沙〉詞：

> 門隔花深夢舊遊，夕陽無語燕歸愁。玉纖香動小簾鉤。　　落絮無聲春墮淚，行雲有影月含羞。東風臨夜冷於秋。

此詞寫夢後懷舊之情，用「先虛（夢中）後實（夢後）」的順序寫成。其中起句，寫夢中，為「虛」；而自「夕陽」句起至篇末，寫夢後，為「實」。開端由「門隔花深」，直接切入夢遊，敘明舊遊之地，寫得

---

57《宋詞三百首》，頁 344。

58 木齋：《唐宋詞流變》（北京市：京華出版社，1997 年 11 月一版一刷），頁 227。

極為幽深、隱約[59]，有「室邇人遠」之意。接著在二、三句，寫夢後捲簾（人事——人），見無語之夕陽與歸燕（自然——天），藉以襯托懷舊之情（愁），很自然地所得之「愁」就格外多了；然後在下片三句，依序寫夢後所見落絮、月羞、風臨等景物（自然——天），而特地又透過視覺將「絮落」擬之為「春墮淚」（低）、「行雲有影」喻之為「月含羞」（高），且經由觸覺，用「冷於秋」強化夜境之淒涼，以推深懷舊之情。如此，懷舊之情（愁）就充滿字裡行間了。據此分析，其結構表可呈現如下：

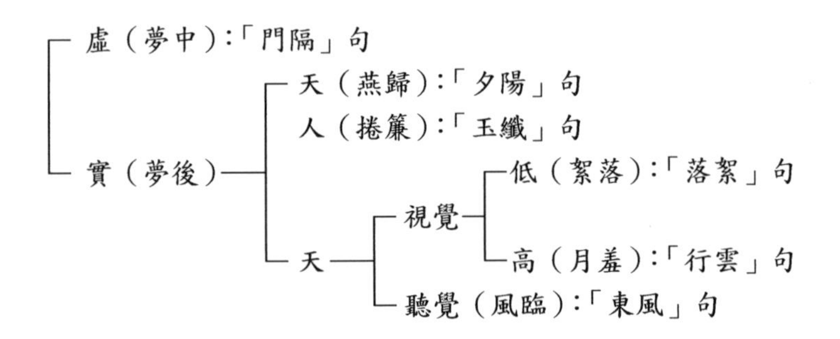


就在「實」（夢後）的部分裡，形成了「天、人、天」的結構。如就整體，對應於「多」、「二」、「一（0）」螺旋結構來看，則「低 → 高」、「視 → 聽」、「天 → 人 → 天」等結構為「多」、「虛 → 實」的核心結構為「二」、「抒發懷舊之情」的主旨與「深幽優美」[60]的風格為「一（0）」。

「人、天、人」的，如馬致遠〈題西湖〉中的〈慶東原〉曲：

---

59 吳惠娟：「『門隔花深』既指所夢的舊遊之地，又寫出了夢境的幽深與隱約。」見《唐宋詞審美觀照》（上海市：學林出版社，1999 年 8 月一版一刷），頁 14。

60《宋詞三百首》，頁 283。

暖日宜乘轎，春風堪信馬，恰寒食有二百處秋千架。向人嬌杏花，撲人衣柳花，迎人笑桃花。來往畫船遊，招颭青旗掛。

此曲用以寫春景，藉轎馬、秋千、畫船、青旗等「一動一靜」、「一水一陸」的人文景色（人），與杏、柳、桃等形成「並列結構」的自然風光（天），活潑地予以呈現，呈現得十分熱鬧，從而襯托出作者此刻喜悅的心情。如果按這種呈現次序，由「天」與「人」切入，則形成了如下結構：

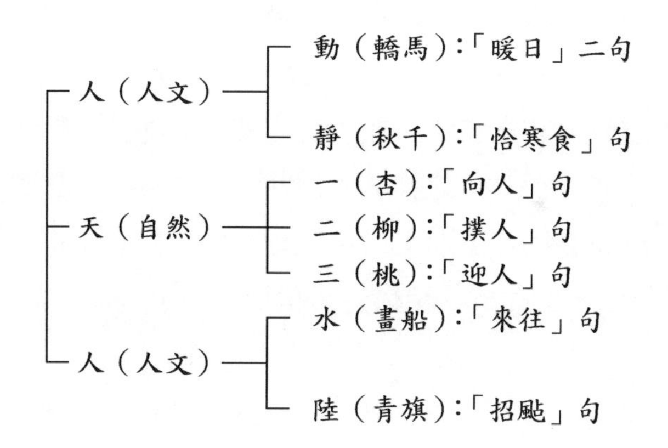


就「篇」而言，它形成了「人、天、人」的結構。如就整體，對應於「多」、「二」、「一（0）」螺旋結構來看，則「動 → 靜」、「一 → 二 → 三」、「水 → 陸」等結構為「多」、「人 → 天 → 人」的核心結構為「二」、「抒發春日喜悅之心情」的主旨與「清新活潑」的風格為「一（0）」。

## （四）圖底結構與「多」、「二」、「一（0）」螺旋結構

一般說來，作者在辭章中所用之時、空（包括「色」）材料，有一些是充當「背景」用的，也有某些是用來作為「焦點」的。就像繪畫一

樣，用作「背景」的，往往對「焦點」能起烘托的作用，即所謂的「底」；而用作「焦點」的，則對「背景」而言，都會產生聚焦的功能，即所謂的「圖」[61]。這種條理用於辭章章法上，也可造成秩序、變化、聯貫的效果，而形成「先圖後底」、「先底後圖」、「圖、底、圖」、「底、圖、底」等結構。「先圖後底」的，如王維的〈竹里館〉詩：

獨坐幽篁裡，彈琴復長嘯。深林人不知，明月來相照。

這首詩藉寫幽獨之人與幽獨之景，以襯托出作者幽獨之趣。其中寫「幽獨之人」的，是起二句，用「獨坐」、「彈琴」、「長嘯」來刻畫「人」之幽獨；這是本詩之焦點所在，為「圖」的部分。寫「幽獨之景」的，為結二句，藉「深林」之無人、「明月」之照臨來凸顯「景」之幽獨；這是本詩的背景所在，與上二句互相對應，而起了很大的烘托作用，為「底」的部分。據此，其結構表可呈現如下：

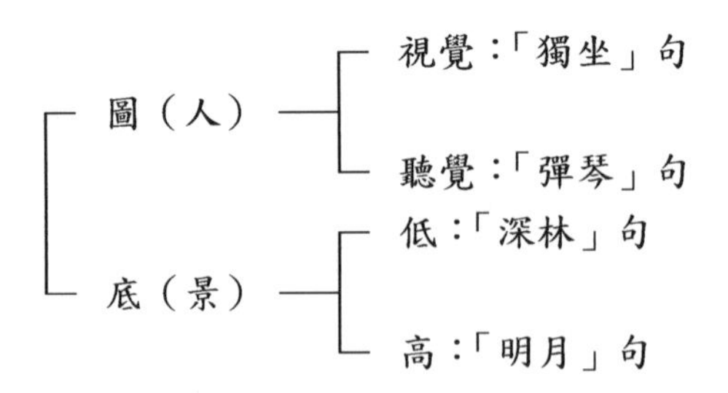


就「篇」而言，它所形成的是「先圖後底」的結構。如就整體，對應於

61 王秀雄：「在視覺心理上，把視覺對象從背景浮現出來，而讓我們認識得到的，叫做『圖』（figure）……其周圍之背景，叫做『地』（ground）。」見《美術心理學》（臺北市：三信出版社，1975 年初版），頁 126。又參見仇小屏：〈論「圖底」章法的空間結構〉，《國文天地》17 卷 5 期（2001 年 10 月），頁 100-104。

「多」、「二」、「一（0）」螺旋結構來看，則「視 → 聽」、「低 → 高」等結構為「多」、「圖 → 底」的核心結構為「二」、「抒發閒情」的主旨與「清幽澄靜」[62]的風格為「一（0）」。

「先底後圖」的，如柳宗元的〈江雪〉詩：

千山鳥飛絕，萬徑人蹤滅。孤舟蓑笠翁，獨釣寒江雪。

此詩旨在藉寂靜、孤寒的「人」與「物」，以寫主人翁（蓑笠翁——作者）的傲岸與孤獨，反映出作者超拔的人格。其中「首二句，藉著『山』、『鳥』、『徑』、『人』等『物』，來寫它的背景；而一方面以『千』、『萬』等字，將空間拓大，一方面又以『絕』、『滅』等字，凸顯景物（由高而低）之寂靜；這是『底』的部分。後兩句，用『舟』、『雪』等『物』，來烘托垂釣的『蓑笠翁』；而以『孤』和『獨』字，刻畫『蓑笠翁』（由點而染）的孤獨；這是『圖』的部分。」[63]這樣來看待這首詩，可畫成如下結構表：

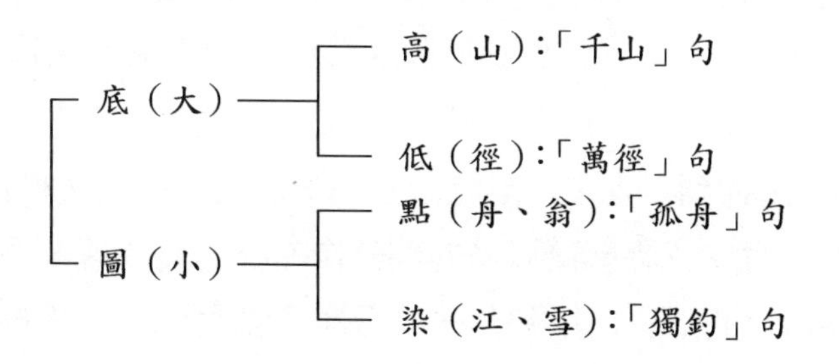


62 徐敏評析，見《山水詩歌鑑賞辭典》（北京市：中國旅遊出版社，1989 年一版一刷），頁 186-187。

63 陳滿銘：〈主旨置於篇外的謀篇形式——以詩詞為例〉，《第三屆中國修辭學學術研討會論文集》（桃園縣：中國修辭學會、銘傳大學應用中文系所，2001 年 6 月），頁 1119。

如此切入其「篇」，所形成的是「先底後圖」的結構。如就整體，對應於「多」、「二」、「一（0）」螺旋結構來看，則「高→低」、「點→染」等結構為「多」、「底→圖」的核心結構為「二」、「藉江雪獨釣以反映作者幽獨傲岸之品格」的主旨與「峭陡挺拔」[64]的風格為「一（0）」。

「圖、底、圖」的，如蘇軾的〈念奴嬌〉詞：

> 大江東去，浪淘盡，千古風流人物。故壘西邊，人道是三國周郎赤壁。亂石崩雲，驚濤裂岸，捲起千堆雪。江山如畫，一時多少豪傑。　　遙想公瑾當年，小喬初嫁了，雄姿英發。羽扇綸巾，談笑間，檣櫓灰飛煙滅。故國神遊，多情應笑我，早生華髮。人生如夢，一尊還酹江月。

此詞題作「赤壁懷古」，為神宗元豐五年（1082）作者謫居黃州時所作。是採「天（物外）、人（物內）、天（物外）」的結構所寫成的。頭一個「天」（物外）的部分，為起二句，從眼前東去的「大江」（長江）想入，用江中的「浪」、「淘」作媒介，由「空」而「時」，作無限之推擴，回溯到「千古」，扣到無數被浪淘去的「風流人物」身上，揉雜著宇宙人生之哲理，抒發了無限的興亡感慨[65]。而如此由眼前之「有限」（物內）延伸到千古之「無限」（物外），營造出浩瀚的氣勢，既為後一個「天」（物外）將感慨昇華的部分作前導；又為轉入下個「人」（物內）將感慨深化的部分作鋪墊；充分發揮了強化全詞情意的作用。

「人」（物內）的部分，自「故壘西邊」句起至「早生華髮」句止，

---

64《唐詩三百首新注》，頁 313。

65 徐中玉：《蘇東坡文集導讀》（成都市：巴蜀書社，1990 年 6 月一版一刷），頁 246。又，顧易生分析，見《詞林觀止》上（上海市：上海古籍出版社，1994 年 4 月一版一刷），頁 276。

針對著當年「赤壁」之戰與眼前正在「懷古」的自己，用「先底（背景）後圖（焦點）」的順序，加以敘寫。其中的「底（背景）」，成功地藉眼前赤壁周遭的江山勝景，帶出當年在赤壁之戰裡贏得勝利的一些英雄豪傑，而將重心置於「周郎（公瑾）」身上，有意凸顯他的年輕有為，以反襯出自己之年老與一事無成。在此，作者又用「圖（周郎）、底（眾豪傑）、圖（周郎）」的順序，來組合材料：即先以「故壘」二句，一面藉一「故」字，扣緊了「懷古」（題目）之「古」，將時間倒回到「三國」時候，一面藉又「人道是」三字，將口吻略染存疑的成分，指出當年赤壁之所在，從而將主帥「周郎」帶出，為自己之借題發揮，找到一個最好的藉口。這樣留下思索空間，不但不是個缺憾，反而增添了作品的文學情韻；這是前一個「圖（周郎）」的部分。再以「亂石」三句，就眼前的「赤壁」，寫它周遭的景物，特別突出山崖之險峻與濤浪之洶湧，呈現驚心動魄之氣勢，緊緊地和當年的赤壁大戰場接合。布景如此，震撼力自然就大，足以為下片敘「周郎」的英雄形象與不朽事業，作有力的襯托。接著以「江山」二句，總括上敘江山勝景和風流人物（含周郎），為下片「周郎」之「圖」，提供最佳背景[66]。這種束上起下的安排，的確很巧妙。以上是「底（赤壁）」的部分。

然後以「遙想」五句，承上片之「圖」（周郎），鎖定周郎（公瑾），用「先點（引子）後染（內容）」的順序來寫。它由「遙想」句切入當年，為下面之敘寫作引，是「點」（引子）；而由「小喬」四句，具寫「懷古」內容，為「染」（內容）。就在「染」的四句裡，首以「小喬」句，用插敘手法，寫其年輕得意。次以「雄姿」兩句，成功地塑造出剛柔互濟的儒將形象，一面既傾注了作者對「周郎」的無比追慕、嚮往之情，一面也和自己一事無成而「早生華髮」的衰頹樣子，作成強烈對比[67]。這

66《唐宋詞流變》，頁 150。

67 常國武：《新選宋詞三百首》（北京市：北京人民文學出版社，2000 年 1 月一版一

種由對比所產生的「反襯」作用，是非常顯著的。末以「談笑間」句，承上寫「周郎」從容破曹的儒將意態與英雄偉業；值得特別注意的是：在此緊緊抓住了這次火攻水戰的戰爭特點，用「檣櫓灰飛煙滅」六字，將曹軍慘敗之情景形容殆盡，有無比的概括力，以見「周郎」不朽之成就。以上是後一個「圖（周郎）」的部分。

如此以「圖（周郎）、底（眾豪傑）、圖（周郎）」的結構呈現了大「底」（背景），便順勢地帶出「故國神遊」三句，以寫本詞核心的大「圖（作者）」。在此，作者由「三國」回到眼前，「自笑年華老大，功業無成，而偏偏多情善感，早生華髮」[68]。這所謂「多情」，有人以為是指「周郎」或作者亡妻，雖也說得通，但遠不如指作者自己來得好，因為「多情應笑我」，該是「應笑我多情」的倒裝句，而此「多情」，是說自己「感慨萬千」的意思。作者由「周郎」之年輕有為，反照自己「早生華髮」的衰頹失意，會湧生無限的悲憤之情（多情），是很自然的事。而「笑」，則帶著無奈與解嘲意味，為底下的「人間如夢」，築了一座由「物內」（人）通向「物外」（天）的橋樑。作這樣的解讀，似乎會比較合理一些。

後一個「天（物外）」的部分，指「人間」二句。它的上句「人間如夢」，承上一句之「笑」，由實推向虛，由有限推向無限，以為人間只不過是一場夢而已。有了這種「如夢」的提升，便使作者一下子從「多情」（無限悲憤）中脫身而出，趨於高曠，遂有下句「一尊還酹江月」的動作；而作者透過這個動作，就自然而然地和開篇「天（物外）」部分互相呼應，而與天地合而為一了[69]。

由此看來，作者在這首詞裡，表達的雖是自己時不我與、英雄無用

刷），頁 89。

68《蘇東坡文集導讀》，頁 246。

69 葉嘉瑩：《靈谿詞說》（臺北市：國文天地雜誌社，1989 年 12 月初版），頁 212。

武之地的悲慨，但在悲慨之中，又蘊含著超曠的意致，所以如此的原因，固然很多，然而單就謀篇布局來說，則顯然和所用「天（物外）、人（物內）、天（物外）」的結構，有絕大關係。其結構分析表為：

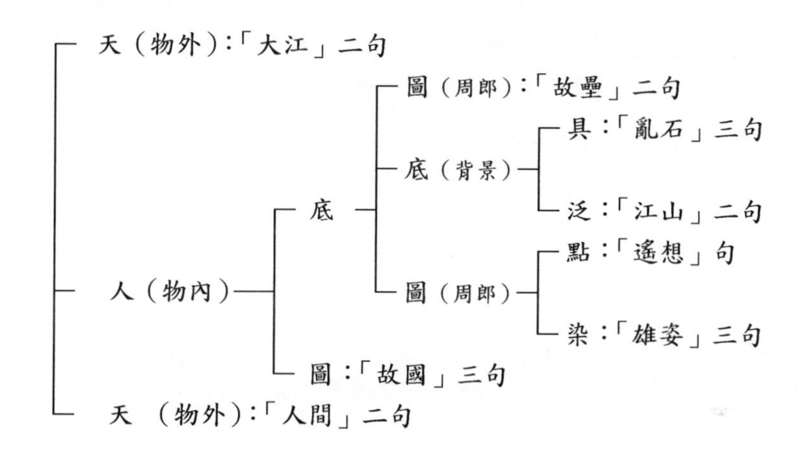


由此看來，僅就寫「周郎」的部分而言，它所形成的是「圖、底、圖」的結構。如就整體，對應於「多」、「二」、「一（0）」螺旋結構來看，則「具→泛」、「點→染」、「圖←底→圖」、「底→圖」等結構為「多」、「天→人→天」的核心結構為「二」、「時不我與和英雄無用武之地的悲哀」之主旨與「雄健壯闊」[70]的風格為「一（0）」。

「底、圖、底」的，如溫庭筠的〈更漏子〉詞：

> 玉爐香，紅蠟淚。偏照畫堂秋思。眉翠薄，鬢雲殘，夜長衾枕寒。　　梧桐樹，三更雨，不道離情正苦。一葉葉，一聲聲，空階滴到明。

---

70 劉揚忠：《唐宋詞流派史》（福州市：福建人民出版社，1999 年 2 月一版一刷），頁 255-256。

此詞旨在寫離情。作者首先以起二句，寫一畫堂內，正燃著爐香、流著蠟淚的背景，作為敘寫的開端，為頭一個「底」的部分。其次以「偏照」四句，聚焦於畫堂中的一個美人，即本詞之主人翁，採「先泛寫後具寫」的順序，先以紅蠟之「偏照」作橋樑，泛寫這個美人正坐在畫堂內悲秋，再具寫她的眉薄、鬢殘與床上衾枕之寒，生動地將抽象的悲秋之情加以形象化；這是「圖」的部分。然後以下片六句，承「夜長衾枕寒」句，寫畫堂外聲聲梧桐夜雨、滴階至明的情景，結合上片之爐香、蠟淚，一外一內地對「秋思」之美人，作有力之烘托、映襯，凸顯了焦點，使作品產生最大的感染力；這是後一個「底」的部分。從這個角度切入，可形成如下結構：

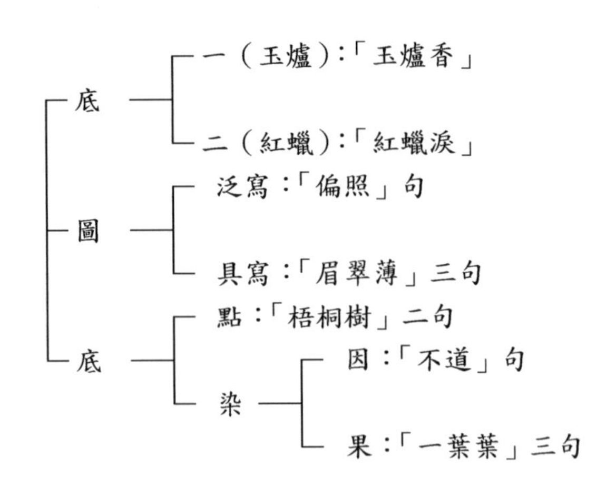


此就「篇」而言，所形成的是「底、圖、底」的結構。如就整體，對應於「多」、「二」、「一（0）」螺旋結構來看，則「因 → 果」、「一 → 二」、「泛 → 具」、「點 → 染」等結構為「多」、「底 → 圖 → 底」的核心結構為「二」、「寫離情」的主旨與「濃麗、深厚」[71] 的風格為「一（0）」。

71《唐宋詞簡釋》，頁 7。

## （五）敲擊結構與「多」、「二」、「一（0）」螺旋結構

「敲擊」一詞，一般用作同義的合義複詞，都指「打」的意思。但嚴格說來，「敲」與「擊」兩個字的意義，卻有些微的不同，《說文》說：「敲，橫擿也。」徐鍇《繫傳》：「橫擿，從旁橫擊也。」而《廣韻．錫韻》則說：「擊，打也。」可見「擊」是通指一般的「打」，而「敲」則專指從旁而來的「打」。也就是說，以用力之方向而言，前者可指正〔前後〕面，也可指側面，而後者卻僅可指側面。依據此異同，移用於章法，用「敲」專指側寫，用「擊」專指正寫，以區隔這種篇章條理與「正反」、「平側」（平提側注）、賓主等章法[72]的界線，希望在分析辭章時，能因而更擴大其適應的廣度與貼切度。而這種篇章條理，也和其他章法一樣，可形成「先敲後擊」、「先擊後敲」、「敲、擊、敲」、「擊、敲、擊」等結構，以產生秩序、變化、聯貫（呼應）的作用。「先敲後擊」的，如蘇轍〈黃州快哉亭記〉的一段文字：

> 昔楚襄王從宋玉、景差於蘭臺之宮，有風颯然而至者，王披襟當之曰：「快哉此風！寡人所與庶人共者耶？」宋玉曰：「此獨大王之雄風耳，庶人安得共之！」玉之言蓋有諷焉。夫風無雌雄之異，而人有遇不遇之變。
>
> 楚王之所以為樂，與庶人之所以為憂，此則人之變也，而風何與焉？士生於世，使其中不自得，將何往而非病？使其中坦然，不以物傷性，將何適而非快？今張君不以謫為患，竊會計之餘功，而自放山水之間，此其中宜有以過人者。將蓬戶甕牖無所不快，

---

72「敲擊」，主要在用不同事物以表達同類情意時，藉「敲」加以引渡或旁推，來呼應「擊」的部分，與「正反」、「賓主」之彼此映襯或「平側」之有所偏重的，有所不同。「正反」、「平側」、「賓主」等法，參見《章法學新裁》，頁 345-360。另參見仇小屏：《篇章結構類型論》下（臺北市：萬卷樓圖書公司，2000 年 2 月初版），頁 374-529。

而況乎濯長江之清流，揖西山之白雲，窮耳目之勝以自適也哉？不然，連山絕壑，長林古木，振之以清風，照之以明月，此皆騷人思士之所以悲傷憔悴而不能勝者，烏睹其為快也哉？

這段文字，就全文來說，是屬於「先敘後論」中「論」的部分。作者在此，首先以楚襄王與宋玉的一番對話（「昔楚襄王……安得共之」），敘出「快哉」，並由此帶出一節文字（「玉之言……而風何與焉」），作側面議論〔論端〕，為底下鎖定主人翁張夢得之事加以發揮的正面議論，充當橋樑[73]；這是「敲」的部分。其次先著眼於「全」（「士生於世……物傷性」），拈出「快哉」之旨，再以著眼於「偏」（「今張君……為快也哉」），特就張夢得之謫，從正面（對側面而言）握定「快哉」之旨予以發揮[74]；這是「擊」的部分。據此，其結構表可呈現如下：

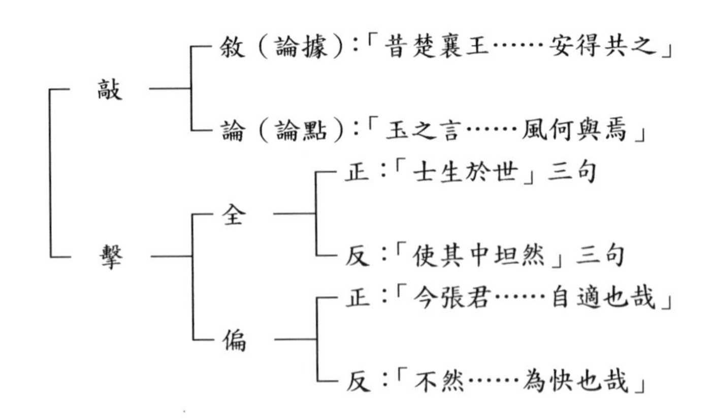


73 王文濡在「而風何與焉」下評注:「因『快哉』二字，發此一段論端，尋說到張夢得身上，若斷若續，無限煙波。」見《精校評注古文觀止》(臺北市：臺灣中華書局，1988年10月臺十二版)，頁38。

74 王文濡在「以自適也哉」下評注:「緊收正寫『快哉』，何等酣暢！」

就此段文字來說，是形成「先敲後擊」的結構的。如就整體，對應於「多」、「二」、「一（0）」螺旋結構來看，則「正 → 反」二疊、「敘 → 論」、「全 → 偏」等結構為「多」、「敲 → 擊」的核心結構為「二」、「稱讚張夢得心中坦然」的段落大旨與「雄放而雅致」的風格[75] 為「一（0）」。

「先擊後敲」的，如韓愈的〈送董邵南遊河北序〉：

> 燕趙古稱多感慨悲歌之士。董生舉進士，連不得志於有司，懷抱利器，鬱鬱適茲土，吾知其必有合也。董生勉乎哉！
> 夫以子之不遇時，苟慕義彊仁者，皆愛惜焉。矧燕趙之士，出乎其性者哉！然吾嘗聞風俗與化移易，吾惡知其今不異於古所云邪？聊以吾子之行卜之也。董生勉乎哉！
> 吾因子有所感矣。為我弔望諸君之墓，而觀於其市，復有昔時屠狗者乎？為我謝曰：「明天子在上，可以出而仕矣。」

此文為一贈序，寫以送董邵南往遊河北。由於當時河北藩鎮不奉朝命，送行之人「斷無言其不當往之理，若明言其不當往，則又多此一送」[76]，所以作者就避開河北之「今」，而從其「古」下筆。首先自開篇起至「出乎其性者哉」句止，以「因、果、因」的順序，說古時之燕趙（即河北）多「慕義彊仁」的豪傑之士，從正面預卜董生此行必受到「愛惜」而「有合」，以見其當往；其次自「然吾嘗聞」句起至「董生勉乎哉」句止，說如今燕趙之風俗，或許已與古時有所不同，從反面勉董生聊以此行一卜其「合與不合」，以進一步見其當往；以上兩段，直

---

75 何伍休評析，見《古文鑑賞辭典》（南京市：江蘇文藝出版社，1987 年 11 月一版一刷），頁 1053-1057。

76 林雲銘：《古文析義合編》卷四（臺北市：廣文書局，1965 年 10 月再版），頁 216。

接扣住董生之當「遊河北」來寫，是「擊」的部分。最後以末段，筆鋒一轉，旁注於燕趙之士身上，要董生傳達「明天子在上」而勸他們來仕之意，含董生不當往的暗示作收；這是「敲」的部分。由此角度分析，可畫成如下結構表：

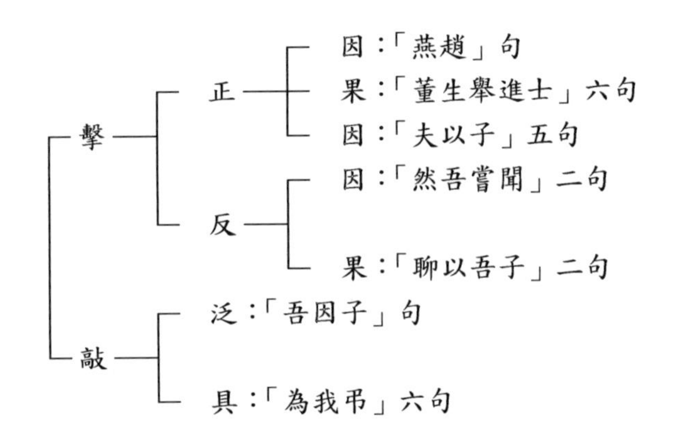


從「篇」來看，它是形成「先擊後敲」的結構的。如就整體，對應於「多」、「二」、「一（0）」螺旋結構來看，則「因 → 果 → 因」、「因 → 果」、「正 → 反」、「泛 → 具」等結構為「多」、「擊 → 敲」的核心結構為「二」、「藉送董生遊河北以含藏諷諭（不當往）之意」的主旨與「吞吐曲折，波瀾起伏」[77]的風格為「一（0）」。

「敲、擊、敲」的，如辛棄疾的〈賀新郎〉詞：

> 綠樹聽鵜鴂，更那堪、鷓鴣聲住，杜鵑聲切！啼到春歸無尋處，苦恨芳菲都歇。算未抵人間離別：馬上琵琶關塞黑，更長門翠輦辭金闕。看燕燕，送歸妾。　　將軍百戰身名裂，向河梁回頭萬

77 胡士明評析，見《古文鑑賞大辭典》，頁675。

里，故人長絕。易水蕭蕭西風冷，滿座衣冠似雪。正壯士、悲歌未徹。啼鳥還知如許恨，料不啼清淚長啼血。誰共我，醉明月。

這闋詞題作「別茂嘉十二弟。鵜鴃、杜鵑實兩種，見《離騷補註》」，是用「先賓後主」的順序寫成的。其中的「賓」，先以「綠樹」句起至「苦恨」句止，從側面切入，用鵜鴃、鷓鴣、杜鵑等春鳥之啼春，啼到春歸，以寫「苦恨」；這是頭一個「敲」的部分。再以「算未抵」句起至「正壯士」句止，由「鳥」過渡到「人」，採「先平提後側收」[78]的技巧，舉古代之二女（昭君、歸妾）二男（李陵、荊軻）為例，用「先反後正」的形式，來寫人間離別的「苦恨」，暗涉慶元黨禍，將朝臣之通敵與志士之犧牲，構成強烈的對比，以抒發家國之恨[79]；這是「擊」的部分。末以「啼鳥」二句，又應起回到側面，用虛寫（假設）方式，推深一層寫啼鳥的「苦恨」；這是後一個「敲」的部分。而「主」，則正式用「誰共我」二句，表出惜別「茂嘉十二弟」之意，以收拾全篇。所謂「有恨無人省」，作者之恨在其弟離開後，將要變得更綿綿不盡了。附結構分析表如下：

78 陳滿銘：〈談「平提側收」的篇章結構〉，《章法學新裁》，頁435-459。

79 鞏本棟：《辛棄疾評傳》（南京市：南京大學出版社，1998 年 12 月一版一刷），頁400-401。又，陳滿銘：〈唐宋詞拾玉〔四〕——辛棄疾的〈賀新郎〉〉，《國文天地》，12 卷 1 期（1996 年 6 月），頁 66-69。

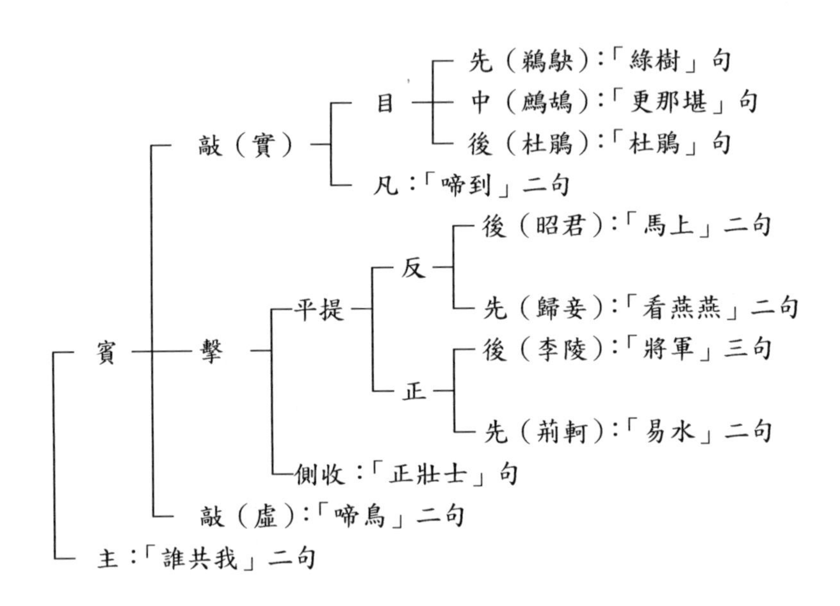


在「賓」的部分，是形成「敲、擊、敲」的結構的。如就整體，對應於「多」、「二」、「一（0）」螺旋結構來看，則「後 → 先」二疊、「先 → 中 → 後」、「反 → 正」、「目 → 凡」、「平 → 側」、「賓 → 主」等結構為「多」、「敲 → 擊 → 敲」的核心結構為「二」、「藉送十二弟以抒發家國之恨」的主旨與「沉鬱蒼涼，跳躍動盪」[80]的風格為「一（0）」。

「擊、敲、擊」的，如賈誼〈過秦論〉（上）的一段文字：

> 孝公既沒，惠文、武、昭襄，蒙故業，因遺策，南取漢中，西舉巴蜀，東割皋腴之地，北收要害之郡。諸侯恐懼，會盟而謀弱秦，不愛珍器重寶肥饒之地，以致天下之士，合縱締交，相與為一。當此之時，齊有孟嘗，趙有平原，楚有春申，魏有信陵；此

80 陳廷焯：《白雨齋詞話》卷一，《詞話叢編》4（臺北市：新文豐出版公司，1988 年 2 月臺一版），頁 3791。

> 四君者，皆明智而忠信，寬厚而愛人，尊賢重士，約從離橫，兼韓、魏、燕、趙、齊、楚、宋、衛、中山之眾。於是六國之士，有寧越、徐尚、蘇秦、杜赫之屬為之謀；齊明、周最、陳軫、召滑、樓緩、翟景、蘇厲、樂毅之徒通其意；吳起、孫臏、帶佗、兒良、王廖、田忌、廉頗、趙奢之倫制其兵。嘗以十倍之地，百萬之眾，叩關而攻秦。秦人開關延敵，九國之師，逡巡遁逃而不敢進。秦無亡矢遺金族之費，而天下諸侯已困矣。於是從散約解，爭割地而賂秦。秦有餘力而制其敝，追亡逐北，伏尸百萬，流血漂櫓；因利乘便，宰割天下，分裂河山，強國請服，弱國入朝。施及孝文王、莊襄王，享國日淺，國家無事。

這段文字，承首段進一步寫秦國之強大。它首先以「孝公既沒」句起至「北收要害」句止，從正面寫秦國的三位君王（惠文、武、昭襄），在孝公之後，由於「蒙故業」、「因遺策」，而繼續在侵蝕六國上，獲得了可觀成果；這是頭一個「擊」的部分。其次以「諸侯恐懼」句起至「叩關而攻秦」句止，極寫六國抗秦之事：先以「諸侯恐懼」二句，作一總括；再以「不愛珍器」句起至「制奇兵」句止，分策略（合縱）、人力（賢相、兵眾、謀士、使臣、將帥）和實際行動（攻秦）等，凸顯出六國抗秦的強大力量；作者這樣寫六國之強大，對寫秦國之強大而言，與其說是「反襯」[81]，不如說是「側寫」，因此這是「敲」的部分。又其

[81] 一般文論家都視為「反襯」，如王文濡在「相與為一」句下評注：「正欲寫秦之強，忽寫諸侯，作反襯。」又在「尊賢而重士」句下評注：「極贊四君，以反襯秦之強。」又在「趙奢之倫制其兵」句下評注：「極寫諸侯得人之盛，以反襯秦之強。」卷 6，頁 6-7。再如王根林在論此文特色時，特標「反襯」一項：「上篇寫秦始皇以前幾代君主雄踞關中、俯視山東各國的形勢，是從描寫山東諸國的威勢著筆的：『當是時……中山之眾』，還有一大批優秀的政治家、外交家、軍事家為本國出謀獻策、馳騁疆場，『常〔嘗〕以十倍之地、百萬之眾叩關而攻秦』。儘管他們地廣兵眾，人才

次以「秦人開關」句起至「弱國入朝」句止，又由側面轉為正面，將六國之強大轉為秦國之最後勝利，以極寫秦國的強大；這是後一個「擊」的部分。最後以「施及」三句，虛敘昭襄王後兩位君王（孝文、莊襄）之事，以過渡到第三段，與秦始皇相連接，充分發揮了橋樑的作用。如此，可用下表來呈現它的結構：

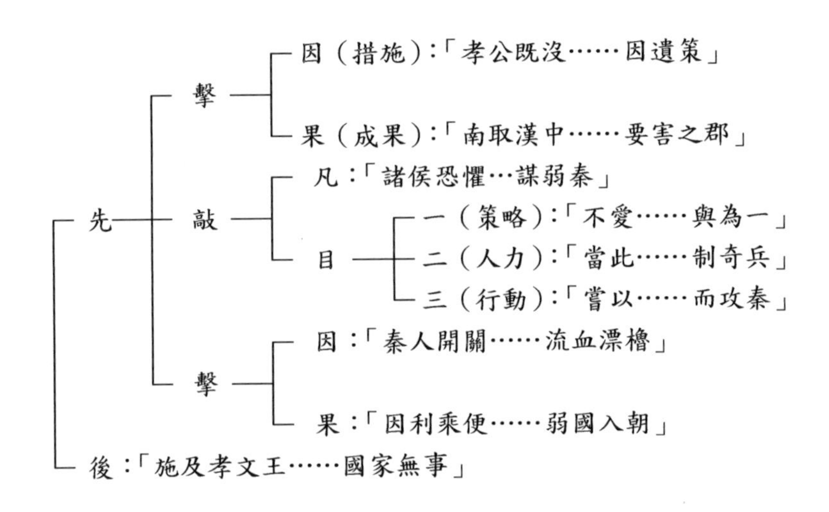


單就這一段「先」的部分來說，是形成「擊、敲、擊」的結構的。如就整體，對應於「多」、「二」、「一（0）」螺旋結構來看，則「一 → 二 → 三」、「因→果」二疊、「先→後」等結構為「多」、「擊→敲→擊」的核心結構為「二」、「側寫六國之強以襯托秦國之強」的段落大旨與「跌宕恣肆」[82]的風格為「一（0）」。

---

薈萃，然而『秦人開關而延敵，九國之士〔師〕逡巡遁逃而不敢進』。這樣寫，比直接描繪秦國如何強大，顯然能收到更好的效果。同樣，寫秦王朝在風雨飄搖中一朝傾覆，也是用它的對立面陳涉之弱小加以反襯的。」見《古代文學作品鑑賞》（上海市：上海古籍出版社，1988 年 3 月一版一刷），頁 48-49。

82 余蓋評析，見《古文鑑賞大辭典》，頁 194-195。

以上五種章法所形成之結構，都是用於謀篇布局的條理。這些條理，和形成其他章法的條理一樣，不僅存於萬事萬物之中，也存於古今人人之心理，串成一條條長長的無形鎖鏈，以通貫物我、人我，呈現它們歸於秩序、變化、聯貫、統一的功能，而把「心理」、「現象」(作品)和「美感」三者打成一片[83]，使作者、作品與讀者三者緊緊地連為一體，這可說是自然而然的事。但由於一般人（包括作者）對此，似乎都日用而不知、習焉而不察，而誤以為「章法」乃出自「人為」的枷鎖，為「偶然」現象，致多所蔑視、排斥，因此為求「章法」之條理更趨周延，以消除一些誤會，是刻不容緩之事。

## 三　量化的章法結構與「多」、「二」、「一（0）」螺旋結構

章法結構中的陰陽流動，對於節奏風格之形成，有著直接的影響。如掌握這種流動的力度變化，是可以試予量化來推測出其剛柔成分之多寡進絀的。以下就分兩方面加以探討，以見與「多」、「二」、「一（0）」螺旋結構的關係：

### （一）從章法風格之形成觀察

作為一般術語，風格是指「作風、風貌、格調，是各種特點的綜合表現」，而這種表現是多方面的，有建築風格，雕塑風格、音樂風格、服裝設計風格、藝術風格，文學風格等[84]。即以其中的文學風格而言，

83 結合心理基礎與美感效果來研究「章法」，求的正是「真、善、美」。臺灣師大國研所博、碩士在近幾年來，已有多人以學位論文來進行這一方面之研究，參見陳滿銘：〈卻顧所來徑——《章法學新裁》代序〉，《國文天地》16 卷 8 期（2001 年 1 月），頁 100-105。

84 黎運漢：《漢語風格學》（廣州市：廣東教育出版社，2000 年 2 月一版一刷），頁 3。

又有文體、作家、流派、時代、地域、民族和作品等風格之異[85]。如再就其中之一篇作品來說，則又有內容與形式（藝術）風格的不同，而形式（藝術），更有文法、修辭和章法等風格之別。

從文學風格來看，在我國，自曹丕〈典論論文〉與劉勰《文心雕龍》開始，對風格概念，就探討、發展得很好，這可由傳統有關的許多論著中得知，而所探討的，大體而言，不外是作家風格、作品風格或文章風格[86]。而對其中之作品風格，大都僅就整體來作綜合探討，卻較少分為內容與形式加以析論，也十分自然地，從文法、修辭和章法等角度來推求其風格的，便更少見，甚至完全看不到。其中章法風格，就是如此；這是由於一直未注意到章法是建立在「陰陽二元對待」的基礎之上的緣故。

直接由「陰陽二元對待」所形成之母性風格，是「剛」與「柔」。而我國涉及此「剛」與「柔」的特性來談風格的，雖然很早，如南朝梁鍾嶸的《詩品》、唐司空圖的《二十四詩品》、宋嚴羽的《滄浪詩話》等，它們所談的風格，就有與「剛」、「柔」相接近或類似的，卻還沒直接提到「剛」與「柔」；就是明末清初的黃宗羲在〈縮齋文集序〉裡，固然以陰陽之氣論文，與「剛柔」有關，也一樣未直接提到「剛柔」[87]。真正說來，明明白白地提到「剛」與「柔」，而又強調用它們來概括各種風格的，首推清姚鼐的〈復魯絜非書〉：

85《文學風格例話》，頁 1-290。

86《漢語風格學》，頁 2。

87 于民、孫通海：「以陽剛陰柔論文之美，早已有之，但大都不甚直接、明確、系統。到了明末至清代中期，這個問題就有了明顯的發展和反映。其代表作家是清初的黃宗羲與清代中期的姚鼐。黃宗羲的觀點……是崇陽而貶陰，以陽為陰制、陽氣突發為迅雷而論至文。」見《中國古典美學舉要》（合肥市：安徽教育出版社，2000 年 9 月一版一刷），頁 962。

> 鼐聞天地之道，陰陽剛柔而已。文者，天地之精英，而陰陽剛柔之發也。……其得於陽與剛之美者，則其文如霆，如電，如長風之出谷，如崇山峻崖，如決大川，如奔騏驥；其光也，如杲日，如火，如金鏐鐵；其於人也，如憑高視遠，如君而朝萬眾，如鼓萬勇士而戰之。其得於陰與柔之美者，則其文如升初日，如清風，如雲，如霞，如煙，如幽林曲澗，如淪，如漾，如珠玉之輝，如鴻鵠之鳴而入寥廓；其於人也，漻乎其如歎，邈乎其如有思，渜乎其如喜，愀乎其如悲。觀其文，諷其音，則為文者之性情形狀舉以殊焉。且夫陰陽剛柔，其本二端，造萬物者揉而氣有多寡、進絀，則品次億方，以至於不可窮，萬物生焉。故曰：一陰一陽之為道。夫文之多變，亦若是已。

對這段話，周振甫作了如下闡釋：

> 在這裡，姚鼐把各種不同風格的稱謂，作了高度的概括，概括為陽剛、陰柔兩大類。像雄渾、勁健、豪放、壯麗等都歸入陽剛類，含蓄、委曲、淡雅、高遠、飄逸等都可歸入陰柔類。就這兩類看，認為「為文者之性情形狀舉以殊焉」，性情指作者之性格，跟陽剛、陰柔有關；形狀指作品的文辭，跟陽剛、陰柔有關。又指出這兩者「揉而氣有多寡進絀」，即陽剛陰柔可以混雜，在混雜中，陰陽之氣可以有的多有的少，有的消有的長，這就造成風格的各種變化。他雖然把風格概括為兩大類，但又指出陰陽之交錯所造成的各種不同風格是變化無窮的，這又承認風格的多樣化。[88]

---

88《文學風格例話》，頁 13。

可見風格之多樣，是由「剛」與「柔」的「多寡進絀」（多少、消長）而形成的。因此多樣的風格，可以概括為陽剛、陰柔兩大類，以其「剛」與「柔」之「多寡進絀」（多少、消長）而形成不同的風格。姚鼐這種「剛柔」的概念，承襲自古聖的典籍，他在〈復魯絜非書〉中說：

> 惟聖人之言，統二氣之會而弗偏，然而《易》、《詩》、《書》、《論語》所載，亦間有可以剛柔分矣。[89]

這種「陰陽、剛柔」源自《易》、《詩》、《書》、《論語》的說法，可藉以說明姚鼐所以「尚陽而下陰，伸剛而絀柔」（姚鼐〈海愚詩鈔序〉）的原因，因為儒家本來就是崇尚陽剛的，與道家之崇尚陰柔，有所不同。如果真正要「統二氣之會而弗偏」，則《周易》（含《易傳》）和《老子》二書有關陰陽、剛柔，亦即「二」的說法，當是剛柔風格之哲學基礎所在，不宜有所偏倚。

如上所述，章法與章法結構，既然是建立在「陰陽二元對待」，亦即「剛」與「柔」互動的基礎之上的，當然與「剛柔」風格就有直接之關係。而由章法與章法結構來解釋「剛柔」風格之形成，也自然最為利便。因此要談章法風格之形成，就必須從章法本身與章法結構之陰陽、剛柔來探討。

先就章法本身之陰陽、剛柔來看，由於所有章法，無論是調和性或對比性的，都以「一陰一陽」對待而形成，所以每一章法本身即自成陰

---

89 于民、孫通海注此四句：「統二氣之會而弗偏，指《周易・繫辭上》所言『一陰一陽之謂道』。舊說〈繫辭傳〉為孔子所作。《易》、《詩》、《書》、《論語》所載的有關剛柔分的，如《易・噬嗑》：『剛柔分，動而明。』《詩經・大雅・烝民》：『柔嘉維則』、『剛亦不吐』。《尚書・舜典》：『剛而無虐』、『柔遠能邇』等等。」見《中國古典美學舉要》，頁 965。

陽、剛柔。大抵而論，屬於本、先、靜、低、內、小、近……的，為「陰」為「柔」，屬於末、後、動、高、外、大、遠……的，為「陽」為「剛」。而《周易．繫辭上》所謂「天尊地卑，乾坤定矣；卑高以陳，貴賤位矣；動靜有常，剛柔斷矣」，雖然沒有明說何者為「剛」？何者為「柔」？然而從其整個陰陽、剛柔學說看來，卻可清楚地加以辨別。陳望衡說：

> 《周易》中的剛柔也不只是具有性的意義，它也用來象徵或概括天地、日月、晝夜、君臣、父子這些相對立的事物。而且，剛柔也與許多成組相對立的事物性質相連屬，如動靜、進退、貴賤、高低……剛為動、為進、為貴、為高；柔為靜、為退、為賤、為低。[90]

這樣以「陰陽」或「剛柔」來看章法，則所有以《周易》（含《易傳》）與《老子》之「陰陽二元」為基礎而形成的章法，都可辨別它們的陰陽或剛柔。譬如：

> 今昔法：以「昔」為陰為柔、「今」為陽為剛。
> 遠近法：以「近」為陰為柔、「遠」為陽為剛。
> 大小法：以「小」為陰為柔、「大」為陽為剛。
> 本末法：以「本」為陰為柔、「末」為陽為剛。
> 虛實法：以「虛」為陰為柔、「實」為陽為剛。
> 賓主法：以「主」為陰為柔、「賓」為陽為剛。

---

90 陳望衡：《中國古典美學史》（長沙市：湖南教育出版社，1998 年 8 月一版一刷），頁 184。

正反法：以「正」為陰為柔、「反」為陽為剛。

立破法：以「立」為陰為柔、「破」為陽為剛。

凡目法：以「凡」為陰為柔、「目」為陽為剛。

因果法：以「因」為陰為柔、「果」為陽為剛。

以此類推，每種章法都各有其陰陽或剛柔，這樣，對風格之形成，無疑地打好了最佳基礎。以此為基礎，再配合章法本身之調和性（陰柔）或對比性（陽剛），就可約略推得它們的陰陽或剛柔來。大致說來，在約四十種章法中，除了貴與賤、親與疏、正與反、抑與揚、立與破、眾與寡、詳與略、張與弛……等，比較容易形成「對比」外，其他的，如遠與近、大與小、高與低、淺與深、賓與主、虛與實、平與側、凡與目、縱與收、因與果……等，都極易形成「調和」的關係。

再從章法結構之陰陽、剛柔來看，這就涉及了章法單元與結構單元的「移位」（順、逆）與「轉位」（拗）的問題。先就章法單元來說，所謂的「移位」，是指章法二元本身所形成的順向或逆向運動，如「正→反」（順）、「反→正」（逆）或「凡→目」（順）、「目→凡」（逆）等便是；而所謂的「轉位」，是指章法二元本身所形成的往復（合順、逆為一）運動，如「破→立→破」、「主→賓→主」、「實→虛→實」、「果→因」等便是。後就結構單元來說，所謂的「移位」，是指章法結構所形成的順向或逆向運動，如「先立後破→先本後末」、「先點後染→先近後遠」、「先昔後今→先抑後揚」等便是；所謂的「轉位」，是指章法結構所形成的往復（合順、逆為一）運動，如「正→反」與「反→正」、「大→小」與「小→大」、「平→側」與「側→平」等便是[91]。而這種「移位」與「轉位」，雖然二者同是指「力」（勢）的

91〈論章法的移位、轉位及其美感〉，《辭章學論文集》上，頁 98-122。

變化，但是在程度上是有所不同的，亦即變化強度較弱者為順向之「移位」，較強者為逆向之「移位」，而變化強度最激烈者為「轉位」之「拗」，也因為這樣，「移位」（順與逆）與「轉位」（拗）所形成的章法風格與所帶出的美感，也是有差別的。而推動這些運動的，是陽剛與陰柔之二元力量，如就全篇之「多、二、一（0）」來看，則都是由其核心結構發揮徹下徹上之作用，逐層予以統合的。

這樣看來，章法結構之陽剛或陰柔的強度（「勢」），當受到下列幾個因素的影響：

1 章法本身的陰柔、陽剛屬性，如「近」為陰柔，而「遠」為陽剛；「正」為陰柔而「反」為陽為剛；「凡」為陰柔，而「目」為陽剛。
2 章法結構的調和、對比屬性，如淺與深、賓與主、凡與目等形成調和，而正與反、抑與揚、立與破等則形成對比。
3 章法結構之變化，如「移位」之「順」、「逆」與「轉位」之「拗」。其中「順」屬原型，「逆」與「拗」屬變型。
4 章法結構之層級，如上層、次層……底層等。
5 章法「多、二、一（0）」的核心結構。

以上幾個因素，對於陰陽、剛柔之「勢」（力量與強度）之「消長」影響極大，而這所謂的「勢」，可用涂光社在《因動成勢》中的闡述來加以說明：

> 他們（按：指藝術家）或隱或顯地把宇宙萬物，尤其是把一切藝術表現對象都理解為不斷運動變化的存在，乃至是與自己心靈相通的有生命有個性的活物。他們總是企求體察和反映出物態中存

在的這種靈動之「勢」。[92]

而「勢」有順、有逆、有拗，正好反映出其所體察之不同：

「勢」有「順」有「逆」。「順」指其運動方式和取向與審美主體的心理傾向或思維習慣協調一致，能使欣賞者有意氣宏深盛壯、淋漓暢快的感受；「逆」則是其運動方式和取向與審美主體的心理傾向或思維習慣相牴觸、相違背，於是波瀾陡起，衝突、騷動和搏擊成為心態的主導方面。[93]

準此以觀，「順勢」較渾成暢快，「逆勢」較激蕩騷動；「拗勢」則自然地，比起順、逆來，更為渾成暢快、激蕩騷動。而這些「勢」的本身，雖然也有其陰陽（以弱、小者為陰、強、大者為陽），卻不能藉以確定章法結構之「陰」、「陽」，是完全要看結構內之運動而定的，如結構是向「陰」而動，則加強的是陰柔之「勢」；如「結構」是向「陽」而動，則加強的是陽剛之「勢」了。

如果這種看法或推測正確，則可根據以上所述幾種因素所形成的「勢」之大小強弱，約略地推算出一篇辭章剛柔成分之比例來。大抵而言，據上述因素加以推定：

1 除判其陰陽外，以起始者取「勢」之數為「1」（倍）、終末者取「勢」之數為「2」（倍）。

2 將「調和」者取「勢」數為「1」（倍）、「對比」者取「勢」之數

92 涂光社：《因動成勢》（南昌市：百花洲文藝出版社，2001 年 10 月一版一刷），頁 256。

93 涂光社：《因動成勢》，頁 265。

為「2」(倍)。

3 將「順」之「移位」取「勢」之數為「1」(倍)、「逆」之「移位」取「勢」之數為「2」(倍)、「轉位」之「拗」取「勢」之數為「3」(倍)。

4 將處「底層」者取「勢」之數為「1」(倍)、「上一層」者取「勢」之數為「2」(倍)、「上二層」者取「勢」之數為「3」(倍)……以此類推。

5 以核心結構一層所形成「勢」之數為最高，過此則「勢」之數(倍)逐層遞降。

雖然這些「勢」之數（倍），由於一面是出自推測，一面又為了便於計算，因此其精確度是不足的，卻也已約略可藉以推測出一篇辭章剛柔成分之比例來。而且可由這種剛柔成分比例之高低，大概分為三等：（甲）首先為純剛或純柔：其「勢」之數為「66.66 → 71.43 」；（乙）其次為偏剛或偏柔：其「勢」之數為「54.78 → 66.65 」；（丙）又其次為剛柔互濟：其「勢」之數為「45.23 → 54.77」。其中「71.43」是由轉位結構的陰陽之比例「5/7」推得，這可說是陰陽之比例之上限；而「66.66」是由移位結構的陰陽之比例「2/3」推得，這可說是陰陽之比例之中限；至於「45.23」與「54.77」是以「50」為準，用上限與中限之差數「4.77」上下增損推得。如果取整數並稍作調整，則可以是：

1 純剛、純柔者，其「勢」之數為「 66 → 72 」。

2 偏剛、偏柔者，其「勢」之數為「 56 → 65 」。

3 剛、柔互濟者，其「勢」之數為「 45 → 55 」。

如此初步為姚鼐「夫陰陽剛柔，其本二端，造萬物者揉而氣有多寡、進絀，則，於不可窮，萬物生焉」的說法，作較具體的印證。

## （二）從風格量化之實例觀察

一篇辭章，是由多個篇章結構先後連接、層層組合而成。而每個篇章結構，又有調和（陰柔）或對比（陽剛）的不同，且皆各自成其陰（柔）陽（剛），經「移位」（順、逆）或「轉位」（拗）之運動，以表現其「勢」。因此要探求每篇辭章所形成之章法風格，必須掌握層層結構之調和或對比、陰（柔）或陽（剛）「移位」或「轉位」所形成「勢」之強弱，才能循「理」大致推得。茲舉詩詞各一首為例作說明，首先看陶淵明的〈飲酒詩之五〉：

> 結廬在人境，而無車馬喧。問君何能爾，心遠地自偏。採菊東籬下，悠然見南山；山氣日夕佳，飛鳥相與還。此中有真意，欲辨已忘言。

陶淵明有〈飲酒〉詩二十首，皆歸自彭澤所作。雖總題為「飲酒」，實則藉以抒懷，寄託深遠。此為其第五首，旨在寫處於喧世能閒遠自得的意趣。它首先提明「心遠地自偏」的意思，再敘寫玩賞大自然的悠然心情，然後結出「得意而忘言」（《莊子・齊物》）的真趣。其中起二句，寫自己雖處於世間，卻不受世俗應酬的困擾，以領出下面問答之辭。三、四兩句，先設問，再應答，寫精神超脫了世俗的束縛，則雖置身於喧境，也如同居於偏遠之地，由此拈出「心遠」作為一篇之骨，以貫穿全詩。五、六兩句，寫採菊之際，無意間舉首而見南山，一時曠遠自得，悠然超出於塵俗之外；這是作者「心遠」的自然結果。七、八兩句，寫山氣與飛鳥，將「一任自然，適性自足」的自然景象，作生動的描摹；這又是「心遠」的另一番體現。末二句，寫此時此地此境，無法用言語來形容；這更是造自「心遠」的無上境界。吳淇在《六朝詩選定論》中說：「『意』字從上文『心』字生出，又加上『真』字，更跨進一層，則『心遠』為一篇之骨，『真意』為一篇之髓。」而方東樹在《昭昧詹言》裡也說：「境既閒逸，景物復佳，然非『心遠』則不能領略其『真意味』。」可見作者以「心遠」為一篇之骨（綱領）來統括全詩，以「真意」為一篇之髓（主旨）來收束全篇，是極有章法的；也由此使得此詩神遺言外，令人咀嚼不盡。附結構分析表如下：

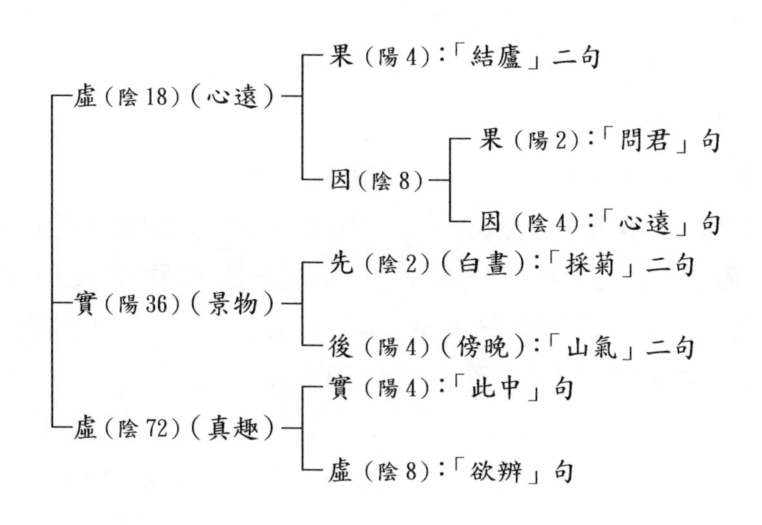


據此，如對應於「多」、「二」、「一（0）」螺旋結構，則次、底兩層之四個結構形成「多」，上層之「虛實」核心結構為「二」，而「閒遠自得的意趣」之主旨與由此造成的風格為「一（0）」。如單以量化之陰陽結構來呈現，則如下表：

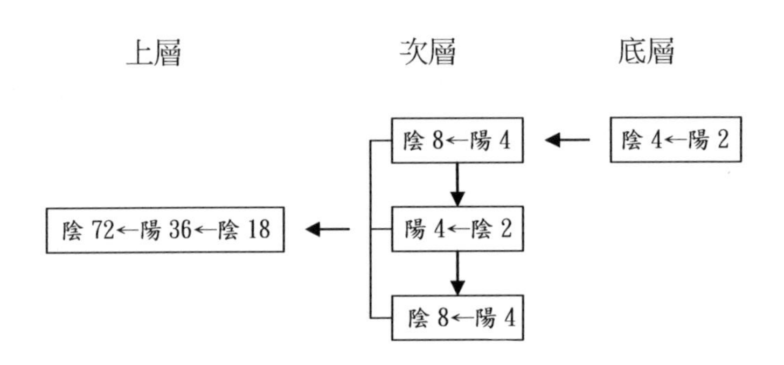


此詩以最上（三）層的「虛、實、虛」（拗、轉位）為其核心結構，且「拗」向「陰」，其「勢」之數為「陰 90、陽 36」；其次層以「先果後因」（逆）、「先先後後」（順）「先實後虛」（逆）之「移位」結構組成，其「勢」之數為「陰 18、陽 12」；其底層僅形成「先果後因」（逆）之「移位」結構，其「勢」之數為「陰 4、陽 2」。而以此相加，則全詩以「陰 112、陽 50」為其「勢」之數；如換算成百分比（四捨五入），則為「陰 69、陽 31」。可見這首詩雖然屬「柔中寓剛」之作，但所寓之陽剛成分偏低。周振甫在其《文學風格例話》中分析此詩說：

> 這首詩的境界是高的。這首詩寫自己辭官歸隱，門無車馬喧，即沒有貴人來。……隱士的門前時常有貴人的車馬到來，淵明是真心歸隱，不肯接待貴人，貴人自然不來了。但他在詩裡，只是說「心遠地自偏」，心思遠於榮利，不接待貴人，他的住處就顯得偏僻，貴人就不來了。這裡顯示出他憎惡當時官場的惡濁，不願與官場中的貴人交往，在躬耕中過艱苦生活的高尚品格。接下來寫他在東籬下採菊，悠然自得中看到廬山。他感到山氣在黃昏時好，看到飛鳥互相回去。這裡講的「山氣」當指山上的雲氣，雲氣和飛鳥又有什麼好呢？這是寫景，景中含情，是情景交融。他從雲的無心出岫，想到自己不為追求榮利，而出來做官，看到鳥

> 的相與飛還，感到自己厭倦官場生活而辭官歸隱。……這種「真意」正是他鄙棄當時官場的惡濁，決意辭官歸隱中流露出來的。這點在詩裡不用說，所以「欲辨已忘言」。這種情景交融的含蓄寫法，正是這首詩的藝術成就，所以它的風格是高妙的。[94]

他透過此詩的內容情意與含蓄寫法，推定它的風格為「高妙」，這與方東樹「閒逸」之說，正可彼此印證。而「高妙」或「閒逸」，其切入角度雖各異，但指的都是偏於陰柔的風格，如要近一步推它究竟「偏」了多少，則只有從章法風格中去窺得大概了。

其次看姜夔的〈暗香〉詞：

> 舊時月色。算幾番照我，梅邊吹笛。喚起玉人，不管清寒與攀摘。何遜而今漸老，都忘卻、春風詞筆。但怪得、竹外疏花，香冷入瑤席。　　江國、正寂寂。歎寄與路遙，夜雪初積。翠尊易泣，紅萼無言耿相憶。長記曾攜手處，千樹壓、西湖寒碧。又片片、吹盡也，幾時見得。

這闋詞題作「辛亥之冬，余載雪詣石湖。止既月，授簡索句，且徵新聲，作此兩曲。石湖把玩不已，使工妓隸習之，音節諧婉，乃名之曰〈暗香〉、〈疏影〉」。乃一首詠紅梅之作，作於宋光宗紹熙二年（1191），採「先實後虛」的結構寫成。「實」的部分，自開篇起至「吹盡也」止。其中先以起首五句，用「先反（昔盛）後正（今衰）」之結構，就梅花之盛，寫當年梅邊吹笛、喚人攀摘的雅事；這寫的是「反」（昔盛）。再以「何遜」四句，採「先全後偏」之結構，就梅花之衰，

94《文學風格例話》，頁 79-80。

寫如今人老花盡、無笛無詩的境況；接著以「江國」六句，承「何遜」四句，仍就梅花之衰，反用陸凱詩意，寫路遙雪深、無從寄梅的惆悵；以上寫的是「正」（今衰）。然後以「長記」二句，用「先『虛』（回憶）後『實』（眼前）」之結構，先承篇首五句，透過回憶，藉當年攜遊西湖孤山所見梅紅與水碧相映成趣的景致，以抒發無限懷舊之情；再以「又片片、吹盡也」句，就眼前，寫梅花落盡、舊歡難再的悲哀，回應「何遜」十句來寫。而「虛」部分即結尾一句，將時間伸向未來，發出「不知何時才能見得著」的感歎作結。作者就這樣以一實一虛、一盛一衰、一昔一今，作成強烈的對比來寫，將自己滿懷的今昔之感、懷舊之情，表達得極為婉轉回環，有著無盡的韻味。有人以為此詞托喻君國，事與徽、欽二帝北狩有關[95]，因無佐證，不予採納[96]。潘善祺以為此詞「雖為憶友，然贈梅、觀梅、落梅，始終貫穿全詞，環繞本題」，並說：「此詞由昔而今，又由今而昔，憶盛歎衰，樂聚哀散。回環往復，如蛟龍盤舞，曲盡情意，確是大家手筆。」[97] 幾句話就指出了本詞的特色與成就。附結構分析表：

95 宋翔鳳：「詞家之有姜石帚，猶詩家之有杜少陵，繼往開來，文中關鍵。……《暗香》、《疏影》，恨偏安也。蓋意愈切，則詞愈微，屈、宋之心，誰能見之。」見《樂府餘論》，《詞話叢編》3，頁 2503。陳廷焯：「南渡以後，國勢日非。白石目擊心傷，多於詞中寄慨。不獨〈暗香〉、〈疏影〉二章，發二帝之幽憤，傷在位之無人也。特感慨全在虛處，無迹可尋，人自不察耳。」見《白雨齋詞話》卷二，《詞話叢編》4，頁 3797。

96 常國武：「此詞不過是借梅花的盛衰，抒發作者自己由年輕時的歡愉轉入老大的悲涼，以及自己與故人由當年共同賞梅到而今兩地乖隔、舊遊難再的悵惘而已，與亡國之恨毫無瓜葛。」見《新選宋詞三百首》，頁 403。

97 潘善祺評析，見《詞林觀止．上》，頁 590。

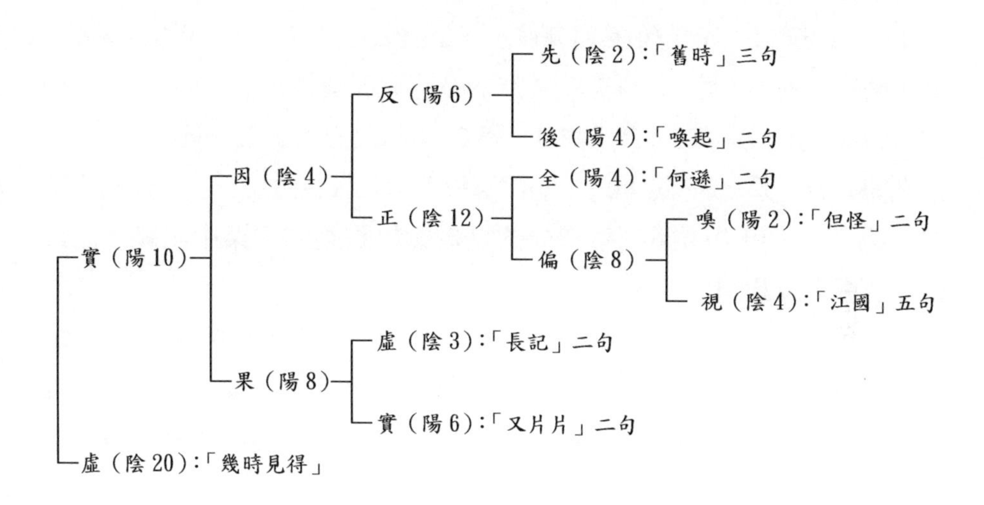


據此，如對應於「多」、「二」、「一（0）」螺旋結構，則次、三、四、底等層之六個結構形成「多」，上層之「虛實」核心結構為「二」，而「感慨今昔」之主旨與由此造成的風格為「一（0）」。如單以量化之陰陽結構來呈現，則如下表：

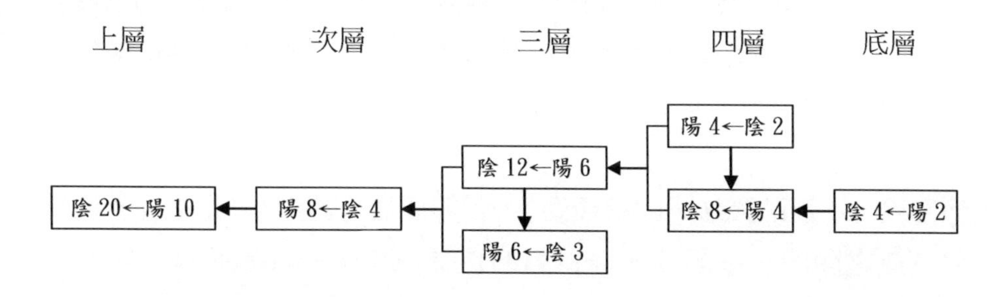


此詞含五層結構：它最上一層之「先實後虛」（逆、移位）為其核心結構，其「勢」之數為「陰20、陽10」；次層為「先因後果」（順）的「移位」結構，其「勢」之數為「陰4、陽8」；三層有「先反後正」（逆、對比）、「先虛後實」（順）的「移位」結構，其「勢」之數為「陰15、

陽 12」；四層有「先先後後」（順）、「先全後偏」（逆）等「移位」結構，其「勢」之數為「陰 10、陽 8」；底層為「先嗅覺後視覺」（逆）的「移位」結構，其「勢」之數為「陰 4、陽 2」；將此五層加在一起，其「勢」之數總共為「陰 53、陽 40」；如換算成百分比（四捨五入），則為「陰 57、陽 43」。可見這闋詞所形成的是較偏於陰柔的「柔中寓剛」之風格。周振甫說此詞：

> 借梅花來懷念伊人，表達了無限深情。句句不離梅花，但又在表達對伊人深切懷念的深情，所以是清空之作，這種感情清雅而富有詩意，所以又是騷雅的。[98]

這種「清空」、「騷雅」之說，源於張炎之《詞源》[99]，「清空」，主要是指風格；而「騷雅」，主要是說「另有寄託」，而劉揚忠指出：

> 白石詞同詞史上柔婉豔麗與雄放豪壯兩大類型皆有不同，他一洗華靡而屏除粗豪，別創一種清疏飄逸、幽潔瘦勁之體，用以抒發自己作為濁世之清客、出塵之高士的幽懷雅韻與身世家國之感。[100]

他所說的「清疏飄逸、幽潔瘦勁」，當等同於「清空」，是指介於婉約與豪放之間的一種風格。姜白石的這種風格，與其說是屬「剛柔相

---

98《文學風格例話》，頁 76。

99 張炎：「詞要清空，不要質實。清空則古雅峭拔，質實則凝澀晦昧。……白石詞如〈疏影〉、〈暗香〉、〈揚州慢〉……等曲，不惟清空，又且騷雅，讀之使人神觀飛越。」見《詞源》卷下，《詞話叢編》1，頁 259。

100《唐宋詞流派史》，頁 489。

濟」，不如說是「柔中寓剛」的。如以這首〈暗香〉之章法結構來看，這種「柔中寓剛」（「陰 60、陽 40」）的偏柔風格，就表現得相當明顯。

以上兩首詩詞，都曾由周振甫在《文學風格例話》中加以引述，引述時大都從作者境遇、內容情意或一些技巧方面切入，以探究它們的風格。這種風格，如上所述，用其「陰陽二元」所形成篇章之「多」、「二」、「一（0）」螺旋結構來推求，更能辨入細微。而由於用作者境遇、內容情意或一些技巧來推求，往往需要極高的學養，且學養不同，就會有不同的體會，這就難免陷入「自由心證」的窘境，所以透過篇章結構來作某個程度的認定，對於作品風格作較精細的了解，是大有幫助的。當然，結構分析所切入之角度有異，其面貌便有異，這樣必然會影響其結果，因此作某些調整，以求合情合理，是有其必要的。

綜上可知「章法」，在辭章上來說，關涉的是篇章內容材料的邏輯條理，因此是唯一可藉以梳理辭章「多」、「二」、「一（0）」螺旋結構的；這可由上文的論述與引證中獲得充分證明。從而可見「章法」與「多」、「二」、「一（0）」螺旋結構的緊密關係。

# 第四章
# 文學的「多」、「二」、「一（0）」螺旋結構（二）——意象

宇宙萬物，可用「心」（意）與「物」（象）加以概括。而它們創生、含容的歷程，可以用「多」、「二」、「一（0）」的螺旋結構來呈現。大致說來，古代的聖賢是先由「有象」〔現象界（物、象）〕以探知「無象」〔本體界（心、意）〕，逐漸形成「多、二、一（0）」的逆向結構；再由「無象」〔本體界（心、意）〕以解釋「有象」〔現象界（物、象）〕，逐漸形成「（0）一、二、多」的順向結構的。就這樣一順一逆，往復思維、探求、驗證，久而久之，終於形成了豐盈的「意象」世界，以反映他們圓融的宇宙人生觀。而這種宇宙人生觀，各家雖各有所見，但若只求其同而不其求異，則總括起來說，都可以從「（0）一、二、多」（順）與「多、二、一（0）」（逆）的互動、循環而提升的螺旋關係[1]上加以統合。這樣對應於人類的思維世界，即可見出「意象系統」之無所不在。

---

[1] 陳滿銘：〈論「多」、「二」、「一（0）」的螺旋結構——以《周易》與《老子》為考察重心〉，臺灣師大《師大學報．人文與社會類》48 卷 1 期（2003 年 7 月），頁 1-20。而所謂「螺旋」，本用於教育課程之理論上，早在十七世紀，即由捷克教育家夸美紐思所提出，見《簡明國際教育百科全書》（北京市：新華書局北京發行所，1991 年 6 月一版一刷），頁 611。又，相對於人文，科技界亦發現生命之「基因」和「DNA」等都呈現螺旋結構。參見約翰．格里賓著、方玉珍等譯：《雙螺旋探密——量子物理學與生命》（上海市：上海科技教育出版社，2001 年 7 月），頁 271-318。

# 第一節　意象「多」、「二」、「一（0）」螺旋結構的理論基礎

「意象」乃合「意」與「象」而成。由於它有其理論之基礎，所以運用在文學藝術、心理學或科學技術等領域上便能切合無間。茲由如下幾方面作探討：

## 一　就意象之形成作探討

從哲學層面來看，意象的源頭，是與心、物或有、無之對待、合一是有關的，但因它牽扯甚廣，而論述也多，所以在此略而不論，只直接落到人類的「思維世界」中「意」與「象」這一層面來說。而論述「象」與「意」最精要的，要推《易傳》，其〈繫辭上〉云：

> 聖人有以見天下之賾，而擬諸其形容，象其物宜，是故謂之象。

而〈繫辭下〉又云：

> 《易》者，象也。象也者，像也。……是故吉凶生而悔吝著也。

對此，孔穎達在《周易正義》卷八中解釋道：

> 《易》卦者，寫萬物之形象，故《易》者，象也。象也者，像也，謂卦為萬物象者，法像萬物，猶若乾卦之象法像於天也。[2]

---

2　孔穎達：《周易正義》卷八（臺北市：廣文書局，1972 年 1 月版），頁 77。

可見在此，「象」是指近取諸身、遠取諸物而得來的卦象，可藉以表示人事之吉凶悔吝。廣義地說，即藉具體形象來表達抽象事理，以達到象徵（或譬喻）的作用。因此陳望衡《中國古典美學史》說：

> 《周易》的「觀物取象」以及「象者，像也」，其實並不通向模仿，而是通向象徵。這一點，對中國藝術的品格影響是極為深遠的。[3]

而所謂「象徵」，就其表出而言，就是一種符號，所以馮友蘭在《馮友蘭選集》上卷說：

> 〈繫辭傳〉說：「易者，象也。」又說：「聖人有以見天下之賾，而擬諸其形容，象其物宜，是故謂之象。」照這個說法，「象」是模擬客觀事物的複雜（賾）情況的。又說「象也者，像此者也」；象就是客觀世界的形象。但是這個模擬和形象並不是如照像那樣照下來，如畫像那樣畫下來。它是一種符號，以符號表示事物的「道」或「理」。六十四卦和三百八十四爻都是這樣的符號。[4]

所謂「以符號表示事物的『道』或『理』」，和葉朗在《中國美學史大綱》所說的：〈繫辭傳〉認為整個《易經》都是「象」，都是以形象來表明義理，[5] 其道理是一樣的。

　　除了上文談到〈繫辭傳〉，指出了《易經》「象」的層面與「道或理」

3　陳望衡：《中國古典美學史》（長沙市：湖南教育出版社，1998 年 8 月一版一刷），頁 202。

4　馮友蘭：《馮友蘭選集》上卷（北京市：北京大學出版社，2000 年 7 月一版一刷），頁 394。

5　葉朗：《中國美學史大綱》（臺北市：滄浪出版社，1986 年 9 月），頁 66。

有關外，〈繫辭傳〉還進一步論及「立象以盡意」的問題。〈繫辭上〉云：

> 子曰：「書不盡言，言不盡意。」然則，聖人之意，其不可見乎？子曰：「聖人立象以盡意，設卦以盡情偽，繫辭焉以盡其言，變而通之以盡利，鼓之舞之以盡神。

一般而言，語言在表達思想情感時，會存在著某種侷限性，此即「言不盡意」的意思（這關涉到了「空白」、「補白」理論，當另文討論）。而在〈繫辭傳〉中，卻特地提出了「象可盡意、辭可盡言」的論點。王弼《周易略例．明象》對此曾說明云：

> 夫象者，出意者也；言者，明象者也。盡意莫若象，盡象莫若言。言生於象，故可尋言以觀象；象生於意，故可尋象以觀意。意以象盡，象以言著。[6]

由此可知，「情意」（意）可透過「言語」、「形象」（象）來表現，並且可以表現得很具體。而前者（情意－意）是目的、後者（言語、形象－象）為工具。陳望衡《中國古典美學史》釋此云：

> 王弼將「言」、「象」、「意」排了一個次序，認為「言」生於「象」、「象」生於「意」。所以，尋言是為了觀象，觀象是為了得意。言—象—意，這是一個系列，前者均是後者的工具，後者均為前者的目的。[7]

---

6 王弼：《周易略例．明象》，收入《易經集成》149（臺北市：成文出版社，1976 年出版），頁 21-22。

7 《中國古典美學史》，頁 207。

他把「意」與「象」、「言」的前後關係，說得十分清楚，不過，他所謂的「言 → 象 → 意」，是就逆向的解讀一面來說的，如果從順向的創造一面而言，則是「意→象→言」了。此外，葉朗在《中國美學史大綱》裡，也從另一角度，將《易傳》所言之「象」與「意」闡釋得相當扼要而明白，他說：

> 「象」是具體的，切近的，顯露的，變化多端的，而「意」則是深遠的，幽隱的。〈繫辭傳〉的這段話接觸到了藝術形象以個別表現一般，以單純表現豐富，以有限表現無限的特點。[8]

所謂的「單純」（象）與「豐富」（意）、「有限」（象）與「無限」（意），說的就是「象」與「意」之關係。

由此看來，思維世界的「意」與「象」，其哲學層面之主要基礎就建立在這裡。對應於此，在文學理論中最早以合成詞的方式標舉出「意象」這一藝術概念的[9]，是劉勰《文心雕龍．神思》：

> 是以陶鈞文思，貴在虛靜，疏瀹五藏，澡雪精神；積學以儲寶，酌理以富才，研閱以窮照，馴致以懌辭；然後使元解之宰，尋聲律而定墨；獨照之匠，窺意象而運斤。此蓋馭文之首術，謀篇之大端。

在這一段話中，劉勰講的是作家須使內心虛靜，然後才能醞釀文思、經

8 《中國美學史大綱》，頁 26。

9 前於劉勰的王充，在《論衡．亂龍篇》中就提到過「意象」，這是「意象」作為合成詞第一次出現。他說：「夫畫布為熊麋之象，明布為侯，禮貴意象，示義取名也。」但這並不是針對文學理論而發。

營意象；在此「意象」一詞指的是構思中的形象，頗能直接傳達情意與形象在文學表達上統合為一的關係[10]。

## 二　就意象之系統作探討

總結起來說，在這種形成「意象系統」整個歷程裡，是完全離不開「思維力」（含觀察、記憶、聯想、想像、創造）之運作的。茲依序簡述如下：

首先看思維力，周元主編《小學語文教育學》說道：「思維靠語言來組織。我們進行思考時，必須借助於單詞、短語和句子。因為思維的基本形式——概念，是用語言中的詞來標誌的，判斷過程和推理過程也是憑藉語句來進行的；也正是因為人憑藉語言進行思維，才使思維具有間接性和概括性。」[11] 因為人類具有思維能力，所以不會只侷限於某個時空的直接感官接觸；而且思維力的鍛鍊與語言能力的進展，可說是密切相關，是可以互動、循環、提升的。周元主編《小學語文教育學》又說道：「語言是思維的直接現實。我們理解語言時，要經歷從語文形式到思想內容，又從思想內容到語文形式的思維；言語表達時則相反，要經過從內容到形式，又從形式到內容的思維過程。在這反覆的過程中，需要進行分析綜合、抽象概括、判斷推理，需要形象思維和邏輯思維的交替進行。」[12] 正因為語言與思維有著密切的關係，所以在語文教學的全過程中，都應有意識地進行思維訓練。思維力強，表現出來就是抽象、概括的能力強，亦即「求異」與「求同」的能力強，彭聃齡主編《普

10 歐麗娟：《杜詩意象論》（臺北市：里仁書局，1997 年初版），頁 12。

11 周元主編：《小學語文教育學》（上海市：華東師範大學出版社，1992 年 10 月一版一刷），頁 26。

12 周元主編：《小學語文教育學》，頁 26。

通心理學》甚至認為抽象概括力是一般能力的核心[13]。在語文教學中，可以用「比較」的方式，來鍛鍊出學生「求異」與「求同」的能力，因而促進思維能力[14]。

其次看觀察力，彭聃齡主編《普通心理學》說：「外部感覺接受外部世界的刺激並反映它們的屬性，這類感覺稱外部感覺。如視覺、聽覺、嗅覺、味覺、皮膚感覺等。……內部感覺接受機體內部的刺激並反映它們的屬性（機體自身的運動與狀態），這種感覺叫內部感覺，如運動覺、平衡覺、內臟感覺等。」[15] 觀察力就是運用視、聽、嗅、味、觸五種外部知覺，以及內部知覺，來獲取外在世界和機體內部訊息的能力。良好的觀察力對於寫作來說是相當重要的，因為正如周元《小學語文教育學》所言：觀察是獲得說寫素材的重要途徑，也是準確生動地表達的前提[16]。

又其次看記憶力，彭聃齡主編《普通心理學》：「記憶（memory）是在頭腦中積累和保存個體經驗的心理過程，運用信息加工的術語講，就是人腦對外界輸入的信息進行編碼、存儲和提取的過程。……記憶是一種積極、能動的活動。人對外界輸入的信息能主動地進行編碼，使其成為人腦可以接受的形式。現代心理學家認為，只有經過編碼的信息才能記住。」[17] 作為一種心理過程，記憶是一個識記、再認和再現的過程，是人們運用知識經驗進行思考、想像、解決問題、創造發明等一切智慧活動的前提。有了記憶，人們才能積累知識、豐富經驗；沒有記

13 彭聃齡主編：《普通心理學》（北京市：北京師範大學出版社，2001 年 5 月二版、2003 年 1 月十五刷），頁 392。

14 以上論述，參見仇小屏：《限制式寫作之理論與應用》（臺北市：萬卷樓圖書公司，2005 年 10 月初版），頁 12-46。

15 彭聃齡主編：《普通心理學》，頁 76。

16《小學語文教育學》，頁 23。

17《普通心理學》，頁 201。

憶，一切心理現象的發展都是不可能的，我們的教育或教學也無法進行。

再其次看聯想力，童慶炳《中國古代心理詩學與美學》說道：「聯想是人的一種心理機制，主要指人的頭腦中表象的聯繫，即其中一個或一些表象一旦在意識中呈現，就會引起另一些相關的表象。」[18] 譬如我們看到月曆已撕到二月，就會想到冬去春來，由冬去春來又自然會想到萬物復甦，由萬物復甦又想到春景的美麗……等等。這種由一種事物想到另一種事物的能力就是聯想力，邱明正《審美心理學》並將聯想分成接近聯想、相似聯想、對比聯想、關係聯想幾類[19]。

接著看想像力，彭聃齡主編《普通心理學》說道：「想像（imagination）是對頭腦中已有的表象進行加工改造，形成新形象的過程。」[20] 其加工改造的方向有二：重組或變造。因此想像力的豐沛植基於兩個重要因素上：其一為腦中所儲存表象的豐富，其一為重組和變造的能力；也因為想像力是如此運作的，因此想像所得就會具有形象性和新穎性，這就是想像力迷人的地方。舉例來說，《哈利波特》童書系列中出現的「咆哮信」，就是將「信」和「生氣咆哮」重組起來，於是產生了新的表象——咆哮信；至於童話中常出現的可怕巨人，則往往是將某些特點加以誇大（譬如粗硬的皮膚、洪亮的聲音、巨大的眼睛等），這就是經過想像力變造的結果；不過更多的情況是在想像的過程中兼有重組與變造。

如果從它們的邏輯關係來說，它們初由「觀察力」與「記憶力」的兩大支柱豐富「意象」，再由「聯想力」與「想像力」的兩大翅膀拓展「意象」（多），接著由「形象」與「邏輯」的兩大思維（二）運作「意

18 童慶炳：《中國古代心理詩學與美學》（臺北市：萬卷樓圖書公司，1994 年 8 月初版），頁 133。

19 邱明正：《審美心理學》（上海市：復旦大學出版社，1993 年 4 月一版一刷），頁 179。

20《普通心理學》，頁 248。

象」，然後由「綜合思維」統合「意象」（一（0）），以發揮最大的「創造力」[21]。如此周而復始，便形成「多」、「二」、「一（0）」的螺旋結構[22]以反映「思維系統」或「意象系統」[23]。以下用簡圖將其系統呈現如下：

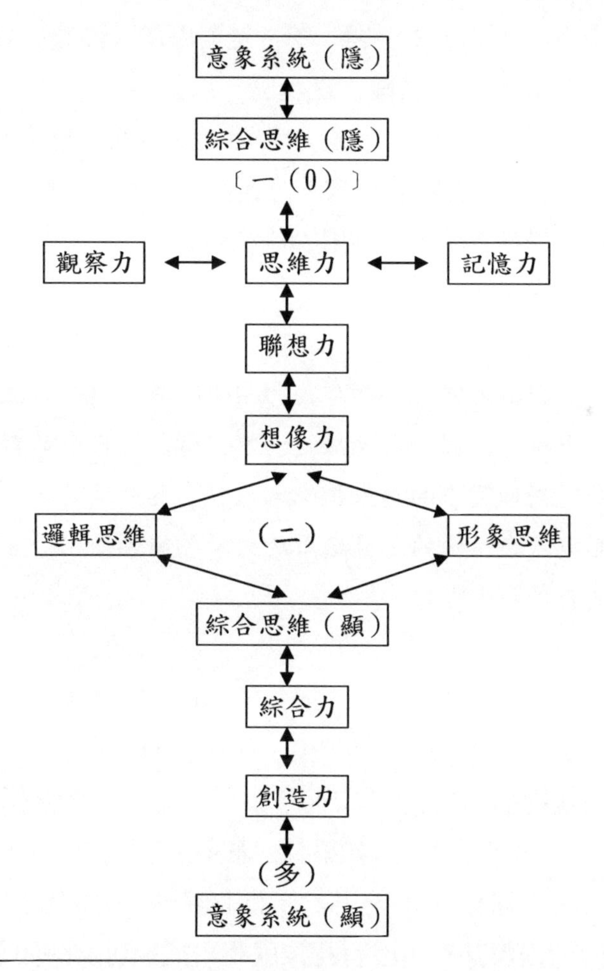


21 陳滿銘：〈談思維力與語文螺旋結構的關係〉，《國文天地》21卷3期（2005年8月），頁79-86

22〈論「多」、「二」、「一（0）」的螺旋結構——以《周易》與《老子》為考察重心〉，頁1-20。

23 陳滿銘：〈淺論意象系統〉，《國文天地》21卷5期（2005年10月），頁30-36。

由此可見，在這種由「隱」而「顯」地呈現「意象系統」整個歷程裡，是完全離不開「思維力」（含觀察、記憶、聯想、想像、創造）之運作的。

而這種結構或系統，如果對應到「創造」主體的「才」、「學」、「識」三者而言，則顯然其中的「才」與「學」是對應於「觀察」與「記憶」來說的，屬於知識層，為「思維」之基礎，以儲存「意象」；而「識」則屬於智慧層，藉以提升或活用「意象」而組成隱性「意象系統」，乃對應於一切「思維」（含聯想與想像）之運作而言的。這些不但可適用於藝術文學、心理學等領域，也適用於科技領域。

對此，盧明森說：

> 它（意象）理解為對於一類事物的相似特徵、典型特徵或共同特徵的抽象與概括，同時也包括通過想像所創造出來的新的形象。人類正是通過頭腦中的意象系統來形象、具體地反映豐富多彩的客觀世界與人類生活的，既適用於文學藝術領域、心理學領域，又適用於科學技術領域。[24]

可見「意象」是一切思維（含形象、邏輯、綜合）的基本單元，因為從源頭來看，「意象」是合「意」與「象」而成，而「意」與「象」，乃根源於「心」與「物」，原有著「二而一」、「一而二」的關係，藉以形成「意象系統」。這樣的「系統」如果就「意象」之開展而言，則與「思維力」的兩大翅膀「聯想」與「想像」，關係密切，盧明森以為「意象是聯想與想像的前提與基礎，沒有意象就不可能進行聯想與想像。」[25]

---

24 黃順基、蘇越、黃展驥主編：《邏輯與知識創新》第二十章（北京市：中國人民大學出版社，2002 年 4 月一版一刷），頁 430。

25 黃順基、蘇越、黃展驥主編：《邏輯與知識創新》第二十章，頁 431。

看法相當正確。而且由於聯想「是從對一個事物的認識引起、想到關於其他事物的認識的思維活動，是一種廣泛存在的思維活動，既存在於形象思維活動中，也存在於抽象（邏輯）思維動中，還存在於抽象（邏輯）思維與形象思維活動之間……不是憑空產生的，而是有客觀根據，又有主觀根據的。」而想像則「是在認識世界、改造世界過程中，根據實際需要與有關規律，對頭腦中儲存的各種信息進行改造、重組，形成新的意象的思維活動，其中，雖常有抽象（邏輯）思維活動參與，但主要是形象思維活動。……理想是想像的高級型態，因為它不僅有根有據、合情合理、很有可能變成事實，而且有大量抽象（邏輯）思維活動參加，在實際思維活動具有重大的實用價值。」[26] 所以聯想與想像都有主、客觀成分，可和形象思維、邏輯（抽象）思維，甚至綜合思維會產生互動；如果換從形象、邏輯與綜合思維的角度切入，則可以這麼說：形象思維的最基本特徵，在於思維活動始終藉著偏於主觀性的聯想與想像，伴隨著具體生動的形象而進行；而邏輯思維的最基本特徵，乃在於人們在認識事物時，藉著偏於客觀性的聯想與想像，主要在因果律的規範下，用概念、判斷、推理來反映現實的過程；所以前者是運用典型的藝術形象來揭示各事物的特質，後者則是用抽象概念來揭示各事物的組織。至於綜合思維，則統合形象思維與邏輯思維，將藝術形象與抽象概念融成一體，以呈現整體的形神特色。

因此，在思維世界裡，是始終以意象為內容的，即以思維的起點（觀察、記憶）、過程（聯想與想像）而言是如此，就連其終點（創造力）來說也是如此。

---

26 黃順基、蘇越、黃展驥主編：《邏輯與知識創新》第二十章，頁 431-433。

## 三　就意象之呈現作探討

這樣，思維的兩大翅膀聯想與想像便很自然地能流貫於形象思維（偏於主觀）與邏輯思維（偏於客觀）或綜合思維（合主、客觀）活動之中，使意象得以形成、表現、組織，以至於統合[27]，來呈現「意象系統」，而產生美感。對此，張紅雨在《寫作美學》中說：

> 人們之所以有了美感，是因為情緒產生了波動。這種波動與事物的形態常常是統一起來的，美感總是附著在一定的事物上。[28]

他更進一步地指出：事物之所以可以成為激情物，是因為它觸動人們的美感情緒，而使美感情緒產生波動，所以我們對事物形態的摹擬，實際上是對美感情緒波動狀態的摹擬，是雕琢美感情緒的必要手段。因此，所謂靜態、動態的摹擬，也並不是對無生命的事物純粹作外形，或停留在事物動態的表面現象上作摹狀，而是要挖掘出它更本質、更形象的內容，來寄託和流洩美感的波動。[29]

他所說的「情緒波動」，即主體之「意」；而「事物形態」之「更本質、更形象的內容」，則為客體之「象」。對這種意與象之連結，格式塔心理學家用「異質同構」來解釋。李澤厚在〈審美與形式感〉一文中說：

> 不僅是物質材料（聲、色、形等等）與視聽感官的聯繫，而更重要的是它們與人的運動感官的聯繫。對象（客）與感受（主），

27〈談思維力與語文螺旋結構的關係〉，頁 79-86。

28 張紅雨：《寫作美學》（高雄市：麗文文化出版社，1996 年 10 月初版），頁 311。

29 張紅雨：《寫作美學》，頁 311-314。

> 物質世界和心靈世界實際都處在不斷的運動過程中，即使看來是靜的東西，其實也有動的因素……其中就有一種形式結構上巧妙的對應關係和感染作用……格式塔心理學家則把這種現象歸結為外在世界的力（物理）與內在世界的力（心理）在形式結構上的「同形同構」，或者說是「異質同構」，就是說質料雖異而形式結構相同，它們在大腦中所激起的電脈衝相同，所以才主客協調，物我同一，外在對象與內在情感合拍一致，從而在相映對的對稱、均衡、節奏、韻律、秩序、和諧……中，產生美感愉快。[30]

而歐陽周、顧建華、宋凡聖等在《美學新編》中也指出：

> 完形心理學美學依據「場」的概念去解釋「力」的樣式在審美知覺中的形成，並從中引申出了著名的「同形論」或稱為「異質同構」的理論。按照這種理論，他們認為外部事物、藝術樣式、人物的生理活動和心理活動，在結構形式方面，都是相同的，它們都是「力」的作用模式。在安海姆看來，自然物雖有不同的形狀，但都是「物理力作用之後留下的痕跡」。藝術作品雖有不同的形式，卻是運用內在力量對客觀現實進行再創造的過程。所以，「書法一般被看著是心理力的活的圖解」。總之，世界上的一切事物，其基本結構最後都可歸結為「力的圖式」。正是在這種「異質同構」的作用下，人們才在外部事物和藝術作品中，直接感受到某種「活力」、「生命」、「運動」和「動態平衡」等性質。……所以，事物的形體結構和運動本身就包含著情感的表

30 李澤厚：《李澤厚哲學美學文選》（臺北市：谷風出版社，1987 年 5 月初版），頁 503-504。

現，具有審美的意義。[31]

他們這把「意」與「象」之所以形成、趨於統一，而產生美感的原因、過程與結果，都簡要地交代清楚了。

如果落回辭章層面來說，則意象是和辭章的內容融為一體的。而辭章內容的主要成分，不外情、理與事、物（景）。其中情與理為「意」，屬核心成分；事與物（景）乃「象」，為外圍成分。它可用下圖來表示：

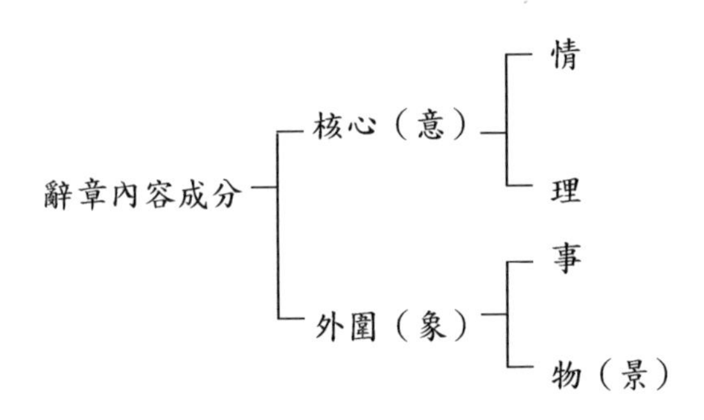


而此情、理與事、物（景）之辭章內容成分，就其情、理而言，是「意」；就其事、物（景）而言，是「象」。

所謂核心成分，為「情」或「理」，乃一篇之主旨所在。它安排在篇內時，都以「情語」或「理語」來呈現，既可置於篇首，也可置於篇腹，更可置於篇末[32]，以統合各個事、物（景）之「象」。而如果核心成分之「情」或「理」（主旨）未安置於篇內，就要從篇外去尋找，這

---

31 歐陽周、顧建華、宋凡聖編著：《美學新編》（杭州市：浙江大學出版社，2001 年 5 月一版九刷），頁 253。安海姆之「同形論」或「同形說」，參見蔣孔陽、朱立元主編：《西方美學通史》第六卷（上海市：上海文藝出版社，1999 年 11 月一版一刷），頁 715-717。

32 陳滿銘：〈談安排辭章主旨（綱領）的幾種基本形式〉，臺灣師大《國文學報》14 期（1985 年 6 月），頁 201-224。

是讀者要特別費心的。但無論是「理」或「情」，皆指「意象」之「意」來說。

所謂外圍成分，則以事語或物（景）語來表出。也就是說，形成外圍結構的，不外「物」材與「事」材而已。先就「物」材來說，凡是存於天地宇宙之間的實物或東西都可以成為文章的材料。以較大的物類而言，如天（空）、地、人、日、月、星、山（陸）、水（川、江、河）、雲、風、雨、雷、電、煙、嵐、花、草、竹、木（樹）、泉、石、鳥、獸、蟲、魚、室、亭、珠、玉、朝、夕、晝、夜、酒、餚……等就是；以個別的對象而言，如桃、杏、梅、柳、菊、蘭、蓮、茶、麥、梨、棗、鶴、雁、鶯、鷗、鷺、鶗鴂、鷓鴣、杜鵑、蟬、蛙、鱸、蚊、蟻、馬、猿、笛、笙、琴、瑟、琵琶、船、旗、轎……等就是。這些物材可說無奇不有，不可勝數。大抵說來，作者在處理內容成分時，大都將個別的物材予以組合而形成結構。

再就「事」材來說，凡是發生在天地宇宙之間的事情都可以成為文章的材料。以抽象的事類而言，如取捨、公私、出入、聚散、得失、逢別、迎送、仕隱、悲喜、苦樂、歌舞、來（還）往（去）、成敗、視聽、醒醉、動靜，甚至入夢、弔古、傷今、閒居、出遊、感時、恨別、雪恥、滅恨、修身、齊家、治國、平天下，泛論、舉證、經過、結果……等就是；以具體的事件而言，如乘船、折荷、繞室、讀書、醉酒、離鄉、還家、邀約、赴約、生病、吃糠、遊山、落淚、彈箏、倚杖、聽蟬、接信、拆信、羅酒漿、備飯菜、甚至行孝、行悌、致敬……等就是。這些事材，可說俯拾皆是，多得數也數不清。作者通常都用具體的事件來寫，卻在無形中可由抽象的事類予以統括。[33]

---

33　以上參見陳滿銘：《章法學綜論》（臺北市：萬卷樓圖書公司，2002 年 6 月），頁 107-119。

以上所舉的「物材」，主要用於寫「景（物）」；而「事材」則主要用於敘「事」。所敘寫的無論是「景（物）」或「事」，皆指「意象」之「象」而言。茲舉杜甫的〈石壕吏〉詩與馬致遠題作「秋思」的〈天淨沙〉曲為例，略作說明：

首先看杜甫的〈石壕吏〉：

> 暮投石壕村，有吏夜捉人。老翁踰牆走，老婦出看門。吏呼一何怒，婦啼一何苦。聽婦前致詞：「三男鄴城戍，一男附書至，二男新戰死。存者且偷生，死者長已矣。室中更無人，惟有乳下孫。有孫母未去，出入無完裙。老嫗力雖衰，請從吏夜歸。急應河陽役，猶得備晨炊。」夜久語聲絕，如聞泣幽咽。天明登前途，獨與老翁別。

這首詩旨在寫石壕地方官吏的橫暴，以反映百姓的悲苦與政治的黑暗，乃作於唐肅宗乾元二年（759）春。這時，作者正在由洛陽經潼關，返華州任所途中[34]。它先以開端二句，簡述事情發生的原因；再以「老翁踰牆走」二十句，以平提的方式，寫「老翁」潛走與「老婦」被捉的事實。由於被捉的是「老婦」，所以只用「老翁」一句，提明「老翁」的情況，卻以「老婦」十九句，描述「老婦」被捉的經過。就在這十九句詩裡，「老婦」四句，用以泛寫「老婦」在悲苦中無奈地向前「致詞」的事；「三男」十三句，用以具寫「致詞」的內容，它自三男戍、二男死、孫方乳、媳無裙，說到由自己備晨炊，層層遞進，道出了一家悲苦至極的慘況；「夜久」二句，用以暗示「致詞」無效，結果「老婦」還

34 霍松林分析，見《唐詩大觀》（香港：商務印書館香港分館，1986 年 1 月香港一版二刷），頁 483-484。

是被捉了。最後以「天明」二句，用側收的方式，回應篇首三句，說自己在天明時獨向「老翁」道別。這兩句，從表面看來，只著眼於「老翁」一面加以收結，但實際上，卻將「老婦」一面也包括在內。高步瀛《唐宋詩舉要》說：「結與翁別，為起二句之去路，此一定章法，非獨結老翁潛歸而已。」[35] 而劉開揚在《杜甫》中更明確地指出：「結尾寫詩人自己『天明登前途，獨與老翁別』，見得老婦已應徵而去。」[36] 如此側收，自然就收到含蓄、洗煉的效果。其結構分析表為：

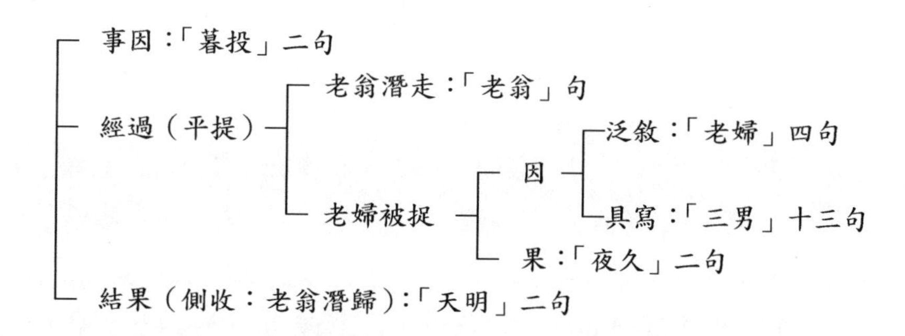


可見它乃藉各種事材，如「吏夜捉人」、「翁踰牆走」、「吏呼」、「婦啼」、「語聲絕」、「泣幽咽」、「與老翁別」等形成「象」，以反映石壕地方官吏橫暴與百姓悲苦之「意」，其結構是極具條理，而內容成分也是一目了然的。

然後看馬致遠的〈天淨沙〉：

> 枯藤、老樹、昏鴉。小橋、流水、人家。古道、西風、瘦馬。夕陽西下。斷腸人在天涯。

---

35 高步瀛：《唐宋詩舉要》（臺北市：學海出版社，1973 年 2 月初版），頁 68。

36 劉開揚：《杜甫》（臺北市：國文天地雜誌社，1991 年 7 月初版），頁 58。

本曲旨在寫浪天涯之苦。它先就空間，以「枯藤」兩句寫道旁所見，以「古道」句寫道中所見；再就時間，以「夕陽」句指出是黃昏，以增強它的情味力量；然後由景轉情，點明浪跡天涯者「人生如寄」、「漂泊無定」的悲痛[37]，亦即「斷腸」作結。其結構分析表為：

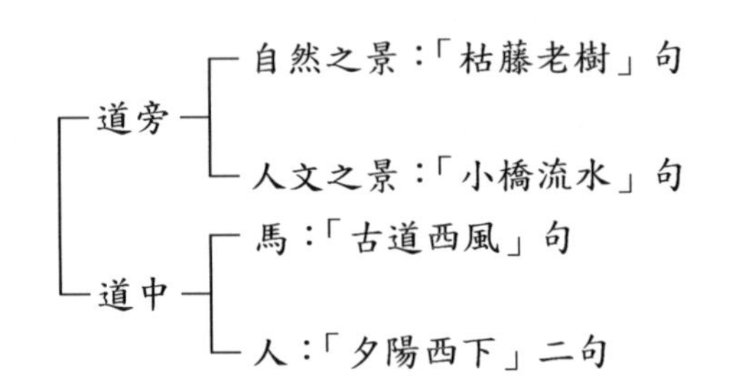


就在這首曲裡，可說一句一意象（狹義），形成了豐富之「意象」群，其中以「枯藤」、「老樹」、「昏鴉」、「古道」、「西風」、「瘦馬」、「夕陽西下」（黃昏）等「物」與「人在天涯」之「事」，針對著「斷腸」之「意」，透過「異質同構」之作用，而形成正面「意象」，很技巧地與「小橋」、「流水」、「人家」等「物」所形成的反面「意象」，把流浪的孤苦與團圓的溫馨作成強烈對比，以推深作者「人在天涯」的悲痛來。很顯然地，這種意象之形成，是可以還原到作者構思之際加以確定的。

因此，意象之形成，就像《文心雕龍．神思》所說的，確是「馭文之首術、謀篇之大端」。

而這種結構，如對應於形成種種「意象」的「思維系統」所來說，則「思維力」為「（0）一」，「形象思維」（陰柔）與「邏輯思維」（陽剛）

37 楊棟：「這首小令通過一幅秋野夕照圖的描繪，抒寫了一位浪跡天涯的遊子對『家』的思念，以及由此生發出的漂泊無定的厭倦及悲涼情緒，強烈地表現出人類普遍存在的內在孤獨感與無歸宿感。」見《中國古代文學名篇選讀》（天津市：南開大學出版社，2001 年 3 月一版一刷），頁 62。

為「二」，由「形象思維」、「邏輯思維」與「綜合思維」所衍生的各種「創造力」為「多」。這樣由「（0）一」而「二」而「多」，凸顯的是「創生」的順向過程；而由「多」而「二」而「（0）一」，凸顯的則是「歸根」的逆向過程。

## 第二節　意象「多」、「二」、「一（0）」螺旋結構的文學表現

意象「多」、「二」、「一（0）」螺旋結構在文學（辭章）上之表現，可由「辭章意象『多』、『二』、『一（0）』螺旋結構的形成基礎」與「辭章意象『多』、『二』、『一（0）』螺旋結構的主要內涵」兩方面加以探討。

### 一　辭章意象「多」、「二」、「一（0）」螺旋結構的形成基礎

辭章意象「多」、「二」、「一（0）」螺旋結構的形成基礎，可分「連結『意』與『象』之動力」與「連結『意』與『象』之軌數」兩端進行觀察。

#### （一）從連結「意」與「象」的動力觀察

「意」與「象」，看來雖是對待的「二元」，卻有形質、主從之分。其中「情」與「理」，是「質」是「主」；而「物」（景）與「事」，為「形」為「從」。這可藉王國維的「一切景語皆情語」一語，將「景」還原為「物」，並加以擴充，那就是：

物　　　　情
一切　　　語皆　　　語
事　　　　理

也就是說，作者用「物」（景）、「事」來寫，是手段，而藉以充分凸顯「情」與「理」，才是目的。因此「物」（景）、「事」之形是以「理」或「情」為質的。

如果進一步以「質」與「構」切入探討，則大體而言，主體之「情」與客體之「理」是「質」（本質）、主體之「事」（人為）與客體之「物（景）」（自然）為「形」（現象），而主、客體交互由「外在世界的力（物理）與內在世界的力（心理）」作用所聯接起來的「形式結構」，則為「構」。它們的關係可用下圖來表示：

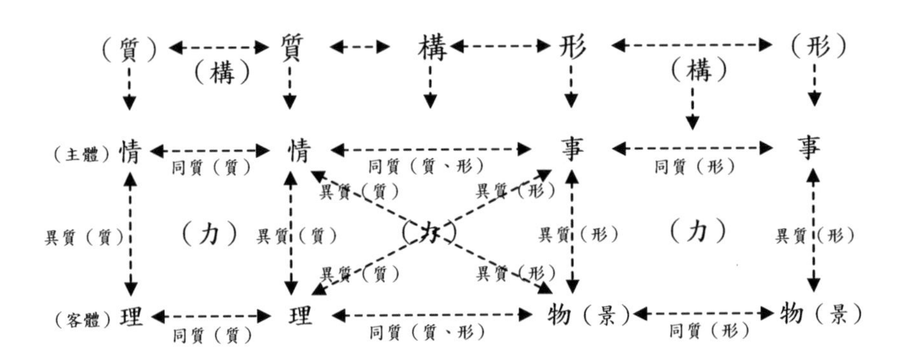


其中主體為「人類」、客體為「自然」，兩者是不同質的，卻可透過「力」的作用形成「構」，搭起連結的橋樑。而主體與客體，又所謂「誠於中（質）而形於外（形）」，是各有其「形」、「質」的：就主體的人類來說，「情」是「質」、「事」（含人事景）是「形」；就客體的自然而言，「理」是「質」、「物（景）」（含自然事）是「形」。

因此完整說來，主與客、主與主、客與客、質與質、質與形、形與形之間，都可以形成「構」（力），而連結在一起。其中連結「情」（意）與「情」（意）、「情」（意）與「事」（象）、「理」（意）與「理」（意）、「理」（意）與「物（景）」（象）的，為「**同質同構**」類型；連結「情」（意）與「理」（意）、「情」（意）與「物（景）」（象）、「理」（意）

與「事」(象)的，為「**異質同構**」類型；連結「景」(象)與「物（景）」(象)、「事」(象)與「事」(象)的，為「**同形同構**」類型；連結「景」(象）與「事」（象）的，為「**異形同構**」類型。本來，這「同形同構」與「異形同構」的兩種類型，乃屬於「同質同構」或「異質同構」的範圍，可分別歸入上兩類型之內，但為了凸顯形與質之「二元」關係，在此特地抽離出來單獨探討，以見「象」（形）以「意」（質）為「構」的特點。如此來看待意象形成之類型，是會比較周全的。而這種類型，如果單著眼於「意」與「象」之連結，並且將「物」擴展為「景」加以呈現，則可呈現如下：

**首先為「意」與「意」類型：**

(一)情與情（同質)、(二)情與理（同質)、(三)理與理（同質)。

**其次為「意」與「象」類型：**

(一）情與事（同質、形與質)、(二）情與景（異質、形與質)、(三）理與景（同質、形與質)、(四）理與事（異質、形與質)。

**又其次為「象」與「象」類型：**

(一）事與事（同質、同形)、(二）事與景（異質、異形)、(三）景與景（同質、同形)。

這樣兩相對照，它們的關係是可以清楚看出來的。茲舉兩個例子略作說明，以概見「質（形）」、「構」類型之多樣：

首先看《史記．孔子世家贊》一文：

> 太史公曰：《詩》有之：「高山仰止，景行行止。」雖不能至，然心鄉往之。余讀孔氏書，想見其為人。適魯，觀仲尼廟堂，車服、禮器，諸生以時習禮其家，余低回留之，不能去云。天下君王至於賢人眾矣，當時則榮，沒則已焉。孔子布衣，傳十餘世，學者宗之。自天子王侯，中國言六藝者，折中於夫子，可謂至聖矣！

這篇贊文，採「先點後染」的「篇」結構寫成，「點」指「太史公曰」：而「染」則自「《詩》有之」起至篇末，乃用「凡」（綱領）、「目」、「凡」（主旨）的「章」結構寫成。其中頭一個「凡」（綱領）的部分，自篇首至「然心鄉往之」止，引《詩》虛虛籠起，以「高山仰止，景行行止」兩句語典形成「象」，由此領出「鄉往」兩字形成「意」，作為綱領，以統攝下文。「目」的部分，自「余讀孔氏書」至「折中於夫子」止，以「由小及大」的方式，含三節來寫：首節寫自己「讀孔氏書」與「觀仲尼廟堂」之所見為「象」、所思為「意」，以「想見其為人」與「低回留之，不能去云」句，偏於個人，表出自己對孔子的「鄉往」之情；次節特將孔子與「天下君王至於賢人」作一對照，以「一反一正」形成「象」，以「學者宗之」形成「意」，由「情」轉「理」，由個人推演到孔門學者，表出他們對孔子的「鄉往」之意（理），並暗示所以將孔子列為世家的理由；三節寫各家以孔子的學說為截長補短的標準形成「象」，以「折中於夫子」形成「意」，依然由「情」轉「理」，又由孔門學者擴及於全天下讀書人，表出他們對孔子的「鄉往」之意（理）。後一個「凡」（主旨）的部分，即末尾「可謂至聖矣」一句，拈出主旨，以回抱前文之意（情、理）作收。附結構表如下：

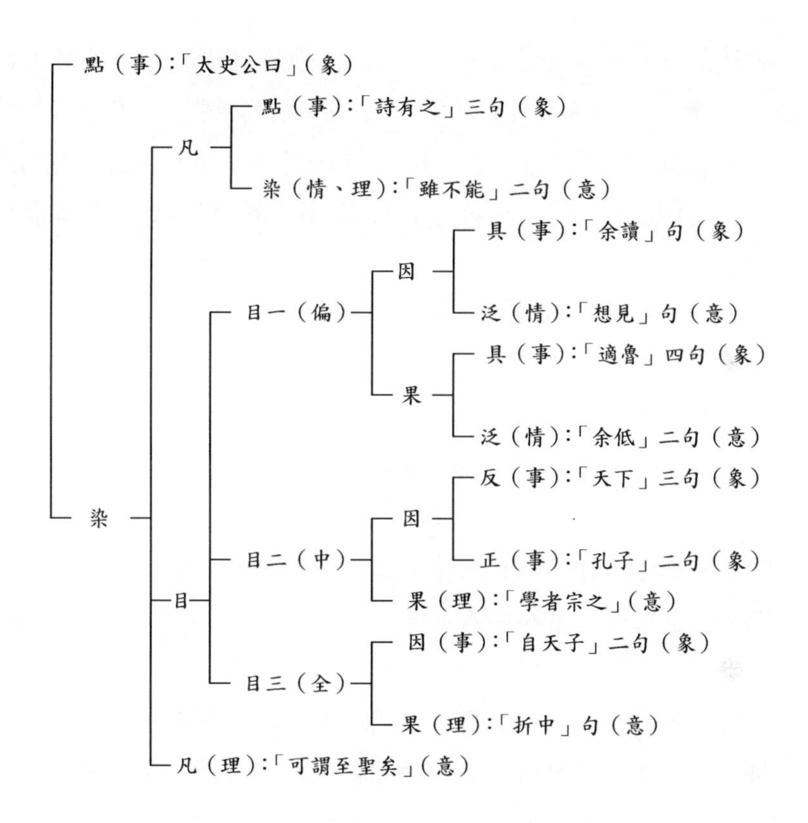


可見此文始終以「鄉（嚮）往」（綱領）為「構」，使全文的「意」與「象」連結在一起，含「事」與「情」（同質同構）、「事」與「理」（異質同構）、「事」與「事」（同形同構）、「情」與「理」（異質同構）等類型。就這樣以「鄉（嚮）往」（綱領）為「構」，藉各種章法將各「個別意象」串聯成「整體意象」[38]，突出一篇之主旨「至聖」與「虛神宕漾」[39]之風格來。

---

38 陳滿銘：〈辭章意象論〉，臺灣師大《師大學報．人文與社會類》51 卷 1 期（2005 年 4 月），頁 17-39

39 吳楚材、王文濡：《精校評注古文觀止》卷 5（臺北市：臺灣中華書局，1972 年 11 月臺六版），頁 8。

如對應於「多」、「二」、「一（0）」螺旋結構來看，則其中藉「具→泛」二疊、「反→正」、「因→果」三疊與「點→染」二疊所形成之「意象結構」為「多」，由「凡→目→凡」所形成之「意象結構」為「二」，而讚孔子為「至聖」之主旨與「虛神宕漾」之風格為「一（0）」。

其次看姜夔〈揚州慢〉一詞：

> 淮左名都，竹西佳處，解鞍少駐初程。過春風十里，盡薺麥青青。自胡馬、窺江去後，廢池喬木，猶厭言兵。漸黃昏，清角吹寒，都在空城。　　杜郎俊賞，算而今、重到須驚。縱豆蔻詞工，青樓夢好，難賦深情。二十四橋仍在，波心蕩、冷月無聲。念橋邊紅藥，年年知為誰生。

此闋題作「淳熙丙申至日，余過維揚。夜雪初霽，薺麥彌望。入其城，則四顧蕭條，寒水自碧，暮色漸起，戍角悲吟。余懷愴然，感慨今昔，因自度此曲。千巖老人以為有〈黍離〉之悲也。」可見是篇感懷今昔的作品，寫於宋孝宗淳熙三年（1176），即金主完顏亮大舉南犯後的十五年。由於這時揚州依然未從兵燹中恢復過來，於是作者在目睹揚州蕭條的景象後，便不禁傷今懷昔，而填了這首詞，以寄托對揚州昔日繁華的追念與今日河山殘破的哀思。

起首三句，以「名都」、「佳處」，泛寫揚州昔日的繁華，從而交代自己所以選揚州為旅程首站的原因。「過春風」八句，轉就揚州今日之荒涼，寫自己「過維揚」之所見所聞：其中「過春風」兩句，藉「薺麥青青」，寫城外的荒涼，「自胡馬」六句，藉廢池喬木、空城寒角，寫城內的荒涼，將情寓於景，以抒發無限的今昔之感。以上都藉「事」與「景」來寫「象」。

下片開端五句，藉杜牧的〈贈別〉與〈遣懷〉兩詩，帶出揚州昔日的繁華，反襯揚州今日的蕭條，在相互對比下，以「重到須驚」、「難賦深情」把無限的今昔之感又推深一層；這是融合「事」（象）與「情」（意）來寫的部分。「二十四橋」五句，就二十四橋和橋邊，寫盛景不再，藉「景」（象）抒「情」（意）來進一步抒發今昔之感作收。

縱觀此詞，以今昔之感貫串全篇，寫得悽愴至極，千巖老人以為有〈黍離〉之悲，是一點也沒錯的。

附結構表如下：

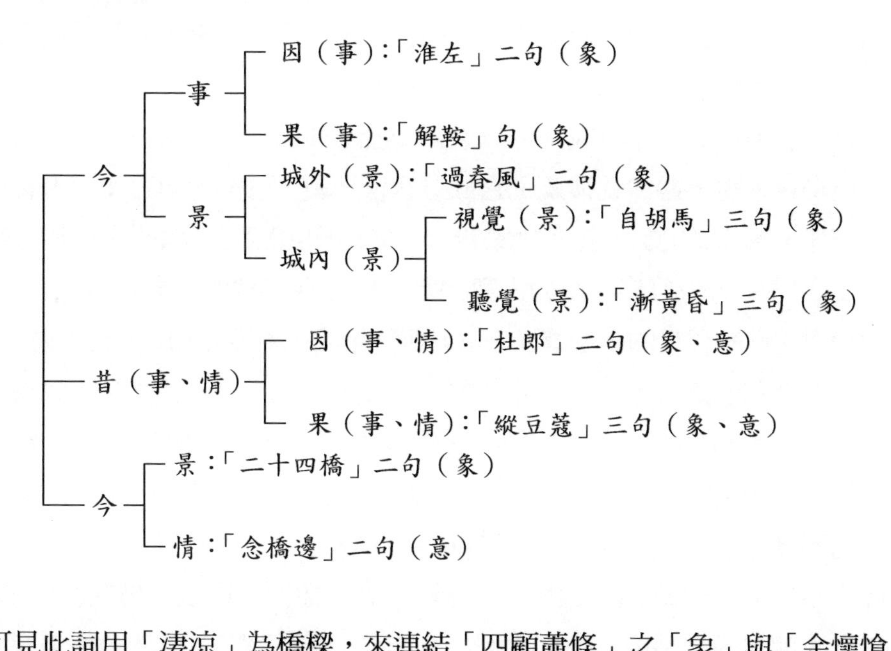


可見此詞用「淒涼」為橋樑，來連結「四顧蕭條」之「象」與「余懷愴然」之「意」，形成「構」，使「事」與「事」（同形同構）、「景」與「景」（同形同構）、「事」與「情」（同質同構）、「事」與「景」（異形同構）、「景」與「情」（異質同構）連結在一起，藉各種章法將各「個別意象」串聯成「整體意象」，以抒發「感慨今昔」之悽愴情懷（主旨）、突出「清

空疏朗」的風格[40]。針對這種主旨，「千巖老人以為有〈黍離〉之悲」，體會切確而深刻。

如對應於「多」、「二」、「一（0）」螺旋結構來看，則其中藉「視→聽」、「因→果」二疊、「外→內」與「事→景」、「景→情」所形成之「意象結構」為「多」，由「今→昔→今」所形成之「意象結構」為「二」，而「藉揚州昔日繁華的追念來抒發今日河山殘破的哀思」之主旨與「清空疏朗」之風格為「一（0）」。

由此可知，所謂的「構」，乃在「情」、「理」、「物（景）」、「事」四大要素間各自或相互連結的一種內蘊力量。這種力量，通常透過「聯想」與「想像」，由「情」、「理」本身或與「物（景）」、「事」共通的各種樣態加以通貫而形成；可以說是屬於一種抽象的概念系統。這落到一篇辭章來說，當然就涉及了它的主旨或綱領，甚至它的對比或調和屬性，如上舉的《史記．孔子世家贊》一文，即以調和性的綱領「鄉（嚮）往」為「構」，以貫穿全篇的「意」與「象」；而姜夔的〈揚州慢〉一詞，則藉對比性的今日的「蕭條」（正）與當年的「繁華」（反）為「構」，以通貫全詞。此外，值得注意的是，形成的「構」，除了有對比與調和之異外，還有偏全、顯隱之別，先就偏全來看，如上舉的〈孔子世家贊〉與〈揚州慢〉，即屬於「全」（全篇）之例；而如「離愁漸遠見無窮，迢迢不斷如春水」（歐陽脩〈踏莎行〉）兩句，其中形容性的「無窮」即「不斷」，在修辭上來說是「喻解」，在意象而言則是「構語」，乃屬於全篇綱領的一小環，可用「偏」（局部）來看待它。再就顯隱來看，上舉的〈踏莎行〉，文中出現了「無窮」、「不斷」的「構語」，即屬於「顯」之例；而如「好風如水」（蘇軾〈永遇樂〉），是以「清涼」為「喻

40　吳惠娟：《唐宋詞審美觀照》（上海市：學林出版社，1999年8月一版一刷），頁272-275。

解」為「構」，卻隱於篇外，因此可視為「隱」。諸如此類，在「心理場」（主體）、「物理場」（客體）各自或相互之間產生「電脈衝」（力），自然就能使得「意」與「意」、「意」與「象」、「象」與「象」連結為一，而產生美感了。

綜上所述，可見「意」與「象」之連結，如用格式塔心理學派的「同形說」或「異質同構」之理論作為基礎，對應於辭章的四大要素：「情、理、物（景）、事」，在「異質同構」之外，推衍出「同質同構」、「異形同構」、「同形同構」等類型，則顯然比較可以完整地呈現辭章意象形成中主與客、主與主、客與客、質與質、質與形、形與形之間那種「心理場」與「物理場」各自或交互作用的多種樣貌。這樣掌握貫穿其中的「力度」（構）及其類型，藉分析、鑑賞辭章「多」、「二」、「一（0）」的螺旋結構，以捕捉其美感而言，是大有助益的。

## （二）從連結「意」與「象」的軌數觀察

「意」與「象」之連結，如用格式塔心理學派的「同形說」或「異質同構」之理論[41] 作為基礎，對應於辭章的四大要素：「情、理、物（景）、事」，在「異質同構」之外，推衍出「同質同構」、「異形同構」、「同形同構」等類型，則顯然比較可以完整地呈現辭章意象形成中主與客、主與主、客與客、質與質、質與形、形與形之間那種「心理場」與「物理場」各自或交互作用的多種樣貌[42]。這樣掌握貫穿其中的「力度」（構）及其所形成之「軌」數，對分析、鑑賞辭章，捕捉其美感而言，是大有助益的。本單元有鑑於此，乃針對以「構」（力度）連結「意象」成「軌」的幾種類型，先探討其理論基礎，再依序就「單軌」、「雙軌」

41《西方美學通史》第六卷，頁 715-717。

42 陳滿銘：〈論意與象的連結——從格式塔「異質同構」說切入〉，《國文天地》21 卷 4 期（2005 年 9 月），頁 59-64。

與「多軌」三類，分別舉例解析其類型，以見它們在辭章上所造成之變化與奧妙。

### 1 以「構」連結意象成篇所形成之單軌類型

所謂「單軌」，是指一篇辭章之內，僅以一個「構」來連結所有「意象」的一種類型。這種類型十分常見，如溫庭筠〈菩薩蠻〉：

> 小山重疊金明滅，鬢雲欲度香腮雪。懶起畫蛾眉，弄妝梳洗遲。
> 照花前後鏡，花面交相映。新貼繡羅襦，雙雙金鷓鴣。

此為抒寫閨怨之作，採「先底後圖」的「篇」結構寫成。作者在起句，即寫旭日明滅、繡屏掩映的景象，為抒寫怨情安排了一個適當的環境，並從中提明了地點與時間，以引出下面寫人的句子；這是「底」的部分。而自次句至末，則按時間的先後，主要採「先事後景」的「章」結構，寫屏內「美人」的各種情態與動作，首先是睡醒，其次是懶起，再其次是梳洗、弄妝，接著是簪花，最後是試衣；而在「試衣」時，特著眼於「鷓鴣」之上，帶出其「行不得也哥哥」的鳴聲，以「景」襯「情」；這是「圖」的部分。作者就這樣聚焦於「美人」此一主角，藉著她這些尋常的動作或情態，從篇外逼出這位「美人」無限的幽怨來。唐圭璋評說：「此首寫閨怨，章法極密，層次極清。」[43] 是一點也不錯的。附篇章結構表如下：

---

43 唐圭璋：《唐宋詞簡釋》（臺北市：木鐸出版社，1982 年 3 月初版），頁 3。

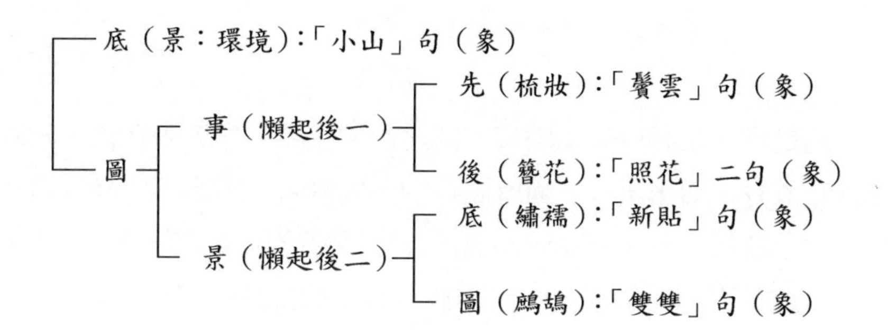


可見此詞主要用「閨怨」為橋樑，來連結各種「景（物）象」與「事象」，形成「單軌」之「構」，使「事」與「景」（異形同構）、「事」與「事」，（同形同構）、「景」與「景」（同形同構）連結在一起，藉各種章法形成三層移位結構，將各「個別意象」串聯成「整體意象」，以抒發「怨情」（主旨），真是「無一言及情而人物的心情自然呈現」，凸顯出「綺麗婉約」之風格[44]。

如對應於「多」、「二」、「一（0）」螺旋結構來看，則其中藉「先（昔）→後（今）」、「底→圖」（底層）與「事→景」所形成之「意象結構」為「多」，由「底→圖」（上層）所形成之「意象結構」為「二」，而「寫閨怨」之主旨與「綺麗婉約」之風格為「一（0）」。

## 2 以「構」連結意象成篇所形成之雙軌類型

所謂「雙軌」，是指一篇辭章之內，用了兩個「構」來連結所有「意象」的一種類型。這種類型也相當常見，如杜甫〈曲江〉詩：

> 一片花飛減卻春，風飄萬點正愁人。且看欲盡花經眼，莫厭傷多酒入唇。江上小堂巢翡翠，苑邊高塚臥麒麟。細推物理須行樂，

44 許建平講析，見《詞林觀止》上（上海市：上海古籍出版社，19944 月一版一刷），頁 30-31。

何用浮榮絆此身？

這是歌詠及時行樂以暗寓家國之悲的作品。作者先在首、頷兩聯，藉飛花減春、翡翠巢堂、麒麟臥塚的殘敗景象，暗寓萬物好景無常的盛衰道理，為第一軌。而在頸聯表出其珍惜光陰、及時行樂的思想，為第二軌；這是「因」的部分，而這個「因」的部分，又以「具、泛、具」之條理加以安排。然後以「細推物理須行樂」一句，將上六句的意思作個總括，這是「果」的部分；又由此引出「何用浮榮絆此身」一句，發出感慨收束。針對「浮榮絆此身」這一事，霍松林在《唐詩大觀》中說：「絆此身的浮榮何所指？指的就是『左拾遺』那個從八品上的諫官。因為疏救房琯，觸怒了肅宗，從此為肅宗疏遠。作為諫官，他的意見卻不被採納，還蘊含著招災惹禍的危機。這首詩就是乾元元年（758）暮春任『左拾遺』時寫的。到了這年六月，果然受到處罰，被貶為華州司功參軍。從寫此詩到被貶，不過兩個多月的時間。明乎此，就會對這首詩有比較確切的理解。」[45]。這樣詠來，真是一筆兜裹全篇，律法精嚴極了。附其篇章結構分析表如下：

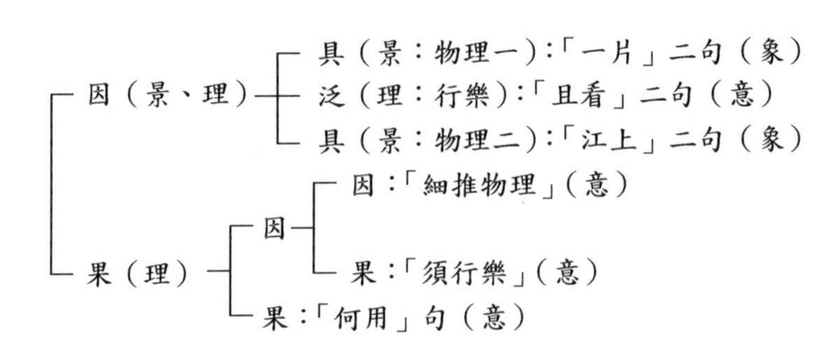


可見此詩，採「先因後果」之「篇」結構寫成。而作者特別安排在尾聯

45 霍松林評析，見《唐詩大觀》，頁 470。

將主旨「細推物理須行樂（因），何用浮榮絆此身（果）」表出，而其中「細推物理（因）須行樂（果）」又自成「先因後果」的移位結構；這對應於「篇結構」來說，是屬於「果」的部分，使「景」與「理」（同質同構）連結在一起。至於上三聯，則以「具、泛、具」的轉位結構，藉「具」（象）與「泛」（意）將「構」形成「雙軌」，且以「泛（意）」這一「構」下貫尾聯，予以呼應，又使「景」與「理」（同質同構）連結在一起，其「形象思維」與「邏輯思維」，十分清晰。很顯然地，在此，寫「物理」（自然規律）者為一軌，而寫「須行樂」（不用浮榮絆此身）者又為一軌；如此以「雙軌」為「構」，使作品之感染力增強不少。

如對應於「多」、「二」、「一（0）」螺旋結構來看，則其中藉「因→果」（次、底層）二疊與「具→泛→具」所形成之「意象結構」為「多」，由「因→果」（上層）所形成之「意象結構」為「二」，而「歌詠及時行樂以暗寓家國之悲」之主旨與「流暢跌宕」之風格為「一（0）」。

### 3 連結意象成篇所形成「構」之多軌類型

所謂「多軌」，是指一篇辭章之內，用了兩個以上的「構」來連結所有「意象」的一種類型。這種類型常見於散文，而詩詞則比較少見，如杜甫〈登樓〉詩：

> 花近高樓傷客心，萬方多難此登臨。錦江春色來天地，玉壘浮雲變古今。北極朝廷終不改，西山寇盜莫相侵。可憐後主還祠廟，日暮聊為〈梁甫吟〉。

這是傷時念亂的作品，作者一開始便把一因一果的兩句話倒轉過來，敘出主旨；再依次以三、四兩句寫「登臨」所見，以五、六兩句寫「萬方多難」，最後藉尾聯，承「傷客心」，寫「登臨」所感，發出當國無人的慨歎，蘊義可說是極其深婉的。這一作品，很顯然地在篇首即點明主旨（綱領），這是「凡」（總括）的部分；然後依此具體分述「登臨」、「萬方多難」與「傷客心」之所見、所感，則是「目（條分）」的部分；所謂「綱舉目張」，條理都清晰異常。附其篇章結構表如下：

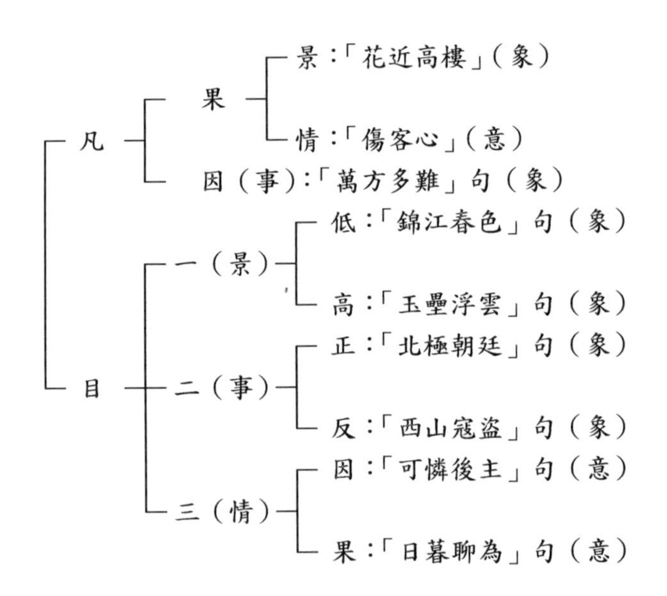


可見此詩以「登臨」所見之「景」、所以「登臨」之「事」（萬方多難）與「登臨」所生之「情」（傷客心）將「構」形成「三軌」，用「景」與「情」（異質同構）、「事」與「情」（同質同構）、「事」與「景」（異形同構）等類型，形成三層移位結構，使全文的「意」與「象」連結在一起。就這樣將一篇主旨，亦即「傷今無人（輔政）」[46]之「客心」，

46　高步瀛注結二句：「意謂後主猶能祠廟三十餘年，賴武侯為之輔耳。傷今之無人也。故聊為〈梁父吟〉以寄慨。」見《唐宋詩舉要》，頁 572。

以「寄慨」之方式表出，寫得真是「氣象雄渾，籠蓋宇宙」[47]。

如對應於「多」、「二」、「一（0）」螺旋結構來看，則其中藉「景→情」、「低→高」、「正→反」、「因→果」、「果→因」與「景→事→情」所形成之「意象結構」為「多」，由「凡→目」所形成之「意象結構」為「二」，而「寫『傷客心』」之主旨與「氣象雄渾，籠蓋宇宙」之風格為「一（0）」。

綜上所述，可知連結一篇「意象」之「構」，可以有一至多軌。它或它們不是由一至多個的「綱領」組合，就是由一篇之「主旨」形成。並且值得注意的是，在連結「意象」成「軌」的三種類型中，「單軌」的「構」，有可能是「主旨」外，其餘的「二軌」、「多軌」，皆是「綱領」；而這種「綱領」，無論是屬於「單軌」或「二軌」、「多軌」，都可統攝於「主旨」；因此「二軌」或「多軌」，雖說是「分軌」，而且以「軌」為「構」，卻可尋得高一層面之「構」加以統一。如果這種「構」是屬最高層面的，那一定就是主旨了。可見「構」與「綱領」、「主旨」的關係，極其密切；這對意象「多」、「二」、「一（0）」螺旋結構的掌握，是十分要緊的。

## 二 辭章意象「多」、「二」、「一（0）」螺旋結構的主要內涵

辭章意象「多」、「二」、「一（0）」螺旋結構的主要內涵，可以從「意象系統」與「語文能力」兩層面切入，以探其究竟。

### （一）從各層「語文能力」切入觀察

一般而言，語文能力可概分為三個層級來加以認識：即「一般能

47 高步瀛引沈（德潛）語，頁571。

力」（含思維力、觀察力、記憶力、聯想力、想像力）、「特殊能力」（含立意、運用詞彙、取材、措辭、構詞與組句、運材與布局、確立風格等能力）、「綜合能力」（含創造力）等。不過，這三層能力的重心在「思維力」，經由「形象」、「邏輯」與「綜合」等思維力作用下，結合「聯想力」與「想像力」的主客觀開展，進而融貫各種、各層「能力」，而產生「創造力」。這些都可以「多」、「二」、「一（0）」的螺旋結構作觀察、解釋，以呈顯思維力與語文能力的一體性。

其中「特殊能力」，專用於某類學科。就以「辭章」而言，辭章是結合「形象思維」、「邏輯思維」[48] 與「綜合思維」而形成的。這三種思維，各有所主。如果是將一篇辭章所要表達之「情」或「理」，訴諸各種偏於主觀之聯想、想像，和所選取之「景（物）」或「事」接合在一起[49]，或者是專就個別之「情」、「理」、「景」（物）、「事」等材料本身設計其表現技巧的，皆屬「形象思維」；這涉及了、「取材」與「措詞」等問題，而主要以此為研究對象的，就是意象學、詞彙學與修辭學等。如果是專就「景（物）」或「事」等各種材料，對應於自然規律，結合「情」與「理」，訴諸偏於客觀之聯想、想像，按秩序、變化、聯貫與統一之原則，前後加以安排、布置，以成條理的，皆屬「邏輯思維」；這涉及了「運材」、「布局」與「構詞」等問題，而主要以此為研究對象的，就字句言，即文（語）法學；就篇章言，就是章法學。至於合「形象思維」與「邏輯思維」而為一，探討其整個體性[50] 的，則為「綜合思維」，這涉及了「立意」、「確立體性」等問題，而主要以此為研究

48 吳應天：《文章結構學》（北京市：中國人民大學出版社，1989 年 8 月一版三刷），頁 345。

49 彭漪漣：《古典詩詞邏輯趣談》（上海市：上海人民出版社，2001 年 9 月一版一刷），頁 13。

50 陳望道：《修辭學發凡》（香港：大光出版社，1961 年 2 月版），頁 250。

對象的，為主題學、文體學、風格學等。而以此整體或個別為對象加以研究的，則統稱為辭章學或文章。

因此辭章的內涵，對應於學科領域而言，主要含意象學（狹義）、詞彙學、修辭學、文（語）法學、章法學、主題學、風格學……等。茲分述如下：

首先是意象學，此為研究辭章有關意象的一門學問。我國對這種文學中的「意象」，很早就注意到，以為它是「馭文之首術、謀篇之大端」（見《文心雕龍．神思》）。而所謂「意象」，黃永武認為「是作者的意識與外界的物象相交會，經過觀察、審思與美的醲造，成為有意境的景象。」[51] 這裡所說的「物象」，所謂「物猶事也」（見朱熹《大學章句》），該包含「事」才對，因為「物（景）」只是偏就「空間」（靜）而言，而「事」則是偏就「時間」（動）來說罷了。通常一篇作品，是由多種意象組成的。如單就個別意象的形成來說，運用的是偏於主觀的形象思維。

其次是詞彙學，為語言學的一個部門，研究語言或一種語言的詞彙組成和歷史發展。莊文中說：「如果把語言比作一座大廈，那麼語彙是這座語言大廈的建築材料，正是千千萬萬個詞語——磚瓦、預制件——建成了巍峨輝煌的語言大廈。張志公先生說：『語言的基礎是詞彙，語言的性能（交際工具、信息傳遞工具、思維工具）無一不靠語彙來實現』，還說『就教、學、使用而論，語彙重要，語彙難。』」[52] 可見詞彙是將「情」、「理」、「景」（物）、「事」等轉為文字符號的初步，在辭章中是有其基礎性與重要性的。

---

51　黃永武：《中國詩學．設計篇》（臺北市：巨流圖書公司，1999年6月初版十三刷），頁3。

52　莊文中：《中學語言教學研究》（廣州市：廣東教育出版社，2001年1月一版二刷），頁29-30。

再其次是修辭學，修辭學大師陳望道說：「修辭原是達意傳情的手段。主要為著意和情，修辭不過調整語辭使達意傳情能夠適切的一種努力。」[53]。而黃慶萱以為「修辭的內容本質，乃是作者的意象」、「修辭的方式，包括調整和設計」、「修辭的原則，要求精確而生動」[54]。可見修辭，主要著眼於個別意象之表現上，經過作者主觀的調整和設計，使它達到精確而生動，以增強感染力或說服力的目的。這顯然是以形象思維為主的。

又其次是文（語）法學，乃研究語言結構方式的一門科學，它包括詞的構成、變化與詞組、句子的組織等。楊如雪在增修版《文法 ABC》中綜合呂叔湘、趙元任、王力等學者的說法說：「何謂文法？簡單地說，文法就是語句組織的條理。語句組織的條理不是一套既定的公式，而是從語文裡分析、歸納出來的規律，這種語句組織的規律，包括詞的內部結構及積辭成句的規則，因此文法可以說是語文構詞和造句的規律。」[55] 既然文（語）法是「語句組織的條理」、「語文構詞和造句的規律」，而所關涉的是個別概念之組合，當然和由概念所組合而成的意象與偏於語句的邏輯思維有直接之關聯。

接著是章法學，這所謂的「章法」，探討的是篇章內容的邏輯結構，也就是聯句成節（句群）、聯節成段、聯段成篇的關於內容材料之一種組織。對它的注意，雖然極早，但集樹而成林，確定它的範圍、內容及原則，形成體系，而成為一個學門，則是晚近之事[56]。到了現在，

---

53《修辭學發凡》，頁 5。

54 黃慶萱：《修辭學》（臺北市：三民書局，2002 年 10 月增訂三版一刷），頁 5-9。

55 楊如雪：《文法 ABC》（臺北市：萬卷樓圖書公司，2002 年 2 月再版），頁 1-2。

56 鄭頤壽：「臺灣建立了『辭章章法學』的新學科，成果豐碩，代表作是臺灣師大博士生導師陳滿銘教授的《章法學新裁》（以下簡稱「新裁」）及其高足仇小屏、陳佳君等的一系列著作。……臺灣的辭章章法學體系完整、科學，已經具備成『學』的資格。」見〈中華文化沃土，辭章學圃奇葩——讀陳滿銘《章法學新裁》及其相關著作〉，

可以掌握得相當清楚的章法，約有四十種。這些章法，全出自於人類共通的理則，由邏輯思維形成，都具有形成秩序、變化、聯貫，以更進一層達於統一的功能。而這所謂的「秩序」、「變化」、「聯貫」、「統一」，便是章法的四大律。其中「秩序」、「變化」與「聯貫」三者，主要是就材料之運用來說的，重在分析；而「統一」，則主要是就情意之表出來說的，重在通貫。這樣兼顧局部的分析（材料）與整體的通貫（情意），來牢籠各種章法，是十分周全的[57]。這種篇章的邏輯思維，與語句的邏輯思維，可以說是一貫的。

再來是主題學，陳鵬翔在《主題學理論與實踐》中以為「主題學是比較文學中的一部門（a field of study），而普通一般主題研究（thematic studies）則是任何文學作品許多層面中一個層面的研究；主題學探索的是相同主題（包含套語、意象和母題等）在不同時代以及不同作家手中的處理，據以了解時代的特徵和作家的『用意意圖』（intention），而一般的主題研究探討的是個別主題的呈現」[58]，可見「主題」包含了「套語」、「意象」和「母題」等，如果單就一篇辭章，亦即「個別主題的呈現」來說，指的就是「情語」與「理語」、「意象」、「主旨」（含綱領）等；而「情語」與「理語」是用以呈現「主旨」（含綱領）的，可一併看待，因此「主題」落到一篇辭章裡，主要是指「主旨」（含綱領）與「意

---

《海峽兩岸中華傳統文化與現代化研討會文集》，（蘇州市：「海峽兩岸中華傳統文化與現代化研討會」，2002 年 5 月），頁 131-139。又王希杰：「章法學是一門實用性很強的學問，也有極高的學術價值。它同文章學、修辭學、語用學、文藝學、美學、邏輯學等都具有密切關係。章法學已經初步形成了一門科學。陳滿銘教授初步建立了科學的章法學體系。……如果說唐鉞、王易、陳望道等人轉變了中國修辭學，建立了學科的中國現代修辭學，我們也可以說，陳滿銘及其弟子轉變了中國章法學的研究大方向，建立了科學的章法學，把漢語章法學的研究轉向科學的道路。」見〈章法學門外閑談〉，《國文天地》18 卷 5 期（2002 年 10 月），頁 92-95。

57 《章法學綜論》，頁 17-58。

58 陳鵬翔：《主題學理論與實踐》（臺北市：萬卷樓圖書公司，2001 年 5 月初版），頁 238。

象」（廣義）來說，是合形象思維與邏輯思維為一的。

然後是文體學，所謂「文體」即「文學（章）體裁」，在我國很早就討論到它，如曹丕的〈典論論文〉就是；接著劉勰在《文心雕龍》裡，論文體的就有二十幾篇，幾佔全書之半；後來論文體或分文體的，便越來越多。如梁任昉的《文章緣起》將文體分為八十四類，宋《唐文粹》將散文分為二十二類，明吳訥《文章辨體》分散文為四十九類、駢文為五類，清姚鼐《古文辭類纂》分文體為十三類，曾國藩《經史百家雜鈔》分為三門十一類；以上皆屬「舊派文體論」。到了清末，受到東西洋文學作品之影響，我國的文體論也起了變化，有分為記事文、敘事文、解釋文、議論文的（龍伯純、湯若常），也有概括為應用文與美術文的（蔡元培），更有根據心理現象分為理智文為與情念文的（施畸）；以上則屬「新派文體論」[59]。而現在所通行的記敘（含描寫）、論說、抒情、應用等四類，就是受了新派文體論的影響。這涉及了辭章的各方面，是合形象思維與邏輯思維而為一的。

最後是風格學，一般說來，風格是多方面的，而文學風格更是如此，有文體、作家、流派、時代、地域、民族和作品等風格之異[60]。即以一篇作品而言，又有內容與形式（藝術）風格的不同，即以內容來說，就關涉到主題（主旨、意象），而形式（藝術），則與文（語）法、修辭和章法等有關。而一篇作品之風格，就是結合內容與形式（藝術）所產生整個有機體所顯示的審美風貌[61]，這是合作者之形象思維與邏輯思維為一而形成，可以統攝主題、文（語）法、修辭和章法等種種個別

59 蔣伯潛：《文體論纂要》（臺北市：正中書局，1979 年 5 月臺二版），頁 1-12。

60 黎運漢：《漢語風格學》（廣州市：廣東教育出版社，2000 年 2 月一版一刷），頁 3。

61 顧祖釗：「風格的成因並不是作品中的個別因素，而是從作品中的內容與形式的有機整體的統一性中所顯示的一種總體的審美風貌。」見《文學原理新釋》（北京市：人民文學出版社，2001 年 5 月一版二刷），頁 184。

風格，呈現整體風格之美。如果從根本來說，風格離不開「剛」與「柔」，而這種由「陰陽二元對待」所形成之「剛」與「柔」，可說是各種風格之母。而我國涉及此「剛」與「柔」的特性來談風格的，雖然很早，但真正明明白白地提到「剛」與「柔」，而又強調用它們來概括各種風格的，首推清姚鼐的〈復魯絜非書〉。它「把各種不同風格的稱謂，作了高度的概括，概括為陽剛、陰柔兩大類。像雄渾、勁健、豪放、壯麗等都歸入陽剛類，含蓄、委曲、淡雅、高遠、飄逸等都可歸入陰柔類。」[62] 由於「剛」與「柔」之呈現，主要靠同樣由「陰陽二元對待」所形成章法與章法結構[63]，因此透過章法結構分析，是可以看出「剛」與「柔」之「多寡進絀」（姚鼐〈復魯絜非書〉）的。

以上就是辭章的主要內涵，都與形象思維、邏輯思維或綜合思維有著密切的關係。其中有偏於字句範圍的，主要為詞彙、修辭、文（語）法與意象（個別）；有偏於章與篇的，主要為意象（整體）與章法；有偏於篇的，主要為主旨、文體與風格。因此辭章的篇章，是主要以意象（個別到整體、狹義到廣義）與章法為其內涵，而以主旨與風格來「一以貫之」的。它們的關係可明白呈現如下列辭章的意象結構圖：

62 周振甫：《文學風格例話》（上海市：上海教育出版社，1989 年 7 月一版一刷），頁 13。

63 章法可分陰陽剛柔，而由章法結構，藉其移位、轉位、調和、對比等變化，可粗略透過公式推算出其陰陽剛柔消長之「勢」，以見其風格之梗概。見陳滿銘：〈論辭章的章法風格〉，《修辭論叢》五輯（臺北市：洪葉文化事業公司，2003 年 11 月初版一刷），頁 1-51。

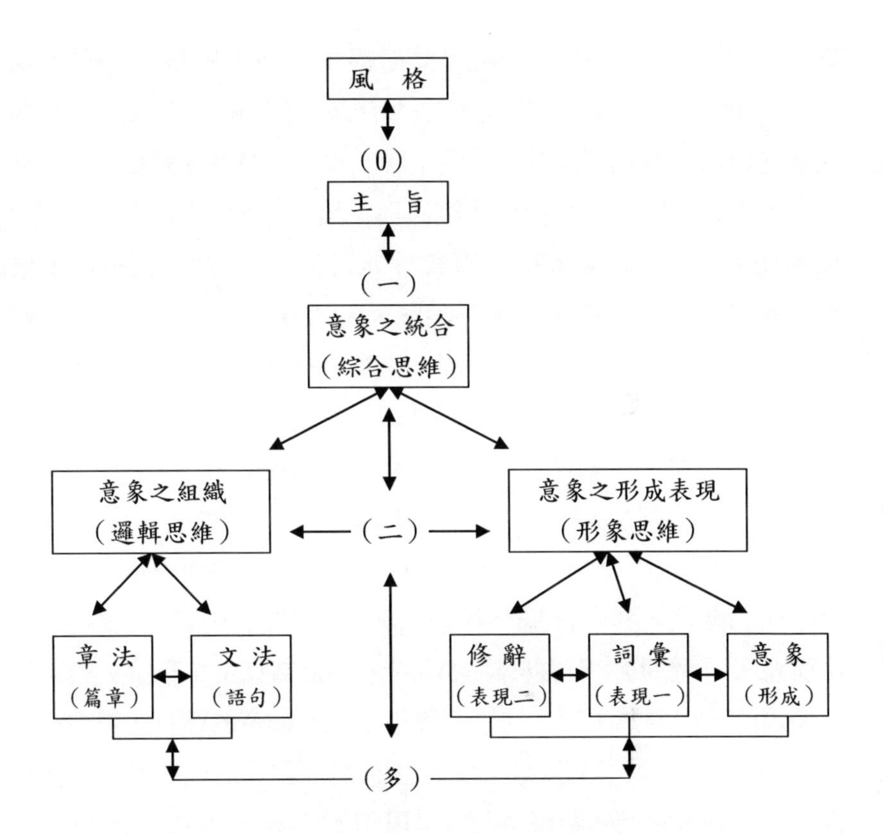


由此可知，辭章是離不開「意象」的，就是主旨與風格，也是如此。因為「主旨」是核心之「意」，而「風格」是以主旨統合各「意象」之形成、表現與組織所產生之一種整體性的「審美風貌」[64]。因此可以這麼說，如離開了「意象」就沒有辭章，其地位之重要，可想而知。

首從「意象」之形成與表現來看，是與形象思維有關的，而形象思維所涉及的，是「意」（情、理）與「象」（事、景）之結合及其表現。其中探討「意」（情、理）與「象」（事、景）之結合者，為「意象學」（狹義），探討「意」（情、理）與「象」（事、景）本身之表現者，為「修

64《文學原理新釋》，頁 184。

辭學」。次從「意象」之組合與排列來看，是與邏輯思維有關的，而邏輯思維所涉及的，則是意象（意與意、象與象、意與象、意象與意象）之排列組合，其中屬篇章者為「章法學」，主要探討「意象」之安排，而屬語句者為「文法學」，主要由概念之組合而探討「意象」。至於綜合思維所涉及的，乃是核心之「意」（情、理），即一篇之中心意旨——「主旨」與審美風貌——「風格」。

由此看來，形象思維、邏輯思維與綜合思維三者，涵蓋了辭章的各主要內涵，而都離不開「意象」。如對應於「多、二、一（0）」的逆向邏輯結構來說，則所謂的「多」，指由「意象」（個別）、「詞彙」、「修辭」、「文（語）法」、與「章法」等所綜合起來表現之藝術形式；「二」指「形象思維」（陰柔）與「邏輯思維」（陽剛），藉以產生徹下徹上之中介作用；而「一（0）」則指由此而凸顯出來的「主旨」與「風格」等，這就是「修辭立其誠」（《易・乾》）之「誠」，乃辭章之核心所在。這樣以「多」、「二」、「一（0）」來看待辭章內涵，就能透過「二」（「形象思維」與「邏輯思維」）的居間作用，使「多」（「意象」（個別）、「詞彙」、「修辭」、「文（語）法」與「章法」等）統一於「一（0）」（「主旨」與「風格」等）了。

可見辭章完全離不開「意象」之形成、表現與其組織，並由此而凸顯出一篇主旨與風格來，以形成「多」、「二」、「（0）一」的螺旋結構。如果由此「特殊能力」上徹於「一般能力」、下徹於「綜合能力」，用「意象」或「思維」加以貫串，則其中以「意象」為內容的「思維力」為「（0）一」，「形象思維」（陰柔）與「邏輯思維」（陽剛）為「二」，由「形象思維」、「邏輯思維」與「綜合思維」所衍生的各種「特殊能力」與綜合各種「特殊能力」所產生的「創造力」為「多」。這樣由「（0）一」而「二」而「多」，凸顯的是「創生」的順向過程；而由「多」而「二」而「（0）一」，凸顯的則是「歸根」的逆向過程。它可用下圖呈現：

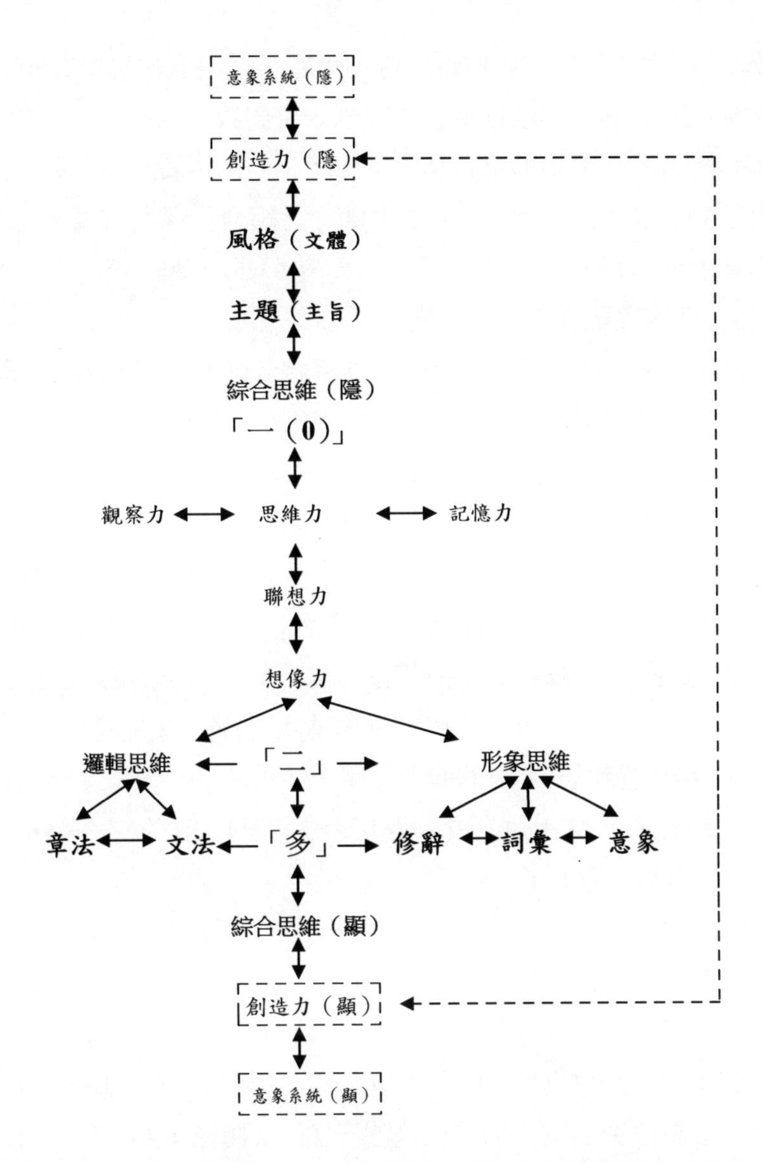


這種以思維力將各種能力「一以貫之」而形成的意象（辭章）螺旋結構，是可用「鑑賞」（讀）與「創作」（寫）來印證的。由於「創作」（寫）乃由「意」而「象」，靠的是先天（先驗）自然而然的能力，這多半是不自覺的；而「鑑賞」（讀）則由「象」而「意」，靠的是後天

研究所推得的結果，用科學的方法分析作品，自覺地將先天（先驗）自然而然的能力予以確定。因此「創作」（寫）是先天能力的順向發揮、「鑑賞」（讀）是後天研究的逆向（歸根）努力，兩者可說互動而不能分割，而「創造力」（隱意象 → 顯意象）就由「隱」而「顯」地表現出來了。

由上述可知，辭章先由意象觸動思維力，再經由聯想或想像的推展，在形象、邏輯、綜合等三種思維交錯、融貫之作用下，形成其「結構」，亦即「多」、「二」、「一（0）」的螺旋結構。茲舉白居易的〈長相思〉詞為例，加以說明：

> 汴水流，泗水流，流到瓜州古渡頭。吳山點點愁。　　思悠悠，恨悠悠，恨到歸時方始休。月明人倚樓。

這闋詞敘遊子之別恨，是採「先染後點」的結構來構篇的。

就「染」的部分而言，乃用「先象（景）後意（情）」的意象結構所寫成。

首先以「象（景）」的部分來說，它先用開篇三句，寫所見「水」景（象一），初步用二水之長流襯托出一份悠悠之恨；這是透過作者恨之悠悠（主體）聯想到水之悠悠（客體）。其中「汴水流」兩句，都是由「先主後謂」之結構所形成的敘事句，疊敘在一起，以增強纏綿效果。而經由聯想以水之流來襯托或譬喻恨之多，是歷來辭章家所慣用的手法，如李白〈太原早秋〉詩云：「思歸若汾水，無日不悠悠。」又如賈至〈巴陵夜別王八員外〉詩云：「世情已逐浮雲散，離恨空隨江水長。」此外，作者又以「流到瓜州古渡頭」來承接「泗水流」，採頂真法來增強它的情味力量。這種修辭法也常見於各類作品，如《詩．大雅．既醉》說：「威儀孔時，君子有孝子。孝子不匱，永錫爾類。」又如佚名

的〈飲馬長城窟行〉說：「長跪讀素書，書中竟何如？」這樣用頂真法來修辭，自然把上下句聯成一氣，起了統調、連綿的作用。況且這個調子，上下片的頭兩句，又均為疊韻之形式，就以上片起三句而言，便一連用了三個「流」字，使所寫的水流更顯得綿延不盡，造成了纏綿的特殊效果。作者如此寫所見「水」景後，再擴大聯想，用「吳山點點愁」一句寫所見「山」景（象二）。在這裡，作者以「先主後謂」的表態句來呈現。其中「點點」兩字，一方面用來形容小而多的吳山（江南一帶的山），一方面也用來襯托「愁」之多；這也是由聯想所造成的效果。南宋的辛棄疾有題作「登建康賞心亭」的〈水龍吟〉詞說：「楚天千里清秋，水隨天去秋無際。遙岑遠目，獻愁供恨，玉簪（尖形之山）羅髻（圓形之山）。」很顯然地，就是由此化出。而且用山來襯托愁，也不是從白居易才開始的，如王昌齡〈從軍行〉詩云：「琵琶起舞換新聲，總是關山離別情。」這樣，在聯想力的作用下，水既以其「悠悠」帶出愁，山又以其「點點」擬作愁之多，所謂「山牽別恨和腸斷，水帶離聲入夢流」（羅隱〈綿谷迴寄蔡氏昆仲〉詩），情韻便格外深長。

其次以「意（情）」的部分來說，它藉「思悠悠」三句，即景抒情，來寫見山水之景後所湧生的悠悠長恨；這是帶動聯想的根源力量。在此，作者特意在「思悠悠」兩句裡，以「悠悠」形成疊字與疊韻，回應上片所寫汴水、泗水之長流與吳山之「點點」，將意象與聯想產生互動，造成統一，以加強纏綿之效果；並且又冠以「思」（指的是情緒，亦即「恨」）和「恨」，直接收拾上片見山水之景（象）所生之「愁」（意），表達了自己長期未歸之恨。而「恨到歸時方始休」一句，則不僅和上二句產生了等於是「頂真」的作用，以增強纏綿感，又經由想像將時間由現在（實）推向未來（虛），把「恨」更推深一層。這種意象與想像互動的寫法也見於杜甫〈月夜〉詩：「何時倚虛幌，雙照淚痕乾。」這兩句寫異日月下重逢之喜（虛），以反襯出眼前相思之苦（實）來，

所表達的不正是「恨到歸時方始休」的意思嗎？所以白居易如此將時間推向未來，如同杜詩一樣，是會增強許多情味力量的。

就「點」的部分而言，（後）的部分來說，僅「月明人倚樓」一句，寫的是「象（景－事）」。這一句，就文法來說，由「月明」之表態句與「人倚樓」之敘事句，同以「先主後謂」的結構組成，只不過後者之「謂語」，乃包含述語加處所賓語，有所不同而已。而「月明人倚樓」，雖是一句，卻足以牢籠全詞，使人想見主人翁這個「人」在「月明」之下「倚樓」，面對山和水而有所「思」、有所「恨」的情景，大大地起了「以景（事）結情」的最佳作用；這就使得全詞的各個意象，在聯想與想像的催動下，統合而為一了。

大家都知道「以景（象）結情（意）」，關涉到聯想與想像之發揮，是辭章收結的好方法之一，譬如周邦彥的〈瑞龍吟〉（章臺路）詞在第三疊末用「探春盡是，傷離意緒」，將「探春」經過作個總結，並點明主旨之後，又寫道：「官柳低金縷，歸騎晚，纖纖池塘飛雨，斷腸院落，一簾風絮。」這顯然是藉「歸騎」上所見暮春黃昏的寥落景象（象）來襯托出「傷離意緒」（意）。這樣「以景（象）結情（意）」，當然令人倍感悲悽。所以白居易以「月明人倚樓」來收結，是能增添作品的情韻的。何況他在這裡又特地用「月明」之「象」來襯托別恨之「意」，更加強了效果。因為「月」自古以來就被用以襯托「相思」（別情），如李白〈聞王昌齡左遷龍標遙有此寄〉詩云：「我寄愁心與明月，隨風直到夜郎西。」又如孟郊〈古怨別〉詩云：「別後唯有思，天涯共明月。」這類例子，不勝枚舉。

作者就這樣以「先染『象（景）、意（情）』後點『象（景－事）』」的結構，將「水」、「山」、「月」、「人」等「象」排列組合，也就是透過主人翁在月下倚樓所見、所為之「象」，把他所感之「意」（恨），經由聯想與想像的作用融成一體來寫，使意味顯得特別深長，令人咀嚼不盡。有人以為它寫的是閨婦相思之情，也說得通，但一樣無損於它的美。附意象（含章法）結構表如下：

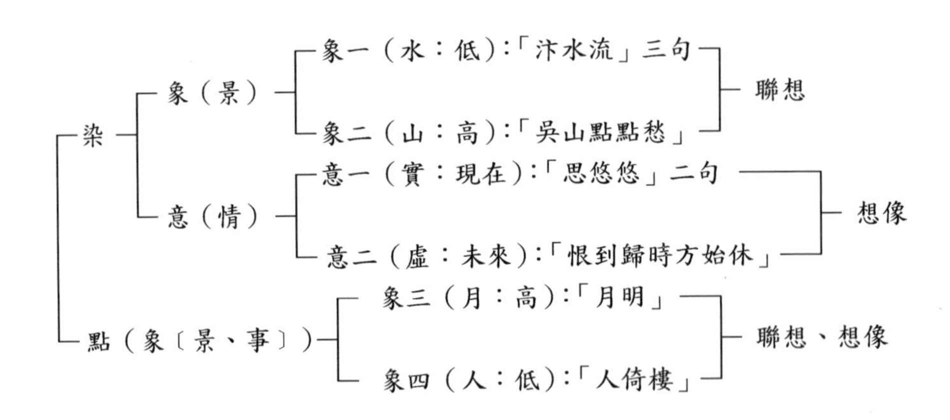


如凸顯其風格中的剛柔成分[65]，則可分層表示如下：

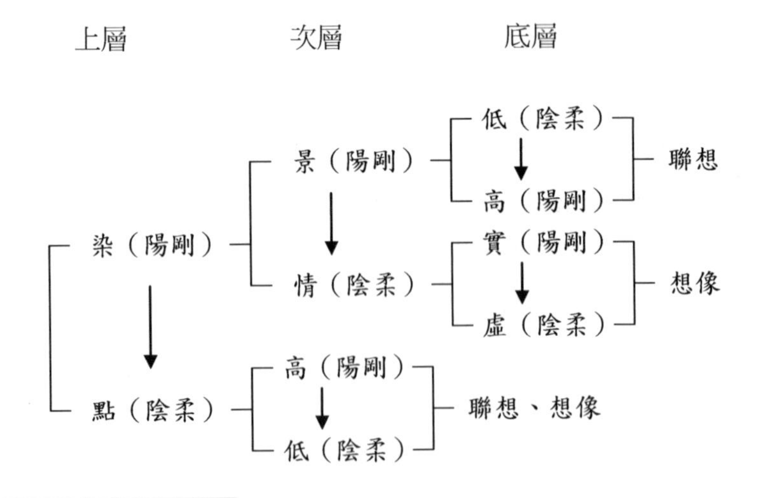


65 由此圖可知，此詞含三層結構：底層以「先低後高（順）」、「先實後虛」（逆）形成移位結構，其「勢」之數為「陰5陽4」；次層以「先景後情（逆）」、「先高後低（逆）」形成移位結構，其「勢」之數為「陰16陽8」；上層以「先染後點（逆）」形成移位結構，其「勢」之數為「陰12陽6」；這樣累積成篇，其「勢」之數的總和為「陰33陽18」，如換算成百分比（四捨五入），則為「陰65陽35」，乃接近「純陰」的作品。其量化原理及公式，見〈論辭章的章法風格〉，《修辭論叢》第五輯，頁1-51。

此詞之主旨為「悠悠」離恨，置於篇腹；而所形成的是偏於「陰柔」的風格，因為各層結構的剛柔之「勢」，除底層之「先低後高」趨於「陽剛」外，其餘的都趨於「陰柔」，尤其是其核心結構[66]「先景後情」更如此。如此使「勢」很強烈地趨於「陰柔」，是很自然的事。

這樣，此詞就「意象」之形成、表現、組織、統合而完成其「系統」來說，可歸結成如下重點：

1. **以「意象」之形成來看**，主要用「水流」、「山點點」、「月明」、「人倚樓」等，先後形成個別意象，而以「悠悠」之「恨」來統合它們，產生「異質同構」之莫大效果。這可以看出作者運用偏於主觀的聯想力與想像力觸動形象思維，所形成在意象形成上之特色。
2. **以「意象」之表現來看**：首先看「詞彙」部分，它將所生「情」(意)、所見「景（事）」(象)，形成各個詞彙，如「水」(流)、「瓜州」、「渡頭」(古)、「山」(點點)、「思」(悠悠)、「恨」(悠悠)、「月」(明)、「人」(倚)、「樓」等，為進一步之「修辭」奠定基礎。然後看「修辭」，它主要用「頂真」法來表現「水」之個別意象，用「類疊」法、「擬人」法等來表現「山」之個別意象，使「水」與「山」都含情，而連綿不盡，以增強作品的感染力。足以看出作者運用偏於主觀的聯想與想像觸動形象思維，所形成在意象表現上之特色。
3. **以「意象」之組織來看**：首先看「文法」，所謂「水流」、「山點點」、「月明」、「人倚樓」等，無論屬敘事句或屬表態句，用的全是主謂結構，將個別概念組合成不同之意象，以呈現字句之邏輯結構。然後看「章法」，它主要用了「點染」、「景情」、「高低」、「虛實」等章法，把各個個別意象先後排列在一起，以形成篇章之邏輯結

66 陳滿銘：〈辭章章法「多、二、一（0）」的核心結構〉，《阜陽師範學院學報》總 96 期（2003 年 11 月），頁 1-5。

構。這足以看出作者運用偏於客觀的聯想與想像觸動邏輯思維，在意象組織上所形成之特色。

4. **以「意象」之統合來看**：綜合以上「意象」（個別）、「詞彙」、「修辭」、「文法」與「章法」等精心的設計安排，充分地將「恨悠悠」之一篇主旨與「音調諧婉，流美如珠」這種偏於「陰柔」[67]之風格凸顯出來，使人領會到它的美；這樣可看出作者運用主、客觀的聯想與想像觸動綜合思維，所形成在意象統合上之特色。

5. **以「多」、「二」、「（0）一」螺旋結構來看**：首先就「一般能力」來看，如同上述，「思維力」為「（0）一」，「形象思維」（陰柔）與「邏輯思維」（陽剛）為「二」，由「形象思維」、「邏輯思維」與「綜合思維」所衍生的各種「特殊能力」與綜合各種「特殊能力」所產生的「創造力」為「多」。然後從「特殊能力」來看，辭章離不開「意象」之形成（意象〔狹義〕）、表現（詞彙、修辭）與其組織〔文（語）法、章法〕，此即「多」;而藉「形象思維」（陰柔）與「邏輯思維」（陽剛）加以統合，此即「二」；並由此而凸顯出一篇主旨與風格來，此即「一（0）」[68]，上舉的〈長相思〉詞就是如此。這就可看出作者運用偏於主觀的聯想與想像觸動形象思維、邏輯思維與綜合思維，所形成在「多」、「二」、「（0）一」螺旋結構上之特色。

而這種結構或系統，如著眼於創作（寫），所呈現的是「（0）一、二、多」，而著眼於「鑑賞」（讀），則所呈現的是「多、二、一（0）」。這

67 趙仁圭、李建英、杜媛萍：「整首詞借流水寄情，含情綿邈。疊字、疊韻的頻繁使用，使詞句音調諧婉，流美如珠。」見《唐五代詞三百首譯析》（長春市：吉林文史出版社，1997 年 1 月一版一刷），頁 148。

68 陳滿銘：〈論意象與辭章〉，《畢節師範高等專科學校學報》2004 年第一期，總 76 期（2004 年 3 月），頁 5-13。

就同一作品而言，作者由「意」而「象」地在從事順向（「（0）一、二、多」）創作的同時，也會一再由「象」而「意」地如讀者作逆向（「多、二、一（0）」）之檢查；同樣地，讀者由「象」而「意」地作逆向（「多、二、一（0）」）鑑賞（批評）的同時，也會一再由「意」而「象」地如作者在作順向（「（0）一、二、多」）之揣摩。這樣順逆互動、循環而提升，形成螺旋結構，而最後臻於至善，自然使得「創作」（寫）與「鑑賞」（讀）合為一軌了。

由此看來，辭章在思維力（以聯想、想像為主）之作用下，確實離不開「意象」之形成、表現與其組織，此即「多」；而藉「形象思維」（陰柔）與「邏輯思維」（陽剛）帶動「綜合思維」（柔中寓剛、剛中寓柔），在思維力（以聯想、想像為主）之作用下加以統合，此即「二」；並由此而凸顯出一篇主旨與風格來，此即「一（0）」。辭章的這種結構或系統，如此由意象與思維力（以聯想、想像為主）之互動而形成，這就如同一棵樹之合其樹幹與枝葉而成整個形體、姿態與韻味一樣，是密不可分的。

## （二）從篇章「意象系統」切入觀察

經由上述可知，辭章是離不開「意象」之形成、表現與其組織，並可由此而凸顯出一篇主旨與風格來的，這就相當於一棵樹之合其樹幹與枝葉而成整個形體、姿態與韻味一樣，關係密不可分。而就在這種篇章結構中，直接與「意象之組織」，亦即「意象系統」相關的，就是「章法結構」。這個問題，雖一直有人注意，卻無法獲得圓滿解決。如陳慶輝在《中國詩學》中即說道：

> 應該說意象的組合方式是多種多樣的，上述所舉只怕是掛一漏萬；而且複合意象的構成，作為一種審美創造，是一個複雜的心

> 理過程，用所謂並列、對比、敘述、述議等結構形式加以說明，似乎是粗糙的、膚淺的，其深層的因素和邏輯還有待我們去挖掘和探索。[69]

意象的組織，確乎是一種複雜的心理過程，其中動用了精密的層次邏輯之思維能力，原本就是不易掌握、捕捉的，而且在古典詩詞中，可以幫助確認意象組織的邏輯關係之連接詞常常被省略，因此更加重了探索、挖掘的困難度。而王長俊等的《詩歌意象學》也認為：

> 中國古典詩歌的意象雖然可以直接拼接，意象之間似乎沒有關聯，其實在深層上卻互相勾連著，只是那些起連接作用的紐帶隱蔽著，並不顯露出來，這就是前人所謂的「斷峰雲連」、「辭斷意屬」。[70]

他所謂的「斷峰雲連」、「辭斷意屬」，指的就是意象組織的問題。由此看來，意象與意象間之隱蔽「紐帶」或「深層的因素和邏輯」，一直未被「挖掘」、「探索」而「顯露」出來過，是公認的事實。而這個難題，雖不免在語句上牽扯到「文法」，卻主要可由和「篇章」直接有關的「章法」切入，將「個別意象」（單一意象）組織成「整體意象」（複合意象），而獲得圓滿之解決。也就是說，「章法結構」與篇章「意象系統」，是密不可分的。

這是因為辭章的篇章結構，有縱、橫兩向，所謂「情經辭緯」[71]，

---

69 陳慶輝：《中國詩學》（臺北市：文史哲出版社，1994 年 12 月初版），頁 74。

70 王長俊等：《詩歌意象學》（合肥市：安徽文藝出版社，2000 年 8 月一版一刷），頁 215。

71 劉勰《文心雕龍．情采》：「文采所以飾言，而辯麗本乎情性。故情者文之經，辭者

就是這個意思。其中縱向的結構，乃由「意象（內容）系統」，亦即「情、理、景、事」等分層組成；而橫向的結構，則由邏輯層次，也就是各種章法，如今昔、遠近、大小、本末、賓主、正反、虛實、凡目、因果、抑揚、平側……等落實為「章法結構」而組成。因此捨縱向而取橫向，或捨橫向而取縱向，是無法探知辭章的篇章結構的。唯有疊合縱、橫向而為一，用「表」為輔加以呈現，才能凸顯一篇辭章在「意象系統」與「章法結構」上的特色。

而所謂「章法」，由於是綴句成節（句群）、連節成段、統段成篇的一種組織，所以一直被歸入「形式」來看待，似乎與「意象」（內容）扯不上關係。其實，這裡所指的「句」、「節」（句群）、「段」、「篇」，說的是句、節（句群）、段、篇的「意象」，而要縱橫組合這些「意象」，形成合乎「秩序、變化、聯貫、統一」此四大要求的辭章，則非靠各種「章法」來達成任務不可。

因此，說得精確一點，「章法」所探求的，是「意象（內容）」的深層結構。劉熙載在其《藝概．詞曲概》中說得好：「詞以煉章法為隱，煉字句為秀。秀而不隱，是猶百琲明珠，而無一線穿也。」[72] 這雖專就「詞」來說，但也一樣可適用於其他文體。所謂「隱」，指「蘊藏於內」；所謂「秀」，指「表現於外」。一篇辭章，如僅煉「表現於外」的「字句」，來傳遞情意，而不煉「蘊藏於內」的「章法」，藉邏輯思維以貫穿情意，使前後串成條理（秩序、變化、聯貫、統一），則它必定因失去內在條理，而雜亂無章，這當然就像「百琲明珠而無一線穿」了。

既然「章法」所探求的，是「意象（內容）」的深層結構，那麼「章

---

理之緯，經正而後緯成，理定而後辭暢，此立文知本源也。」見《增訂文心雕龍校注》卷七（北京市：中華書局，2000 年 8 月一版一刷），頁 415。

72 劉熙載：《劉熙載文集》（南京市：江蘇古籍出版社，2000 年 12 月一版一刷），頁 143。

法」便等同於人類共通的一種理則，是人人所與生俱來的；而所有的作者在創作之際，也就自覺或不自覺地受它的支配，以「章法結構」分層組合「情」、「理」、「景（物）」、「事」。因此，「章法」絕不是強加於文章之上的外在框架，而是任何一篇辭章所不可無的內在之邏輯條理。這種邏輯條理深蘊於辭章「意象（內容）」之內，如不予深入挖掘，是探求不到的。這也就是縱向的「意象系統」所以必須與橫向的「章法結構」疊合的原因。茲採先分解後疊合之方式，舉例略作說明。不過，「表」如以橫排方式呈現，則縱向的反指「章法結構」，而橫向的反為「意象系統」，這是必須留意的。

首先看王維的〈渭川田家〉詩：

> 斜光照墟落，窮巷牛羊歸。野老念牧童，倚杖候荊扉。雉雊麥苗秀，蠶眠桑葉稀。田夫荷鋤至，相見語依依。即此羨閒逸，悵然歌式微。

這首詩藉「渭川田家」黃昏時「閒逸」之景，以興歆羨之情，從而表出作者急欲歸隱田園的心願。其「意象系統」，可藉「章法」梳理之後用下表來呈現：

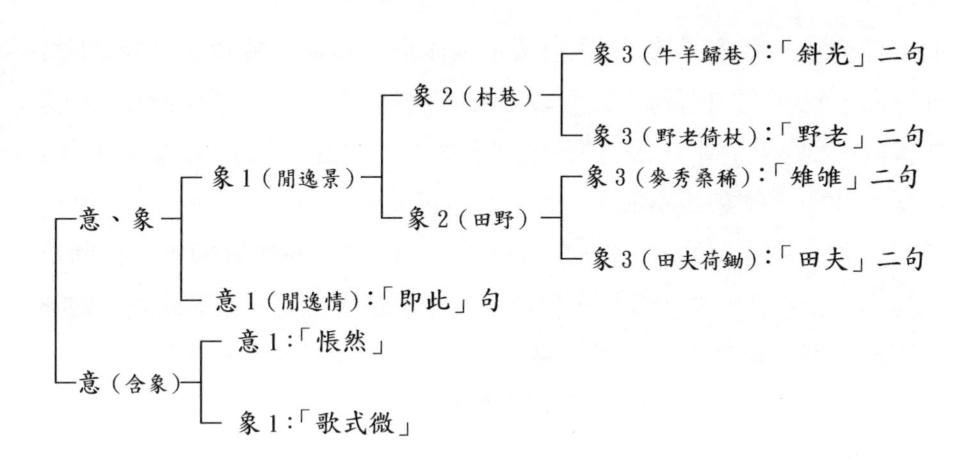


從上表可看出此詩，先藉由村巷與田野，分別著眼於牛羊、野老、桑麥、田夫，寫所歆羨的閒逸之景，再由此帶出「羨閒逸」之情，然後用《詩經·邶風·式微》「式微，式微，胡不歸」的詩意，以表達自己「踵武靖節」[73] 的心願。這就形成了「意、象」與「意含象」（上層）、「象 1、意 1」（次層）、「象 2」（三層）、「象 3」（底層）的「意象系統」。以下用簡圖分層表示如下：

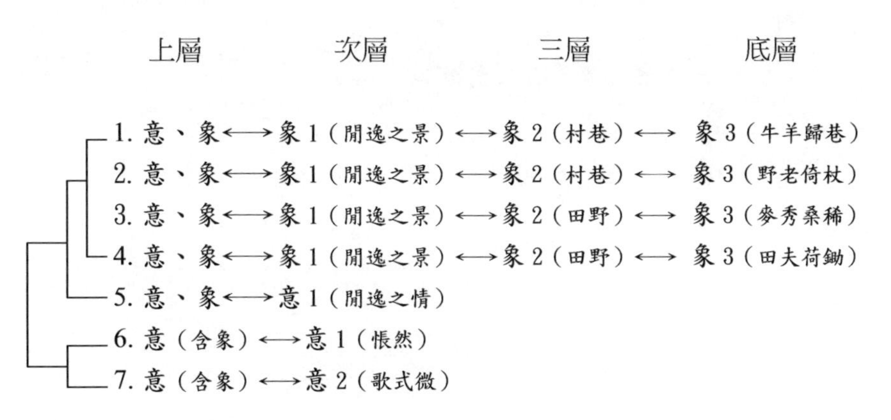


73《唐宋詩舉要》，頁 12。

而這種篇章「意象系統」，也自成縱橫兩向，為與「縱意象、橫章法」作區割，特稱縱向者為「大意象系統」、橫向者為「小意象系統」。其中橫向由「底層」到「上層」，呈現的是意象「由實（具體－物或事本身）而虛（抽象－物類或事類）」的各個層級；縱向由「1」到「7」，呈現的是意象「由先而後」（1→2→3→4→5→6→7）的敘寫順序。它們究竟是用什麼內在的邏輯條理，以形成其深層結構，逐一組織的呢？如細予審辨，則不難發現它用了因果、虛實（情景）、遠近、天人（自然、人事）等章法，以形成其結構，那就是：

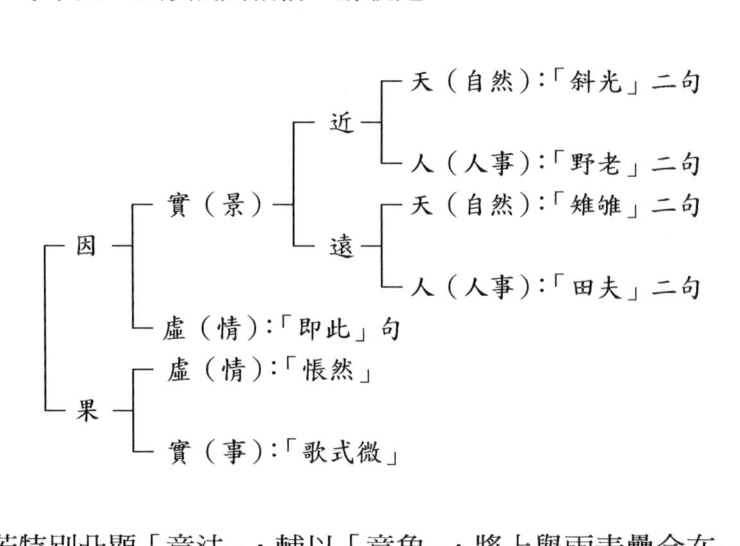


若特別凸顯「章法」，輔以「意象」，將上舉兩表疊合在一起，便成下表：

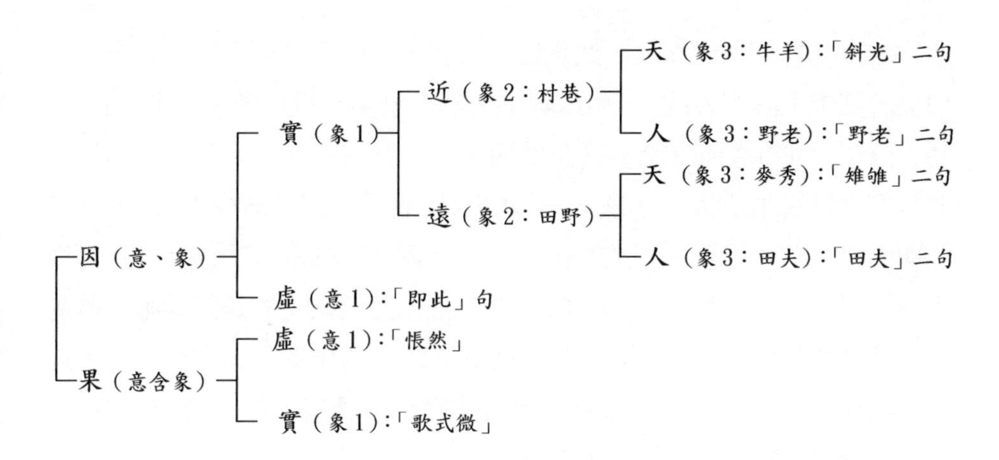


由此可見篇章的意象系統與章法結構的關係，是深密得不可分割的。先就「小意象系統」來看，以「意、象」與「意含象」（上層）、「象1」與「意1」（次層）、「象2」（三層）、「象3」（底層）形成其小系統；再就「章法結構」來看，以「先因後果」（上層）、「先實後虛」與「先虛後實」（次層）、「先近後遠」（三層）、兩疊「先天後人」（底層）形成其結構；然後就「大意象系統」來看，用各層「章法結構」，將小「意象系統」縱橫聯結，以形成其「1」至「7」級之大系統。其中「次」、「三」、「底」等層所屬「意象系統」與「章法結構」為「多」，而上層所屬「意象」與「結構」以徹下徹上者為「二」；至於所表達「羨閒逸，歌式微」之一篇主旨與「疏散簡淡」[74]之風格，則為「一（0）」。

再看晏殊的〈浣溪沙〉詞：

> 小閣重簾有燕過，晚花紅片落庭莎，曲闌干影入涼波。　一霎好風生翠幕，幾回疏雨滴圓荷，酒醒人散得愁多。

---

74　韓潤解析，見《唐詩鑑賞辭典》（北京市：北京燕山出版社，2000年11月一版三刷），頁146-147。

這是抒寫春暮閑愁的作品，此詞的主旨在末尾的「酒醒人散得愁多」一句上。其中「酒醒人散」，用以敘事，為「象」；「得愁多」，用於抒情，為「意」。因為這種「愁」實在太抽象了，無從產生巨大的感染力量，於是作者就特意的安排了映入眼簾的具體景物，個別形成「象」，把它凸顯出來：首先是重簾下的過燕，其次是庭莎上的落紅，再其次是涼波中的闌影，接著是翠幕間的一陣好風，最後是圓荷上的幾回疏雨。這些由近及遠的景物（象），對一個「酒醒人散」的作者來說，每一樣都適足以增添他的一份愁，那就難怪他會「得愁」那樣「多」（意）了。因此，這置於篇末之「酒醒人散得愁多」，就是一篇內容之核心成分（意），用以統合過燕、落紅、闌影、風荷等外圍成分（象），是很富於感染力的。其「意象系統」，可藉「章法」梳理之後用下表來呈現：

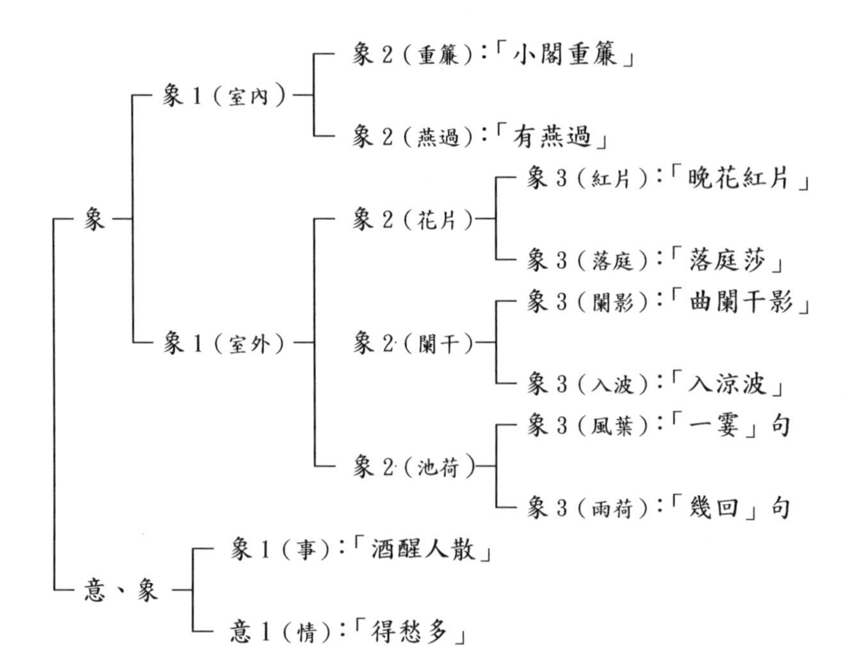

可見這首詞作者藉「酒醒人散」後所見寂寞之景，以寫「得愁」之「多」，表出自己的淒清情懷。這就形成了「意、象」與「意含象」（上層）、「象1、意1」（次層）、「象2」（三層）、「象3」（底層）的「意象系統」。以下用簡圖分層表示如下：

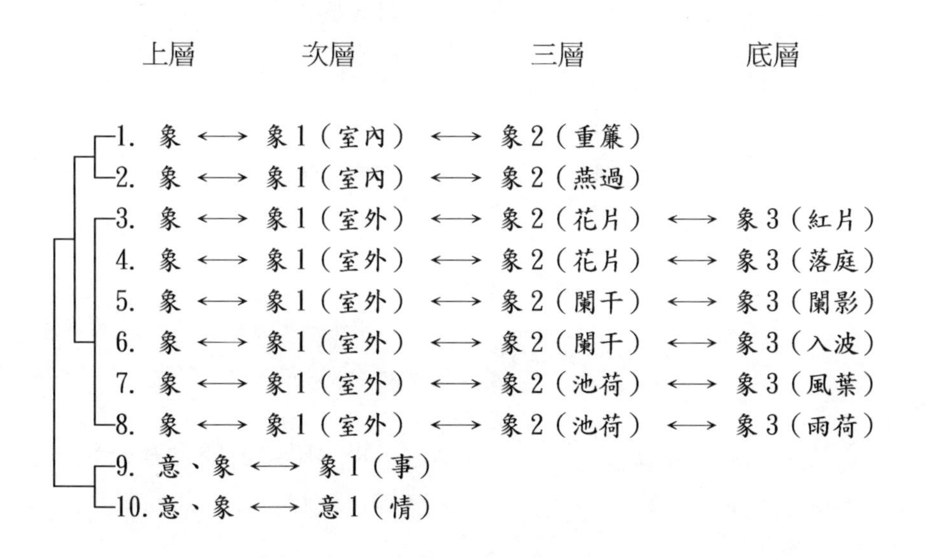


而這種篇章「意象系統」，究竟是用什麼內在的邏輯條理，以形成其深層結構，逐一組織的呢？如細予審辨，則不難發現它用了凡目、內外、因果、底圖、遠近等章法，以形成其結構，那就是：

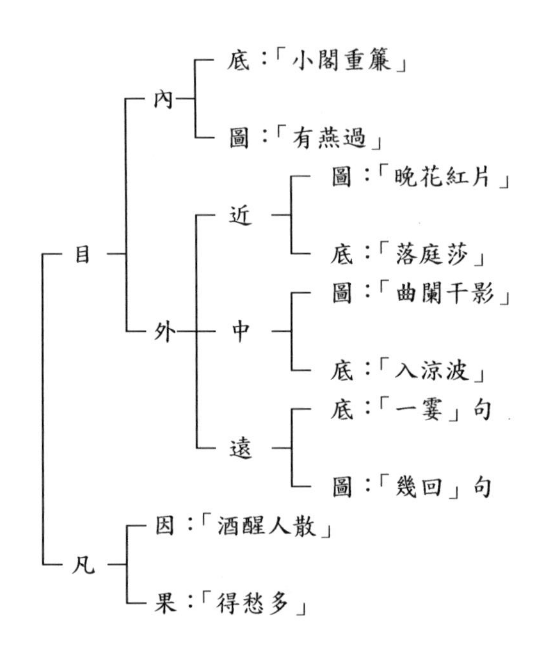


若特別凸顯「章法」，輔以「意象」，將上舉兩表疊合在一起，便成下表：

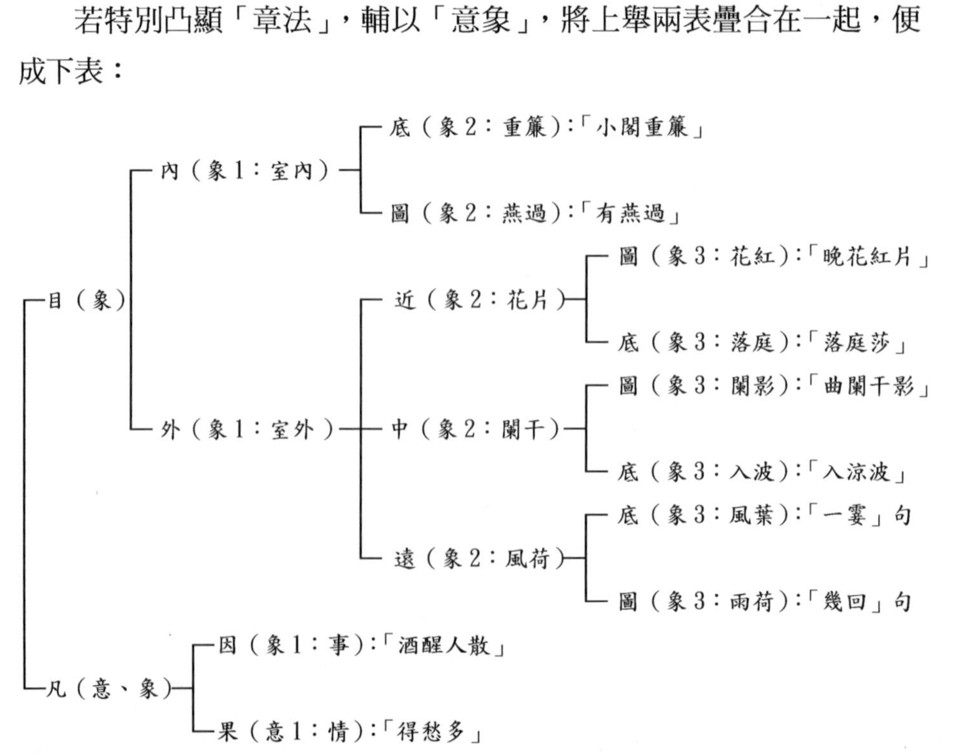

由此可見篇章的意象系統與章法結構的關係，是深密得不可分割的。先就「小意象系統」來看，以「象」與「意含象」（上層）、「象 1」與「意 1」（次層）、「象 2」（三層）、「象 3」（底層）形成其小系統；再就「章法結構」來看，以「先目後凡」（上層）、「先內後外」與「先因後果」（次層）、「先底後後圖」與「先近後遠」（三層）、兩疊「先圖後底」與一疊「先底後圖」（底層）形成其結構；然後就「大意象系統」來看，用各層「章法結構」，將小「意象系統」縱橫聯結，以形成其「1」至「10」級之大系統。其中「次」、「三」、「底」等層所屬「意象系統」與「章法結構」為「多」，而上層所屬「意象」與「結構」以徹下徹上者為「二」；至於所表達「得愁多」之一篇主旨與「溫潤秀潔」[75]之風格，則為「一（0）」。就這樣形成「多」、「二」、「一（0）」螺旋結構，寫出了作者「嘆息時光易逝，盛筵不再，美景難留的淡淡閒愁」[76]。

總結起來看，所謂「小意象系統」，是就「橫向」（依橫排結構表）、「個別意象」來說的，它藉「章法結構」自上層開始，依「由最大類到最小意象」之順次，逐層下遞，到最低一層的「個別意象」，即形成此「個別意象」之「小意象系統」。而所謂「大意象系統」，則是就「縱向」（依橫排結構表）、「整體意象」而言的，它藉「章法結構」將「橫向」之各「小意象系統」，逐層（上、次……底）逐級（1、2、3……）作縱向之統合，成為「大意象系統」，從而呈現「章法結構」與大小「意象系統」緊密疊合之整體結構。因此，大小「意象系統」之形成，都有賴於「（0）一、二、多」的「章法結構」。

必須再度強調的是：這種系統與結構，如著眼於創作面，所呈現的是「（0）一、二、多」；而著眼於鑑賞面，則所呈現的是「多、二、一

---

75 木齋：《唐宋詞流變》（北京市：京華出版社，1997 年 11 月一版一刷），頁 95-98。

76 黃拔荊評析，見《唐宋詞鑑賞辭典》（上海市：上海辭書出版社，1999 年 1 月一版十五刷），頁 410。

（0）」。這就同一作品而言，作者由「意」而「象」地在從事順向（「（0）一、二、多」）創作的同時，也會一再由「象」而「意」地如讀者作逆向（「多、二、一（0）」）之檢查；同樣地，讀者由「象」而「意」地作逆向（「多、二、一（0）」）鑑賞（批評）的同時，也會一再由「意」而「象」地如作者在作順向（「（0）一、二、多」）之揣摩。如此順逆互動、循環而提升，形成螺旋結構，而最後臻於至善，自然能使得創作與鑑賞合為一軌。

不過，由「意」而「象」而形成縱橫向「系統」，是大都不自覺的；而由「象」而「意」，用「客觀存在」[77]之「章法」切入，是完全自覺的。前者所呈現的是「（0）一、二、多」之順向過程，後者所呈現的為「多、二、一（0）」的逆向過程。在此過程中，兩者一直互動、循環而提升，形成「多」、「二」、「一（0）」的螺旋結構，逐漸地化「不自覺」為「自覺」，以求最後臻於完全合軌的境界，使得大小「意象系統」因「章法結構」之介入而完全顯露出來，而由此也豐富了「多」、「二」、「一（0）」螺旋結構的內容。

77〈章法學門外閑談〉，頁 92-95。

# 第五章
# 美學的「多」、「二」、「一（0）」螺旋結構

自來在美學上，十分強調「多樣的統一」。而這種主張，如對應於「多」、「二」、「一（0）」螺旋結構來說，則指的是「多」與「一（0）」之融合。就在「多」與「一（0）」之間，就層次邏輯系統來看，是有「二」充當徹下徹上之媒介的。而這個「二」即「二元」，乃使形神、內外產生「對稱」，以獲得基本美感的主要動力。宗白華在其《藝術學》中說：

> 有謂節奏為生理、心理的根本感覺，因人之生理，均兩兩相對，故於對稱形體，最易感入。[1]

說的就是這個道理。也唯有藉著這個「二」的動力，才能徹下徹上，以形成完整的「多」、「二」、「一（0）」螺旋結構，以引起人的「審美注意」。李澤厚在其《美學四講》中說：

> （審美注意）長久地停留在對象的形式結構本身，並從而發展其心理功能如情感、想像的滲入活動。因之其特點就在各種心理因素傾注在、集中在對象形式本身，從而充分感受形式。線條、形狀、色彩、聲音、時間、空間、節奏、韻律、變化、平衡、統

---

1 林同華主編：《宗白華全集》1（合肥市：安徽教育出版社，1996 年 9 月一版二刷），頁 506。

一、和諧或不和諧等形式、結構的方面，便得到了充分的「注意」。讓感覺本身充分地享受對對象形式方面的這些東西，並把主觀方面的各種心理因素如感情、想像、意念、願望、期待等等，自覺或不自覺地投入其中。[2]

這雖然是針對造型藝術來說，卻一樣適用其他事物，甚至辭章的篇章結構與規律之上。其中所謂「時間、空間、節奏、韻律」，便關涉到篇章局部的「移位」與「轉位」、「調和」與「對比」與整體的「多」、「二」、「一（0）」結構，而「變化、平衡、統一、和諧」，則涉及到篇章的四大律（秩序、變化、聯貫、統一）。

既然事物之結構或規律，容易引起人之「審美注意」，那就必然也可容易地獲得美感效果。邱明正在其《審美心理學》中說：

在這（審美心理活動）一過程中，主體通過求同、求異性探究，把握對象審美特性，使主客體之間、主體審美心理要素之間的矛盾、差異達於和諧、統一，獲得美感；或保持主客體的差異、矛盾、對立，以確保自己審美、創造美的獨立性、自主性和獨特個性。這一過程，是一種有著內在節奏的有序運動的過程。[3]

經過這種「有著內在節奏的有序運動的過程」，人（主體）之對於各種結構體（客體），自然可以「獲得美感」；而辭章就是其中相當重要的一環。

底下就針對「多」、「二」、「一 0」螺旋結構，先就其結構中的個

2　李澤厚：《美學四講》（天津市：天津社會科學院出版社，2001 年 11 月一版一刷），頁 158-159。

3　邱明正：《審美心理學》（上海市：復旦大學出版社，1993 年 4 月一版一刷），頁 92。

別內容（「多」、「二」、「一0」）論述其美感效果，再就真、善、美對應於「多」、「二」、「一0」結構，特舉辭章之章法結構為例，分別進行說明。

## 第一節　個別內容與「多」、「二」、「一（0）」螺旋結構

茲針對「多」、「二」、「一0」螺旋結構的內容，分「『多』之美」、「『二』之美」與「『一（0）』之美」三層，略作探討：

### 一　就「多」之美作探討

所謂的「多」，就是「多樣」。歐陽周、顧建華、宋凡聖等在其《美學新編》中說：

> 所謂「多樣」，是指整體中所包含的各個部分在形式的區別和差異性，前面所舉各種法則（整齊一律、對稱與均衡、比例與尺度、節奏與韻律）都包含在這一總的形式美總法則中，成為其一個組成部分或一個側面。[4]

這種「多樣」，對章法而言，凡是核心結構以外的各個局部性結構，都在它的範圍內。其中的每一章法或結構單元，無論是順或逆、調和性或對比性，都可以因為「移位」（章法單元如「由正而反」、結構單元如由「先賓後主」而「先凡後目」）或「轉位」（章法單元如「正、反、正」、結構單元如由「先賓後主」而「先主後賓」），而產生變化，形成節奏

---

4　歐陽周、顧建華、宋凡聖編著：《美學新編》（杭州市：浙江大學出版社，2001 年 5 月一版九刷），頁 80。

與秩序。所以對應於章法四大律，「 多」就是指「產生變化，形成節奏與秩序」的多種結構，而可由此獲得「秩序美」與「變化美」。

一般說來，「秩序」是由形式之「齊一」或「反復」而呈現。陳望道在其《美學概論》中說：

> 形式中最簡單的，是反復（Repetition）。反復就是重複，也就是同一事物的層見疊出。如從其他的構成材料而言，其實就是齊一。所以反復的法則同時又可稱為齊一（Uniformity）的法則。這種齊一或反復的法則，原本只是一個極簡單的形式，但頗可以隨處用它，以取得一種簡純的快感。[5]

對這種「反復」或「齊一」，歐陽周、顧建華、宋凡聖等在其《美學新編》中則稱為「整齊一律」，結合「節奏與秩序」，作了如下說明：

> 又稱單純一致、齊一、整一，是一種最常見、最簡單的形式美。它是單一、純淨、重複的，不包含差異或對立的因素，給人一種秩序感。顏色、形體、聲音的一致或重複，就會形成整齊一律的美。農民插秧，株距相等，橫直成行；建築物採用同樣的規格，長短高矮相同，門窗排列劃一；在軍事檢閱中，戰士們排成一個個人數相等的方陣，戰士的身材、服裝、步伐、敬禮的動作、歡呼的口號聲完全一致，都表現了一種整齊一律的美。我們常見的二方或多方連續的花邊圖案，在反復中體現出一定的節奏感，也屬於齊一的美。這種形式美給人一種質樸、純淨、明潔和清新的

5　陳望道：《美學概論》（臺北市：文鏡文化事業公司，1984 年重排出版），頁 61-62。

感受。[6]

可見「多」（多樣），是會因其形式之「齊一」或「反復」而形成簡單「節奏」，而「給人一種秩序感」的。

至於「變化」，乃一種動力作用不已之結果，也是形成「多樣」的根本原因。《周易．繫辭上》說：「剛柔相推而生變化。……變化者，進退之象也。」而〈繫辭下〉又說：「易，窮則變，變則通，通則久。」可見「窮」是變化的條件，而變化又與象不可分割。對此，陳望衡在其《中國古典美學史》中闡釋說：

> 《周易》的這些關於變的觀念對中國文化包括中國美學影響深遠。……「象」最大的功能就是能變。……「變」既是空間性的，表現為物體位置的變異；又是時間性的，表現為時光的線性流程。〈繫辭上傳〉云：「法象莫大乎天地，變通莫大乎四時。」最大的象是天地，最大的變通應是春下秋冬四時的更迭。這實際上是提出，我們視察事物應該有兩種相交叉：空間的——天地（自然、社會）；時間的——四時（歷史）。[7]

既然「變化」是時、空交叉的，而章法又離不開時空，所以這種「變化」的觀點，用於章法，不但可以解釋章法或結構單元之「移位」（齊一、反復）與「轉位」（往復）與時空交叉之關係，也可以和人之心理緊密地接軌。陳望道在其《美學概論》中說：

---

6 《美學新編》，頁 76。

7 陳望衡：《中國古典美學史》（長沙市：湖南教育出版社，1998 年 8 月一版一刷），頁 188。

> 人類心理卻都愛好富於變化的刺激，大抵喚取意識須變化，保持意識的覺醒狀態也是需要變化的。若刺激過於齊一無變化，意識對它便將有了滯鈍、停息的傾向。在意識的這一根本性質上，反復的形式實有顯然的弱點。反復到底不外是同一（縱非嚴格的同一，也是異常的近似）狀態之齊一地刺激著我們的事。反復過度，意識對於本刺激也便逐漸滯鈍停息起來，移向那有變化有起伏的別一刺激去的趨勢。[8]

而「變化」是會形成較複雜之「節奏」的，歐陽周、顧建華、宋凡聖等在其《美學新編》中就針對由「變化」所引生的「節奏」，加以解釋說：

> 節奏是一種連續的合規律的週期性變化的運動形式。郭沫若說：「把心臟的鼓動和肺臟的呼吸，認為節奏的起源，我覺得很鞭辟近裡了。」是有道理的。世界上沒有一樣事物是沒有節奏的：日出日沒，月圓月缺，寒往暑來，四時代序，這是時間變化上的節奏；日作夜眠，起居有序，有勞有逸，這是人們日常生活上的節奏；人體的呼吸、脈搏、情緒乃至思維，都像生物鐘一樣，是一種有節奏的生命過程。當外在環境的節奏與人的機體的律動相協調時，人的生理就會感到快適，並引起心理上的喜悅。[9]

可見時空或生活變化，甚至生命過程，都會引起「節奏」，與人之生理律動相協調，產生「心理上的喜悅」。而這種由「變化」、「節奏」所引起的「心理上的喜悅」，說的正是美感效果。

---

8 《美學概論》，頁 63-64。

9 《美學新編》，頁 78-79。

底下就舉兩個例子來看看，先看歐陽修的〈五代史宦者傳論〉：

> 自古宦者，亂人之國，其源深於女禍。女，色而已；宦者之害，非一端也。蓋其用事也近而習，其為心專而忍。能以小善中人之意，小信固人之心，使人主必信而親之。待其已信，然後懼以禍福而把持之，雖有忠臣碩士，列於朝廷，而人主以為去己疏遠，不若起居飲食前後左右之親為可恃也。故前後左右者日益親，則忠臣碩士日益疏，而人主之勢日益孤。勢孤則懼禍之心日益切，而把持者日益牢，安危出其喜怒，禍患伏於帷闥，則嚮之所謂可恃者，乃所以為患也。患已深而覺之，欲與疏遠之臣，圖左右之親近，緩之則養禍而益深，急之則挾人主以為質，雖有聖智，不能與謀，謀之而不可為，為之而不可成，至其甚則俱傷而兩敗。故其大者亡國，其次亡身，而使姦豪得借以為資而起，至抉其種類，盡殺以快天下之心而後已。此前史所載宦官之禍，常如此者，非一世也。夫為人主者，非欲養禍於內，而疏忠臣碩士於外，蓋其漸積而勢使之然也。
>
> 夫女色之禍，不幸而不悟，則禍斯及矣。使其一悟，捽而去之可也。宦者之為禍，雖欲悟悔，而勢有不得而去也，唐昭宗之事是已。故曰深於女禍者，謂此也，可不戒哉。

這是以宦官與宮妾並提，而側重於宦官之上加以論述，所呈現的是「平、側、平」的結構。文中以此篇章結構，說透宦豎之隱，可為人君寵信宦寺者戒。其中以俱能蠱惑聰明的宦官與宮妾並提，並藉由比較指出宦者亂國，深於女禍，過商侯有云：「特申彼抑此，以甚宦者之罪源深」[10]。又從宦官和宮妾中，側重於宦官，以「因果」、「點染」的結構，將宦者為害與人主受害更作鋪陳，藉此宦官之禍得以凸顯。而最後又重提宦官與宮妾，不但呼應起首的「平提」的結構，也重申宦者亂國，深於女禍之意。整體而言，因宦官與宮妾的並提，則在女禍的陪襯下，宦者亂國主題思想的出現將不顯突兀且更具說服力，接著側重於宦者，讓宦者之禍與女禍有輕重的取捨，而之後再次並提宦官與宮妾，又讓文章結束在較大的討論角度。則在「平、側、平」的結構中，藉由討論範圍的拓展與收束，主題既得到客觀的討論，也有充分地加以凸顯，以見宦者禍患之大，實乃人君不可不慎者。附結構分析表如下：

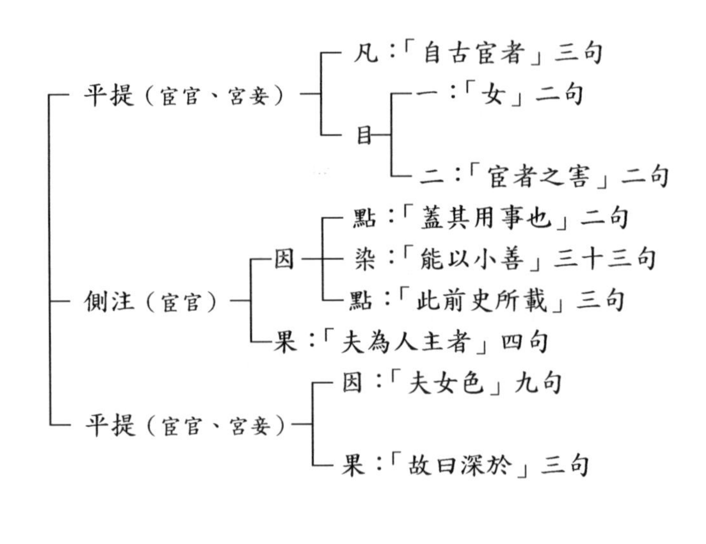


其中就「章」而言，以「凡目」、「因果」（兩疊）形成「移位」結構、以「點、染、點」形成「轉位」結構，而就「篇」而言，以「平、側、平」形成「轉位」結構。這樣在變化中含秩序，秩序中有變化，將內容材料組織起來，帶動層層節奏而串成一篇韻律，產生美感，以「引起心

10 過商侯：《古文評註》卷四（臺北市：綜合出版社，1969 年 12 月出版），頁 6。

理上的喜悅」。

再看蘇軾的〈河滿子〉詞：

> 見說岷峨悽愴，旋聞江漢澄清。但覺秋來歸夢好，西南自有長城。東府三人最少，西山八國初平。　莫負花溪縱賞，何妨藥市微行。試問當壚人在否，空教是處聞名。唱著子淵新曲，應須分外含情。

此詞題作「湖州寄益守馮當世」，當作於熙寧九年（1076），時作者在密州，而馮當世（京）在成都[11]。它首先以起二句，主要就虛空間，突出「岷峨」（借指成都），寫馮當世在四川平定茂州夷人叛亂的功績（見《宋史·馮京傳》），一如周宣王時召虎之平淮夷，以表示慶賀之意。接著以「但覺秋來」二句，主要就實時間，承上寫自己「秋來」，因有馮當世鎮守家鄉四川，故有好的「歸夢」。然後以「東府」二句及整個下片，又主要就虛空間，鎖定「成都」來寫：它首以「東府」二句，呼應「江漢澄清」，指出馮當世來鎮守四川，成就了有如唐朝韋皐震服「西山八國」的功業，所以宋神宗特召知樞密院事（熙寧九年十月，見《續資治通鑑》卷 71），成為「東府三人（王珪、吳充、馮京）最少」[12] 的顯要，以極力讚美馮當世；次以「莫負花溪」四句，勸馮當世不妨在公餘，微服出行，走訪那成都著名的花溪、藥市與文君壚，以

11 石聲淮、唐玲玲：「題說『湖州寄益守馮當世』，詞中內容是馮當世作益守時的事，馮當世作益守在熙寧九年丙辰（西元 1076 年）。這年蘇軾在密州，題說『湖州』，時和地相矛盾。」見《東坡樂府編年箋注》（臺北市：華正書局，1993 年 8 月初版），頁 91-92。

12 東府，指樞密院，與中書省，並稱二府。三人，指中書門下平章事吳充、王珪二人，加上馮京。時（西寧九年）王珪五十八歲、吳充和馮京五十六歲，大約馮京出生的月份早，所以說「最少」。見《東坡樂府編年箋注》，頁 93-94。

察訪民情；末以「唱著子淵」二句，用漢代益州刺使王襄舉王褒，而王褒後來作〈聖主得賢臣頌〉來加以歌頌的故事（見《漢書·王褒傳》），要他識拔當地人才。這樣以「虛（空）、實（時）、虛（空）」的結構來寫，不但讚美了馮當世的武功（主），也對他的文治（賓），作了很高的期許。雖然前後用了很多典故，卻絲毫不損其意味。附結構分析表如下：

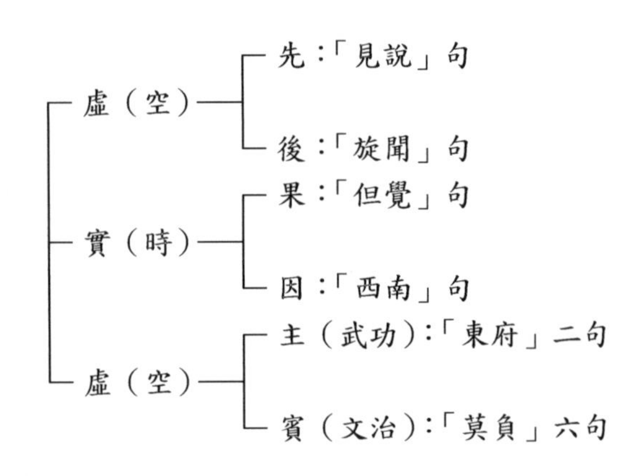


其中就「章」而言，以「先後」、「因果」、「賓主」等形成「移位」結構，而就「篇」而言，以「虛、實、虛」形成「轉位」結構。這樣在變化中含秩序，秩序中有變化，將內容材料組織起來，帶動層層節奏而串成一篇韻律，產生美感，以「引起心理上的喜悅」。

由上述可知，辭章之「多樣」美，是由其結構之「秩序」（順或逆）與「變化」（順與逆），引生時間或空間性之節奏而呈現的。

## 二　就「二」之美作探討

所謂的「二」，是「陰」（柔）與「陽」（剛）。由於事事物物，都可形成「二元對待」，而分陰分陽。因此陰陽可說是層層對待，且一直互動、循環的。就以章法單元或結構單元而言，除了本身自成陰陽之外，又可以其他結構形成「二元對待」，而形成另一層陰陽。其中屬於陰性的，便成調和性結構，而造成陰柔之美；屬於陽性的，則成對比性結構，而造成陽剛之美。陳望道於其《美學概論》裡說：

> 兩個極相接近的東西並列在一處，其間相差很微，便多成為調和（Harmony）的形式。兩個極不相同的東西並列在一處，其間相去很遠，便多成為對比（Contrast）的形式。例如從正黑色，漸次淡薄到正白色的一列中，取正黑色和其次的但黑色相並列時就是調和；取兩端的黑白兩色相並列時就是對比。……凡是調和的兩件東西，總是互相類似的，並無甚麼觸目的變化。所以接觸到它時，也就每每覺得它有融洽、優美、鎮靜、深沉等情趣。……對比的形式，因為變化極明顯，每每帶有華美、鮮活、健強及闊達等情趣，與調和所隨有的情調，差不多相反。[13]

他用顏色為例來說明，很能凸顯「調和」與「對比」的不同，而由此所引生的「情趣」，又以「融洽、優美、鎮靜、深沉」與「華美、鮮活、健強及闊達」加以區別，也很能分出「陰柔之美」與「陽剛之美」之差異來。而歐陽周、顧建華、宋凡聖等在其《美學新編》中，也對這種「調和」與「對比」因素之造成及其所引生之美，提出如下說明：

> 對比，指的是具有顯著差異的形式因素的對立統一。如色彩的濃與淡、冷與暖，光線的明與暗，線條的粗和細、直與曲，體積的大與小，體量的重與輕，聲音的長與短、強與弱等，有規則地組合排列，就會相互對照、比較，形成變化，又相互映襯、協調一

13《美學概論》，頁 70-72。

致。這種對立因素的統一，可收到相反相成、相得益彰的效果。色彩學上的對比色就是這個道理。如紅與綠互為補色，可產生強烈的色對比和反差。「桃紅柳綠」、「紅花綠葉」、「紅肥綠瘦」、「萬綠叢中一點紅」等，使人感到特別鮮明、醒目，富有動感。所以民間有俗話說：「紅配綠，花簇簇」，「紅間綠，看不足」。由對立因素的統一造成的形式美，一般屬於陽剛之美。調和，指的是沒有顯著差異的形式因素之間的對立統一。它只有量的區別，是一種漸變的協調，並不構成強烈的對比。如果說，對比是差異中趨向於「異」，那麼，調和則是在差異中趨向於「同」。以色彩為例，紅與橙、橙與黃、黃與綠、綠與藍、藍與青、青與紫、紫與紅，都是相似色，在同一色中又有濃淡、深淺的層次變化，如綠有深綠、淺綠、暗綠、墨綠、嫩綠、翠綠、碧綠等。這種相似或相近的顏色相互配合協調，在變化中保持大體一致，就會給人一種融和、寧靜的感覺。……由非對立因素的統一造成的形式美，一般屬於陰柔美。[14]

他們不但把事物「調和」與「對比」之 差異與各自所造成的美感，都說明得很清楚，也把「調和」一般屬於「陰柔美」、「對比」一般屬於「陽剛美」的不同，明白地指出來[15]，有助於了解「陰柔美」與「陽剛美」產生的一般原因。

這種「調和」與「對比」之形成，是可以另用「襯托」的一種創作技法來作解釋的，董小玉說：

---

14《美學新編》，頁 81。

15 仇小屏：《古典詩詞時空設計美學》（臺北市：文津出版社，2002 年 11 月初版一刷），頁 278-335。

> 襯托，原係中國繪畫的一種技法，它是只用墨或淡彩在物象的外廓進行渲染，使其明顯、突出。這種技法運用於文學創作，則是指從側面著意描繪或烘托，用一種事物襯托另一種事物，使所要表現的主體在互相映照下，更加生動、鮮明。襯托之所以成為文學創作中一種重要的表現手法，是由於生活中多種事物都是互為襯托而存在的，作為真實地表現生活的文學，也就不能孤立地進行描寫，而必然要在襯托中加以表現。[16]

既然「生活中多種事物都是互為襯托而存在」，而「襯托」的主客雙方，所呈現的就是「陰陽二元對待」的現象。這種現象，形成「調和」的，相當於襯托中的「正襯」與「墊襯」；而形成「對比」的，則相當於襯托中的「反襯」。對於「正襯」、「墊襯」與「反襯」，董小玉解釋說：

> 襯托可以分為正襯、反襯和墊襯。正襯，是只用相同性質的事物來互相襯托，使之更加生動，更富感染力。也可以說是用美好的景物來襯托歡樂的感情，用淒苦的景物來襯托悲哀的感情。……反襯，是指用對立性質的客體事物來襯托主體，達到服務主體的目的。即用淒苦的景物來襯托歡樂的感情，用美好的景物來襯托悲哀的感情。……襯墊，又叫鋪墊，它是指為主要情節和故事高潮的到來，從各個方面、各個角度所作的準備。它的作用在於「托」或「墊」。[17]

這樣，無論是「正襯」、「墊襯」或「反襯」，亦及無論是「調和」或「對

---

16 董小玉：《文學創作與審美心理》（成都市：四川教育出版社，1992 年 12 月一版一刷），頁 338。

17 董小玉：《文學創作與審美心理》，頁 339-341

比」，都可以形成「美」，而對「多」（多樣）或「一（0）」（統一），更有結合的作用，在顯示出「多」（多樣）與「一（0）」（統一）之「美」時，充當必要的橋樑。所以歐陽周等《美學新編》說：

> 對比是強調相同形式因素中強烈的對照和映襯，從而更鮮明地突出自己的特點；調和是尋求相同形式因素中不同程度的共性，以達到治亂、治雜、治散的目的。無論是對比還是調和，其本身都要求在統一中有變化，在變化中求統一，把兩者巧妙地結合在一起，就能顯示出多樣與統一的美來。[18]

底下就舉兩個例子來看看，先看辛棄疾的〈沁園春〉詞：

> 三徑初成，鶴怨猿驚，稼軒未來。甚雲山自許，平生意氣；衣冠人笑，抵死塵埃。意倦須還，身閒貴早，豈為蓴羹鱸鱠哉。秋江上，看驚弦雁避，駭浪船回。　　東岡更葺茅齋。好都把、軒窗臨水開。要小舟行釣，先應種柳；疏籬護竹，莫礙觀梅。秋菊堪餐，春蘭可佩，留待先生手自栽。沉吟久，怕君恩未許，此意徘徊。

這闋詞題作「帶湖新居將成」，作於宋孝宗淳熙八年（1181）。此所謂「帶湖新居」，在江西上饒縣，經始於作者第二次帥江西時（1180）[19]。因作此詞時，作者正在江西帥任內，故一開篇即由虛空間切入，以絕大篇幅（自篇首至「留待」句止）繞著「新居」來寫。它先

---

18《美學新編》，頁 81。

19 洪邁有《稼軒記》詳述此事，見鄧廣銘：《辛稼軒年譜》（臺北市：河洛圖書出版社，1979 年 6 月臺影印初版），頁 82-83。

以「三徑」三句，突出將成之整個「帶湖新居」，交代好題目；再以「甚雲山」四句，承上述「稼軒未來」，寫該來而未來的無奈；接著以「意倦須還」六句，就主觀與客觀兩層，表出自己該來、欲來的的原因；這是著眼於「全」(新居之整體)來寫的。然後以「東岡」九句(自「東岡」句起至「留待」句止)，針對「帶湖新居」，仍不離虛空間(含虛時間)，依序寫要

在它適當的地點葺茅齋、栽花木的一些打算；這是著眼於「偏」(新居之局部)來寫的。至於「沉吟久」三句，則由虛轉實，寫此刻此地在仕隱之間，猶豫不決、難以言宣的心意[20]，呼應篇首的「未來」作收；這主要是就實時間來寫的。

作者就這樣在「先虛(空)後實(時)」的框架下，將自己矛盾的心理活動作了生動的呈現[21]。附結構分析表如下：

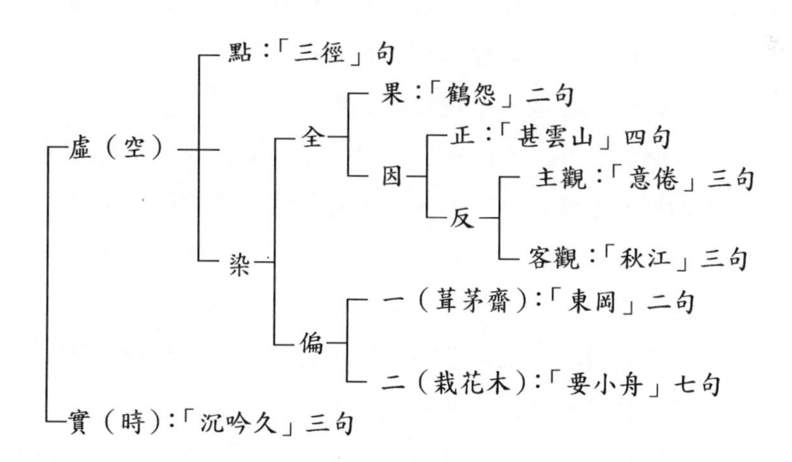


---

20 常國武：《辛稼軒詞集導讀》(成都市：巴蜀書社，1988 年 9 月一版一刷)，頁 159-160。

21 喻朝剛：「此詞通篇寫心理活動，從不同側面表現用世與退隱的矛盾。」見《辛棄疾及其作品》(長春市：時代文藝出版社，1989 年 3 月一版一刷)，頁 156。

其中就「章」而言，以「主客」、「因果」、「並列」、「篇全」、「點染」等形成調和性的「移位」結構、以「正反」形成對比性的「移位」結構；而就「篇」而言，以「虛實」形成調和性的「移位」結構。這樣在調和中含對比，對比中有調和，將內容材料聯貫在一起，帶動或起或伏的節奏而串成一篇韻律，產生美感，以「引起心理上的喜悅」。

再看歸有光的〈吳山圖記〉：

> 吳、長洲二縣，在郡治所分境而治，而郡西諸山，皆在吳縣。其最高者，穹窿、陽山、鄧尉、西脊、銅井，而靈巖、吳之故宮在焉。尚有西子之遺跡，若虎丘、劍池，及天平、尚方、支硎，皆勝地也。而太湖汪洋三萬六千頃，七十二峰，沈浸其間，則海內之奇觀矣！余同年友魏君用晦為吳縣，未及三年，以高第召入，為給事中。君之為縣，有惠愛，百姓扳留之不能得，而君亦不忍於其民，由是好事者繪〈吳山圖〉以為贈。
>
> 夫令之於民誠重矣。令誠賢也，其地之山川草木，亦被其澤而有榮也；令誠不賢也，其地之山川草木，亦被其殃而有辱也。君於吳之山川，蓋增重矣。異時吾民將擇勝於巖巒之間，尸祝於浮屠老子之宮也，固宜。而君則亦既去矣，何復惓惓於此山哉？昔蘇子瞻稱韓魏公去黃州四十餘年，而思之不忘，至以為思黃州詩，子瞻為黃人刻之於石。然後知賢者於其所至，不獨使其人之不忍忘而已，亦不能自忘於其人也。
>
> 君今去縣已三年矣，一日與余同在內庭，出示此圖，展玩太息，因命余記之。噫！君之於吾吳有情如此，如之何而使吾民能忘之也。

此文採「先順後補」的結構來謀篇：以「順敘」寫「因令贈圖，因圖作記，因贈圖而知令之不能忘情於民，因記圖而知民之不能忘情於令」[22]，而以「補敘」在文末說明寫記因緣。其中「順敘」的部分，呈現「側、平、側」結構，先從賢的一面著手，運用「因果」法，「敘出圖山之由」[23]，言及令尹之賢，此為第一次的「側注」。接著，轉而從為令上生發，將令尹賢與不賢並提，對此《古文筆法百篇》有云：「賢、不賢兩層拓開，反正淋漓，高渾無匹」[24]。其後又側重令尹之賢，以不同的角度與材料，進行再一次的渲染。整體而言，兩次的「側注」選用著不同的材料、著重不同的角度，盡情地緊扣題旨來作發揮[25]，相較於單次的「側注」，令尹之賢得到更多的凸顯。而「平提」的部分，在賢之外又轉出不賢一項，除了拓開文境，亦讓賢與不賢相互應照，藉以襯托賢之可貴，且因出現在兩次「側注」之間，又能產生統合前後的力量。可知「側注」、「平提」、「側注」的交錯運用，為文章發展帶來豐富的變化，正呼應李扶九「筆墨之妙，尤深於開拓斷續離合之法」[26]之語。附其結構分析表如下：

---

22 吳楚材評註、王文濡校勘：《精校評註古文觀止》卷十二（臺北市：臺灣中華書局，1972年11月臺六版），頁34-35。

23 吳楚材評註、王文濡校勘：《精校評註古文觀止》卷十二，頁35。

24 李扶九：《古文筆法百篇》（西安市：三秦出版社，1998年9月一版一刷），頁20。

25 仇小屏：《篇章結構類型》（臺北市：萬卷樓圖書公司，2000年2月初版），頁524。

26《古文筆法百篇》，頁67-74。

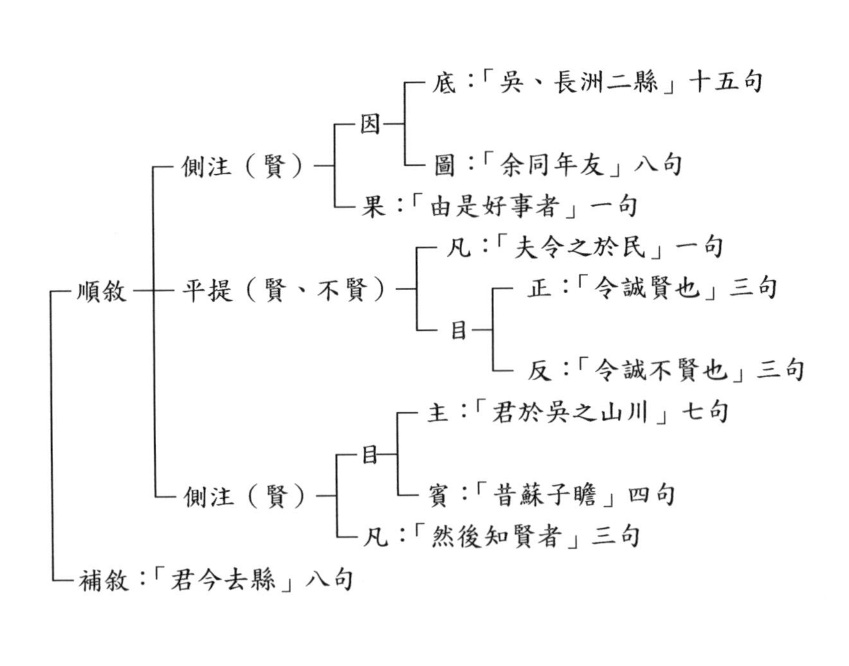


其中就「章」而言，以「底圖」、「賓主」、「凡目」（兩疊）、「因果」等形成調和性的「移位」結構、以「正反」形成對比性的「移位」結構、以「側注」形成調和性的「轉位」結構；而就「篇」而言，以「順補」形成調和性的「移位」結構。這樣在調和中含對比，對比中有調和，將內容材料聯貫在一起，帶動或起或伏的節奏而串成一篇韻律，產生美感，以「引起心理上的喜悅」。

可見以「調和」與「對比」為主的「二」之美，是有聯貫「多」與「一（0）」之美的作用的。

## 三　就「一（0）」之美作探討

所謂的「一（0）」，籠統地說，就是「統一」，也可說是「和諧」。這是統括「多」與「二」所獲致的結果，如就章法來說，則是聯結在時、空結構中，由「反復」（秩序）與「往復」（變化）所引起之「節奏」、「調和」與「對比」所呈顯之「剛柔」（陰陽），以串成整體「韻律」、突出情理（主旨）、形成風格、氣象，而達於「和諧」的一個境界。而這種「統一」或「和諧」，可以從「形式原理」方面來探討。陳望道在其《美學概論》裡說：

> 所謂形式原理，就是繁多的統一。我們對於美的形式，雖不一定其如此如彼，只是四分五裂、雜亂無章，總覺得是與審美的心情不合的。所以第一，「統一」實為對象所不可不具的一個要質。而且它所統一的又該不只是簡單的一、二個要素。如只是一、二個要素，則統一固易成就，卻頗不免使人覺得單調。所以第二，繁多又為對象所不可不具的一個要質。我們覺得美的對象最好一面有著鮮明的統一，同時構成它的要素又是異常的繁多。卻又不是甚麼統一與否定了統一的繁多相並列，而是統一即現在繁多的要素之中的。如此，則所謂有機的統一就成立。能夠「統一為繁多的統一，而繁多又為統一的分化」。既沒有統一的流弊的單調板滯，也沒有繁多的流弊的厭煩與雜亂。所以古來所公認的形式原理，就是所謂繁多的統一（Unity in Variety），或譯為多樣的統一，亦稱變化的統一。[27]

所謂「統一為繁多的統一，而繁多又為統一的分化」，將「多」與「一（0）」不可分的關係，說得很明白。而這「多」與「一（0）」，是要徹下徹上的「二」來作橋樑的。對這「多樣的統一」，歐陽周、顧建華、宋凡聖等在其《美學新編》裡，也加以闡釋說：

> 所謂統一，是指各個部分在形式上的某些共同特徵以及它們之間

---

27《美學概論》，頁 77-78。

> 的某種關聯、呼應、襯托、協調的關係，也就是說，各個部分都要服從整體的要求，為整體的和諧、一致服務。有多樣而無統一，就會使人感到支離破碎、雜亂無章、缺乏整體感；有統一而無多樣，又會使人感到刻板、單調和乏味，美感也難以持久。而在多樣與統一中，同中有異，異中求同，寓「多」於「一」，「一」中見「多」，雜而不越，違而不犯；既不為「一」而排斥「多」，也不為「多」而捨棄「一」；而是把兩個對立方面有機結合起來，這樣從多樣中求統一，從統一中見多樣，追求「不齊之齊」、「無秩序之秩序」，就能造成高度的形式美。……多樣與統一，一般表現為兩種基本型態：一是對比，二是調和。…… 無論對比還是調和，其本身都要要求在統一中有變化，在變化中求統一，把兩者巧妙地結合在一起，就能顯示出多樣與統一的美來。[28]

可見「一（0）」與「多」也形成了「二元對待」，有機地結合在一起。也就是說，「一（0）」之美，需要奠基在「多」之上；而「多」之美，也必須仰仗「一（0）」來整合。在此，最值得注意的是，歐陽周他們特將這種屬於「二元對待」的「調和」（陰）與「對比」（陽），結合「多」（多樣）與「一（0）」（統一）作說明，凸顯出「二」〔「調和」（陰）與「對比」（陽）〕徹下徹上的居間作用。這對章法「多、二、一（0）」結構及其所產生美感方面的認識而言，有相當大的幫助。

而這個「一」中的（0），簡單地說，在辭章中指的是風格、韻律、氣象、境界等辭章之抽象力量。這些抽象力量，是與「剛」（對比）、「柔」（調和）息息相關的。就以風格而言，即可用「『剛』（對比）、『柔』（調和）」來概括。關於這點，姚鼐在其〈復魯絜非書〉中就已提出，

---

28《美學新編》，頁 80-81。

大致是「姚鼐把各種不同風格的稱謂，作了高度的概括，概括為陽剛、陰柔兩大類。像雄渾、勁健、豪放、壯麗等都可歸入陽剛類；含蓄、委曲，淡雅、高遠、飄逸等都可歸入陰柔類。就這兩類看，認為『為文者之性情形狀舉以殊焉』」，性情指作者的性格，跟陽剛、陰柔有關；形狀指作品的文辭，跟陽剛、陰柔有關。又指出這兩者『揉而氣有多寡進絀』，即陽剛和陰柔可以混雜，在混雜中，陰陽之氣可以有的多有的少，有的消，有的長，這就造成風格的各種變化」[29]。據此，則陽剛（對比）和陰柔（調和），不但與風格有關，而為各種風格之母；也一樣與作者性情與作品文辭有關，而為韻律、氣象、境界等的決定因素。

對這種道理，吳功正在其《中國文學美學》裡，以美學的觀點，從「陰陽」這一範疇切入說：

> 由一個最簡括的範疇方式：陰陽，繁孵衍化出眾多的美學範疇：言與意、情與景、文與質、濃與淡、奇與正、虛與實、真與假、巧與拙等等，顯示出中國美學的一個顯著特徵：擴散型；又顯示出中國美學的另一個顯著特徵：本源不變性。這兩個特徵的組合，便顯示出中國美學在機制上的特性。如劉勰的《文心雕龍》就以此作為理論的結構框架。關於審美的主客體關係，劉勰認為，心（主體）「隨物以宛轉」，物（客體）「與心而徘徊」。關於情與物的關係：「情以物興，故義必明雅；物以情觀，故詞必巧麗」。其他關於文質、情文、通變等範疇和問題，也都是兩兩對舉，都有著陰陽二元的基本因子的構成模式。[30]

---

29 周振甫：《文學風格例話》（上海市：上海教育出版社，1989 年 7 月一版一刷），頁 13。

30 吳功正：《中國文學美學》下卷（南京市：江蘇教育出版社，2001 年 9 月一版一刷），頁 785-786。

在此，他提出了兩個重要觀點：一是指出心（情）與物、文與質、情與文、通與變等等範疇，都與「陰陽二元」有關。二為「陰陽二元」的特徵，既是「擴散」（徹下）的，也是「本源不變」（徹上）的。也正由於「陰陽二元」，是諸多範疇構成的基本因子，有著擴散（徹下）、本源不變（徹上）的特徵，所以既能繁衍為「多」，也能歸本於「一（0）」。由此可知，陽剛（對比）和陰柔（調和）之重要，因而也凸顯了「二」（陽剛、陰柔）在「多」、「一（0）」之間不可或缺的地位。

這樣看來，這（0）之美，是統合了「多」、「二」、「一」所形成的；而「多」、「二」、「一」之美，則依歸了（0）而呈現的，這就說明了此種篇章「多、二、一（0）」結構美之一體性。

底下就舉兩個例子來看看，先看《孟子・梁惠王下》的一段文字：

> 齊人伐燕，勝之。宣王問曰：「或謂寡人勿取，或謂寡人取之。以萬乘之國，伐萬乘之國，五旬而舉之，人力不至於此。不取，必有天殃。取之何如？」
> 孟子對曰：「取之而燕民悅，則取之；古之人有行之者，武王是也。取之而燕民不悅，則勿取；古之人有行之者，文王是也。以萬乘之國，伐萬乘之國，簞食壺漿以迎王師，豈有他哉？避水火也。如水益深，如火益熱，亦運而已矣。」

此章文字說明征伐之道，趙岐注：「言征伐之道，當順民心。民心悅，則天意得，天意得，然後乃可以取人之國也。」其中先以「點」交代齊人伐燕得勝，續以一問一答形成「染」的結構。而在齊宣王與孟子的問答中，又各自形成「先平後側」的結構。問題中齊宣王以平等地位提明「勿取」、「取之」兩種面對燕國的可能選擇，之後側重「取之」，可看出兩者在齊宣王心中的先後。而面對齊宣王的詢問與表態，孟子並未直接作答，他依著齊宣王的詢問，將「勿取」、「取之」兩種可能，同以「平提」結構呼應，談及古之賢君文王、武王分別作出「勿取」或「取之」的不同決定，藉以釐清決定事情的依據應是民心之所嚮。之後，孟子再側重於「取之」之上，談到百姓簞食壺漿樂於「取之」的舉動實乃避水火的表現，從中凸顯順應民心的重要，提醒著齊宣王其實需要思考的不是「取之」或「勿取」，只有民心向背才是關鍵，正如朱熹注所云：「言齊若更為暴虐，則民將轉而望救於他人矣」。

文中兩次「平提」到「側注」的結構轉換中，看到齊宣王的問與孟子的答都在「勿取」與「取之」間，對於「取之」的凸顯。其中孟子乃採取與齊宣王相同的「平側」篇章結構進行回答，除了可以確實地回應齊宣王的提問之外，更重要的是同樣地以平等地位列出「勿取」、「取之」，再側重於「取之」的回答將順應著齊宣王的思維模式而來。雖然，齊宣王偏重的是「取之」一事本身，而孟子偏重的是「取之」一事背後所代表的民心向背，但如此一來，齊宣王接受民心向背才是事情關鍵的程度便大為提高，孟子的回答顯得既含蓄又具有說服力。則在兩次「平提側注」一前一後的搭配下，順應民心的重要得到最大的發揮。附其結構分析表如下：

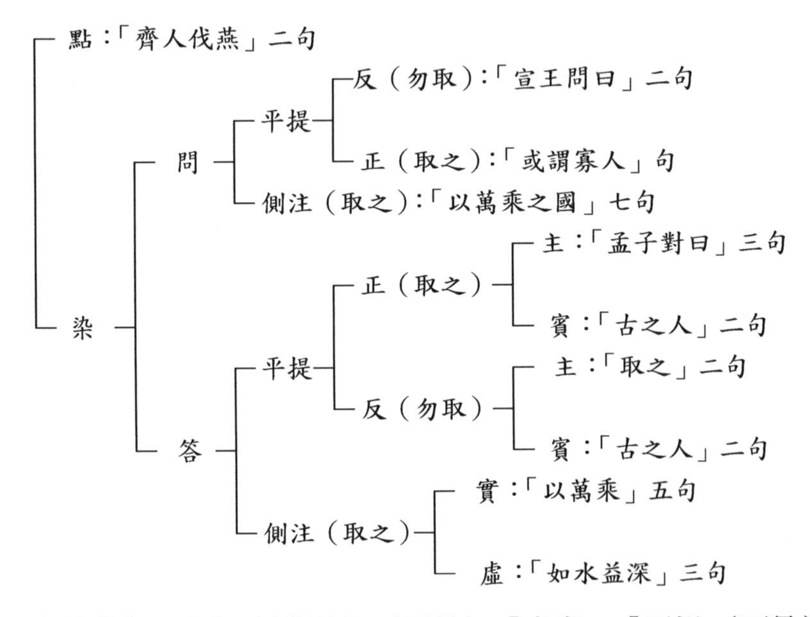


其中就「章」而言，以「賓主」（兩疊）、「虛實」、「平側」（兩疊）、「問答」等形成調和性的「移位」結構，以「正反」（兩疊）形成對比性的「移位」結構；而就「篇」而言，以「點染」形成調和性的「移位」結構。這樣在調和中含對比，對比中有調和，將內容材料組織起來，帶動層層節奏而串成一篇韻律，突出「征伐之道，當順民心」之一篇主旨與「雄偉奔放」[31]的風格來，讓人產生美感，以「引起心理上的喜悅」。

再看蘇軾的〈浣溪沙〉詞：

> 軟草平莎過雨新，輕沙走馬路無塵。何時收拾耦耕身？　日暖桑麻光似潑，風來蒿艾氣如薰。使君元是此中人。

31 郭預衡：「有了這樣（遠大）的志氣，發為文辭，也就有一種雄偉之氣、奔放之勢。這樣的例子在《孟子》一書中俯拾皆是。」見《中國散文史》上（上海市：上海古籍出版社，2000 年 3 月一版一刷），頁 138。

這首詞為一套組詞的最後一首，此組詞題作「徐門石潭謝雨，道上作五首。潭在城東二十里，常與泗水增減、清濁相應。」作於元豐元年（1078），時作者在徐州（彭城）。它一開篇就由實空間切入，以「軟草」二句，特別著眼於「道旁」（遠）的莎草與道中的輕沙，寫走在「道上」（近）所見道旁雨後的清新景象，預為下句敘隱逸之思鋪路。接著由實轉虛，將時間推向未來，以「何時」句，即景抒情，抒發了隱退的強烈意願。繼而以「日暖」二句，又回到實空間，特別著眼於「桑麻」的光澤與「蒿艾」的香氣，應起寫走在道上所見雨後的另一清新景象，以強化隱逸之思；最後以結句，主要著眼於實時間，寫此時所以會有強烈的隱退意願，是由於自己原本就來自於田野的緣故。這樣用「實（空）、虛（時）、實（空、時）」的結構來組合材料，將隱逸之旨表達得極為明白。附結構分析表如下：

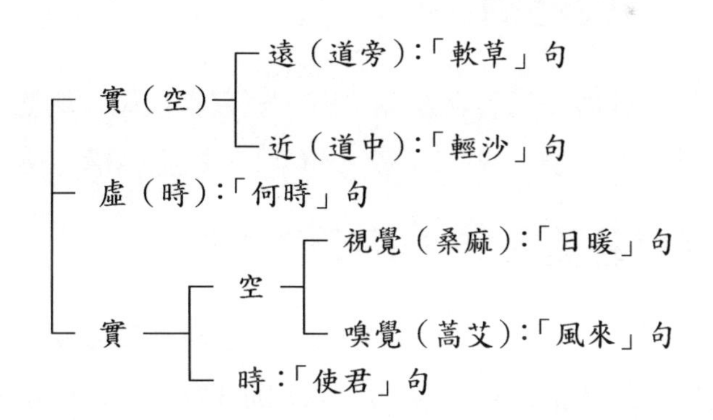


其中就「章」而言，以「知覺轉換」、「遠近」、「時空交錯」等形成調和性的「移位」結構，而就「篇」而言，以「實、虛、實」形成調和性的「轉位」結構。這樣在變化中含秩序，秩序中有變化，將內容材料組織起來，帶動層層節奏而串成一篇韻律，突出「隱退」之思（主旨）與「閒逸」的風格來，讓人產生美感，以「引起心理上的喜悅」。

可見屬於一篇「主旨」與「風格」的「一（0）」，為全文之樞紐，是有統合「多」與「二」的功能的。

由於篇章的「多、二、一（0）」結構，乃以「陰陽二元對待」為基礎所形成。其中的結構，是以核心結構為核心的，非屬於「調和」（陰柔），即屬於「對比」（陽剛），既可徹下，亦可徹上，是為「二」；而在核心結構以外，由「移位」（秩序）、「轉位」（變化）所形成之諸多結構，為「多」；至於統合全文之主旨與所形成之整體風格（韻律、氣象、境界等），則為「一（0）」。因此這種「多、二、一（0）」之結構，如對應於美學的「多、二、一（0）」結構，自然可形成「秩序美」、「變化美」（「多」：移位、轉位）、聯貫美（「二」：調和、對比）與統一美（「一（0）」：主旨、風格等），而讓人「引起心理上的喜悅」。

## 第二節　整體歷程與「多」、「二」、「一（0）」螺旋結構

茲分「真善美三者之關係」與「真善美與辭章之對應」兩目加以探討，以見美學「多」、「二」、「一（0）」螺旋結構之適用性與普遍性。

### 一　就真善美三者之關係作探討

對「真」、「善」、「美」的探討，在西洋起源甚早。就以出生於西元四百多年前的柏拉圖（西元前 427-前 347）來說，認為對「美」的「理念」（「理式」）之認識，要經歷四個階段：首先是「有形領域中的美」，其次是「倫理政治領域中的美」（善），再其次是「數理學科領域中理智的美」（真），最後是：

> 所達到的涵蓋一切領域中理智的美，即貫通於形體美、倫理政治的善、各門科學的真的那種集真、善、美於一身的最高的美理

念。[32]

所謂「有形領域中的美」，即客體之「美」；「倫理政治領域中的美」、「數理學科領域中理智的美」，即融合主客體之「善」與「真」，而「那種集真、善、美於一身的最高的美理念」，則為居於統攝地位之「美」的「理念」（「理式」）或主體「分受」之「美感」。這樣，就含藏了如下之邏輯結構：

美（客體）→ 善、真（融合主、客體）→ 美理念

對這種邏輯結構，鄔昆如從另外角度切入說：

> 我們綜合柏拉圖的觀念論和知識論加以探討之後，我們可以發現在柏拉圖的二元宇宙劃分之中，有兩條通路：從人到「善」觀念，以及從「善」觀念到人。甚至我們更進一步看來：從「善」觀念到感官世界，以及從感官世界到「善」觀念。很顯然地，一條是從下往上的道路，另一條是由上到下的道路。從下往上的路，通常是人性對真、善、美的追求；從上到下的道路，是「善」觀念對其他的觀念，感官世界，以及人類的「分受」。[33]

他分順、逆兩向來闡釋柏拉圖對真、善、美的看法，一是由上到下的順向道路，它的邏輯層次可以理解為：

32 蔣孔陽、朱立元主編，范明生著：《西方美學通史》第一卷（上海市：上海文藝出版社，1999 年 10 月一版一刷），頁 310。

33 鄔昆如：《希臘哲學趣談》（臺北市：東大圖書公司，1976 年 4 月初版），頁 151。

（美理念）→善、真（融合主、客體）→美（客體）

一是從下往上的逆向道路，它的邏輯層次則可以看成是：

美（客體）→善、真（融合主、客體）→（美理念）

如此一順一逆來看待柏拉圖的「美」的「理念」（「理式」），是相當能掌握其邏輯思維的，這就可以解釋柏拉圖所說「美是善的原因」與「善為美的標準」[34] 之似矛盾問題了。而柏拉圖之所以用「『善』觀念」為核心來談「美」，含藏「善、真↔美」之邏輯結構，乃受其「理式論」（「理型說」）之影響。由柏拉圖看來，「萬事萬物有一個共同的本原，就是神，由神創造出各類事物的共相，就是理式。現實世界中的萬事萬物只是理式的摹本」，而且認為「完善的靈魂是形而上者，『主宰全宇宙』……清純不雜的靈魂受神的導引，在天國中見到過真實本體或理式，即感性事務的摹本。一旦犯了罪孽，靈魂便不完善，就『失去了羽翼』，依附肉體進入塵世之中。這樣無形無始的靈魂本身，就因肉體而現形」[35]。對這種理論，到了亞里士多德（西元前 384 -前 322），則既有所繼承，也有所創新，朱志榮在《古近代西方文藝理論》中就指亞里士多德：

繼承了泰勒斯以來的哲學成就，特別是柏拉圖的思想成果。然而

---

34 范明生注：「就柏拉圖而言，在早期蘇格拉底學派對話中，有時將美看得高於善，在〈大希庇亞篇〉將美看作是善的原因……在〈國家篇〉中又有了變化，善的地位上升了，強調『善為美的標準』，將善理念看作是最高的。」見《西方美學通史》第一卷，頁 429。

35 朱志榮：《古近代西方文藝理論》（上海市：華東師範大學出版社，2002 年 8 月一版一刷），頁 13-17。

> 他的繼承是以批判為基礎，以創新為目標的。在方法論上，和他的老師柏拉圖相比，他在批判柏拉圖「理式」說的基礎上，創立自己的「四因」（質料因、形式因、創造因、目的因）說、「實體」論，並以此為基石提出了和柏拉圖根本分歧的「摹仿論」。他拋棄了柏拉圖的直觀的甚至神秘的哲學思辨，對客觀世界進行冷靜的科學分析。[36]

他「對客觀世界進行冷靜的科學分析」，於是而有「美在形式」的觀點[37]，這是他的創新，當然也影響了他對「真、善、美」的看法，鄔昆如以為亞里士多德：

> 在知識論裡，討論真、假、對、錯；倫理學中討論是、非、善、惡；在藝術哲學中，超越了真、假、對、錯和是、非、善、惡的問題，進入美與醜的分野，進入真、善、美的境界。這個境界，亞里士多德把他的神明、宗教、藝術、倫理道德完全綜合為一，成為一個完美的綜合人性。[38]

這種奠基於「美在形式」的觀點，影響所及，使得後來的托馬斯．阿奎那（約 1225-1274）就進一步「把美同形式聯繫起來，認為美和善一樣，都是建立在『真實的形式上面』」[39]，這就大致形成了眾所熟知的「真善、美」之邏輯結構。

---

36 朱志榮：《古近代西方文藝理論》，頁 42。

37 李杜：「亞氏對柏氏理型說非議，是理型超越感覺事物而獨立存在。他以為如理型獨自存在，則與感覺事物的關係無法講。故他以形式說代替理型說。」見《中西哲學思想中的天道與上帝》（臺北市：聯經出版事業公司，1980 年 7 月初版二刷），頁 209。

38《希臘哲學趣談》，頁 237。

39《古近代西方文藝理論》，頁 93。

其實，對「真、善、美」三者的關係，是經過漫長時間的醞釀而逐步認識的，但爭議也不少。對此，歐陽周、顧建華、宋凡聖等在《美學新編》中就以為「對美與真、善的看法，歷來有很大分歧，大體可分為『無關論』、『等同論』和『有關又有區別論』三種」，其中第一種看法「認為美與真、善無關，甚至是對立的」，以德國古典主義美學家康德與俄國的列夫·托爾斯泰為代表；第二種看法「強調美與真、善有著密切關係，甚至將美與真、善等同起來」，以古希臘哲學家蘇格拉底與古羅馬新柏拉圖主義創始人普羅丁為代表；第三種看法「是認為美與真、善既有聯繫又有區別」：

> 在西方，古希臘亞里斯多德較早地把美與真、善聯繫在一起，但更多地勢強調美與真的聯繫，同時也初步提出它們之間的區別。十八世紀法國唯物主義美學家狄德羅對美與真、善關係的論述較為中肯，他說：「真、善、美是緊密結合在一起的。在真或善上加上某種罕見的、令人注目的情景，真就變成美了，善也就變成美了。」(《畫論》) 他強調了真、善、美不可分的關係，同時也指出它們是不同的事物，既不可割裂，也不可等同。[40]

而最後一種是他們所贊同的，並且也進一步指出：

> 真是美的源頭和基礎，美以真為內容要素。……善是美的靈魂，美以善為內涵和目的。……雖然真是美的基礎，善是美的靈魂，但不能因而主觀地以為真的、善的就一定是美。這是因為真、善、美分屬於不同的範疇，標誌著不同價值：真屬於哲學的範

40《美學新編》，頁 50-52。

疇，是人們在認識領域內衡量是與非的尺度，具有認知的價值；善屬於倫理學的範疇，是人們在道德領域內辨別好與壞的尺度，具有實用價值；美屬於美學的範疇，是人們在審美領域內觀照對象並在情感上判斷愛與憎的尺度，具有審美的價值。[41]

這種「認為美與真、善既有聯繫又有區別」的看法，普遍為人所接受，所以辭章學家鄭頤壽也說：

在兩三千年的爭論中，西方對真善（誠）與美的關係的認識也逐步辯證。柏拉圖的最大弟子亞里士多德就是其老師偏頗的文藝美學思想的異議者。從文藝復興道十八世紀的許多美學家、藝術家，如達·芬奇、荷加斯等，其後的柏克、費爾巴哈、車爾尼雪夫斯基直至馬克思，對美的本質及其與「真」、「善」的關係的認識逐步科學化了。……莎士比亞有一段關於真、善、美和辭章的關係，談得十分深刻。他說：「真、善、美，就是我全部的主題，真、善、美，變化成不同的辭章，我底創造力就花費在這種變化裡，三題合一，產生瑰麗的景象。真、善、美，過去是各不相關，現在呢，三位同座，真是空前。」美學家王朝聞談真、善、美的關係最為科學，他說：「真、善、美，就其歷史的發展來說，只有當人在實踐中掌握了客觀世界的規律（真），並運用於實踐，達到了改造世界的目的，實現了善，才有美的存在。但作為歷史的成果，作為客觀對象來看，真、善、美，是同一客觀對象的密不可分地聯繫在一起的三方面。人類的社會實踐，就它體現客觀規律或符合於客觀規律的方面去看是真，就它符合於一

41《美學新編》，頁 52-54。

> 定時代階級的利益、需要和目的的方面去看是善，就它是人的能動的創造力量的客觀的具體表現方面去看是美。」（《美學概論》）真、善、美是既有密切聯繫又有區別的。[42]

可見真、善、美就這樣被認識為「既有密切聯繫又有區別的」，也就是說，真、善、美三者，如從「求同」一面來說，可統合為一；而若從「求異」一面來看，則可各自分立。就在「求異」一面裡，所謂「真屬於哲學的範疇」、「善屬於倫理學的範疇」、「美屬於美學的範疇」，所謂「就它體現客觀規律或符合於客觀規律的方面去看是真，就它符合於一定時代階級的利益、需要和目的的方面去看是善，就它是人的能動的創造力量的客觀的具體表現方面去看是美」，說的和上述鄔昆如對亞里士多德學說的理解，在實質上沒有什麼差異。

而在「求同」一面裡，所謂「真是美的源頭和基礎，美以真為內容要素」、「善是美的靈魂，美以善為內涵和目的」，所謂「只有當人在實踐中掌握了客觀世界的規律（真），並運用於實踐，達到了改造世界的目的，實現了善，才有美的存在」，雖沒有明確指出真、善、美三者的先後，卻含藏了「真、善→美」（或真↔善↔美）或「真→善→美」的邏輯結構，美學大師李澤厚說：

> 從主體實踐對客觀現實的能動關係中，實即從「真」與「善」相互作用和統一中，來看「美」的誕生。……符合「真」（客觀必然性）的「善」（社會普遍性），才能夠得到肯定。……這樣，一方面，「善」得到了實現，實踐得到了肯定，成為實現了（對象化）的「善」。另一方面，「真」為人所掌握，與人發生關係，

---

42 鄭頤壽：《辭章學導論》（臺北市：萬卷樓圖書公司，2003 年 11 月初版），頁 500。

> 成為主體化（人化）的「真」。這個「實現了的善」（對象化的善）與人化了的「真」（主體化的真），便是「美」。……「美」是「真」與「善」的統一。[43]

雖然切入點不盡相同，但單從其所蘊含的邏輯結構來看，是一致的。不僅如此，如不理會對「真、善、美」涵義的界定有所差異，則將這種邏輯結構對應於上述柏拉圖、亞里斯多德和托馬斯·阿奎那的說法來觀察，也一樣可梳理得通。

這樣看來，從古以來對「真、善、美」涵義的界定，儘管不盡相同，然而所含藏「真、善→美」（真↔善↔美）或「真→善→美」等邏輯結構，卻變化不大。因為這種邏輯結構，相當原始，是可適用於宇宙形成、含容萬物「由上而下」之各個層面的。如果換成「由下而上」來看，則正好相反，各個層面所形成的是「美→真、善」（美→善↔真）或「美→善→真」的邏輯結構。而這種「由上而下」與「由下而上」的順逆向結構，如同上文所述，可由後人（范明生、鄔昆如）所掌握柏拉圖有關「真、善、美」的義理邏輯裡得到充分證明。又如果把這順逆向的邏輯結構加以整合簡化，則可表示如下：

真↔善↔美

意即按「由上而下」的順向來看，它所呈現的是「真→善→美」的邏輯結構；而依「由下而上」的逆向來看，則它所呈現的是「美→善→真」的邏輯結構。

---

43 李澤厚：《美學三題議》，《美學論集》（臺北市：三民書局，1996年9月初版），頁167-168。

## 二　就真善美與螺旋結構之對應作探討

上述「真」、「善」、「美」那種順逆向的邏輯結構，如要與「多」、「二」、「一（0）」的螺旋結構對應，則首先要調整對「真」和「善」的認識。在西洋的早期，將「善」置於「真」之上，當作「神」或「上帝」來看待，是帶有神秘色彩的；後來「形式論」興起，才認為美和善一樣，都是建立在「真實的形式上面」，而把「善」放在「真」之下，從倫理學的層面加以把握。這樣一來，就像歐陽周、顧建華、宋凡聖他們所說的：

> 所謂真，指的是人們對客觀存在著的事物及其運動、變化、發展的規律性的正確認識。也就是說，一切事物的存在及其運動、變化、發展的內在聯繫和規律性是不依人的意志為轉移的外部現實世界。這裡所講的「規律性」，既包括自然界發展的規律，也包括人類社會發展的規律。……所謂善，指的是人類在社會實踐活動中所追求的有利、有益、有用的功利價值。凡是在實踐中符合人的功利目的的東西就是善；反之就是不善甚至是惡。[44]

如今對「真」和「善」的認識，大致是如此，而這樣的認識，和「多」、「二」、「一（0）」是有些接不上頭的。因此需要作一些調整，先以「真」來說，要等同於「一（0）」，就必須追溯到宇宙創生、含容萬物之原動力來觀察，而這種原動力由「未形」而「已形之始」，為「一（0）」，其中之「（0）」，就和「至誠」（誠）或「无」有關[45]。朱熹注《四書．

44《美學新編》，頁 52。

45 陳滿銘：〈《中庸》「多」、「二」、「一（0）」螺旋結構論〉，《第三屆中國經學國際學術研討會論文集》（臺北市：洪葉文化事業公司，2003 年 11 月），頁 214-265。

中庸》，對所謂「至誠」，雖沒有直接解釋，但在其二十四章（（依朱熹《章句》），下併同）「至誠如神」下卻以「誠之至極」來釋「至誠」，意即「誠之極致」。而單一個「誠」，則在十六章「誠之不可揜如此夫」下注云：

> 誠者，真實無妄之謂。[46]

這個注釋，受到眾多學者的注意與肯定。如果稍加尋繹，便可發現這與《老子》與《周易》脫不了關係。《老子》第二十二章說：

> 道之為物，惟恍惟惚。惚兮恍兮，其中有象。恍兮惚兮，其中有物。窈兮冥兮，其中又精。其精甚真，其中有信。

此所謂「真」、「信」，即「真實」，因為《說文》就說：「信，實也」。而此「真實」，指的就是《老子》「無，名天地之始」（一章）、「有生於無」（四十章）之「無」[47]，亦即「無極」。馮友蘭說：

> 「恍」、「惚」言其非具體之有；「有象」、「有物」、「有精」，言其非等於零之無。第十四章「無狀之狀，無物之象」，王弼注云：「欲言無耶，而物由以成；欲言有耶，而不見其形」，即此意。[48]

---

46 朱熹：《四書集注》（臺北市：學海出版社，1984 年 9 月初版），頁 31。

47 宗白華：「道是無名，素樸，混沌。這個先天地而自生的道體，它本身雖是具體的，然尚未形成任何有形的事物，所以不能有名字。它是素樸混沌，不可視聽與感觸。正是『道常無名樸』（三十二章）。」見《宗白華全集》2，頁 810。

48 馮友蘭：《馮友蘭選集》上卷（北京市：北京大學出版社，2000 年 7 月一版一刷），頁 85。

因此朱熹以「真實」釋「誠」，該與老子「無」之說有關，而且加上「無妄」兩字，取義於《周易・無妄》，表示這種「真實而不是虛無（零）」的特性；看來是該有周敦頤「太極本無極」之義理邏輯在內的。這樣，「至誠」也因此可看作是「先天地而自生的道體」[49]了。《禮記・中庸》第二十六章：

> 故至誠（「0」）無息，不息則久，久則徵（「一」），徵則悠遠，悠遠則博厚，博厚則高明。博厚，所以載物也；高明，所以覆物也（「二」）；悠久，所以成物也（「多」）。

這段文字指出：「至誠」作用不已，先經過「久」的時間歷程，而有所徵驗，成為「（0）一」。再由時間帶出空間，經過「悠遠」的時空歷程，終於形成「博厚」之「地」與「高明」之「天」。而此「天」為「乾元」、「地」為「坤元」，前者指陽氣之始，是「一種剛健的創生功能」；後者指陰氣之始，為「一種柔順的含容功能」，而萬物就在這兩種功能之作用下規律地生成、變化；此為「二」。如此先由「乾元」創生，再由「坤元」含容，萬物就不斷地依循規律，盡其本性而實現、完成自我，以趨於和諧之境界，這就是所謂的「悠久所以成物」，為「多」。可見這段文字所呈現的，就是「『（0）一』（元）、『二』（乾、坤）、『多』（萬物）」的過程[50]，這和上述《周易》與《老子》的「（0）一、二、多」的順向結構，是兩相疊合的。

因此，「真」歸本到這個層面來說，就是「太極」（本無極）、「道生一」、「至誠無息，不息則久，久則徵」，即「（0）一」。換句話說，

---

49《宗白華全集》2，頁 810。

50〈《中庸》「多」、「二」、「一（0）」螺旋結構論〉，頁 227-238。

就是形成宇宙人生規律的源頭力量。

再以「善」來說，說得簡單一點，就是「規律」。《周易．說卦傳》說：「立天之道，曰陰與陽；立地之道，曰剛與柔；立人之道，曰仁與義；兼三才而兩之。」而這所謂「兼三才而兩之」的「陰陽」、「剛柔」、「仁義」，就是萬事萬物形成「規律」發展、變化之憑據。因此，人生的規律（禮），是對應於自然（天地）的規律（理）的。易言之，無論人生或自然的種種，只要在「至誠無息」的作用下，發揮「剛健」與「柔順」兩種最基本之創生、含容功能，必能依循「規律」發展、變化，而合乎人情（禮）天理（理），達於「善」的要求。《禮記．中庸》第二十六章說：

> 天地之道，可一言而盡也：其為物不貳，則其生物不測。天地之道，博也，厚也，高也，明也，悠也，久也。今夫天，斯昭昭之多，及其無窮也，日月星辰繫焉，萬物覆焉；今夫地，一撮土之多，及其廣厚，載華嶽而不重，振河海而不洩，萬物載焉；今夫山，一卷石之多，及其廣大，草木生之，禽獸居之，寶藏興焉；今夫水，一勺之多，及其不測，黿鼉蛟龍魚鱉生焉，貨財殖焉。

在本書第二章第三節曾引此指出：〈中庸〉的作者在這段話裡首先告訴我們：天地之道是可以用一句話來概括的，那就是「其為物不貳，則其生物不測」，這所謂的「為物」，猶言「為體」，指的是天地「運行化育之本體」[51]；而「不貳」，義同「無息」、「不已」，乃「誠」的作用[52]。

---

51 王船山：「其為物，物字，猶言其體，乃以運行化育之本體，既有體，則可名之曰物。」見《讀四書大全說》卷三（臺北市：河洛圖書出版社，1974 年 5 月），頁 96。

52 王船山：「無息也，不貳也，也已也，其義一也。章句云：『誠故不息』，明以不息代不貳。蔡節齋為引申之，尤極分曉；陳氏不察，乃混不貳與誠為一，而以一與不貳這是〈中庸〉的作者透過「內在的遙契」、「通過有象者以證無象」所獲致的結果。了解了這點，那就無怪他在說明了天道之「為物不貳」後，要接著用聖人「至誠無息」之外驗來上貫於天地，而直接說「博厚」、「高明」、「悠久」就是「天地之道」，以生發下文了。很明顯地，這所謂「高明」指的就是下文「日月星辰繫焉，萬物覆焉」的天德；所謂「博厚」，總括來說，指的就是「載華嶽而不重（山），振河海而不洩（水），萬物載焉（山和水）的地德；分開來說，指的乃是「草木生之，禽獸居之，寶藏興焉」的山德與「黿鼉蛟龍魚鱉生焉，貨財殖焉」的水德；而「悠久」，指的則是天光及於「無窮」(高明)、地土及於「博厚、山石及於「廣大」、水量及於「不測」（博厚）的時、空歷程。〈中庸〉的作者透過此種天的「高明」與「地」(包括山、水）的「博厚」，經由「悠久」一路追溯上去，到了時、空的源頭，便尋得「斯昭昭」、「一撮土」、「一卷石」、「一勺水」等天地的初體，以致終於洞悟出天地會由最初的「昭昭」或「一」而「多」而「無窮」、「不測」，以至於「博厚」、「高明」，及是至誠在無息地作用所形成的規律性「外驗」，也就是「生物不測」的結果。

由於〈中庸〉所說「博厚，所以載物也；高明，所以覆物也；悠久，所以成物也。博厚配地，高明配天，悠久無疆」這幾句話，和《周易》「乾元」、「坤元」的道理是相通的。因此在這裡把「天」(陽)、「地」（陰），對應於「（0）一、二、多」的結構，看成是「二」（陰陽），該是不會太牽強的。既然「天地」可視為「二」，而它們是「為物不貳」的，所以能「無息」地發揮「剛健」與「柔順」兩種最基本之創生、含容功能，以創生、含容萬物，經過「悠久」之時空歷程，所謂「不見而章，不動而變，無為而成」，自然就達於「生物不測」的地步了。

---

作對，則甚矣其惑也。」見《讀四書大全說》卷三，頁 312。

「至誠」由不息而使天地發揮「剛健」與「柔順」兩種最基本之創生、含容功能，化生萬物，形成規律，便為和諧的至善之境構築了堅實的橋樑。而這種和諧的境界，便是所謂的「中和」。〈中庸〉（首章）說：

> 中也者，天下之大本也；和也者，天下之達道也。致中和，天地位焉，萬物育焉。

這所謂的「中和」，本來是指人的性情而言的，因為在這一段話之前，〈中庸〉的作者即已先為此二字下了定義說：「喜怒哀樂之未發，謂之中；發而皆中節，謂之和」，對這幾句話，朱熹曾作如下解釋：

> 喜怒哀樂，情也；其未發，則性也，無所偏倚，故謂之中。發而皆中節，情之正也；無所乖戾，故謂之和。[53]

可見「中」是以性言，屬「陰」；而「和」則以情言，屬「陽」。指的乃「無所偏倚」和「無所乖戾」的心理狀態，亦即至誠的一種存在與表現。很明顯地，先作了這番說明之後，〈中庸〉的作者才好接著就「性」說「中」是「天下之大本」、就「情」說「和」是「天下之達道」。這「大本」和「大道」的意義，照朱熹的解釋是：

> 大本者，天命之性、天下之理皆由此出，道之體也；達道者，循性之謂，天下古今之所共由，道之用也。[54]

---

53《四書集注》，頁 21。

54《四書集注》，頁 22。

「大本」既是天命之性、天下之理之所從出，而「大道」則為天下古今之所共由，那麼，一個人若能透過至誠之性（仁與智）的發揮，而達到這種是屬「大本」和「大道」的中和狀態，則所謂「天地萬物，本吾一體，吾之心正（中），則天地之心亦正矣；吾之氣順（和），則天地之氣亦順矣」[55]，不僅可藉「仁」之性以成己（盡其性、盡人之性），造就孝、悌、敬、信、慈等德行，以純化人倫社會；也可藉「智」之性以成物（盡物之性），使「萬物並育而不相害」（〈中庸〉〔第三十章〕），以改善物質環境[56]。於是〈中庸〉的作者便又接著說：「致中和，天地位焉，萬物育焉」，這三句話，從其涵義來看，顯然與〈中庸〉「誠者非自成己而已」（二十五章）、「唯天下至誠，為能盡其性」（第二十二章）的兩段話，是彼此相通的，因為誠能盡性，則必然可以「致中和」，所以我們可以把這兩段話說成：

> 誠者，非自致其中和而已也，所以致物之中和也。

和

> 唯天下至誠，為能致其中和；能致其中和，則能致人之中和；能致人之中和，則能致物之中和；能致物之中和，則可以贊天地之中和；可以贊天地之中和，則可以與天地參矣。

這樣，意思是一點也不變的。而這所謂「中和」，若換個角度說，就是「和諧」，就是「美」。而有此「誠」（真）的動力，則所謂「人類在社

---

55 《四書集注》，頁 31。

56 陳滿銘：〈《中庸》的思想體系〉上、下，《國文天地》12 卷 8、9 期（1997 年 1、2 月），頁 11-17、14-20。

會實踐活動中所追求的有利、有益、有用的功利價值」，才能因時因地作靈活的調整，以適應實際的需要，做到「善」，進而臻於「贊天地之中和」的和諧，亦即「至美」之境界。

由此看來，「真」、「善」、「美」與「多」、「二」、「一（0）」之螺旋結構，可製成下圖，以表示其對應關係：

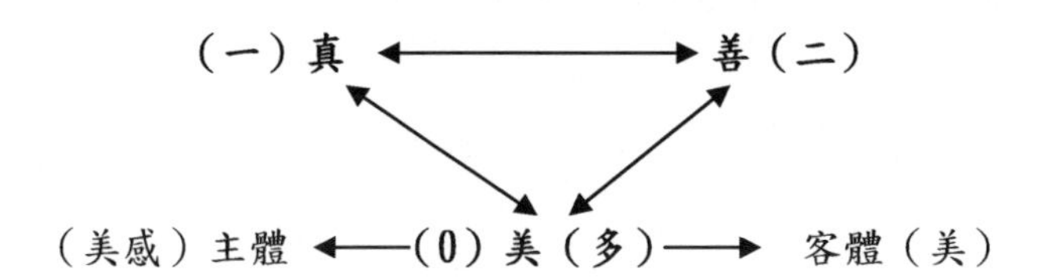


這種螺旋結構，如落在辭章上來看，則：

（一）創作（順向：寫）：美感（0）→真（一）→善（二）→美（多）

（二）鑑賞（逆向：讀）：美（多）→善（二）→真（一）→美感（0）

從創作（寫）面看，所呈現的是由「意」下貫到「象」的過程；從鑑賞（讀）面看，所呈現的是由「象」回溯到「意」的過程。這種流動性的雙向過程，無論是創作或鑑賞，都是經互動、循環而提升的作用，而形成「意→象→意」或「象→意→象」的螺旋關係的。

而其中的「（0）」，在美學上，指主體之「美感」，而這主體可以指作者，也可以指讀者；在辭章上，指風格、境界等。「一」，在美學上，指「真」；在辭章上，指作者所要表達的核心情、理，即一篇「主旨」。「二」，在美學上，指「規律」，「包括自然界發展的規律，也包括人類社會發展的規律」；在辭章章法上，指兩相對待之「陰陽二元」，一篇之核心結構與各輔助結構即由此而形成，以呈現一篇「規律」，而其中居於徹下徹上的關鍵性地位的，即核心結構。「多」，在美學上，指客體之「美」；在辭章章法上，指由「陰陽二元對待」所形成之各輔助結構，藉以組合各個別意象或材料。可見「真」、「善」、「美」也可形成可順可逆的螺旋結構，與「多」、「二」、「一（0）」之螺旋結構，是互相對應的。

茲舉例略作說明，以見兩者對應之情形。首先看宋玉的〈對楚王問〉：

> 楚襄王問於宋玉曰：「先生其有遺行與？何士民眾庶不譽之甚也！」
> 宋玉對曰：「唯，然，有之；願大王寬其罪，使得畢其辭。客有歌於郢中者，其始曰下里巴人，國中屬而和者數千人；其為陽阿薤露，國中屬而和者數百人；其為陽春白雪，國中屬而和者，不過數十人；引商刻羽，雜以流徵，國中屬而和者，不過數人而已；是其曲彌高，其和彌寡。故鳥有鳳而魚有鯤。鳳凰上擊九千里，絕雲霓，負蒼天，足亂浮雲，翱翔乎杳冥之上；夫藩籬之鷃，豈能與之料天地之高哉？鯤魚朝發昆侖之墟，暴鬐於碣石，暮宿於孟諸，夫尺澤之鯢，豈能與之量江海之大哉？故非獨鳥有鳳而魚有鯤也，士亦有之。夫聖人瑰意琦行，超然獨處，夫世俗之民，又安知臣之所為哉？」

此文是以「先問後答」的結構寫成的。「問」的部分，是本文的引子，主要是在提明問者、被問者及所問者的問題，以引出下面回答的部分。「答」的部分，是本文的主體，採「先點後染」之結構來安排。「點」指「宋玉對曰」一句，而「染」即「曰」的內容。這個內容，首先以「唯，然，有之」承問作了三應，然後以「願大王寬其罪，使得畢其辭」兩句話，委婉的領出所以「不譽」的正式回答來；這是「凡」的部分。

而這個針對「不譽」所作的正式回答，即「目」，是以「先賓後主」的結構表出的。其中「賓」的部分，自「客有歌於郢中者」至「豈能與之量江海之大哉」止，共含三小節：第一節以曲為喻，先依和曲者人數之遞減，條分為四層來說明，形成正反對比，以得出「其曲彌高，其和彌寡」的結論，初步為「主」的部分蓄勢；為「賓一」。第二節以鳥為喻，拿鳳凰和藩籬之鷃作個比較，以得出藩籬之鷃不足以「料天地之高」的結論，也形成正反對比，進一步的為「主」的部分蓄勢；為「賓二」。第三節以魚為喻，拿鯤魚與尺澤之鯢一正一反作個比較，以得出尺澤之鯢不足以「量江海之大」的結論，又再一次的為「主」的部分蓄勢；為「賓三」。而「主」的部分，則先以「故非獨鳥有鳳而魚有鯤也，士亦有之」兩句作上下文的接榫，再承上文的鯤、鳳凰和「引商刻羽，雜以流徵」的高雅曲子帶出「夫聖人瑰意琦行，超然獨處」兩句，然後承「尺澤之鯢」、「藩籬之鷃」及「國中屬而和者數千、「數百人」等句，引出「世俗之民，又安知臣之所為哉」兩句，一樣形成正反對比，以暗示「行高由於品高，不合於俗由於俗不能知」的道理，既回答了楚王之問，也藉以罵倒了那些無知的世俗人，真是短筆短掉，其妙無比啊！林西仲說：「惟賢知賢，士民口中，如何定得人品？楚王之問，自然失當，宋玉所對，意以為不見譽之故，由於不合於俗，而所以不合之故，又由於俗不能知，三喻中不但高自位置，且把一班俗人伎倆、見識，盡情罵殺，豈不快心！」[57] 由此看來，這篇短文之所以能獲得古今人之讚譽，並不是沒有理由的。附結構分析表如下：

57 林雲銘：《古文析義合編》卷三（臺北市：廣文書局，1965年10月再版），頁126。

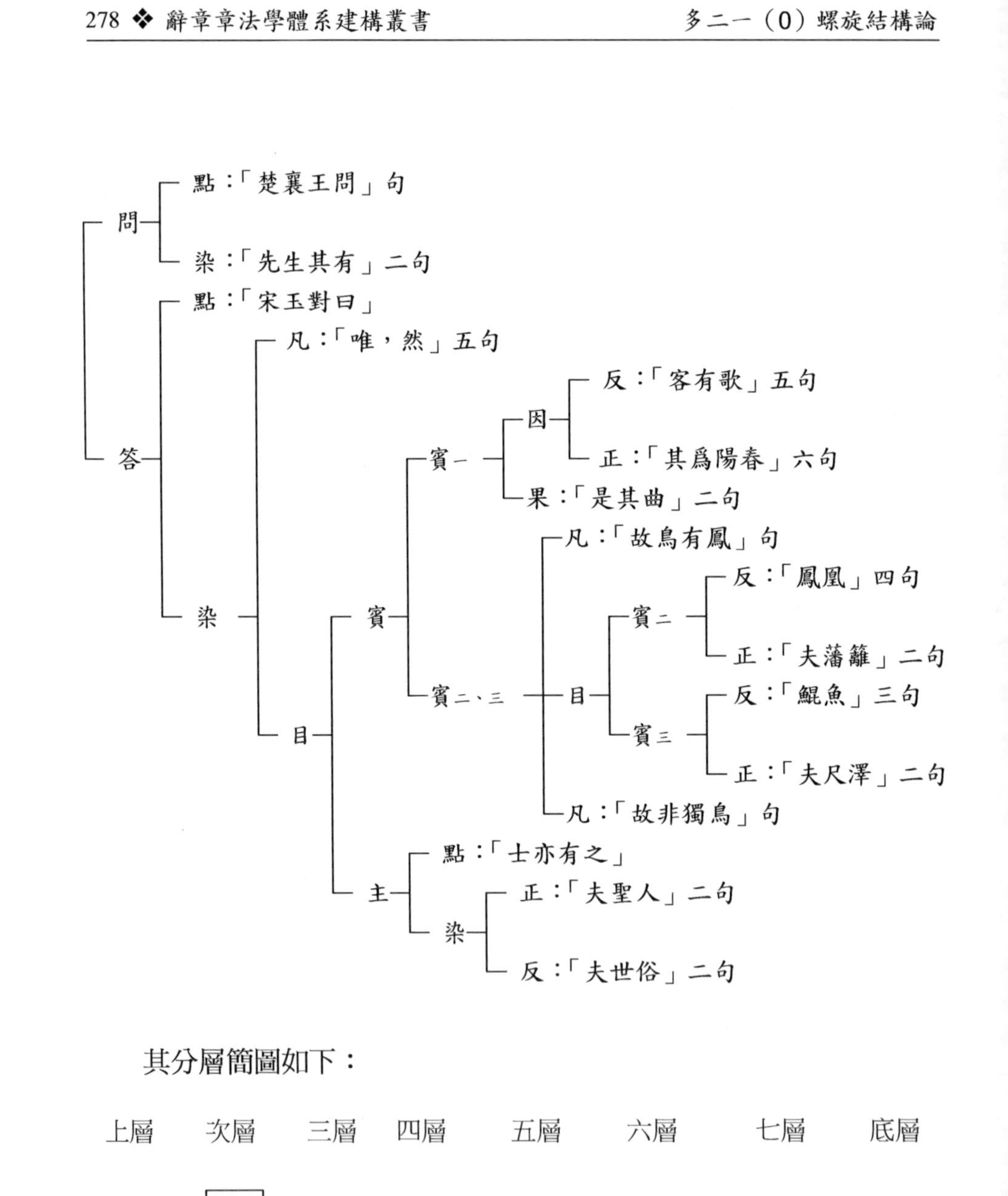
問
點：「楚襄王問」句
染：「先生其有」二句
答
點：「宋玉對曰」
染
凡：「唯，然」五句
目
賓
賓一
因
反：「客有歌」五句
正：「其爲陽春」六句
果：「是其曲」二句
賓二、三
凡：「故鳥有鳳」句
目
賓二
反：「鳳凰」四句
正：「夫藩籬」二句
賓三
反：「鯤魚」三句
正：「夫尺澤」二句
凡：「故非獨鳥」句
主
點：「士亦有之」
染
正：「夫聖人」二句
反：「夫世俗」二句

其分層簡圖如下：

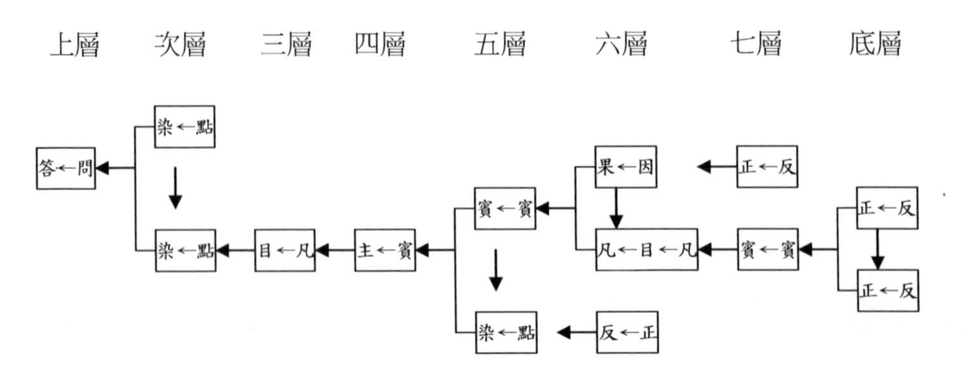
上層
次層
三層
四層
五層
六層
七層
底層
答←問
染←點
染←點
目←凡
主←賓
賓←賓
染←點
果←因
凡←目←凡
反←正
正←反
賓←賓
正←反
正←反

可見這篇文章，一共用了「問答」、「點染」（三疊）、「凡目」（二疊）、「賓主」（一疊）、「因果」（一疊）、「並列」（二疊：賓←賓）、「正反」（四疊）等章（含）法形成結構，因其移位或轉位，而造成層層節奏，以串聯為一篇韻律。如對應於「多、二、一（0）」與「美、善、真」來看，其中「問答」（上層）、「點染」（次層）與「凡目」（三層）等所形成之結構，由於在文裡都僅作為引渡之用，因此都不能視為核心結構，只能和其他結構（含五、六、七、底層）都視為核心結構的輔助性結構，此即「多」，以呈現客體之「美」。而「先賓後主」的結構，則可以說是全文的主體所在，所以認定它是此文之核心結構，即所謂關鍵性之「二」，是最恰當的。就在此「先賓後主」的核心結構下，除用「凡目」、「點染」、「因果」等所形成之輔助結構，來統合梳理各次層結構，形成「多」之外，最令人注意的是，既以三疊「先反後正」之輔助結構來支援「賓」，又以一疊「先正後反」的結構來支援「主」，而「正反」的對比性又是極強烈的，這就使得「先賓後主」這種屬於關鍵「二」之核心結構，蘊含著毗剛之氣，藉以徹下徹上，形成一篇規律，以呈現「善」。

這樣結合形象思維與邏輯思維，在「先賓後主」的調和性結構下，由「多」而上徹於「一（0）」，來凸顯「行高由於品高，不合於俗由於俗不能知」的主旨，而將「一班俗人伎倆、見識，盡情罵殺」，以形成「柔中寓剛」之風格，是屬於「一（0）」，以呈現「真」（含主體之美感）。張大芝以為「宋玉虛設襄王的責問本身，實際上也曲折而婉轉地表露出宋玉在政治上不得意的憤懣之情」[58]，這從其結構安排上，也可以獲知初步訊息。而何伍修也說：「全文以問句開篇，又以問句結尾，

58 張大芝評析，見《古文鑑賞大辭典》（杭州市：浙江教育出版社，1998 年 10 月二版四刷），頁 151。

章法新穎。楚王發問，綿裡藏針，意在責難，問中潛藏著幾分狡黠；宋玉反問，剛柔並濟，旨在辯解，問中包含著無限慨歎，同時也流露出一種自命不凡、孤芳自賞之情。」[59] 所謂「剛柔並濟」、「包含著無限慨歎，同時也流露出一種自命不凡、孤芳自賞之情」，指出了本文「柔中寓剛」之特色。這種特色，可由其「多」、「二」、「一（0）」或「真」、「善」、「美」之結構窺探出來。

其次看周密題作「吳山觀濤」的〈聞鵲喜〉詞：

> 天水碧，染就一江秋色。鰲戴雪山龍起蟄，快風吹海立。　數點煙鬟青滴，一杼霞綃紅濕。白鳥明邊帆影直，隔江聞夜笛。

這闋詞詠錢塘江潮，是按時間的先後，由潮起（先）寫到潮過（後）的。寫潮起（先）的部分，為上片。先以起二句，寫江天一碧的秋色，為潮起設下遠大的背景。後以「鰲戴」二句，寫潮水陡起的迅猛景象；作者在此，除用鰲戴雪山、龍騰水底來加以形容外，又以「快風」來推波助瀾，這樣當然就使「海」空高立了。而寫潮過（後）的部分，為下片。它先以「數點」二句，寫潮過後的遠山和雲霞，在煙水上，一青一紅，顯得格外綺麗。後以「白鳥」二句，就視覺，寫帆影邊的鷗鷺；就聽覺，寫隔江傳來的夜笛。作者就這樣以平和的靜景，和上片所寫潮來時壯觀的動景，形成強烈對比，產生了映襯的最佳效果。李祚唐分析此詞說：「上片依人的視覺，由遠及近，潮來時雷霆萬鈞之勢，已全在眼前。下片復由上片的劇烈動態轉為平緩，逐漸消失為靜態。」又針對著下片說：「這種平靜，正是在洶湧喧囂過後，才體驗得分外真切；而它反過來，不也襯托出錢塘江潮的格外壯觀嗎？詞人寫潮，即充分借助了

---

[59] 何伍修評析，見《古文鑑賞辭典》（南京市：江蘇文藝出版社，1987 年 11 月一版一刷），頁 176。

這種靜與動的相互對比和彼此轉換，因而著語雖不多，效果卻非常明顯」[60]。體會得很真切。雖然有人以為此詞「作意如題」[61]，但就其結句看來，卻該有杜牧「商女不知亡國恨，隔江猶唱後庭花」(〈泊秦淮〉)的感喟。蕭鵬認為此句「似收未收，似闔未闔，頗有『餘音裊裊，不絕如縷』之感，與唐人的『曲終人不見，江上數峰青』(錢起〈湘靈鼓瑟〉)同有『言有盡而意無窮』之妙」[62]，所謂「意無窮」之「意」，該是指這種江山雖麗卻已易色的亡國之痛吧！附結構分析表如下：

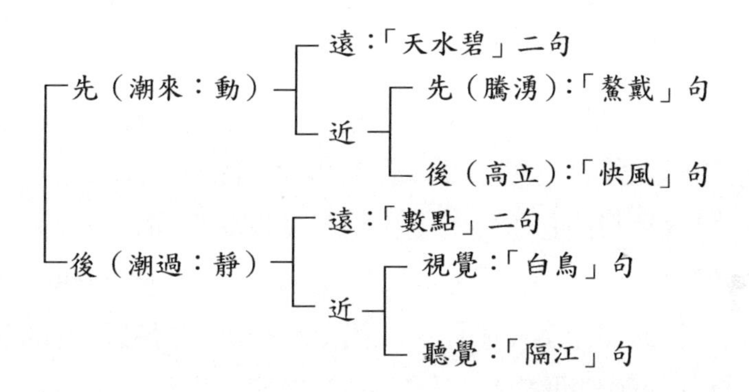


作者在此詞，藉江潮之雄奇，暗寓江山雖麗卻已易色的亡國之痛，所謂「一切景語皆情語」[63]，就是這個意思。而作者特別將這種主旨隱藏起來，置於篇外，完全經由「邏輯思維」作最好之安排，並用「先（動）後（靜）」的核心結構，形成移位、對比；又用「先遠後近」、「先視覺

60 李祚唐評析，見《詞林觀止》(上)(上海市：上海古籍出版社，1994 年 4 月一版)，頁 694。

61 常國武：《新選宋詞三百首》(北京市：人民文學出版社，2000 年 1 月一版一刷)，頁 492。

62 蕭鵬評析，見《唐宋詞鑑賞集成》(香港：中華書局香港分局，1987 年 7 月初版)，頁 1250。

63 王國維：《人間詞話刪稿》，《詞話叢編》五（臺北市：新文豐出版公司，1988 年 2 月臺一版），頁 4257。

後聽覺」、「先（昔）後（今）」等移位結構，形成調和；而將整個具體材料「一以貫之」，真正收到了「言有盡而意無窮」之效果。其分層簡圖如下：

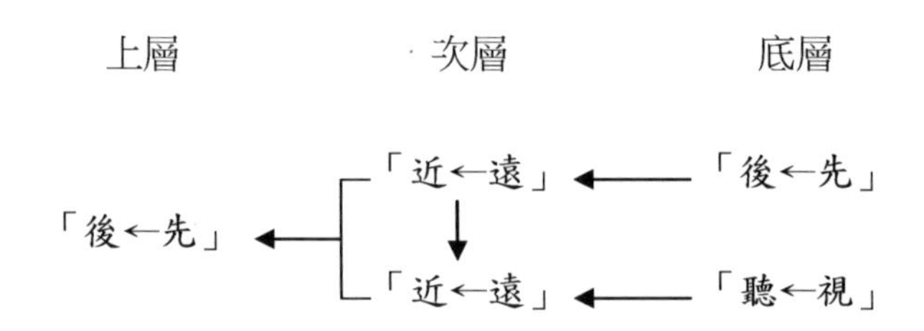


這種結構安排，如對應於「多、二、一（0）」與「美、善、真」來看，則以核心結構之外的「遠近」（二疊）、「先（昔）後（今）」（一疊）、「視聽」（一疊）等所形成移位性的調和結構與節奏（韻律），可視作「多」，以呈現客體之「美」；以「先（動）後（靜）」所形成一陰一陽的對比性（移位）結構與節奏（韻律），藉以徹下徹上，形成一篇規律，以呈現「善」的，可視作關鍵性之「二」；以暗寓「亡國之痛」的主旨與「宏麗綿邈」之風格的，可視作「一（0）」，以呈現「真」（含主體之美感）。這種「多」、「二」、「一（0）」或「美、善、真」之結構，就相當於一棵樹之合其樹幹與枝葉而成整個形體、姿態與韻味一樣，是一體的，是密不可分的。

綜上所述，可知「真」、「善」、「美」三者，可對應於章法「多」、「二」、「一（0）」而形成螺旋結構。它們落到辭章上來說，在創作（寫）面所形成的是：「美感（0）→真（一）→善（二）→美（多）」的順向結構，由此呈現出由「意」而成「象」的歷程；在鑑賞（讀）面所形成的是：「美（多）→善（二）→真（一）→美感（0）」的逆向結構，由此呈現出由「象」而溯「意」的歷程。而作章法之分析，雖屬後者，卻須對應前者，兩相兼顧，才能深入辭章之底蘊，獲得圓滿的結果。

# 第六章
# 結論

經由上文探討可知：「邏輯層次」，層層都由多樣的「二元對待」為基礎，而經「移位與轉位」之過程與「『多』、『二』、『一（0）』螺旋結構」之終極統合，形成其完整系統，以反映宇宙創生、含容萬物的規律；因此這種「層次邏輯系統」不但可適用於科學，也一樣適用於哲學、文學與美學。本書之主軸即置於此，作了比較完整而充分之論述。

首先從「層次邏輯系統」之形成切入，依序先就其初程（陰陽二元、包孕、對比與調和）與中程（移位、轉位），探討它們在「多」、「二」、「一（0）」螺旋結構中的作用；然後就其終程，取《周易》、《老子》與《禮記．中庸》為例，探討這種螺旋結構之形成及其究竟，以見哲學與「多」、「二」、「一（0）」螺旋結構之關係。經由這種探討，已足以闡明「邏輯層次系統」：就同一層面而言，初由多樣的「二元對待」與「包孕」（含對比與調和）帶動陰陽的動力，以建立其互動、含容基礎，此為起點；再由「移位與轉位」造成秩序與變化，以推進其循環作用，此為過程；然後由「『多』、『二』、『一（0）』」形成聯貫與統一，以呈現由互動、循環而提升的螺旋結構，這是終點。而這種由「起點」而「過程」而「終點」的完整歷程，因為在《周易》、《老子》與《禮記．中庸》等哲學典籍中可以找出其理論根源，自然就可藉以貫通事事物物，也使得「層次邏輯系統」一樣在哲學、文學與美學中產生紐帶的作用。

其次從文學中最能凸顯「層次邏輯系統」的辭章「章法」與「意象」

切入，以探討「層次邏輯系統」在文學上之表現。其中「章法」，置重於章法規律及其結構，依序探討章法的規律（秩序、變化、聯貫、統一）與章法的結構（包孕與特殊），以見「層次邏輯系統」（「多」、「二」、「一（0）」）在文學中的表現。而四大律是形成各種章法結構之依據，前三者（秩序、變化、聯貫），比較偏於分析性的邏輯思維，而後一種（統一），則比較偏於綜合性的邏輯思維。這兩種思維之運用，在作者創作時，無疑地，都一樣重要，不可偏廢。所以藉章法，掌握「秩序」、「變化」、「聯貫」與「統一」的四大規律與「多、二、一（0）」章法結構（含包孕與特殊），對了解作者的邏輯思維而言，是最為直接而有效的，而且也可為章法是「客觀的存在」[1]，提出有力證明。此外，章法風格是和由「陰陽二元」所形成之層層結構的「移位」（順、逆）與「轉位」（拗）息息相關的。而「移位」（順、逆）與「轉位」（拗），又因其所產生之「勢」，強弱各有不同，使得層層章法結構之「陰柔」或「陽剛」起了「多寡進絀」（多少、消長）的變化，結果就由「多」而「二」而「一（0）」，而形成一篇辭章之篇章風格。雖然在目前，對各種篇章結構所引生「陰柔」或「陽剛」之「勢」數（倍）的推斷，還十分粗糙，以致影響量化結果；但畢竟已試著從「無」生「有」地跨出一步，作了破天荒之探討。這樣雖冒著招來「走火入魔」之譏的危險，卻強烈地希望藉此拋磚引玉，能使辭章風格學，甚至整個辭章學之研究，加緊腳步邁向科學化，在「直覺」、「直觀」之外，拓展「有理可說」的無限空間！

而「意象」則先置重於「意象」本身之形成、系統與呈現探討其理論基礎，再就意象「多」、「二」、「一（0）」螺旋結構之形成基礎與主要內容作進一層探討，以見意象「多」、「二」、「一（0）」螺旋結構（層

---

1　王希杰：〈章法學門外閑談〉，《國文天地》18卷5期（2002年10月），頁92-95。

次邏輯系統）在文學上表現之實際。由此可以證明：這種意象之系統與結構，如著眼於創作面，所呈現的是「（0）一、二、多」；而著眼於鑑賞面，則所呈現的是「多、二、一（0）」。這就同一作品而言，作者由「意」而「象」地在從事順向（「（0）一、二、多」）創作的同時，也會一再由「象」而「意」地如讀者作逆向（「多、二、一（0）」）之檢查；同樣地，讀者由「象」而「意」地作逆向（「多、二、一（0）」）鑑賞（批評）的同時，也會一再由「意」而「象」地如作者在作順向（「（0）一、二、多」）之揣摩。如此順逆互動、循環而提升，形成螺旋結構，而最後臻於至善，自然能使得創作與鑑賞合為一軌。如此呈現「章法」與「意象」之「多」、「二」、「一（0）」螺旋結構（層次邏輯系統），對辭章章法學與意象學之研究而言，希望多少會有所助益。

又其次從整體之「多」、「二」、「一（0）」螺旋結構切入，依序就「個別內容」（「多」之美、「二」之美、「一（0）」）與「整體歷程」（包含真善美三者之關係、真善美與辭章結構之對應），探討美學與「多」、「二」、「一（0）」螺旋結構之關係。由於事物之「結構」最容易引起人的「審美注意」[2]，而篇章的「多、二、一（0）」結構，乃以「陰陽二元對待」為基礎所形成。其中的結構，是以核心結構為核心的，非屬於「調和」（陰柔），即屬於「對比」（陽剛），既可徹下，亦可徹上，是為「二」；而在核心結構以外，由「移位」（秩序）、「轉位」（變化）所形成之諸多結構，為「多」；至於統合全文之主旨與所形成之整體風格（韻律、氣象、境界等），則為「一（0）」。因此這種「多、二、一（0）」之結構，是最容易引起人的「審美注意」的；如對應於美學的「多、二、一（0）」結構，自然可形成「秩序美」、「變化美」（「多」：

2　李澤厚：《美學四講》（天津市：天津社會科學院出版社，2001 年 11 月一版一刷），頁 158-159。

移位、轉位）、聯貫美（「二」：調和、對比）與統一美（「一（0）」：主旨、風格等），而讓人「引起心理上的喜悅」[3]。還有，「真」、「善」、「美」三者，是可對應於章法「多」、「二」、「一（0）」而形成螺旋結構的[4]。它們落到辭章上來說，在創作（寫）面所形成的是：「美感（0）→真（一）→善（二）→美（多）」的順向結構，由此呈現出由「意」而成「象」的歷程；在鑑賞（讀）面所形成的是：「美（多）→善（二）→真（一）→美感（0）」的逆向結構，由此呈現出由「象」而溯「意」的歷程。而作章法之分析，雖屬後者，卻須對應前者，兩相兼顧，才能深入辭章之底蘊，獲得圓滿的結果。

由此可見，這種足以反映「層次邏輯系統」內容的「多」、「二」、「一（0）」螺旋結構，不但可在哲學上，理出它的根本原理；也可在文學上，透過辭章章法規律與結構檢驗它的表現成果；甚且可在美學上尋得比「多樣的統一」更完整的審美體系。如此「一以貫之」，凸顯的是「多」、「二」、「一（0）」螺旋結構之原始性與普遍性。假如由此而能使得學術界擴大研究，從不同領域、角度加以驗證，證明奠基於「層次邏輯」之系統或螺旋內涵，即「多」、「二」、「一（0）」，那就是本書寫作的最大收穫了。

---

3　歐陽周、顧建華、宋凡聖編著：《美學新編》（杭州市：浙江大學出版社，2001 年 5 月一版九刷），頁 78-79。

4　陳滿銘：〈「真、善、美」螺旋結構論——以章法「多」、「二」、「一（0）」螺旋結構作對應考察〉，《閩江學院學報》，總 89 期（2005 年 6 月），頁 96-101。